沧浪岁月

罗党论　黄悦昕——著

SPM 南方传媒｜花城出版社

中国·广州

图书在版编目（ＣＩＰ）数据

沧浪岁月 / 罗党论，黄悦昕著. -- 广州 ： 花城出版社，2024.8
ISBN 978-7-5749-0235-0

Ⅰ. ①沧… Ⅱ. ①罗… ②黄… Ⅲ. ①长篇小说－中国－当代 Ⅳ. ①I247.5

中国国家版本馆CIP数据核字(2024)第069018号

出 版 人：张　懿
责任编辑：杨淳子　江　彬
责任校对：衣　然
技术编辑：林佳莹
扉页题字：林超荣
封面设计：视觉传达
　　　　　13811159477

书　　名	沧浪岁月 CANGLANG SUIYUE
出版发行	花城出版社 （广州市环市东路水荫路11号）
经　　销	全国新华书店
印　　刷	广州小明数码印刷有限公司 （广州市天河区高普路83号B栋C5号）
开　　本	880毫米×1230毫米　32开
印　　张	11.25　1插页
字　　数	298,500字
版　　次	2024年8第1版　2024年8月第1次印刷
定　　价	58.00元

如发现印装质量问题，请直接与印刷厂联系调换。
购书热线：020-37604658　37602954
花城出版社网站：http://www.fcph.com.cn

学问乃千秋事。

——钱大昕《答王西庄书》

目录

楔子

　　华南古郡，江宁学府，襟江带湖，人杰地灵。有经管学院一座，教师数十，学生若干，师风巍巍，学风赫赫，声名远播。有学术泰斗一位，吴氏宁海也。桃李不言，下自成蹊。吴公开山立派，沾溉后学，广收门徒，提携后辈。其座下有张、李、钟、黄四大弟子，才高志远，于四时进组，竟同日毕业，乃奇缘也。

　　吴公之徒，恰风华正茂，书生意气！一官一商，一行政一学术。彼时扬帆，一朝竞发，立四方潮头也。出于其类，拔乎其萃，自开宗以来，未有盛于张、李、钟、黄也。独当一面，成绩斐然，吾辈楷模也；齐头并进，共度时艰，江大佳话也。

　　张君文者，笠阳人也。早岁才华众所惊。悾悾如鄙人，口不能道辞。然常有大度，不事家人生产作业。于科研一途，天赋异禀也。文章天成，妙手自得。洞察世事，无人能出其右也。笔落惊风雨，文成泣鬼神。公始常欲奇此徒，感其穷且益坚，不坠青云之志也。欲与其衣钵，令息女许与张徒。吴女不喜，张徒亦不喜，后遇涓、瑶二人。如金如锡，如圭如璧，得地产大亨傅公赏识，以女清瑶妻之。何其幸哉！

　　李莫飞者，江宁人也。有匪君子，如切如磋，如琢如磨。百炼成钢，掌一院大小事；风度翩翩，赢一众美人心。吴女青睐之，终不可谖兮。菲之蚩蚩，抱稿问道。匪来问道，来即我谋。噫吁嚱！有道是，于嗟女兮，无与士耽。士之耽兮，犹可说也；女之耽兮，不可说也。悲乎哀哉！

钟大海者，帝都贵子也。仁而爱人，喜施，意豁如也。平生好险，逐新创业。少时，移动运营不成，改道互联，又不成。时运不济，命运多舛，终进军芯片，未知成否，骇叹！

黄鸿图者，生地不详也。始知亦为贵门婿，瑟兮僩兮，赫兮咺兮。少得志，泰山提携，非有尺寸，乘势起晋原之中，三年，开创业园，扶贫修路，招商引资，擢升市长，政由己出。然钱权迷眼，美色惑人，哀其迷途未知返，误己误人，过矣！怜其觉悟，晓妻之志坚，幸矣！然自矜功伐，奋其私智而不师古，难矣哉！

呜呼！英才难降，传奇不传；孟卿已矣，杏坛丘墟。后有张公之徒甄贾，幸承恩于师尊，为启后人，敢竭鄙怀。于经纶济世外，爬梳剔抉，参互考寻，推原本根，比次条理，管括机要，阐究精微，力摹人情世态之歧，试写悲欢离合之致，终成《沧浪岁月》一文。为钦异拔新，恫心骇目；意劝世喻世，醒世警世。

有诗云：

江大二十载，喜悲自心裁。

均赋为《载驰》，聊以忘眼哀。

"请进。"

甄贾坐在办公室后，听到一声敲门声。

进来的是一位耷拉着脸的博士生。

该生今年就要毕业了，当年保研直博，好好的天真烂漫、朝气满满、活蹦乱跳的一个小孩，现在读完四年书转眼就博五了，却是一副被妖精吸食了精魂的行尸走肉状。

可不是嘛，读文献，做实验，跑数据，开组会，投期刊，做报告，申课题，都是一个个磨人的妖精。虽然一心向往西天拜佛求经，其心志之坚不可摧，其毅力之勇倍可嘉，但这九九八十一难终是要实打实自己受的。

学生叹了口气，在甄老师的询问下先是不好意思，后来慢慢体会出师长的一片关怀，忍不住倒了倒苦水。

人生哪！人生难！

这漫漫科研路，读出来又能如何？

甄贾倍感压力，往往到了讨论人生的环节，总会有种一语错则误其终身的如履薄冰。甄老师回望了自己一生，再看了一眼面前的博士生，在心里盘算着怎么劝。

这船都开了，自然不能劝苦海无涯，回头是岸。毕竟是祖国的花朵、未来的中坚力量，只能尽可能给予雨露和阳光，告诉大家希望就在前方，不能放弃。

甄老师又看了一眼斗志尽失的学生，有点不忍心，目光扫回了电脑屏幕。

微信网页版里，自己的师门群哗啦啦地刷着消息——自己的当年的博导张君文老师获评教育部长江学者特聘教授。

甄贾紧随其后，在张老师和傅师母的一齐道谢下又发送了一条祝贺，心下马上一动——这不就是现成的寒门出贵子的激励模板？

"我和你说个故事。关于我的博导，他的二十年。"

第一章

江宁省，江宁大学。

2002年三四月份，再稀松平常不过的日子。淅淅沥沥的小雨带着天空的爱意，纷纷扬扬地吻向大地，为早春的泥土覆上一片生机的绿意。

时令已到雨水，古人云："东风解冻，冰雪皆散而为水，化而为雨，故为雨水。"南方的冬天总是严厉又短促，眼瞅着快要过去了。尽管真正温暖的季节还未来临，但站在春风前，在雨丝缓步香茵的静待中，总让人心底生出别样的安谧。天地之交而为泰。这个时节，润物无声，万物交合，睡了一冬的土地醒了，歇了一冬的人儿开始忙活了，关了一冬的心情也渐渐开朗起来。

只是这样湿漉漉的天气，出门总归不方便，若没有要紧事儿，人们宁愿一整天窝家里。因此，江宁大学里倒是比平常少了许多吵闹。只是寒风依旧，刮得人脸颊生疼。雨打在校园里的青石板上，一点一点洗刷掉石板上的泥脚印，冲溶掉石板缝里的污垢。突然跑来一个神色匆匆的同学，用书包护着脑门，脚尖飞快点过这些石板，溅起些水花来。那矫健的身影掠过空荡荡的楼道，慌慌张张地消失在雨帘后。也不知是哪个忘了带雨具出门的倒霉蛋，有点滑稽。

在楼道尽头拐弯，就出现了一段古色古香的大楼梯。拾级而上，三个年轻人正候在外面，看着校园的雨景，不时低声交谈几句，生怕吵到教室里的人。一个学生助理模样的硕士生抱着资料候在一旁，不时眯着眼朝窗户里头瞅一眼。里面原来是这栋文科楼的一间会议室，此刻正是另一番严肃景象。教室后头拉着一张红色大横幅，上面醒目地写着"江宁大学会计学博士论文答辩报告会"一行大字。一排整齐的长桌后，坐着几位面容严肃的老先生，后一排还有几个低着头或翻弄着材料，或整理着笔记的年轻面孔，大气都不敢出一下。

会议室另一头，有一个高高瘦瘦的青年人，错开两条瘦长的腿，有些拘束地立在讲台旁。这个小伙子穿着一套不太合身的西装，一副不太自在的模样，想是平日里头极少这般花心思打扮。但他这身衣服裁剪得实在勉强，明摆着是店里租金最便宜的那一套，若非囊中羞涩，绝对是慌乱中不太留神，被成衣店的老板当冤大头了。外套上的斜条纹有点粗糙，肩线上的针脚微微撑开了，穿在身上显得松松垮垮，有点好笑。当事人显然没注意到这些。那袖口的黑色颜料染得也不是很均匀，袖子还有点短，挺突兀地左右各露着一小节白色衬衫袖子。好在这青年人够瘦，这衣服撑着有点大，眼下两条胳膊别别扭扭地垂在西装裤缝旁，倒也没露出这些不太好意思的小局促来。裤子却短得明显了，人长布缩，裤管已经吊在了小腿肚下，可惜两只袜腰都不够高，岌岌可危地盖到裤脚处。幸亏一早上的答辩都站着，否则一坐下，铁定是要露肉了。脚上的鞋子倒是挺合适的，看样子是细心挑过的，虽然是四年前的款式，保养得却好，擦得锃亮，主人平日一定很爱惜，没狠穿。

这个青年人便是张君文，江宁大学经管学院会计系1997届本科毕业生，2002届博士毕业生。

这身打扮虽谈不上不得体，但多少有点别扭。

几个来当学生助理的女学生今早提前过来准备材料，在门口看到西装革履、不同风格的同门师兄弟四个，早已在私底下排出了一个次序。

今早江宁大学经管学院院长吴宁海到场时，趁着答辩秘书确认人员到齐情况的空隙，也对张君文多打量了两眼。吴老师倒是出于对爱徒的关心，只是这一眼也看出些许奇怪来，心里却说不上怪在何处。直到吴院长自己另一个学生李莫飞洋洋洒洒地对答完问题离开讲台，两个爱徒上下台时的一个擦身，单排两粒扣灰色系竖条纹西服和这套有点蹩脚的西装一对比，才让吴宁海茅塞顿开，咀嚼出这些怪异之处来，不禁莞尔。

吴宁海很器重张君文。一个人能力高低，和衣着打扮并没有关系。张君文未出社会，就很有见地，文笔犀利，虽然有时言辞稍显幼稚，到底是太年轻的缘故，但假以时日，终成大器。只是听说家中底子比较薄，怕是这下毕业出来了，以后事业少了许多助力。突然吴宁海心中一个念头闪过，女儿和自己这几个学生玩得倒好，也不知道有没有儿女情长那方面的可能性。自己的儿子不是搞学术的这块料，要是最喜欢的徒儿真能成自己半个儿子，那该是多好。

"君文，你这个博士论文是怎么发表的？"旁边的副院长赵烨教授已经把这厚厚一本《制度环境与企业税收规避》翻了好几遍，冷不丁来这一句，和刚刚开头那些严肃的即问即答截然不同，倒让原本就不太镇定的张君文有点蒙。

"老滑头。"吴宁海瞅一眼自己多年的同事兼好友，心里笑骂了一句。上个月赵烨这家伙还为张君文的一篇文章和自己磨了两三盏茶的工夫，辩论完还赞不绝口。这篇毕业论文只是张君文整个博士生涯的小显身手，与其发在《经济学季刊》《经济研究》《管理科学学报》那些洞察时事、针砭时弊的文章相比，根本不值一提。眼下答辩已经接近尾声了，顺利通过已然是板上钉钉的事儿了，还在这里欺负老实人。

张君文站太久了，手脚都有点麻了。半裹在袖口里的手指不易察觉地动了动，拿外套边上的布蹭掉手心里密密的细汗。毕业是大事儿，但这些日子为了顺利毕业确实是殚精竭虑。昨晚在宿舍同舍友演习，还被再三叮嘱，毕业答辩不似学术会议，更不是日常组会，不求有功，但求无过，可千万别一时兴起在各位老教授面前掉书袋，弄巧成拙就不美了。刚刚几个问题提得都很有启发性，自己的回答也中规中矩。这个问题倒是没想到，张君文木讷了一会儿，其实部分章节都在《管理世界》等有发表，照实说又怕太骄傲，一时间反而支吾起来。

吴宁海见状，立马就帮腔，护犊之心溢于言表。

"老吴，可是护短了。不过嘛，"赵烨笑了笑，话锋一转，"虽然难得，到底年轻了些。"后面一句更低了，连紧挨着坐的吴宁海也没有听清。与前几次同张君文的交谈相比，赵烨总觉得这篇文章见地应该不只这般，只是今天这小伙子回答得四平八稳，不似往常。

反观同批次答辩的另外三个学生，四人是同一师门，都为吴宁海的弟子，表现倒都比张君文可圈可点。黄鸿图和钟大海都是在职读博士，一官一商，写的文章也很有意思：前一个研究的是《多层次资本市场的发展与设计》，后一个思考的是《企业家精神与资源配置》，倒是相得益彰。

接下来就是李莫飞和排最后的张君文。这两人都是本科直博读上来的，报告时的气势自然比在官场和商战中挥斥方遒的两位师兄输了几分。细细一想，同在吴宁海门下，四个人虽非同年入学，却是同时答辩，也是缘分。

李莫飞倒还罢了，经常在国庆节目或者迎新晚会上露脸，凭着一支萨克斯在江宁大学中小有名气。张君文却是肉眼可见地发抖了。

赵烨心下知道老友对这个学生甚是欣赏，期许甚至超过所带的其他学生，博士苦读这些年也是颇为不容易，当下便不扫兴了，换了个语气调侃："君文，还没女朋友吧，这文章错别字这么多，这以后可怎么办才好？"

前排哄堂大笑。身后几个学生助理憋得满脸通红。

张君文的耳根子微微有些泛红。

答辩秘书掐着表看时间，示意张君文答辩结束，先在外面稍候，然后又埋下头窸窸窣窣地翻着表格，拿着铅笔在张君文的一张材料中打了个标记，抽出来递给前排的几位老教授签字。前排的老师们挪动茶杯，空出位置来签了名。

张君文看了一眼老师们，慢慢走了出去，一边走一边悄悄地活动着手腕，握了握自己的指关节，感觉有股暖意从冰冰凉凉的指尖传来。

同师门的黄鸿图、钟大海和李莫飞都还在外面候着。黄鸿图沉得住气，对张君文点了点头，没说太多。钟大海和李莫飞直接就迎上来。

"怎么样？"李莫飞关切地问。

张君文摇摇头。钟大海一把揽住张君文的肩膀，对着李莫飞说："他肯定没问题。我都听到笑声了。不像我，老赵还没提问我，眉头就先拧起来，哪还有笑声呀？不说这个了，已经和班上其他几个人说好了啊，待会儿一起去吃饭。"

张君文还没开口，答辩秘书就出来把四人唤了进去。

赵烨挨个看了四人，慢条斯理地说道："恭喜答辩顺利通过。"

话音刚落，张君文登时感觉浑身血液一活，一口气畅快地吐了出来。

后排的学生助理举着柯达数码相机，咔咔咔地亮起闪光灯。

"给这四人也单独再照一张吧。"吴宁海对自己这四个学生都很倚重，走前特地嘱咐道，"晚上没其他安排的话，都来家里吃饭。"

张君文微微有点发愣，刚要张口。李莫飞立马悄悄拽了一把张君文衣角，忙不迭地说道："谢谢吴老师和师母，那晚上我们就打扰啦！"

赵烨还坐在座位上，翻着四沓毕业论文，看看黄鸿图心思深沉的资本市场设计思路，再看看钟大海高谈阔论的企业家精神，目光落在《社会资本、关系与企业发展》的封面上。"关系"这两个加粗一号黑体字渐渐放大开来，有些扎眼。赵烨抬头看看意气风发的四个人，若有所思，直到答辩秘书过来点材料，才和好友一同离去。

散场后，张君文冲着李莫飞有点发愁地皱起眉头："不是说咱们班几个要一起吃个饭吗？这又答应了老师，怕是不好吧。"

"你这人，怎么又这么较真？你知道今天晚上吴老师会和我们说什么吗？"张君文一句"说什么"还没问出口，就被李莫飞一把勾住肩膀，带着往外走，"老师肯定能再给指点指点毕业安排，我最近可听到些消息。"

李莫飞突然打住话头，对上张君文透着迷惑的眼睛，笑嘻嘻地岔开话题："也没什么，都是些院里头的小道消息。我跟你说，你这脾气得改改，你不知道今天在教室外我可真替你捏了把汗，一直以为你又要和赵老师天南海北地扯起来。谢天谢地，昨晚嘱咐你的那些话可算是听进去了。"

"你还说呢，我总觉得今天没表达清楚，好在吴老师没怪。"张君文果然绕了回来，言下有点自责。

"够清楚了，毕业最重要，以后你要是留校，有的是时间和机会让你侃侃而谈。走走走，陪我去超市一趟。"两人来到楼下，李莫飞"啪"的一声，一把打开了手中的咖啡色天堂伞，伞面是暖暖的棕色，倒是很衬自己身上这套沉稳绅士的高级灰。一套动作行云流水，潇洒帅气，引得在楼下避雨的几个低年级女同学低声惊呼。

几个女生看清楚走出来的正是经管学院今年刚要毕业的李莫飞，不由得害羞地涨红了脸，悄悄地和旁边的同学咬起了耳朵——李莫飞可是江宁大学的风云人物。

"又去超市做什么呀？还要出校呀？好歹先让我回寝室一趟，把这一身换下来收拾好，再到店里去陪你。"结束答辩后的张君文彻底放松下来，这才感觉肩膀处被这西服拘得难受，巴不得赶紧回去换下来才好。

"你这个也不着急吧？"李莫飞直接把他往宿舍楼反方向领，

"不是你说的放了咱班同学鸽子不合适吗？好歹带几扎啤酒回去请大家喝。还有晚饭说好了去老师家，总不能空手。"

张君文还要说什么，被李莫飞拿眼睛一瞪："咱都快毕业了，再说了，今天可是上家里吃饭，礼数要周到。之前我哪次坑过你？你听我的，没错。"

雨洋洋洒洒地下着，仿佛天空为了在大地上写下生机勃发的春意，挥毫泼墨，笔走龙蛇。张君文被李莫飞瞪得没了脾气，只好一路上担心着自己的皮鞋，认真地避着水坑，认命地跟着。

张君文和李莫飞，四年同班同学加同寝室友，后来又都留校选了吴宁海当导师。可巧搬寝室的时候两个人又凑在一起了，前前后后加起来一共九年。张君文掰着指头一数，只怕两人待一起的时间，比自己和亲弟弟睡一间房的时间都多些，关系自然与旁人不同。

李莫飞是江宁市本地人，是家中独子，从小就是被捧在手心里长大的。他父亲是国有企业副处长级别的干部，母亲是小学校长，他成长在典型的又有体面又不缺物质的中产阶级家庭。张君文曾在本科毕业时和几个同学受邀去过李莫飞家里玩，对李爸爸和李妈妈印象极好。

生于这般物质不愁的原生家庭的李莫飞，对比张君文这种农村苦出身，算得上是半个"二代"。可能是家教极其严格的缘故，李莫飞身上半点也没沾上张君文眼中所谓"二代"张扬纨绔的毛病。刚上大学那一年，像张君文这般一门心思扑在学问上坚韧不拔的"保尔·柯察金"，遇到李莫飞这种样样出色、有点远离尘嚣的"费茨威廉·达西"，自然戴上滤镜，心下一百个不服气。不料李莫飞为人正派，办事利落爽快，待人也是古道热肠，几次打交道下来，倒让张君文自惭形秽。

李莫飞像是从来没有留意过好友内心的羡慕和嫉妒。能同寝九年，那是多么难得的缘分！张君文这人自有他的精神和本事让李莫飞心下佩服，两人的关系也一天天更加要好。这些年每逢佳节，李莫飞都会给导师送点茶叶和月饼，虽是自己掏的腰包，每次都不忘捎上张君文一起，算是一起礼敬师长的心意。一回两回倒也罢了，但这九年来类似的事情，小到抹不开面子的朋友生日宴请送礼物，大一点到同窗好友生病送果篮，李莫飞是一样没落。对这位好友，张君文心里很难没有一份特别的信任与感激。

今天晚上怕是又要和往常一般让他破费了，陪着去超市走一走算什么？

超市人多拥挤，两人决定兵分两路。

李莫飞特地嘱咐道："要铁观音。"

"知道。吴老师喝不惯绿茶，师母也没见有啥喜欢的，送些时令水果就好。你一年唠叨好几遍，我都倒背如流了。收银台见。"张君文摆摆手，去拎了一盒福建的铁观音和一篮子刚上架的大枇杷，还有几个装着饼干的圆形铁皮盒子。

其实在张君文印象里，学院的这几位老师，吴宁海也好，赵烨也好，平常都非常疼爱照顾自己的学生，尤其是尚无稳定收入、压根儿没啥存款的在校生。大学老师本身已经有固定收入，大多数人又怎么会在乎学生这些礼物？祝福的心意收到就行。老师们的风格各异，有的师门就明令禁止花钱送礼物，有的师门礼物送到了还给塞个红包退回来。院长吴宁海和副院长赵烨的学生更多，春节、中秋节、教师节的礼物挡都挡不住。赵烨爱玩，直接设了个活动经费，让学生们三天两头组织团建，一起吃饭、跑步、打球。吴宁海没啥空闲，便另想了个办法，时不时给学生账户上打入一笔数目可观的酬劳。

张君文大步超过那些在零食区优哉游哉地漫步的年轻男女，灵活绕过在生鲜摊位上挑挑拣拣半天的叔叔婶婶，敏捷躲过在图书玩具区横冲直撞的小孩子，直奔目标，三下五除二就去排队等着结账。

李莫飞则不慌不忙，眼看张君文快排到收银台了，才拎着一个礼服袋子过来。

"你这是做什么？"张君文马上就明白了。

"若不是为了让店里售货员看着好估量尺寸，干吗拖你淋这趟雨？你可别给我推。"李莫飞趁着张君文倒腾不出手来阻止，不慌不忙地掏出皮夹收好小票，接过张君文拎着一手的果篮和点心盒，把礼服袋子塞到对方怀里，抢着说，"眼下就要毕业了，总归有些工作上的事要跑。"

张君文心头一热。李莫飞看得明白，拿话岔开："别介意，马上就要领第一笔工资了，记得年底请我吃饭。"

张君文能坚持读完博，确实不太容易。

张君文出生在江宁市旁的一个地级市——晋原市底下的笠阳县张家村。像张君文这般三十不到、强壮有力的青年人，在老家农村，正是挣钱劳作的好手。这几年回家，不少小学同学的娃娃都村头村尾地捉迷藏，甚至还有几个都扎上红领巾抱着课本来请教算术题了。几声童稚无邪的"君文叔"，倒把这青年人叫红了脸。每每张君文从家里一层土坯房里间应着声走到院子里头来，看着卸了担子在用脏毛巾揩汗的老父亲，想着高中就辍学打工的大姐，心里总是难受。

尤其是大姐张君秀，一年到头回不了几趟家。四年前过年，大姐一直到腊月二十九晚上才赶到家里。外面大雨倾盆，风刮得像把大刀，砍在板榤窗上哐当哐当地响。大姐进家门的时候，像是刚从村里那条河对岸游过来的一般，没一块衣角是干的。当妈的最疼闺女，当时妈妈眼眶一下子就红了。

那天下午张君秀到镇上搭的是最后一班客车，天这么冷，又是大过年的，平时围在车站门口的那些拉货拉人的司机早就回家了。张君秀撑着一把东倒西歪的伞，愣是走了好几条街才拦住一个邻村的摩托车师傅给她捎到了村口。这也是被那天晚上不放心自家猪圈的张大嫂子给碰着了又说漏了嘴，才让张君文知道了。进门那会儿张君秀硬是一句话都没说，只说雨大没留神，踩水坑里头溅了一身，还被不懂事的三弟笑话了。

12

大姐边逗趣地哄母亲开心，边从帆布包里掏出一个大纸盒子出来，盒子角都湿了，但打开里面却包着防水布，是一双时新的皮鞋。"咱家君文都读博士了，出门在外，总要体面些。姐在深圳，看到那些上班拎包的，都穿这个，可精神了。那时我就在想，二弟穿上，一定比他们强。妈，您说好不好看？"

张君文每每想起这件事，都鼻头一酸。

家里三个孩子，大姐张君秀，三弟张君武，张君文自己排老二。大姐总是偏疼自己。大姐性子好，模样也俊，手更巧，还是远近出了名的孝顺孩子。自己还上高三那会儿，自家村里、隔壁村里前来做媒的不少，但姐姐为了帮衬家里，都让父亲给拒了。两年前操劳过度的母亲突然生病，弟弟还在上学，也全靠大姐老家和深圳两头跑。

"君秀不容易呀。"张大嫂子是族亲的堂嫂，也是大姐的小学同学，每次君文、君武上门走亲戚，总对两兄弟多有照看。也不知哪一年围着打牌嗑瓜子的间隙里，几个人喝着小酒聊着天，快言快语吐出些话来。这农村磨的米酒后劲大，喝得几个人都上了脸，也不知醉没醉，张大嫂子迷迷糊糊中就问着张君文："君文，你这书读得这么久，啥时候出来帮你姐分一把家里担子挑？"

说者无心，听者有意。若是张君秀在，等张大嫂子酒醒，肯定嗔怪她乱嚼舌根，但那一夜张君秀留家里帮忙蒸馍馍印花饼，没在场。这话砸在张君文心上，让他的酒醒了大半，心里堵得厉害。

其实张君文从小学到研究生一路保送，奖学金、助学金是拿到手软，虽然不多，但也不需要家里再给什么额外的花销补贴。九年前考了个县状元被江宁大学录取的时候，张老汉甬说在村里，就算走到镇上都被别人羡慕着，夸奖着，连街头卖猪肉的老田叔，那阵子都专拣最嫩的前腿肉卖给父亲剁饺子馅摆酒。

"老田呀，够了够了，哪要这么多？"张老汉老实了一辈子，倒觉得有些不习惯。

"张大哥，咱君文出息了。状元，那是文曲星下凡投胎。咋？

还怕以后发达了，俺老田上你家讹这几两猪肉钱？”老屠户随意地开着玩笑，麻利地把砧板的肉拢到一处，指头蘸了点血水，搓开红色塑料袋子口，一扯一套一翻，扎好递了过来，"早上一中副校长他老母亲还来我这摊上割里脊肉回去炒蒜薹，聊到你家君文上高中还是副校长亲自上门请着去的，中考都不用考。君文这孩子，可是了不得。"

张老汉赶忙摆摆手，也不至于这么夸耀！老汉在地里头伴着庄稼谨小慎微了一辈子，教育三个娃娃都是实诚为先，尊师重教。那是人家校长老师看得起，来送了张报名表，别给大小子落个翘尾巴的坏名声，话可不兴这么瞎传。

行行出状元。

偌大的一个笠阳县，有的是能人。城南百货家的公子就不讲了，在晋原市一家有名的大公司晋原乳业上班，娶了个漂亮的姑娘，是高中小几级的师妹，还生了个大胖小子。还有张君文的另外一个小学同学，就是田屠户的远房侄子，和自家丫头一样高中一毕业就没读了，到大城市里做工揽活去了，这几年都回来盖了三层小洋楼，也是羡煞旁人。时间过得真快呀！一年复一年，树上新芽吐，树下落叶舞。也就转眼的工夫，许多本还光着屁股蛋子穿着开裆裤的小子，就都到了结婚生娃的年纪，可不是长江后浪推前浪？这十里八乡文凭最高的张君文，那更是前途不可限量。

"张大哥，咱君文啥时候出来呀？等他以后出来工作，可了不得哩。"

张老汉没读过书，只有年轻时走南闯北地买卖粮食积累下些简单的加减算术本事，除此之外，大字都不认得一个，也不清楚大儿子这书还要读多久。前几天那小子打了个电话回来，说是快毕业了，参加什么答辩，以后可能还在学校里做什么学问。小子大了，总有自己的主心骨，喜欢读书就读吧，家里自己还能顶着。眼下虽然日子一般，但老汉一辈子苦惯了，也没奢望过大富大贵。

只是眼看大小子快三十了，他娘一直记挂着娶媳妇生小子的事，张老汉也不能不操心。

对岸上河乡里老林家的静香大闺女，往日就时常来家里串门，拉拉家常话，每次来都不空手，总要给带一些城里买的吃食。林静香小时候就和君文一块耍大，又一起念书念到中学，一直是同桌。

后来林静香高中没考上，去读了中专；而君文让副校长和教务处主任上门送表还免了三年学费，在小县城里风光了一把。但静香她爸是村里的党支部书记，她大伯又是县上的领导，人家一学出来就被安排在县医院当护士。虽说比起来门第要高出许多，但好在君文成器，真要凑一对，也算不上辱没了人家花一般的闺女。

关键是静香这闺女，那心肠真是没的说！君文他娘住院那段时间，自己不识字，大女儿忙，大儿子又被自己瞒着，小儿子还小，多亏人家姑娘帮忙照顾。不知道这小子对人家姑娘什么心思，找个机会得好好和他说道说道。

张君文这两年接到父亲的几通电话，话里话外满是家人对自己感情生活的操心，实在有些个哭笑不得。对于有些在读博士，凑文章抓紧毕业的事都八字没一撇呢，哪有心思谈恋爱？张君文虽然不愁发文章，可却也还没有这方面的动静。

但确实这般年龄的男女青年已经肤浅地懂得了这种事，且比那些稚气未脱的中学生具有更大的激情。而校园里的林荫和湖边，往往都是谈情说爱的胜地。在这个维特式骚动不安的年纪里，冷不防拐角撞见一对卿卿我我的情侣在你侬我侬，怎可能不在一个年轻人的内心掀起狂风巨浪！

只是在张君文并不宽裕且略显单调的学业生活中，确实没有一个女孩能让他在写文章之余大伤脑筋。

按理说大学里的姑娘，出身、样貌、谈吐都不错，尤其对于从农村出来的男生，这些大城市里干部的女儿都好像下凡的仙女，和电视里的方瑜一般。可张君文却总有刻板印象，焉知这些女同学的性格是像陆如萍，还是像陆梦萍？其他不论，就说院里调来不久的那一个辅导员，之前上学的时候，被某个富豪送了一辆晃眼的红色宝马，可招摇了。刚开始张君文对此事还半信半疑。可眼见为实，这车就大刺刺地在囊萤楼面前摆着，一摆还摆了三年不止。张君文几次听学术讲座路过，怎么看怎么不舒服，越发对大学里认识的女孩子敬而远之。

后来张君文这念头被李莫飞知道了。张君文为此受了好一顿善意的嘲笑。

但张君文也不服气，打趣起李莫飞到处拈花惹草。这些年，张君文被自己认识的不认识的、长几级的平级的低几级的、同班的非同班的、同院的其他学院的，甚至还有隔壁学校的女同学拜托着带给李莫飞的情书，能塞满整整两抽屉，和自己舍友说起心里话来倒也没压力。

但玩笑归玩笑，张君文心里却明白，要按照婚恋市场上的条件匹配，自己和李莫飞终究是不同的。

莫飞是本地人，还没毕业父母就在自家对门给儿子买好了新房，一百平方米，可敞亮了。自己家里就农村那个土院子，现在过年回去还得和君武挤一张床，这条件怎么能比？就算自己从大学起就没向家里伸手要过钱，也不觉得靠家里有啥本事，但这些娇滴滴的女孩子们真有几个不想坐进宝马车里的？在学校吃住方便，不讲什么排场，可大多数人总是现实的，或是最后也要回归现实。

现实是什么？现实就是先要面包，再谈爱情。

当然也不能一竿子打翻一船人。

也有人以爱为生。

斯人若彩虹，遇上方知有。张君文自认为还没那运气认识自己的好姑娘。父亲近来不时唠叨这件事，让张君文不禁觉得好笑。缘分未到，岂能强求呢？再说了，连抱个篮球下楼就有女孩子前后脚赶到超市买水的李莫飞都还坚持着单身主义，自己就更不急了。

不过真要说能让张君文真心欣赏的女孩子，还真有一个，就是李莫飞的前女友。

不错，李莫飞有一段刻骨铭心的初恋，对象是他的中学同学。

三年高中的"地下工作"加四年本科的蜜里调油，前前后后七载余，两人本该修成正果才是。但让人大跌眼镜的是，这两人硬是没撑过七年之痒。分手后女孩就飞美国深造了，断得一干二净，连个电话都没留。

这女孩是1993年全国卷物理单科省排名第一——当年那张卷子，号称1977年恢复高考后史上第二难（第一难是1987年物理卷），把半数搞奥赛出身的考生都拍死在岸上。这女孩能拿高考省第一，不可谓不厉害。九年前张君文还没认识李莫飞，就久闻这女孩大名。

女孩当初为了初恋，拒了清、北物理系抛过来的橄榄枝，留在江宁大学学计算机，之后在编程界、建模界更是所向披靡。就是这样一个执行力和决断力都极强的女孩子，居然会主动提和平分手，连与两位当事人最亲密的张君文都不晓得其中缘由，实在让人一头雾水。当年校园里的男才女貌，天造地设，最后徒留李莫飞拖着张君文宿醉，实在让人唏嘘。

时过境迁，这女孩的名字像被尘封了一般。偶尔张君文还能从共同好友中听到女孩一丁半点在国外编程拿奖的消息，后来又传说她在硅谷如鱼得水，再后面女孩越飞越高，渐渐失去了消息。

李莫飞对此一概充耳不闻，只是和张君文一道一心一意地写着文章，仿佛一切只是年少时一场错误的冲动——但只有舍友张君文知道，那满满两抽屉的情书，没有一封落在李莫飞的床头上，最终全都被扫进了废纸篓里。

年少时不能遇到太惊艳的人，否则余生都无法安宁度过。

雷纳多·阿莫鲁索的这番感慨，未尝不是道尽了好友这几年的怅然。

家里若有若无的压力，女同学满天飞的传闻，兄弟不幸的遭遇，再加上课业的繁重，让张君文越发兴致缺缺。

日子一天一天地过去了，张君文从"君文哥"变成了"君文叔"，偶尔苦恼的也是不曾立业的烦闷，而非尚未成家的焦虑。

不过这立业的苦恼最近也解了。

马上要毕业了，张君文在南方待惯了，便打算拒了西北一所高校给的副教授待遇，接着留校当讲师。材料都交上去了，自己这几年的文章发得还可以，只要毕业证一拿到签个合同就能正式入职了。张君文九年都在江宁大学，院里都是老熟人，该安排的都安排好了。

话说回来，原本张君文是可以提前毕业的。这一届同门师兄弟四个，张君文是最快写完毕业论文的那个。江宁大学一年有四次答辩机会，去年国庆的时候，吴宁海就提过提前答辩的事。但张君文不是本地人，比旁人还要多考虑一个落户的事。十月份答辩，十二月份拿毕业证是好，但年末大家都忙着红红火火过大年，没有心思办理材料，最后只好作罢。

眼下一切还算顺利。最近陆陆续续忙完毕业的事，自己也要开始操心操心未来工作上的事。只是张君文心下疑惑，吴老师老早就知道了自己留校的打算，也不知道李莫飞还拉着自己要听老师什么提点。可能是莫飞自己还没拿定主意吧，真够纠结的！

与自己相比，这李莫飞就更不缺出路了。就说同门的钟大海吧，硕士毕业在国有企业做销售科长，最近读完博，打算下海创业了，一口价开出了十八万的年薪请李莫飞去当副手。这年头有几个人能拿十八万年薪的？要说起来，能开出这个价的，才是凤毛麟角加能量巨大。说起来这师兄钟大海可是从小随着爷爷在北京二环内的四合院里长大的，实力自然非常人可比。

还有东北一所公办重点一本院校，直接给李莫飞塞了个系主任的位置，人家院长都亲自打电话过来了，李莫飞还在和人打太极。而李莫飞在公务员道路上的选择面就更广了。吴老师身为院长，整天忙得头脚倒悬，张君文和李莫飞作为左膀右臂，少不了直接被安排些交接工作。张君文醉心科研，八面玲珑的事干不来，政府项目都是李莫飞一手负责的。一回生，二回熟，李莫飞在江宁市政府里认识了不少要员，想来真进了体制内也是驾轻就熟。

答辩前几天，李莫飞还就毕业去向这件事询问张君文的看法。

"这要怎么说呢？十八万是诱人，但你一向也不看重这个，这些工作薪水都不赖，可以先不谈。但大海的那些朋友一个比一个后台硬，上升空间有限，去他那里怕是一辈子要当副手了，你可愿意？去了东北倒是可以独当一面，只是这一去也不是读几年书就回来了，莫飞莫飞，莫要远飞，叔叔阿姨同意你跑那么远吗？"张君文坐在书桌前检查着毕业论文，头也不抬地调侃着好友。

"照你这么一说，那我跟随鸿图哥喽？"李莫飞躺在床上一个煎蛋翻面，盯着天花板上落着尘的大吊扇，继续追问道。两人的师兄黄鸿图读博期间就是江宁市证监局党组副书记、主任，最近可能还要升，前途无量。

"哎，我可没这么说。"张君文细心地拿文件袋装好材料，打住了李莫飞的疑问。自己平日里和黄鸿图交流不多，谈得也不深入。黄鸿图是官场出来的人，毕竟有点心术和腔调，和张君文明显不是一路人。

李莫飞叹了口气："这也不好，那也不好，要不我留校陪你得了。"

张君文倒是笑了起来："你少在这儿得了便宜还卖乖。哪就这也不好，那也不好了？分明是挑花了眼，鱼也要，熊掌也要。"张君文不和好友客气，直接一针见血："留下来陪我，那敢情好呀！不过你可得想好了，这里月薪也就一千二，一年下来领到手的离十八万也差得远，真舍得呀？"

"嘿哟，谁刚刚说薪水先搁一边，看来也没这么高风亮节嘛！"李莫飞也笑了，"你怎么把球又给踢回来了？我要是想得明白，还用在这里闹头疼？"

也是，这事摞了半个月都没个准话。李莫飞是香饽饽，各方都摆出了三顾茅庐的姿态，给足了耐心和面子。李莫飞借口忙毕业答辩，又拖了些日子。

但这眼睛一闭一睁，日子就到了，是时候该做决定了。

第二章

李莫飞和张君文刚坐进老师家里的沙发上时，吴宁海的女儿吴小菲就从楼上蹦蹦跳跳地跑了下来。

两人都不是头一回来，师母招呼了一通，就回厨房里了。吴宁海听说他俩来了，刚从书桌前站起身来，脚还没迈出书房，又被一通电话给召了回去。留吴小菲一人先在客厅泡茶递点心招呼着两位师兄。

吴小菲比这两人都小两级，在上海读的书，已经出来工作了。许久未见两位师兄，吴小菲刚刚放假回家，就听说了两位师兄来，兴致立马又高涨了起来。

"师兄，喝茶。"吴小菲把一盏清茶端到张君文前的桌子上，又笑眯眯地把另一盏白瓷杯递给了李莫飞，"莫飞哥，喝茶。"

李莫飞忙不迭双手接了，很配合地喝了一口，疑惑地盯着手里的茶看了一眼，淡绿色的茶汤在白瓷杯里缓缓荡着涟漪。

"这是明前的黄山毛峰，是我前天从报社里带回来的。我爸不喝绿茶，放着糟蹋了，还好今天两位师兄来了。"吴小菲最擅长察言观色，见状便笑着解释道。

李莫飞心领神会，顺着话关心道："师妹这回放假几天呀？最近又去哪儿采风呀？"

"也就上周去采访了几个从徽州来学习的老板。这年关过了不到一个月，还没开春，社里事情少，能多住几天。"吴小菲毕业于国内顶有名的新闻系。那年研究生一年级，吴小菲趁着暑假回江宁，闲来无事就随手投了份实习简历，没想到居然被省报相中并提前留用了。结果吴小菲硕士一毕业就在江宁日报社直接越了两级晋升高级记者，一些省里的重大采访活动，都是吴小菲独立承担采编业务，平日里的工作行程也是相当紧凑。

"黄师兄和钟师兄还没来吗？"张君文听着两人说话，无心插了一嘴。

吴小菲当下就撇了撇嘴，马上又恢复如常，语气淡淡地说："来过了，都带了茶叶过来，钟师兄还带了酒来。但黄师兄办公室里有事，坐不了多久就走了。钟师兄这几天不是也有大事吗？一通电话进来就坐不住了。"吴小菲端着盘水晶葡萄放到两位师兄前，两颗比紫葡萄还圆的大眼睛骨碌碌地转着，礼节性地看了一眼张君文，又假装不经意地看看李莫飞，言下之意是，自己已经知道钟师兄要办公司的事儿。

"不愧是当记者的，这么敏锐。"李莫飞心领神会，轻轻一拨，又把话题引到吴小菲身上来。

吴小菲的语气果然又透着高兴："这事还用不着做调研，等钟师兄这互联网公司去敲钟了，我再去抢独家。"

张君文又要开口把话题往钟大海上绕，被李莫飞放茶杯的身影挡了一下视线。李莫飞坐回来，胳膊肘有意无意地撞到了张君文。这是两个人同寝这么多年的默契。

张君文闭了嘴，心不在焉地听着吴小菲眉飞色舞地讲些自己的采风见闻，大多是些景致和地方人物事迹，无趣得很。偏偏李莫飞还总是由着吴小菲的话往下附和，张君文自己只能默默缩在沙发里喝茶。

吴老师大概是碰上什么大事了，一通电话打了许久。李莫飞看吴小菲差不多说完倦了，才又问出刚刚张君文被自己截住的问题："那师妹可知道，两位师兄待会儿还过来吗？"

吴小菲起身把两人的茶杯续满，笑着说："钟师兄肯定过来，黄师兄就不一定了。本来我哥也在，但下午收盘时公司好像出了点问题，他搭了钟师兄的车一起走了，回不回来就不好说了，他让我帮他向两位师兄道贺。"

张君文和李莫飞赶忙道了谢。李莫飞继续问道："小光最近忙吗？我上周去金融街办事情，还在他单位楼下碰到过。"

吴小菲笑着眯起眼睛，明知故问："都碰到过了，莫飞哥难道没有上前打个招呼吗？忙不忙一问便知了。"

这下子李莫飞和张君文都笑了。那天下午碰到的时候，吴小光正带着个女孩在那里买饮料，和李莫飞上次在篮球场还有上上次在餐厅撞见的那两个女生都不是同一人。

吴小菲知道自己哥哥的德行，但从来也只能揣着明白装糊涂——这要让爸妈知道了，又得生一顿气。

李莫飞扶了把眼镜："官方政策就罢了，师妹怎么这种小道消息也这么灵通？"又转向张君文，笑着问道："君文，你说是吧？"张君文陪着干笑了两声。

吴小菲眼底满是高兴，俏皮地摊摊手："干这行没办法，想知道的、不想知道的，都得知道。"

窗外的天阴沉沉的，上午下了雨，下午这雨却硬忍着不下，把老天爷都憋黑了脸。空气里有一股湿漉漉的闷热，搅和着一股黏糊糊的躁动，像把人焖在一口大锅里。张君文窝在沙发里百无聊赖，背后的运动衫都湿透了。

这时间难挨得很。

张君文盯着墙上那台老式时钟。那铜黄色的钟摆一晃一晃的，把那还没改完的论文、只才准备了一半的夜大教案，还有几封尚未回复的编辑来信全部在张君文脑袋里晃出叠影了，越发让人心烦气躁。

这时吴老师走了过来，吴小菲赶忙止住了话头："爸，您可忙完了，这茶都喝淡了。"张君文赶忙回过神来，和李莫飞一起站了起来。

两人像被解除了封印一般，空气中都透着舒坦。

"那把祁红拆出来喝。最近院里要招海归，忙着这事呢。"吴老师边坐下边轻描淡写地解释道，看到两个学生还站着，"你们坐。"

李莫飞帮吴小菲把白瓷杯撤下来，换了套常用的建盏上来，不忘搭话问道："吴老师，人选定下来了吗？"

吴宁海说道："差不多了，是个女生，在斯坦福大学读的博士，也是今年刚毕业。说起来，以后得和君文当同事了。"

吴小菲一边伸手取了旁边的紫砂壶来放茶叶，一边好奇道："爸，不会是清瑶吧？"

"你怎么又知道了？"吴宁海一脸宠爱地看着自己女儿。

吴小菲放慢了手中的活儿，扬扬得意地扬起脑袋，脸上挂着灿烂的笑："快过年的时候碰见傅伯伯来家里，我就猜到了。"

"这都能猜到？"吴宁海嘴上疑惑，心里却很高兴。女儿的洞察能力确实不一般，她当记者倒是合适。

"傅伯伯做房地产生意，腊月十六各商家行号都在忙尾牙宴，要不是顶重要的事，谁愿意陪您在这里喝一下午的茶？还是喝红茶！"吴小菲有点恃宠而骄，说话也带了点娇嗔，"爸，清瑶真要来江宁大学呀？"

"嗯。"吴宁海回答了女儿，然后转向自己的两个学生，郑重地介绍道，"傅清瑶高中就被她爸爸送到英国了，本科是伦敦大学学院，硕士又去了美国斯坦福。她英语很好，以后有机会你们要多交流交流。"

"这几年倒是挺少听见有海外名校毕业回来的。"英本美硕，张君文心中对未来同事有个模糊轮廓。

"咱们学校没有，其他学校不少吧。前阵子北京那边不是一口气招了四个海归女博士吗？还轰动了一阵子呢。"李莫飞提醒道。这么一说，张君文就记起来了。

进入2000年，中国的会计财务研究跟国际接轨的趋势越来越明显，范式开始西化：一方面，年轻的老师和博士生开始熟练地应用实证的方法来研究问题，比如刊载在《世界经济》《会计研究》那几本国内顶级学术期刊上的实证类文章比重就越来越大；另一方面，北京那两所国内顶尖大学利用其海外师资力量，率先办了一期实证会计的培训班，起到了风向标的作用。

为此，李莫飞和张君文还被吴老师派去北京学习了一阵子。那段时间，两人刚好撞到商学院新招了四个年轻的女老师。

四个老师端庄大方，优雅知性，打扮时尚，才华横溢，一连几周都是商学院的热门话题。后来某天李莫飞和张君文两人如往日一般结伴去上课，还没到院楼前就看到前面围了一圈男生，原来是因为停了一辆让半个学校男生都流口水的黑色路虎。

那场面可是相当壮观。这辆我行我素的路虎一下子就引起了大家的好奇。

开路虎多有魄力呀！那几天一下课，不少男生就特地跑到院楼门口，就是为了蹲一下车主——居然是商学院其中一位新来的女老师。

开这种越野车的女生得多酷呀！

四个年轻女博士的传说一下子就传开了。那些活泼调皮的本科生，把四位年轻漂亮的女老师比喻成"四朵金花"，私底下流传开来，越传越广，连李莫飞和张君文两个外校生都知道了。

"那四个女老师可不一定比得上清瑶。娟好清秀，瑶环瑜珥。清瑶可是人如其名。"女人之间总是不容易互夸的，尤其是漂亮女人。这话能从吴小菲嘴巴里冒出来，李莫飞和张君文听着都觉得稀奇。

高中留学，海外名校，家里搞房地产，父亲宠爱，听语气还是个超级大靓女。在张君文的脑海里，这些词可没几个能和甘心坐冷板凳的学者沾上边。这回怕不是江宁大学也要来一朵金花？

吴宁海笑了："北京高校第一个吃螃蟹，开始引进海外的博士。其他国内高校闻风而动，之后的海归应该会越来越多了，怕是以后土博要留江大这样的'985'就难了。君文还是很幸运的。"

说者无心，听者有意。

李莫飞听到这里，心里早就像烧了一锅热水，沸腾了许久。前阵子李莫飞为顺利站完学生会主席最后一班岗，天天待在行政大楼，就听到了些关于海归和土博招聘的风声。眼下自己虽然选择众多，但要是真跳出去以后再想回来，怕是真不容易了。

要是只有本土博士在竞争还好，可最近清、北开了引进海外人才的先河，江宁大学这几所学校也不甘落后。这些大学可都在中国高校第一梯队里，是学术圈里的领头人。按照理性经济人思维，很难想象不到，之后的羊群效应会怎样地接踵而至——其他的学校势必也会跟风更加欢迎海归。现在大学是缺老师，供不应求还好，但中国地大物博，人口这么多，一旦市场出清了，绝对神仙打架。

没有坑的时候，苦的就是萝卜了。

"莫飞确定了没有？"果然，吴宁海就问到了。

李莫飞马上坐正了身子。"还没呢。正想请教老师。"

吴宁海端起："像我给君文建议的一样，要是想做学问，那东北和西北一样，都比不上南方学术氛围浓厚。单说地理位置，江宁省离港澳台都近，而且江宁市旁边好几个经济特区围着，改革开放二十几年了，资本市场也是发展起来了，样本也多。要是不留校，总归也是南方环境好一些，平台大，施展得开。"

李莫飞才答应着，玄关处传来了敲门并开关门的动静，一道熟悉而又嘹亮的声音就响起来。

"吴老师，您该帮我再劝劝才是，我劝不来君文下海，这下莫飞怕是也要留校了。"听这声音就知道钟大海也到了，大家都笑了起来。

"事儿都忙完了？"张君文知道这些日子钟大海又是忙着毕业论文，又是忙着开公司，两头跑，忙得是脚不沾地。今天赶上答辩，才有机会见上一面。说来也是这学期开学来两人第一次见。

"七七八八了。出资和找写字楼都是小事，营业执照和工商登记文件什么的也好办，去公安局那里刻制印章也都搞好了。就是工

25

商局的那帮人有点看人下菜碟：一会儿让去行政审批大厅交材料，一会儿又让去人民银行补开什么征信报告，一会儿又通知说不用了。一通电话的事，倒把我那几个手下耍得团团转。接下来还有银行开户、税务申报、社保开户这些琐碎事，就是这底下有些新招的办事没经验，有点误事。"钟大海突然又想起什么事来，"对了，君文，你就是研究企业税收的，我记得你为了写毕业论文没少跑税务局调研。你最近有空吗？能不能帮我指导下这几个年轻人怎么和税务局这帮人打交道？"

"没问题。"张君文一口答应了下来。

吴宁海心下一动，扭头叮嘱道："小菲，你不是也有篇这方面的报道要写吗？昨天晚上还问我来着，你也可以多请教请教君文，他毕业的文章写得很有见地的。"

"好。不过我那报道也就和企业税务沾了点边，更多是和互联网企业发展相关的。莫飞哥也是研究企业管理的吧，我也要好好请教莫飞哥。师哥，喝茶。"吴小菲歪了歪脑袋，把一盏新茶端到钟大海前。

钟大海连忙道谢，偷偷朝李莫飞挑了挑眉毛。

这几年吴小菲回江宁市工作，见面次数多了，对这同门几个，一口一个"师哥"，礼貌又周到，可到了李莫飞偏偏就区别对待。也不知道从哪一天开始，吴小菲对李莫飞的称呼直接从"李师兄"跳到"莫飞哥"，这么个一百八十度的大转弯，差点让桃花常开不败的钟大海没跟上思路。

只是李莫飞抵死不认，要不是张君文在一旁打包票，钟大海都怀疑自己兄弟不声不响地当了回令狐冲。

"少胡说，岳灵珊最后也嫁了林平之，你在这儿乱点什么鸳鸯谱？"李莫飞被这番语不惊人死不休的玩笑话一刺激，急着开口撇清，却一个不留神咬到了舌头，疼得倒抽凉气。李莫飞只能端起凉水壶大口大口地灌，一边灌一边没好气地瞪了一眼在一旁笑得前仰后合的张君文："别笑了，笑什么笑！"

钟大海一脸坏笑："师妹这股亲热劲，有心人很难不怀疑你们俩暗度陈仓。"

李莫飞一下子又被呛住了，甩了个眼刀过来："成语是这么用的吗？我看你这才叫以小人之心度君子之腹。"当时张君文用手给李莫飞拍背，笑得都快站不稳了。

眼下看到钟大海的小动作，李莫飞又想起了这个玩笑话，霎时间心湖里像被丢进一块石头。但李莫飞马上定了定神，权当没看见没听见，脸上依旧不动声色。

钟大海看到兄弟如此气定神闲，脸上微微一笑。

但钟大海至少猜对了一半。吴小菲确实就看上李莫飞了。大三那年开学晚，江宁大学都报到了，吴小菲还没动身去上海。吴小菲闲来无事，经常往学院里跑。学院里办迎新会，吴宁海作为院长，要上台讲话，吴小菲也偷摸混了进去。

那时的李莫飞还是研究生一年级新生，作为刚毕业的本科生学生会主席和新选上的研究生学生会主席，当仁不让要上台活跃气氛。眼神干净的李莫飞就那样站在台上吹了一首《魂断蓝桥》主题曲《友谊地久天长》。和玛拉最后离开了罗伊一样，那阵子李莫飞刚被单方面分手了，身陷其中，百感交集。这曲子吹得柔情百转，迷倒了台下一大片女生。

吴小菲从此就上了心：在知道李莫飞是自己父亲的学生后，吴小菲高兴了好一阵子；知道李莫飞分手了，又高兴了好一阵子。就是听说张君文时常帮那些喜欢李莫飞的女孩子送情书，心里便对张君文存了一段成见。但近水楼台先得月，李莫飞这几年依旧单身，那自己就大有希望。情书算什么，花落谁家还不知道呢！

眼下李莫飞装傻充愣，吴小菲满肚子心事，钟大海一脸玩味，张君文见好友尴尬，马上把话题岔开，问起钟大海创业搞SP（移动互联网服务提供商）项目的事。众人的注意力果然就被转走了。

星期五，张君文果然抽了半天的空，按照约定时间来找钟大海。

原本钟大海的意思是简单辅导手下就可以了。可当张君文去金融街钟大海新盘下来的写字楼里时，却发现钟大海红着眼睛在泡方便面，也不知道吃的是哪一顿。工位上一帮人也是东倒西歪，只有墙角那台笨重的打印机还在咣哧咣哧地吞进一沓沓白纸，慢慢悠悠地吐出一行行黑字来。

　　通宵达旦的昏沉感在整个办公大楼弥漫着。

　　茶水间里仿佛打翻了咖啡机，一股美式咖啡的苦味在这种昏昏欲睡的氛围中四处乱窜，试图冲淡人们醋睡的香甜。一个女员工还在两眼疲倦地盯着屏幕，一手点着鼠标，一手机械地往杯子里倒牛奶。

　　看来昨天大伙儿都熬了大夜。

　　几个年轻人都一副没睡醒的模样，脑子都是蒙的。张君文和几个助理两三句话交代不清楚，便主动提出陪公司的人一起去。

　　钟大海连连摆手："这点小事，就和些行政人员打打交道，怎么用得着劳烦一位大博士亲自跑，杀鸡焉用牛刀？你真想帮我，还不如松松口答应当我的副手呢！"

　　张君文听见钟大海又来挖自己，乐笑了。

　　"想啥呢！都是小事儿，我就顺路。大海，这地段不便宜吧。"张君文站在窗户旁等助理拿好材料，好奇地往楼下张望了下，经过多日雨水的冲刷，这马路变得更加干净了。

　　整条金融街车水马龙，两旁行道树在阳光下向着远处排开，有种守着凯旋门的气势——能在这个地方活下来的企业，都有自己的奥斯特里茨战役要打。

　　钟大海撕了一根火腿扔进泡面桶里，把整张脸埋进去，吸了一大口面条，鼓着腮帮子含含糊糊地说："贵着呢，这栋楼是容城置地的。'衡璧万容'，中国房地产业威名赫赫的'四大天王'，这地方五千八一平方米还不卖。别的不说，这楼上二十七层就是容城置地董事长的办公室。刚搬进来时，想着坐进同一部电梯的可能就是些在资本界搅弄风云的大佬，我就很兴奋。难怪说生命中最感动

28

的时刻是开始做生意时和离婚时。"

张君文离开窗户，走到钟大海前笑着问："二十七楼？这又是什么讲究？这楼不是三十层吗？还以为老板们都喜欢数字八结尾或者是次顶层。"看着好友狼狈的吃相，张君文忍不住调侃道："你这是几顿没吃呀？"

钟大海风卷残云般地喝完了汤，又给自己加了颗卤蛋："昨晚到现在，浓茶喝多了，饿得慌。二十七好着呢，中国公务员级别就二十七级。七上八下懂不懂。你看我特地挑的七层。"

"你这是什么年代的老迷信呀！"张君文嘲笑道。

钟大海拿了根法棍指着指窗外："说正经的，这幢楼顶层是停机坪，次顶层是观光台，二十八层是容城置地展览厅。十六层以上都是容城自用的。除了对面衡大和璧园的写字楼，这已经是最高的了，二十七层采光好。就是这傅容是真有意思，这地方寸土寸金，他倒好，直接辟了两千平方米展示自己发家史了。以后我要是做大了，一定搞个更有排面的。"说罢，顺手掰了块面包塞进嘴里嚼了起来。

张君文笑了起来，陪办公室的税务人员下楼。两人走到一楼大堂，只见一辆黑色宾利停在门口。车上下来一个穿着粉色西服小黑裙的漂亮女孩子，贵气逼人。其他都还罢了，就是那一个混合黑白织物粗花呢面料的包，里面不知缝了什么，被阳光一照，闪瞎了眼。纽扣是两个金色背靠背交叠的大写C，格外抢眼。女孩戴着夸张的大墨镜，长发红唇，引得路人纷纷注目。这是今年香奈儿春夏高级定制时装秀上超模卡门·凯丝穿的第一套展品，配的是1994年亮片毛呢字母包。

张君文尽管不识货，也能瞧出这女孩浑身上下都是名牌。

女孩旁若无人地大步走了进去，和张君文擦肩而过，一股淡淡的香水味扑鼻而来。不巧最近张君文犯了鼻炎，这味道一被鼻腔吸入，呼吸都有点不畅。

此地不宜久留。

张君文像躲瘟神似的赶紧走开。好在税务局就隔着一条街，久雨初晴的日子，空气总是格外清新，一路走来让人神清气爽，鼻子也通畅了。

税务综合窗口前很热闹。明天就是休息日了，大家都赶着最后一天把该办的事情给办了，有票表比对的，有询问境外支付代扣代缴的，还有一般纳税人纳税申报的。就算张君文熟门熟路，排队也花了不少时间。

眼看着下一个就是自己了，张君文和助理刚从等候椅子上站起来，突然那股淡淡的香水味又钻进鼻子里，惹得张君文直接打了个喷嚏。

等香水味散去，张君文再抬起头来，玻璃窗里已经挂出了"暂停业务"的牌子，业务员早就不见踪迹。这下又得等旁边几个窗口空出来了。

"怎么这样呀！"身边的小助理抱着文件夹对着那个"暂停业务"的牌子愤愤不平地说道，"张老师，我们又得等了。"

张君文只能又坐回去，揉了揉鼻子，安慰了刚毕业还有点毛躁的助理，但自己的心里确实也有点不舒服。偏偏旁边几个窗口在办个体工商户停业复业申请，耽搁了很久，张君文左等右等，直到那股香水味又冒了出来了。

今天闻了三遍这该死的味道。

果然女人的香水强烈得像一记耳光一样令人难忘。

不知加布里埃要是知道八十多年后，这款每晚伴着玛丽莲·梦露安睡的香奈儿5号，得到东方古国一个毛头小子这种评价，会做何感想。

"这还麻烦您亲自跑一趟，容城都来办过多少次土地增值税清算申报了呀，让助理送过来就行了。"一个税务局小领导模样的人从办公室里开门出来，对门里的人一个劲恭维巴结，看来是个大客户。

"给您添麻烦了。不想漏了这张项目工程合同结算单，我顺路，送过来也方便些。劳您费心，请留步。"迈出办公室的正是刚刚那套惹眼的粉色西服小黑裙。

"下一位。"这时候原先那位失踪的业务员等着粉色西服小黑裙走出办公室，也从这个门里闪身出来，匆匆取下"暂停业务"的牌子。

张君文走上前去，看见业务员有些手忙脚乱地整理着资料，最上面一张写着"国有建设用地使用权出让合同"，出让人是江宁市国土资源局，受让人正是容城置地。

显而易见，刚刚自己是被插队了。

张君文心中有些不忿，扭过头想寻找那个插队的粉色西服小黑裙，可人早就不见踪迹。这些个有钱人！

等张君文指导完助理办理好材料回到公司，已经快到晌午了。钟大海打算请张君文吃饭。

张君文连连摆手："别，你这忙得晨昏颠倒的，以后再说吧，师妹今天应该没再来了，我也该回去了。"

最近吴小菲来学校里找李莫飞找得可勤快了。张君文很识趣，吴小菲每次来，张君文不是借书就是还书，不是交材料就是送材料，反正把所有能躲出去的借口都用了一遍，保管能让李莫飞落单。可能恋爱中的女孩都比较可爱吧，张君文最近明显感觉到师妹对自己印象来了个大拐弯，说话都是轻声细语，让张君文受宠若惊。

钟大海知道张君文最近忙着修改毕业论文，和出版社协商出书的事，还有入职之后就要申报课题了，也不比自己空闲多少，加上自己确实抽不开身，便不再客气了。就是听到最后一句，钟大海忍不住笑了："这么快就好上了呀？"

钟大海的嘴跟开过光一样。张君文笑着耸耸肩，不发表意见。当事人不承认，这事就八字还没一撇，张君文绝对不八卦。也是张君文这嘴巴如此能守住事，几个兄弟才在私底下对张君文最为推心置腹。

可张君文还是隐约能感觉到，其实早在钟大海开过玩笑之前，李莫飞心中就泛起了层层涟漪。

这也难怪了！吴小菲活泼直率，又博闻强记，年纪轻轻就是省属报的大记者，专门负责财经板块，因为工作，见多识广，和李莫飞很能说到一处去。

江宁日报社和江宁广电集团在同一栋大楼办公。虽然不是电视台的出镜记者，但从事传媒一行，在电视里露脸的机会也比常人多。李莫飞有一次回家，饭后陪父母观看江宁卫视的晚间新闻，就看到了吴小菲笑意盈盈的脸庞。也是这时候，李莫飞才知道吴小菲在工作上如此出色。镜头里是场国际投资贸易洽谈会的高端论坛，直播切出来的画面，正好是答中外记者问环节，吴小菲一口播音腔清脆悦耳，眉目间神采奕奕，魅力四射。

"这个记者很有气质。"李妈妈在专心做行政前教了快三十年的语文，形容词信手拈来，"真是顾盼神飞，文采精华。"

这样一个鲜艳夺目的女孩子，每次见面一口一个热情洋溢的"莫飞哥"，还和自己的同门师兄弟区别开，极大地满足了男人的虚荣心，李莫飞怎么可能一点感觉都没有？

但吴小菲毕竟是恩师的女儿！这利害关系大着，这种恋爱哪里是随随便便想谈就谈的。

不过最近吴小菲每次来找李莫飞，张君文就很有默契地找借口出门。打从这时候开始，这事儿隐隐约约就微妙了起来。

一连数天，江宁市都笼罩在一片微雨蒙蒙之中，好不容易今天出了太阳，本是件让人极高兴的事。但李莫飞上午去邮局取完信件，却像霜打的茄子一般，依旧怏怏。一开家门还遇上李妈妈拿着一堆照片堵着自己，心里更是烦闷。

李妈妈单刀直入："回来啦。上次我和你说的事，还有印象吧。"

"妈，您这是又上哪儿找的这么一堆照片？"李莫飞知道是介绍对象的事，整个人都不太爽快，一看到母亲把自己堵在门口，连鞋都没法换，脑子里更像被放了把电锯。

李妈妈把照片强塞到儿子手里："这些都是你大姨、二姨帮你精挑细选过的。上次不是和你说了吗？你去见见！交个朋友也行。多个朋友多条路。"

李莫飞一眼没看就放下照片："妈，我最近忙。真忙。"

"知道。但再忙，饭总是要吃的吧？你就当去吃个饭好了。"李妈妈马上又把照片拿起来。

"妈，毕业好多饭局，天天吃。"李莫飞躲着自己妈妈，弯腰要去拿拖鞋。

李妈妈见招拆招："那正好，最近大鱼大肉的，吃完饭顺路去喝个茶解解油腻。"李莫飞皱了眉头："妈，聚餐难免要喝酒的，一身酒气见人家女孩子不合适。"

"哎哟，嘴上说着不想见，不想见你讲究这么多呢？少和我卖乖，实在不行，那吃饭前去喝个咖啡好了。"李妈妈见儿子不开窍，也放下照片，抱着胳膊问道。

"妈，空腹喝咖啡，伤胃。"李莫飞头也不抬，疲惫不堪地敷衍道。

"那就加牛奶。"

"妈，毕业事是真多。"

"知道。今天干完，明天还有事。能做完的事，都不是事。横竖有做不完的事，早一天做和晚一天做，有什么区别？今天做和明天做又有什么区别？空一下午出来又怎么样？"李妈妈理直气壮地说。

这话没道理。市实验小学的课间每天放《明日歌》，校长居然说这种话，还如此言之凿凿，实在让人大跌眼镜。但这句话李莫飞也就只敢放在心里想想，没敢说出口。卖惨行不通，那就换个打法。

李莫飞叹了口气："妈，我在学校又不是没女孩子喜欢。"

"知道。那你倒是带一个回来呀？不过不带也罢了，喜欢你的和妈给你挑的，能是一回事吗？"

"妈！"李莫飞抬起眼睛认真看了一眼母亲，脸色凝重了起来。

"李莫飞，你别不识好歹。博士阶段我体谅你压力大，你不放心上，我就不和你计较了。博士毕业了你还推三阻四的，你打算干吗？早知道你这样，当初你本科毕业闹那些事，我就不该心疼你那两年。"

最后一句重了。这话直接挑了李莫飞心里绷紧的那一根弦。李莫飞揣兜里的手一下子攥紧了，气氛就像从保鲜柜模式调成冷冻室模式。

"行，我去。"沉默了半晌，李莫飞叹了口气。

"好。"李母倒是有点诧异，但为了防止自己儿子变卦，马上补了一句，"择日不如撞日，就下午吧。就广电大厦楼下的西餐厅，宁江边上，也近，都安排好了。"

妈妈能给自己来这么一招釜底抽薪，李莫飞又好气又好笑。

"走吧。"

"您也一起去啊？"李莫飞挑了挑眉。

"我出去给你爸打包个午饭，刚好顺路。放心，我不会露面的。"

"我爸不是中国胃吗？麻烦您装也装得像点。这么欲盖弥彰。"说什么交朋友，连监控摄像头都装好了。这不明摆着怕自己不配合，找借口把人家姑娘晾半路上。

"本来中午就没做饭。"

李莫飞微微有点嘲讽："妈，您倒也不必这么未雨绸缪。"看来万一自己不答应，妈妈是诓也要把自己诓出门的。

李母抬头瞪了一眼比自己高出许多的儿子，慢条斯理地威胁道："儿大不由娘，这古话是一点都没错。你能体会你妈妈用心良苦就好。我今天特地从学校回来监督你。记住了，别给我耍花样啊，否则我绝对收拾你。人家姑娘知书达理的，市教育局局长的女儿，在市电视台当文字编辑。你给我好好表现听到没有？我和你爸可丢不起这个人。快走吧，第一次见面总不好迟到。"

呵，知书达理，教育局局长，文字编辑。照片上一看就是秀外慧中那一款的。这语文老师看上的未来儿媳妇，果然最讲究腹有诗书气自华。

遇上这么个亲妈，真是没辙。李莫飞很认命地跟着去了。

李莫飞这边是牛不喝水强按头；人家女孩那边也没瞧见多乐意，打算直接拉上同事去把事搅黄。

"我下午还有材料要写呢。"

"好小菲，中午陪我吃个饭吧。拜托拜托。"刚好吴小菲过来编辑部送一份新闻稿，就被一个文字编辑给拉住了。

"柳老师，怎么回事？"吴小菲看着朋友一副苦大仇深的表情，打趣起来，"让我猜猜，家里又给安排相亲了？这个月第几场了？居然没吃胖！"朋友是市教育局局长的女儿，家里着急终身大事，一波一波地安排对象，这事台里、报社全都知道。

柳杨撇撇嘴："少在这里说风凉话，你要是再不找，过两年也没跑。"

"这是请人吃饭的态度吗？"吴小菲笑起来，看着柳杨着急得直跺脚，"好好好，我去。但可说好了，我就去吃饭，偷龙转凤的事我可不干。这次介绍的又是谁呀？"

柳杨对着好友谢了又谢："一个博士。如果我没记错的话，爸爸是国企高管，妈妈好像是语文老师。我都懒得看照片。我家王母娘娘张口闭口都是教育，给找的人，学历从来排第一。你来给评评理，这些人学识都这么渊博了，怎么不去写本《西厢记》，就知道天天巴望着做红娘？强扭的瓜不甜这个道理也闹不明白，一天天乱点鸳鸯谱。小菲，要不你介绍几个师哥给我认识认识。你爸桃李满天下，我带一个回家，肯定能糊弄过去。"

"什么扭不扭、甜不甜，这是给你试错机会！万一眼下这个就看上眼了，哪还需要这么多事？"吴小菲揶揄道。

柳杨忙不迭地摆摆手，斩钉截铁地说："拉倒吧。肯定成不了。这种介绍的对象，全家老小都比自己了解情况，一上来就冲着结婚去的，一点都不好玩。"

"别抱怨了，走吧，吃饭去。"吴小菲笑了。

约见面的地点不远。李莫飞早就到了，坐在落地窗边上，对着窗外投进的阳光盯着手里的杯子，一个劲地灌水，有点如坐针毡。

这边吴小菲和正牌相亲对象柳杨才走到旋转门口。在吴小菲的视角里，这时候有一个在阳光照耀下仍熠熠发光的熟悉身影，手里端着一杯柠檬水，文质彬彬，脸上有点淡漠的神色，比那熹微的晨光还要干净。

"你等会儿。"吴小菲一下子刹了脚步，拽住好友。

柳杨被拽得有点站不稳了："怎么了？想通了？打算帮我狸猫换太子呀？"

"我换。"吴小菲咽了咽口水。柳杨一脸诧异，看着微微有点魔怔的吴小菲。"你相亲对象叫什么名字？博士。江大的对吗？妈妈教书，是在市实验小学吗？"

"对呀，叫什么李莫飞。不过话说回来，你又是怎么知道的？"

"就我师哥呀。你不想去对不对，那我去。亲爱的，回头请你吃饭。"吴小菲三言两语和好友解释了一下。这事虽然新奇，但君子不夺人所爱嘛，柳杨乐得不花钱送吴小菲个大人情。看来相亲也未必都是坏事儿，还能赚人情就值得，这种互利互惠的事最好多来点。

打发走柳杨，吴小菲深呼吸一口气，走了进来。像吴小菲这般聪慧，搁平时一进门看到吧台旁坐着个妈妈辈的阿姨，就应该猜出这场见面另有玄虚——就是这个时间点，一个保养得很好的阿姨，一个人坐在西餐厅吧台的高脚椅上，心不在焉地吃着一盘烟熏三文鱼，有种说不上来的诡异。

然而现在的吴小菲一门心思在李莫飞身上，尽管心里犯嘀咕，更多心思却在想着怎么和师兄开个玩笑。只是当她独自走到李莫飞面前的时候，李莫飞还在走神。

"您好，我是吴小菲。"吴小菲的手才伸了一半，李莫飞就触电般抬起头，着实吃了一惊。

不过现在不是吃惊的时候，妈妈就在邻座玩潜伏呢。李莫飞赶忙站起来，拿手指不易察觉地敲敲桌面，指了指吴小菲身后，对着吴小菲疯狂使眼神。

吴小菲马上反应过来，直感觉身后有道灼热的目光，像把剑一样劈过来。本以为是群英会，没想到闯了鸿门宴。吴小菲的大脑呼呼地转了好几转，把原先准备好的那一套说辞改了好几版，终于敲定了一套还符合故事线的说法。

"您好！吴小菲。"这手固执地伸在半空中。

李莫飞不知道吴小菲葫芦里卖的什么药。"您好！李——"

"好什么好。"吴小菲一巴掌打掉了李莫飞的手，"莫飞哥，要不是我同事刚刚在门口被领导一通电话叫走，我陪着来撞见了，我都不知道你背着我在相亲。到底是怎么一回事！"这话怎么听都不止一层意思。身后传来一声清脆的餐叉掉银盘的响声。

李莫飞的大脑一下子被按下了好几个切换键。师妹真是聪明！这一招声东击西，干得漂亮。这下坐不住的，该是妈妈了。不过作为全市少数既能牢牢握住家庭命门，又能在学校里当游刃有余的一把手，李母的耐性绝非常人。李妈妈又拿起餐叉，气定神闲地切着三文鱼，看来是打算隔岸观火。

先发制人，后发制人。吴小菲给李莫飞递了个眼神。

"师妹，没有的事儿。我就陪我妈来吃个饭，菜还没上齐，我坐在这里想个昨天和老师说的题目。妈，您说是吧？"李莫飞今日憋着气被拉出门，确实不太爽，当下马上伸长脖子招呼起自己母亲来。

李母还真没想到自己的儿子能这么浑。知彼知己，方能百战不殆。眼前情况不明，这半路杀出的女孩是什么路数，和儿子又是什么关系，李妈妈心里一点谱都没有。

但李母何许人也？能当小学校长的，都是人精。李母吃过的盐，比李莫飞和吴小菲吃过的米还多。两人毕竟还太嫩，二对一，也不一定能打赢。"您好。我是莫飞的妈妈。吴小姐是吧？"李母不慌不忙地站了起来。

吴小菲闻声，早已经转过身来，快步走到李母前，左手搭在右手上，放在身前行了个三十度的鞠躬礼："嗯？阿姨您好！叫小菲就行。"李母神采奕奕，双眉如远山含黛，眉下眼波潋滟，一看就是个大美人。李莫飞的眉眼完全遗传了母亲，配上高挺立体的山根，柔化面部棱角分明带来的犀利感，成了江大这九年来公认的校草。果然好看都是遗传的。

"原来是莫飞的同学呀。来，小菲，坐下一起吃饭。"前菜已经上了，是法式奶油蛙腿和烟熏三文鱼，李母马上唤了服务员，多加了龙虾配蒜香奶油汁、菠萝烤猪肋排、意式海鲜锅，翻到鸡尾酒页面，"小菲，喝点什么呀？"

"妈，今天周五，还工作呢。"李莫飞拦住了母亲。

李母意味深长地看了自己儿子一眼，又和蔼地向小菲笑了笑："小菲，在哪儿上班呀？我这儿子，在家很少向我和他爸提到女同学，害我都不认得。"这话一语双关。

"阿姨，我就在江宁日报社当记者。也不算莫飞哥的同学，只能算同门师妹。您和叔叔培养得好，我爸爸常让我向莫飞哥看齐呢！"吴小菲有意无意地点了最后一句。

李莫飞马上醒悟，小声提醒道："妈，小菲是我博导的女儿。"

记者？难怪这女孩看着眼熟，倒是自己中意的儿媳妇类型。等等，博导？那岂不是院长的女儿。李母心思一下子活络了起来。"莫飞，你怎么回事，连我和你爸都瞒着。都有女朋友了还自告奋勇来帮你表哥相亲？自己是怕招架不住硬拉上我给你打埋伏吗？哪有你这么谈恋爱的！"

得嘞，果然姜还是老的辣，妈妈一句话，不仅给自己找到理由了，还顺带把李莫飞往外推。李莫飞也是服气。

"难怪和我同事描述的相亲对象对不上号呢。阿姨您别怪莫飞哥。我刚从上海毕业回来没多久，就没公开。莫飞哥待我很好的。我负责财经新闻，他研究公司财务，术业有专攻，平时在工作就对我多有指导。上回还帮我找了好几份难得的资料呢。"吴小菲思路快，又口才了得，几句话又把李莫飞从两面夹击的境地里救了出来。

"这是应该的。不过你也别让着他，省得这小子骄傲。"李母喜笑颜开。

高手过招，既要拳拳到位，又要点到即止。整顿饭下来，李莫飞半句也插不上嘴。吴小菲是新闻系的大才女，从小到大都是语文老师的宠儿。诗词歌赋，诸子百家，信手拈来。李母是越看越喜欢，一个劲邀请她来家里做客。

再这么聊下去，怕是真要出事。在相亲这种问题上，想搞定亲妈，除非鬼谷子出山，还是别白日做梦了。

李莫飞对待亲妈的态度，从来都是打不过就跑，三十六计走为上。"妈，小菲下午还有稿子要写，我们约了去图书馆找文献的。到点了，赶时间。"

李母又意味深长地看了自己儿子一眼。这两人虽然有点小聪明，可道行太浅，明眼人一看就知道是假的。不过这回，丢了个芝麻，捡了个西瓜。教育局局长虽好，说到底也就只有自己的关系基础，两个孩子要是情感基础不牢，以后保不定地动山摇。大学学院院长也不赖，儿子已经隐约透出想留校任教的念头，真要搞定博导的女儿，那以后在学校这路就好走了。自己过几年就退休了，和教育局局长结秦晋之好，也没什么大用。以后孙子上小学也好，小升初也好，自己都够用了，关键还是要儿子好。这女孩话里话外又一心向着自家儿子，看样子有戏。行吧，见好就收，来日方长。李母分开之前再三嘱咐李莫飞不准欺负女朋友。

两人送走了李母，李莫飞长长地吐出了一口气："谢谢你，师妹。应付我妈妈，得用兵法。这回真是辛苦你了。"

吴小菲哭笑不得："莫飞哥，瞧你说的。阿姨和蔼可亲，哪有这么难处呀！"

"和蔼可亲的是师母，我妈妈的脑子，和豆腐房里的石磨一样。这话我从小听我爸讲到大的。"同样一辈子和书还有学生打交道，师母在学校图书馆工作，环境简单，妥妥贤妻良母型。自家妈妈能在正高级小学老教师里争到一把手位置，离宜室宜家肯定有段距离。当初李爸爸见色起意，以为追到了一个性格比眼睛还温柔的姑娘，结果才发现是个说一不二的女金刚，只能甘之如饴地过起了"妇唱夫随"的生活。别的不说，单说做饭，每次去老师家，都是师母亲自下厨，烧得一手好菜。自己家里头，打小妈妈当班主任忙，就是姥姥做饭；后来姥姥走了，妈妈当教务处主任更忙，厨房重担就压在爸爸肩上了。妈妈烧的菜，也就勉强能吃。

"工作属性不一样，我妈妈只是馆员，阿姨可是校长。"吴小菲笑了，"说到图书馆，莫飞哥，你可得陪我走一趟。互联网泡沫这事闹得这么大，我确实有点问题还没搞明白。"

李莫飞很热心地答应下来，陪着吴小菲去图书馆找资料。几个钟头下来，李莫飞发现这女孩与众不同的地方实在太多。比如她的记忆力非常好，两人在服务台问了一堆书籍的编号代码，李莫飞表示实在太多了，吴小菲两分钟就背下来了；比如她的表述能力惊人，李莫飞几句话解释完一个问题，她唰唰就能整理出一段重点来；还有她的洞察力更厉害，一本显示还在架上却怎么都找不到的书，她居然都能在自习区的座位上找到。

五年前李莫飞陪另一个女孩来图书馆自习，也碰到过类似的场景。

"你是怎么做到的？"李莫飞满是好奇。

那个女孩有点小骄傲："民族志这种东西，一般人是没兴趣耐下心来读的。像我们都是一时兴起，带着问题来的。这套江宁省的地方民族志断断续续缺了好几年，又都显示在架，肯定是经常来图书馆研究江宁的人搬走了。"

"每层楼都有还书车，你怎么知道在二楼？"

"这就是碰巧了。这几天路过的时候，总有一个老教授坐在固定位置上。第一次是早上，我们来的时候，我见他看的是《江宁经籍志》，我们走的时候在看《江宁艺文略》。我们第二次来时是下午，他看的是《江宁省统计年鉴》，我们走的时候，他已经走了，看的书都还堆桌子上，看来是一个喜欢把书留座位上不借走的老师。你等我一下。"女孩飞快地找到对应的页码，迅速记完笔记，一手钢笔字漂亮又大气，抄完合上笔记本，又把书原样给放回去了，"我们走吧。不用借了。"

李莫飞当时就觉得，自己的女孩真是可爱。

眼前这个女孩，也挺可爱的。

出了图书馆，两个人各抱着一摞书，慢悠悠地在校园走着。天空以泪洗面了这么些天，终于绽开了一个灿烂的笑靥。今天天气出奇地好，天蓝得像绸缎一般，没有一丝白云。江宁大学的校园是全国数一数二的美。红瓦灰砖的宿舍楼栋错落有致，搭配着高大繁茂的凤凰花树，弯弯曲曲不断向前铺展开的石板路，比风景画还漂亮。沿着两旁郁郁葱葱的灌木丛慢慢走，不时有几只云雀落到地上，昂首挺胸地迈了几步，又扑棱着翅膀跃上树梢，惊扰了在树上酣睡的松鼠。一团漂亮的大尾巴优雅地一转，瞬间幻影移形了。

春天的校园，空气中总有股若有若无的甜味。大概是因为明天不上课吧，许多下午没课的学生都出来玩了，三三两两相约着往校门口走，犒劳犒劳自己被食堂虐待了一周的胃。此刻，太阳快要下山了，操场上，跑步的、踢球的、跳远的，愉快的嬉闹声阵阵传来，带着整个校园都高兴起来。还有很多小情侣，手牵着手坐在草坪上聊天发呆，不时还有几个阳光帅气的男孩，载着漂亮可爱的女孩，一路风驰电掣，冲过升旗台和花坛喷泉，留下满地的欢乐。

李莫飞穿着一身干净的运动套头衫和牛仔裤，下面还是白色的旅游鞋，满满的少年气。套头衫是浅紫色的，和吴小菲身上的浅紫色长裙凑在一起，很像是情侣装。男俊女靓，一路上收获了不少好奇探寻的目光。宁江的风漫不经心地送来，吹得两人的脖子后痒痒的。

两个人都没有这样走过校园。

"那个……"

"你先说。"

两人看着那团毛茸茸的暖棕消失的地方，异口同声。

"师妹，还是你先说吧。"李莫飞轻松地笑了。

吴小菲脸上有点发烫，视线投向适才松鼠跑过的树丫，青翠的叶子在夕阳的余晖中微微泛着光。吴小菲缓缓吐了一口气："讲这种话真的很难为情，现在感觉超级想死的。"

吴小菲偷偷地看了一眼心上人，但李莫飞怕她难堪，并没有看向她。李莫飞并不是第一次被女孩子当面表白，他显然已经知道接下去吴小菲要说什么了。

吴小菲鼓足勇气："不过，也许你并不希望，但我很想继续和你保持关系，或者说开始一段关系，不是师兄妹的礼貌友好关系，而是出自我个人的心愿。我知道自己喜欢你很长一段时间了，我好高兴这个事情今天终于告诉你了。"

傍晚的风都透着清醒。没有铺垫，没有拐弯，非常美、非常干净的陈述句，被一个更美、更干净的声音送过来了。

李莫飞很感动。往日自信大方的姑娘，说完这番话，愣是再怎么镇定自若，脸也已经红得像熟透的大虾。

李莫飞知道女孩不好意思，便反问道："你怎么知道我不希望呢？早知道你要和我表达同一个意思，那我刚刚不该让你的。刚刚我想问的是，晚上可以一起看个电影吗？"

吴小菲扭过头来，眼睛一亮。

"现在我知道答复了。所以我想换个问法，以后的电影都能请你看吗？"

吴小菲手里的书都掉地上了，她踮起脚尖，一把抱住了李莫飞，抱住了整个春天，只属于自己和李莫飞两个人的春天。

第三章

日子像清晨的露珠，留不下一点痕迹。毕业照拍完了，毕业证书和学位证书也发下来了。张君文在宿舍里收拾着行李，从一堆年级照、班级照中，抖落出毕业答辩时师兄弟四人拍的照片。

这两个多月下来，钟大海的公司已经开始步入正轨了。李莫飞选择留在江宁大学，按照他的说法是"985"高校平台更大，资源更多。这话也在理，不过李莫飞这两个月和吴小菲的关系突飞猛进，不知道这其中有没有师妹的因素。还有黄鸿图师兄，其实四人里，自己和他关系最一般。说来也不奇怪，黄鸿图大张君文和李莫飞七八岁，又是市直机关的领导，说话当然有距离。比不得钟大海，只有中间跳出去全心全意在省属国企干了两年，年纪也就大个四五岁，肯定更能玩到一块去。

张君文听钟大海说起过，黄鸿图也是出生于农村，研究生毕业后进公务员系统，从农村经济科的一级科员做起，做到市经济技术协作办公室的主任科员，再到财政金融科科长，中间又是四级调研员，又到分管经济体制综合改革科、协同发展科的市发展和改革委三级调研员。正常人的话，应该升江宁市发展和改革委二级调研员，随后是一级调研员，这已经够快了。再往上走就是省发展和改革委二级巡视员了，为厅局级副职。普通人要能在综合管理岗做到这个位置，功成身退，也不简单了。但黄鸿图结婚后，档案直接就从市发展和改革委调去市委组织部了，现在是证监局的处长，县处级正职，意图不言自明。

"调研员、巡视员什么的，虽说都没有行政职务，但一般就在处长里挑，不管在能力上，还是经验方面，那都是行家里手。"钟大海吃公家食堂的饭长大，从小耳濡目染，对中国的行政级别如数家珍，"不过鸿图哥自从娶了嫂子，就开始转领导职务了，接管的都是像国民经济综合科、投资科这些香饽饽。接下来再升，就很不一般了。"

黄鸿图的岳父齐国典是省里老干部，江宁省上上下下很多地方领导都是他挖掘出来并一手提拔上来的。包括李莫飞的父亲，真算起来也是齐老的老下级，对老首长很是尊敬。

背靠大树好乘凉。根系如此庞大，官运自然亨通。

三十五六岁，能做到如此职位，若没有点真材实料，那也是扶不起的阿斗。黄鸿图本人绝对配得上"年轻有为"四个字。同在一个师门，张君文一两次接触下来，就发现师兄在工作上绝对雷厉风行和雄心勃勃，而且上通下达，没什么架子，实打实当官的好苗子。

当初钟大海在劝李莫飞和自己下海时就说："鸿图哥属于八字里有官星的那类人。我是不行的，君文也没有，莫飞还有点指望。不过在那官场上就要谨言慎行，说句话脑子都要转得比风车快，累得慌，哪有生意场好玩？"

若真要说"家里有人"，四人里排第一的当数钟大海。黄鸿图勉强算是半个官二代，但钟大海可是正儿八经的红三代。钟大海是北京户口，从小在祖父母身边长大。当年硕士毕业后，钟大海年轻气盛，选择了去深圳，然后又突发奇想来江大拿在职学位了。出了钟大海这么个离经叛道的，家里人也是没办法。好在钟家人口复杂，钟大海上头还有个哥哥，伯伯叔叔那几房的堂兄弟姐妹更是乌泱泱一大片，家里也就随他折腾了。

"不是我不想当，是我属实就不是这块料，总不能赶鸭子上架吧？"钟大海双手一摊，满不在乎地耸耸肩。不过钟大海这种性格，就算不把家里背景摆出来，在哪儿也都混得很开，他乐于结交，为人仗义。黄鸿图的与人为善还是给张君文带来点生硬感，但钟大海就截然不同。钟大海打小见得多，不管和什么样的人，三杯下肚，都能称兄道弟。瞧，在江宁市没待上几年，狐朋狗友就认识了一大堆。毕业证都还没领到手，转头就潇洒地把工作辞了，拉着一帮人紧锣密鼓地倒腾起开公司来。

张君文盯着照片看了一会儿，找了个相框装了起来，放进箱子里头，贴好胶带，走到阳台上远眺，思绪万千。

今天是最后一趟回来搬东西了。

学校给安排了教职工宿舍，尽管没赶上最后一批分房福利，但对这三十年都还没有过自己独立房间的张君文来说，能有一个私人空间，是件多么令人兴奋的事情。新宿舍张君文去看过了，不大，三十平方米不到，大概二十五平方米。事实上，比现在张君文住的博士双人宿舍还小一点，但是张君文已经是相当满意了。原本要办理完入职才能领钥匙的，前几天吴老师关心，替张君文向安排宿舍的行政人员打了个电话，张君文又和博士楼宿管申请暂缓几天，两边一通融，帮自己省了好几晚旅馆的费用。

李莫飞回自己家住。他家在翰林江景小区，也是容城置地的产业，买时三千多一平方米，去年年底才装修完。这房子与江宁大学都在宁江主干道的同一侧，每天早上李莫飞从家门口晨跑到学校北门也就半小时，开车绕路反而不方便。不过李莫飞还是开了父亲的车过来，塞满了一整个后备厢才把床位搬空了。搬之前李莫飞原本打算替张君文先搬一趟。

张君文拒绝了："不用这么麻烦。我也就从学校东区搬到学校西区，连笃行隧道都不用过。东西又少，自行车驮两趟就行了。"李莫飞拗不过张君文，只好作罢，叮嘱道："大后天就报到了，系里还要开会，你抓紧收拾完好好休息一下。"说完先走了。

虽说在同一个校区，但从东区到西区，却着实不近。不过江宁大学的景致如诗如画，莫说来回个两三趟，就是二三十趟地跑，张君文也是心甘情愿。

江宁大学占地面积接近一千二百平方千米，划东西南北四个区，依山襟江，风光旖旎。其中，东、西、南三个区和北区被宁山延展出的一脉给隔开了，学校为了方便师生出行，把抗日战争时期留下的一条防空隧道修整了一番，隧道南起西南角的笃行园学生食堂，沿途穿越狮山，北至江大硕士研究生学生公寓，是中国最长、最文艺的涂鸦隧道。西区是教职工生活区，剩下三个区都是学校正常运作的区域。

　　从学校东边走到西边，最快、最平坦的一条路要经过江大的大南校门。北门出去是哺育了世世代代江宁人的宁江，南门出去则是香烟缭绕的宁江寺，是座远近闻名的江宁古刹。寺庙古色古香的木大门正挨着学校气势恢宏的花岗岩大门。这是江宁大学建校七十周年的献礼工程，石材采用的还是地道的"江宁白"。学校南门边上正是古朴神圣的图书馆，红砖绿瓦，拾级而上，两旁红花绿叶，婀娜多姿，延展开来，远远望去，美不胜收。而这边寺庙正殿前则有大片大片的绿浦。每到这个莲花含苞绽放的时节，正是青荷盖绿水，芙蓉披红鲜。两者交相辉映，别有一番韵味。

　　山不在高，有仙则灵，庙不在大，有道则兴。宁江寺背靠着宁山。山势蜿蜒，环抱着江宁大学的南边，连着学校后山里的情人谷和慎思泉，连绵过去，就是江宁市植物园。整个江宁大学，就是卧在青山绿水之中的一颗明珠。站在宿舍楼上抬眼望去，满目郁郁葱葱。

　　继1952年院系大调整之后，去年年底，江宁大学又把江宁医科大学并了进来。这下文学、历史学、哲学、法学、经济学、管理学、教育学、理学、医学、工学、农学、艺术学，全齐了。学校里名家大师荟萃，每年在明辨堂，更有不少蜚声海内外的专家学者赶来开设讲坛，场场座无虚席，甚至有不少学生趴在窗外聆听教诲，令人印象深刻。

　　中国有多少三十不到的年轻人，能有机会在这样的环境中度过自己人生最亮眼的九年？

张君文转过身来，看着空荡荡的宿舍，百感交集。宿舍是上床下桌，桌上被粘纸皮箱子的胶带搞得乱糟糟的。原本这个靠窗的位置摆了台张君文用吴老师给的劳务费买的二手电脑。买电脑的钱里还有帮导师做横向项目赚得的一些补贴，不过吴老师很照顾自己，知道自己兴趣不在这上头，并没强迫，只是选择一些相关的活给他。对他来说，也是了解现实，增加对制度背景认知的好途径。但这些钱还不够。张君文又把自己用作生活费的代课所得和奖学金挤出来补上，才买下那台又大又笨重的台式机。那电脑前几天已经被搬去教师公寓了。

最后一次用这张桌子了，在这张桌子上，伴着发黄的台灯，张君文发表了好几篇文章，帮导师写过好几本重大项目投标书，还填过好几份横向课题研究合同。第一次支取吴老师的项目经费填写审批确认单就在这里，第一次写"全国百篇优秀管理案例"也在这里。桌面还有一大块硬邦邦的胶水，是自己第一次贴发票，手足无措，不小心给洒了一桌子，后面忘了擦，直接就凝固了。在桌子上留下了一块凹凸不平，害得自己往后每每在作业纸上进行高级宏观经济学的模型推导，一不留神就能把覆在这上方的稿纸戳出一个大洞来，让自己气急败坏了好几回。

书桌上还摊着一本厚厚的毕业论文。厚达近两百页的论文就是读博这些年来的总结和积淀。其实博士阶段最值得纪念的，便是在梳理以前资料和成果的过程中回忆起的这些或温暖或惨淡的往事。

往事如烟，历历在目。五年前，张君文是第一个打开这扇宿舍门的，没想到五年后，又将是最后一个离开宿舍的。迈过门槛，自己就彻底从青涩的学生时代跨进未知的工作时代了。

几团揉得皱皱巴巴的草稿被风一吹，掉到地上，骨碌碌地滚到张君文的脚边。张君文弯腰捡起来，打开一看，原来是自己财务报表分析课上手抄的数据，被墨水染了一块。张君文正随手要丢垃圾桶里，忽然眼角余光一瞥，看到废纸篓旁还掉落了一些花花绿绿的信封，都没拆过，有几封封面上没名字，有几封上面写着"李莫飞收"。前几日吴小菲来找李莫飞，吴小菲还拿自己送情书的事笑着责备了一阵。自从吴小菲和李莫飞两人正式好上了，张君文见到吴小菲的次数就更多了，吴小菲也不似从前疏远客气了。

张君文笑着摇摇头，弯腰把几封散落的信捡起来，刚要丢进去，发现手里头还夹着一张大片水渍的明信片。这是好友的私事，张君文本不想看，但这落款上熟悉而又遥远的名字映入眼帘，让张君文按捺不住好奇。

右上角盖着自由女神像邮票戳印，纤尘不染的空白里，被洇开的痕迹模糊地点缀在浅浅的边缘，打上一圈柔和的轮廓，上面只写着三句话——

莫飞：

　　见字如面。告诉你个消息，我结婚了。愿你也能幸福，找到对的人。

时间在两个月前，距离李莫飞和吴小菲正式交往也就没几天。

张君文一下子惊呆了。

窗外突然大雨倾盆。六月的天，就像娃娃的脸，说变就变。多少年未变的夏天，还是如期而至了。

张君文从愣神中惊醒，将这些青春的情愫，统统放进垃圾桶里，走去关了窗。那些年少时候的欢喜，终究抵不过岁月的消磨。

"再见。"张君文直起身子，抱着箱子，大步走出这扇门，把自己的博士生活关进了门里面，也关进了记忆里。

第四章

报到第一天，张君文一大早就起床了。

昨天晚上，张君文在床上翻来覆去睡不着，最后太煎熬，干脆爬起来读文献，原本打算平心静气，积攒点困意，没想到越看越兴奋，差点熬成通宵。

读太久的书，第一天正式工作，总是按捺不住地激动。

不过醒的这个点，确实太早了些。张君文摸到眼镜一看表，才六点，食堂的早饭都还没供应。一看外面，已经透出光来，夏天天亮得早，他干脆出门晨跑锻炼。大清早人少，太阳不毒，天气也凉快。校园里树多，一路上喜鹊画眉轮番吊嗓子，听得人心情好。

果真人逢喜事精神爽。

张君文去操场跑了一会儿，跑完还拉拉筋，散了一小段步，调整气息，顺道拐去食堂打包了个油条和豆浆——刚跑完步吃东西伤胃。然后他才不紧不慢地走回教职工宿舍，准备吃完冲个澡再去报到。好几圈跑下来，出了一身汗，筋骨倒也松快，就是这汗味大了点，运动衫湿乎乎地贴着后背，也不好受。上班第一天，好歹要穿戴整洁才好。

才走到宿舍楼下，张君文就发现和出门时有点不太一样。门前的空地上多了一辆擦得锃亮的新宝马，纯白色的车身熠熠闪光，像镜子一样，都能照出人影来。张君文有点奇怪，慢慢地走上楼，还没到宿舍门口，楼道里就传来一个有点违和的男声。

"大学教师宿舍就这条件？妹妹，你一大早带我来这里干吗？"男子里语气里满满的嫌弃。这话直往张君文耳朵里钻，听着就让人不舒服：这环境怎么了？麻雀虽小，五脏俱全。

张君文这几天住下来，对这块小地方是越待越满意。

"哥，事前申明，我可没有一大早拉你过来，是你非要开车送我来报到的。"这个女声十分悦耳，还有点耳熟。

"对呀。今天是第一天，晚上爸还打算请院里几个老师吃个饭什么的，我不跟过来，爸妈能放心吗？不过报到我们去学院呀！你没事来教职工宿舍干吗？"

"昨天晚上不是已经请过了吗？爸爸这是又要干吗？"女孩的声音多了些不耐烦。

"那是校里的领导，今天请的是院里的领导，能一样吗？你又不喜欢这些事，爸虽然托了关系打了电话，但也要当面邀请诚意更足。你别绕开话题，你到底要干吗？可别和我说你要住这儿，咱家里最不缺的就是房子了。这里和鸽子笼似的，比香港的笼屋还小。"

女孩显然懒得解释，一个劲赶人："哥，那现在人也送到了，该去上班了吧？快去吧。"

"好妹妹，你到底怎么打算的？横竖现在才开学，没那么忙，也用不着住校呀！就算赶时间，家里不是已经给你安置了代步车了吗？你要是真不想住家里的别墅，那大哥和我不是在江边给你留了几套吗？出了这学校北门就到，往东边走、往西边走都可以。你到时候在北区办公上课，还不用穿隧道，更近。待会儿报到完，我们开车绕过去看一眼，装修都装好了，你挑一下就行。"

张君文这时已经掏了钥匙开门，隔壁空宿舍都是今年学校给新职工预备的，现在对面的门正虚掩着，看来是来人了。但这对话却让张君文听着直皱眉，转身把门关了冲凉去。

这边的对话还在进行。

"哥，我还没报到，钥匙都没领，你这么紧张干什么？"

"没领钥匙，那手上这串又是什么意思？"

"小菲帮我要的。"来人正是容城置地傅家的二公子傅清奎和大小姐傅清瑶。

"不是，跟二哥说实话，你和有鹏是不是闹矛盾了？这男人不能惯着，你记住没？那小子要是敢欺负你，我找人治治他。"这傅家二公子傅清奎，人称傅二，出了名的纨绔子弟，和傅清瑶都是傅容的第二任妻子所出，与现在容城置地的总经理傅家大公子傅清琛是同父异母的亲兄弟。龙生九子，各有不同。别的不说，傅清奎和傅清瑶一母同胞，也是截然相反的性格。

傅清瑶有点头疼，哥哥这样子，也难怪妈妈一个劲让自己回国，拗都拗不过。"哥，你又来。万鹏集团和咱家本来就是对家，回头再把黄伯伯得罪了。你是嫌爸头发不够白，还是嫌妈血压不够高呀？怎么总是记吃不记打呀？我这儿也没什么事了，你赶紧去上班。行政大楼也快上班了，我要去办入职了。"

这边张君文已经擦好头发，一看时间，七点五十了，手脚麻利地套上干净的衣服，拿好文件资料。这豆浆都还没喝几口了，不要浪费，那就一道提去办公室。

才刚开学，一路上都是赶早课没睡醒的学生，着急忙慌，一路上车铃就没停过，个个蹬得飞快。

张君文一边踩着自行车一边给这些横冲直撞的学生让路，心想着这以后要是排课、排考试，还是不放大早上好些。学生起不来床，有些早饭都来不及吃，饿着肚子更容易打瞌睡，一进教室签完到就在后排找个桌子趴着睡到下课了，效果也不好。而且这去教室的路还危险，万一刹车失灵，能摔倒一大片。

才看到学院大楼的轮廓，对面就驶来了那辆今天早上在宿舍楼下遇见的白色宝马，车速不减地冲到了学院门口。张君文也到了，下车打算把自行车停到树下，刚好闪过宝马的正前方。不想后头有几个毛毛愣愣的男生，一看到豪车，眼睛都直了，车铃都忘了摁，一个刹车没踩住，直接对着迎面而来的宝马撞了上去。

这宝马漂亮的引擎盖上直接留下了几道醒目的大划痕。二十不到的男生，体重摆在这儿，冲击力还是有的，几辆自行车的车身没稳住。车头一偏，车把一歪，漂亮地砸到了宝马的车灯上。

众目睽睽下，车灯罩上也裂了一道疤。几个男生大惊失色，尤其是自己摔在地上的那个，脸都白了。

张君文皱了皱眉头，走上前一把把学生从地上捞起来，交给男孩的几个同伴，先问道："人没事吧？"

男孩结结巴巴说没事。"没事就好，还是去校医院检查一下看看有没有伤到骨头，要是破皮了去开点药水擦擦，天热，别感染了。路上慢点。先去校医院吧。"

男孩不可思议地看着张君文，有些呆。身后的同伴上手拧了一把，直接按着好友的肩膀往下一起鞠了一躬："谢谢老师，那我们先去校医院。"男孩这才回过神来，看了张君文一眼，落荒而逃。

肇事的学生被自己放走了，这边怕是不好解释。学生那边就是几辆破自行车，撞了没散架就行，随便修修还能用，对面可是辆新宝马。张君文转过身，就看到一个男人从驾驶位上骂骂咧咧下来，脸色黑得像鞋底。

"哥。"傅清瑶匆匆从副驾驶上下来，先把傅二叫住。傅清瑶知道自己的哥哥沉不住气，喜怒形于色，容易惹是生非，更容易吃哑巴亏。自己上班第一天，都还没报到呢，又在学院门口，来来往往多少双眼睛，闹大了传开了就不好。傅二被妹妹一声唤给叫住了，想起来这里是学校，这些人不是妹妹以后的学生就是妹妹以后的同事，当下不好发作。只是这好比出门被扔臭鸡蛋，搁谁身上都不好受，真是煞风景。

"不好意思。"张君文点头哈腰赔笑脸的事做不来，只能一板一眼地帮学生道歉。论起来，是这车主在校园里不懂得减速慢行，才引发这事。

傅二火气腾一下又蹿上来了。傅清瑶虽然刚刚在车里看得清楚，但眼下脸上多少也有点挂不住。

气氛很尴尬。好在上课铃响了，学生都依依不舍去上课了，没什么人看热闹。

"清瑶，君文，早呀！这位是——"李莫飞也按时到了，刚才在后头看得真切，心里替张君文捏了把汗，赶紧出来打圆场。

"早上好，莫飞。这是我哥哥，傅清奎；哥，这是小菲的男朋友李莫飞，我的新同事。"傅清瑶对李莫飞有印象，前几天闺密谈恋爱，第一时间约了请客吃饭，就认识了。

"傅总，早上好！"李莫飞把手伸出来，"初次见面，多多指教。"

"叫什么傅总呀！真见外。清奎，叫傅二也行。"傅二一看妹妹的同事来了，马上挤出笑来，握了上去。

"介绍一下，这位也是新同事，张君文，我本博的舍友。君文，这就是吴老师常和我们俩夸赞的海归博士傅清瑶。清瑶这一来，不仅我们院的学术水平，颜值水平都能提好几个档次。大家以后都是同事了。"这话听得傅清瑶脸上有光，傅二是个宠妹妹的，也跟着受用。

"二位好。"张君文认出来了，这女孩便是那天在钟大海公司楼下碰到那个粉色西服小黑裙，今天倒是没拿那个亮包，也没喷那个熏人的香水了，但看着这一身新行头，也是价格不菲。傅清瑶却没有认出张君文，平时傅清瑶从来都不过多操心家里的企业，那天她本就是心血来潮，去老爸公司体验生活，哪里记得住那么些个事和人——还是毫不相干的人。

张君文才开口："不好意思，这车——"

"没事儿，我送去保修就好。"既然都是熟人，这边傅二不好再把脸拉下来，但心里难免不太舒服，双方手都没握。

"这时间也到了，我们进去吧。院里还要开会，别让吴老师他们久等了。"李莫飞又出来打圆场。

"行，妹妹，你进去吧，我去洗车，待会儿再来接你。李老师，张老师，晚上有空也一起吃个便饭吧。"既然两位都是吴院长的爱徒，李莫飞又极有可能是院长未来的女婿，那就一起请了。

"傅二哥客气，叫我莫飞就行。好，让傅二哥破费了。"傅二和三人摆摆手，开车走了。这事就这么过去了。这番交道只让张君文心里有股子腻味。

"你怎么又帮我答应了？"女士优先，排着队填材料时，张君文压低了声音。

"吃个饭而已，你还有什么事给绊住了？"李莫飞皱着眉头问。

去吴老师家也就罢了，这种场合就算自己没有事，张君文也是真的不想去。张君文没有把心里话说出来，只是抬眼看了看李莫飞，言简意赅："民办学校那边，晚上有课。今天是新学期第一天。"尽管张君文从读博士时就开始在民办学校代课，一切驾轻就熟，但他的性格从来就是对事较真，毫不马虎。

李莫飞知道张君文这个办事异常靠谱的怪脾气，浅浅地点了点头："知道了，我到时候帮你找个借口，道个歉就是了。"张君文手头不宽裕，去校外给一些大专代课，这事李莫飞很清楚，更明白张君文刚刚对傅家兄妹俩没说出口的不舒服和拧巴。

"待会儿还开会呢，也不知道开多久。"

"你知道今天开什么会吗？"这个张君文还真没打听过，以为是系里给安排的新教师欢迎会，看到李莫飞一脸神秘，看来自己想错了。

"赵老师快退休了。"李莫飞轻描淡写地带过。张君文这才意识到，赵烨一走，常务副院长就空出来了，这下开会议题可能和副院长遴选委员会有关。但一般选学院书记、院长这种事，应该是学校校领导和组织部负责，委员也是由学院内外相关学科的学科带头人、学术骨干或资深教授代表担任，和自己与李莫飞想来是没啥关系的。

"赵老师这老顽童脾气。"张君文想起答辩时的玩笑话。

赵烨是性情中人，这一干干满两届，实在不像他的风格。当初也是没办法，吴宁海当了院长，需要一个好班子，赵烨这才挺身而出，为好友两肋插刀。但按照他的脾气，应该早就想退了。可有门户，就有斗争。这几年，院里分了两派，每每到选人的环节，得出来的结果气得老赵差点摔笔而去。

两人签完字就和傅清瑶道了再见，去认领各自的办公室。张君文和李莫飞的办公室刚好紧挨着。

张君文很高兴，九年来自己几乎每周都往行政大楼跑，今天终于也在这里有了一张办公桌。张君文刚放下书包，就听到隔壁有动静，看来李莫飞那里是有客人。自己擦了擦桌子，屁股还没坐热，也听到了敲门声。

"请进。"

"张老师好！"来的人是赵老师的博士生卢义通，比自己小一级。两位大教授关系好，两师门有时还会一起开组会，交流下题目、搞搞联谊什么的，自然都认识。平时喊"张师兄"，现在成了"张老师"，张君文有点没反应过来，傅清奎刚刚喊的那一声也就罢了，但从亲近的师弟嘴巴里喊出来，那感觉还真是不一般。

"快坐。"张君文摆好相框，直起身子来。

"打扰你收拾东西啦，张老师。"卢义通进来了，坐进了沙发里。

张君文倒了杯水递过去："我也没啥可收拾的。几本书而已。你怎么有空过来？博士论文写得怎么样了？"

原本还嬉皮笑脸的卢义通一下子就垮了，虚弱地把自己塞进椅子里："别提了，上周才经历了一轮大改，现在一整个生死未卜。刚刚正要和老赵聊最后两章的事，关老师就进来了。我就来找您和李老师。李老师那边倒是热闹，几个老师都在；您这里清净，我就先到您这里来。"

张君文笑了笑，并不放心上："你没有提前和赵老师约好时间吗？怎么就撞上了？"

卢义通摇摇头："这时间是老赵安排的。我可是按点到。只是话没说几句，关老师就借着聊论文的由头进来。醉翁之意不在酒，说不到三句就绕到了选副院长的事情上；之后有些话我也不方便听，只好躲出来了。这几天我们去操场陪老赵跑步，管老师还从后头追上来搭话。也不知道关老师和管老师怎么想的，老赵在师门聚餐时都和我们说了，甭管姓关姓管，只要能让他拍拍屁股走人就行。"

这几年为这位置，关派与管派斗得厉害，老赵一回投一派，两不相帮，坦坦荡荡。偏偏每次都能打成平手，气得赵烨直跳脚，要是自己手气好点，这烫手山芋早就扔出去了。后来老赵又想去找吴宁海探探消息，希望押中宝的机会更大，说不定这回就成了。可惜吴宁海一眼就看破老友打的算盘。院长人又端正，半点口风都不露，老赵气不过，当着好友的面编出一段新农夫与蛇的故事，这事两个师门都知道。

往日里张君文权当听笑话了，因为心里不喜欢这些东西，便把话题岔开。"那你这跑步的指标完成了吧？"赵烨有个可爱的规定，非不可抗力因素干扰，但凡他带的弟子，每学期每天早上都要绕操场跑完五圈。

这条赵门铁律在经管学院享有"盛誉"，也备受"诟病"。

卢义通赶紧摆摆手："唉，张老师您怎么总是哪壶不开提哪壶呢。这事更糟糕。赵老师几次三番扬言，国际马拉松赛已经在北京、上海都办起来了，以后说不定更火，能办到江宁来。今后他的学生，毕业之前至少得去跑完一个全马才能答应答辩，而且要男女平等，一视同仁。我师门几个师姐听到这个消息，吓得花容失色。"

张君文笑了起来："我们也听说了，吴老师还夸赵老师高瞻远瞩，说这要是赵老师试点成功，保不准还能搞个全院推广。响应号召，为国家健康工作五十年。学术要跟上，身体不能垮。"

卢义通的笑脸立马塌了："张老师，您现在都毕业工作了，顶刊随便发。可我们还在锅里炖着呢，再让老赵拱一把火，明年大家都得烧煳。拜托拜托，可千万劝劝吴院长打消这念头。难怪最近陪老赵跑步，遇到个其他师门的女生，全都绿着脸绕道走。城门失火，殃及池鱼，我们师门想找人谈恋爱都没机会了。"

张君文哈哈大笑："开个玩笑呢，怕啥？这马拉松还没办到江宁来，等办过来，你早毕业了。"

门口又传来了敲门声，卢义通往门外一望，看到是李莫飞，又看到对面导师的办公室门也开了，赶紧从椅子上弹起来："关老师回自己办公室了。张老师，打扰您啦！那我先去谈下论文了，祝您工作顺利！李老师好！"说完就推门出去，顺便和李莫飞打声招呼，飞快地跑远了。

李莫飞是来找张君文一起去开会的。还真不是什么新教师欢迎会。这次会计系新进来三个老师，但是学院其实一下引进了十多个老师。正值新老更替，又赶上学院的大会，大会上吴院长简单又郑重地表示了欢迎，就算结束了——年轻教师挤着时间申课题、备课、写文章，哪有那么多时间拿来搞这些子虚乌有的形式主义？紧接着，吴宁海就开始做上一年度的工作总结报告。会下一片人各怀心事，听得也是神态各异。

报告结束后，紧接着就是接下来的学院工作安排，重点在领导班子换届。这几个字一念出来，像给众人的太阳穴抹了清凉油，这可就不困了。底下的人立马来了精神，尤其管、关两位老师，身子都坐正了。

李莫飞也听得认真，突然扭头小声地要和张君文说个事。偏偏张君文到了这种环节就犯困，已经拿着笔在草稿纸上推自己的模型了，含含糊糊地问了一句："什么事？"

"没事。"李莫飞苦笑道，继续听换届安排去了。人各有志！

旁边有行政老师提醒下个会议开始时间。吴宁海点点头，简明扼要地说完，这场会只是全院通知，下场闭门会，到时才是大戏，赶紧把这些年轻老师放去干正事才是。会场的人陆陆续续离开了。吴宁海趁着两个会的这个间隔，把张君文、李莫飞、傅清瑶三个人叫住，叮嘱了几句重要的话："青年项目马上就要评了，你们三个要好好准备。"说完起身，看了一眼赵烨："走吧，赵老师。"

赵烨叹了一口气，跟着起身出了会议室。三个人跟在吴院长和赵副院长身后，准备下楼回各自办公室，就碰见管为民管老师从原市场营销系主任梁兴述办公室出来，关卫国关老师从管科系的周越华办公室出来。梁老师和周老师也都是副院长，都在同一层楼。一照面，四个老师一点儿都不尴尬，该问好问好，该招呼招呼，彼此乐呵呵的，一句废话都没有。

但聊两句就没话题了，刚巧吴宁海一行下来，就又热络地打了招呼。傅清瑶长得惹眼，关老师就随口一问："莫飞和君文都熟，那这位应该是会计系今年新招的海归吧？"

傅清瑶马上站出来问好："各位老师好，我是傅清瑶。"

"容城置地傅容的女儿。"周越华立马在关老师耳边小声补充。

"果然是人才呀。傅老师，好久没见到你爸爸了，代我向他问好。"关老师多打量了傅清瑶几眼。

"谢谢关老师。爸爸也让我问候关老师。"傅清瑶客气而又不失礼貌地答道。

管为民不动声色。这老关，最近一心盯着副院长的位置，该灵的时候倒是愁了，消息来路都给堵了。刚刚在市场营销系主任办公室，梁主任就谈到了今年新招的几个年轻人，其中会计系里，张君文底子最薄，暂且不谈。另外两个，都是大有来头：一个有房地产大王当爹，一个有院长当未来岳丈，不容小觑。

当然，这种事情倒也不至于这么快就在全院传开，关卫国老师一时间没更新信息库也是可能的。比不上管为民自恃眼观六路，耳听八方，能把经管学院的风吹草动人脉谱系尽数归于掌握之中。

"要说咱们几个人塞在这儿，把路都快堵了。赶紧给疏通疏通，让人走。"老赵心下门儿清，讲话也是一语双关。说罢赵烨抬脚就大摇大摆地走了。

"还是赵老师守时，眼瞅着时间快到了，就着急。"管为民笑着打趣，话里大有深意。

赵烨没好气地说："我当然着急。这都四点了，赶着回家做饭呢。"呵，能不急吗？等着领退休金呢！你们俩小子比我急，倒是拿出点真本事把我这硌屁股的位置搬回自己办公室去。

吴宁海笑了，众人也跟着笑了，赵烨将一筐的不耐烦揣肚子里头，半埋怨半揶揄："知道嫂子做饭好吃，吴老师你也别这么得意。"这下除了吴宁海笑得真心，其他人都笑得比较含蓄。

好不容易挨到岔路口，这三个新人才目送这一帮资深教授进了大会议室。

张君文看了一眼表，预估了一下赶公交车的时间，跟李莫飞和傅清瑶道了别，走得飞快。

"不是说好了今天晚上来吃饭吗？"傅清瑶没搞清楚状况，总感觉张君文很轻慢自己。

"君文晚上还有课要上，不能去了，他让我代他跟你还有傅总道歉。"毕竟第一天认识，见面套近乎可以叫傅二哥，遇到其家人还是得照规矩来。

"上课？不是开学才排课吗？"傅清瑶一脸好奇。

"是君文额外在一些民办学校代课。"这是好友的私事，李莫飞不好多说。

出于礼貌，傅清瑶也不方便多打听，心下甚是奇怪，才报到就要去给外面学校上课，这么忙做什么学问，这是多缺钱？"张老师不去，李老师可得来，我和小菲说好了，刚好今天她还有个饭局，她应付完就能过来。"

"没问题。傅老师还要回办公室吗？没事的话打算几点出发？我可否有幸送送傅老师？"李莫飞问道。吴小菲早就和自己打电话了，今天下午市里有个招商会要开，开完领导安排吃饭，还在同一家饭店。

"也没什么事了，那就麻烦李老师了。"傅清瑶也是个爽快人。

吃饭的地方订在宁江宾馆，就在宁江对岸。作为全省第一家中外合作的五星级宾馆，接待过多个国家的元首和王室成员。月映仙兔、双龙戏珍珠、乳燕入竹林、金红化皮猪、凤凰八宝鼎和锦绣石斑鱼，都是酒店里的经典菜式。李莫飞跟父母来参加过两场婚宴，至今还对这些菜肴念念不忘。

　　两人停好车进门，就有服务人员走上前来。傅清瑶报了预订号，两人就先上去了。

　　"你们今天生意倒好。"

　　"是的，傅小姐。今天二楼宴会厅来了好多领导和企业家，比往常热闹。您的包间就在三楼，上面请。"傅清瑶点点头，刚要和李莫飞再爬一层楼，就听到身后有人唤。

　　"莫飞。"李莫飞扭过头，是钟大海。倒也不奇怪，这种市工商局全局出动，还劳动副市长大驾的会，少了谁都不可能少了钟大海。

　　钟大海已经喝了几盅，出来透口气。但钟大海的思路还是很清晰，视力也不差，远远看见李莫飞身边伴着一个眼生的漂亮小富婆，脑子里立刻补了场男友出轨女友抓奸的狗血剧，马上过来招呼。刚刚在招商会上还见到吴小菲呢，还向自己说今天是李莫飞和张君文报到第一天。这一盅酒都还没喝完的工夫，自己就撞见李莫飞带了个新女伴。吴小菲还没走呢，而且离席有一段时间了，要是不小心旧爱撞上新欢，明天吴老师还不得把人事合同给撕了。

　　李莫飞看到钟大海眼神一飘，就知道兄弟还没喝多脑袋里已经在搭台子唱大戏，忙不迭地说："大海，我介绍一下，这是君文和我的新同事，傅清瑶。清瑶，这是我师兄，和我同届同门。"

　　钟大海立马就有印象了，容城置地的大小姐，传说还是万鹏集团的未来儿媳妇，那确实和李莫飞没啥关系了。傅清瑶才回国不久，没怎么在圈里玩，难怪看着眼生，黄有鹏这小子倒是好福气，莺莺燕燕一大堆，还交了这么漂亮的一个正牌女朋友。"你好你好，傅老师。我叫钟大海，以后多多指教。"

傅清瑶虽然回来不久，不太认识人，但一看钟大海的气度，非富即贵，不敢怠慢。

"大海，最近公司还好吗？"

有外人在，大海不好说得太具体："马马虎虎。SP这种项目，又是新公司，那不能和容城置地这样的大企业比，可不就得上这种场合喝喝酒，拍拍领导马屁，跑跑关系拉业务。"话里非常谦虚，又暗暗恭维了一番傅清瑶。

傅清瑶知道对方已经清楚自己身份，但刚刚三方都没点破，便没有自曝，只是礼貌地笑笑，不接话。

这女孩聪明。钟大海见傅清瑶不上套，就换了话题："莫飞，刚刚我还见到师妹了，要不我待会儿进去带个话。"

李莫飞点了点头，又嘱咐钟大海："但不打扰她工作。让她少喝点酒，工作忙完了再上来吧。"

这时傅清瑶的手机响了。傅清瑶掏出一看，是男友黄有鹏。"抱歉，我接个电话。"说完一脸歉意地走到走廊尽头。

钟大海看着傅清瑶的背景，不紧不慢地说道："没问题，师妹对工作可上心了。刚刚我看到她像逮着兔子一样围着晋原乳业的总经理呢。不过回头你提醒下师妹别咬太紧，郑四可不是什么表里如一的善茬。"

最后一句明显压低了声音。李莫飞心头微微感到不安。

话音刚落，傅清瑶就一脸慌张地挂了电话，急急忙忙地踩着高跟鞋跑过来："莫飞，你快来。"李莫飞和钟大海一看不对劲，马上就迎上去。

"小菲在那里。走廊尽头左拐。"傅清瑶跑得有点着急，呼吸都乱了。

一听这话，李莫飞心里立马警铃大作，飞奔过去。钟大海紧随其后，跑到一半突然想起什么，才刹住脚，就远远听到傅清瑶落在后头交代服务员："容城置地傅容。麻烦你去把名片交给廖经理，请他来等我，三楼的监控请他先保管好。"傅清瑶说完立马就跟上来。这女孩可以呀。钟大海在心里再一次给了这个评价：聪明。

快到走廊尽头的时候，就听到纠缠挣扎的声音清晰了起来。

"……不是一直想着套我话，打听我和市里工商局这帮人的关系吗？这话在酒桌上可不方便说，吴小姐，咱俩找个清净地方聊嘛。我在宾馆楼上开了房，你跟我上楼，我给你做专访怎么样——"

"你起开！"吴小菲喝了几杯，手脚没什么力气，拿包砸像在给人挠痒痒。

"小样儿——"对方话还没说完，李莫飞已经到跟前，把两人拉开，一手把吴小菲搂怀里，一手把醉汉撂倒地上了。

"你谁呀！老子的事你也敢管。"醉汉还要嚷嚷，被钟大海赶上来制住。

"我，才是你老子。这人模狗样的。"钟大海嫌弃地唾了一口。

躺地上的男人喝得有点晕乎，没认出来人，口里还一直嚣张："你知道我爸谁吗？"

听这话钟大海就来劲了："哟，我还真知道，隔壁晋原市清泰县农业局局长。怎么，儿子犯了事，还想把老子拉下马挨板子呀？兄弟，你这是喝大了还是脑子一直不灵光？傻不傻呀，今天哥好心教你。这种时候，不能全抖搂出来，多说多错，越扯越杂。关键时刻得留一个说得上话的，回头好捞你出来，记住没？"

李莫飞脸色难看得很。

"莫飞，你先带师妹回去吧。剩下的，我来料理。"钟大海又朝地上的男人啐了一口唾沫。

傅清瑶也走上来："这里的监控我会处理好，等下饭桌上我找个借口帮你们俩道个歉，落下的东西，明天上班我带给你。路上开车慢点。钟师兄，小菲在宴会厅坐哪儿，您和我说个大概，我去拿。"傅清瑶看到钟大海也这么为吴小菲出头，知道是同一阵营的人，自然而然地改了称呼。

李莫飞点点头。好在时辰还早，吴老师他们还没开完会过来，两人路上没遇到什么人，只有在楼梯口遇到一位经理小心地赔着笑脸。李莫飞很顺利地扶着吴小菲坐进车里，一启动车开走了。

　　曾经沧海难为水，除却巫山不是云。这些日子，李莫飞自己也说不上来当时对吴小菲的许诺，是感动还是冲动，或是二者兼而有之。

　　但刚刚不安是真的，生气也是真的，心疼更是真的。这要不是担心马上吴老师就要过来了，刚刚在宴会厅外，李莫飞直接就揍人了，管他是农业局局长的儿子还是孙子。

　　往日里神采飞扬的女孩仿佛蔫了。吴小菲没有哭，但是从被李莫飞搂进怀里到扶在副驾驶上坐稳，脸上没有一丝血色。

　　李莫飞找了个不占道的地方靠边停车，从后座拿了个毯子，给小菲披上，一句责备都没有。吴小菲这周在写一篇江宁畜牧业企业的报道，没想到一调研越挖越深，还和政府扯上关系，这才铤而走险，没想到引出了这心怀不轨之人的下流心肠。

　　"小菲，想哭就哭，别憋着憋坏了。"李莫飞摸摸吴小菲的额头，生怕她哭不出来，"回去好好睡觉，醒了就忘了，剩下的我们会处理好的。"

　　"我有办法，我文章都快写好了。"吴小菲忍了半天，咬牙切齿地说，声音很低，还发着抖。李莫飞把人扳过来，给她拍拍背安慰。

　　吴小菲靠在李莫飞肩头，眼泪突然就止不住地滚了出来。李莫飞的耳边传来一句话。

　　"莫飞哥，这事别告诉我哥，更别让我爸妈知道。"

　　李莫飞心中有块柔软的地方被戳到："好。"

第五章

　　金秋九月，天高气爽。

　　赵烨在吴宁海的办公室里来回踱步。一封举报信正摆在吴宁海的办公桌上——这还是上午两个师门联合开组会的时候，吴宁海和赵烨正聚精会神地听着学生的文献梳理，听到一半被一通电话喊去领回来的。

　　吴宁海当时一接到电话，脸上还能波澜不惊，镇定地安排张君文顶替自己主持研讨会。好在张君文早上没排课。当大三学生的班主任最没什么事要操心，便过来一起听汇报。吴宁海放心地把师弟师妹们交给他，自己则和赵烨一起去校长办公室挨骂。

　　赵烨原本还一头雾水。吴宁海虽然料到赵烨知道了难免一路聒噪，但又担心到时候校长一顿猛批把好友训蒙，于心不忍，便在路上说了个大概。连憋一小时怕是要气到七窍生烟，这学院到校长办公室的路程也就十分钟，吵就吵点吧。

　　"你们俩自己看，这都什么事！传出去大家的面子要不要？经管学院的面子要不要？江大的面子要不要？"

　　校党委书记和校长都在办公室里。三个"要不要"，把吴宁海问得哑口无言。

　　不只校党委书记和校长气恼，赵烨刚刚已经在路上骂了一路了，眼下也在腹诽。倒也不是为了面子里子的事。这些都是虚的，既然三个"要不要"都出来了，说明这事就只是在校长信箱里转了一圈，没摆到明面上。写举报信的人也是个真聪明的，只是想让预备给看到的人看到。要是真想闹得沸沸扬扬，那就应该传网上或是在学校礼堂门口贴大字报，那时候可就不是自己和老吴过来领一顿板子这么简单。

所以举报信这事好办，该处分处分，该警告警告，该做思想汇报做思想汇报。但平白忙活了一阵子，好不容易选出了个接班的，又被一封举报信给搞倒，这帮兔崽子！

今年管为民比关卫国以微弱优势胜出，可把赵烨得意坏了。选之前老赵还特地去翻了翻《周易》，就差没去宁江寺烧个香了。现在两人从校长办公室回来，赵烨看着吴宁海一脸镇定，火气更大了。当年自己为兄弟两肋插刀，眼下倒要被架在火上烤，你吴宁海倒是自在，打算拉着我干满两届呢。

吴宁海看到老友对着自己吹胡子瞪眼，倒了一杯茶水递过来："我这里没有绿茶，只能给你煮白茶，降火。"

赵烨只好坐下来，接过来茶杯，喝了一大口，就说开了："宁海，你别和我兜圈子，信里头写什么，咱俩都看了，这事你打算怎么处理？"吴宁海也给自己倒了一杯，也不接话。这个赵烨就是沉不住气，这么多年，淘气见长，脾气一点都没改。

1970年，知青上山下乡，吴宁海和赵烨被分到同一个农村，接受贫下中农再教育。那时候白天劳动，晚上围一起学习《人民日报》社论的文章。吴宁海是知青队长，每天晚上都要念报纸；赵烨是队员，通常一句也不听，偷偷摸摸在底下看书。吴宁海知道赵烨的书都是去村里书塾老先生家借的。这些书经过"破四旧"的洗礼，好多都成孤本了，有些连老先生都舍不得借，赵烨只好每晚熬油费眼睛地抄。吴宁海睁一只眼闭一只眼，自己也想抄，但队长这缺落在自己身上，好多人盯着抓小辫子，哪敢伸这个手？

"五一"那一天晚上在学《勇敢、勤劳、智慧的伟大人民》，村里干部也来了，大家都很重视。偏偏赵烨没听两句又坐不住掏出了书，被村支书的小子眼尖抓住，嚷嚷出来了。吴宁海当时还幸灾乐祸，毕竟吃不到葡萄，看到葡萄把人酸倒也是有点开心。但当天晚上夜里回大通铺睡觉，看到赵烨的位子还空着，心想着他大晚上被罚去挑粪浇完两亩瓜苗，心里有点不放心，便披了褂子出门去寻。瓜地里没见到人；村头村尾逛了一圈，也没见到人。正在吴宁海把心提到嗓子眼儿，打算去敲村支书的门帮忙寻人的时候，在村支书的猪圈下撞到了猫着腰的赵烨。这家伙居然跑去早上新嫁娘家门前找了些放不响的鞭炮，撕了红纸倒出里面的火药，又去庙里偷了点硫黄粉，去灶里挖了木炭屑，自己重新做了些小炮仗，打算炸了村支书家的猪！不好整蛊人，吓吓猪也行！知道了赵烨这些个蠢念头的吴宁海，只觉得自己的脑子都被气短路了。

眼下赵烨气急败坏："你倒是说句话！这信里举报的内容，都是胡编乱造。什么师风不正，师德败坏，胡扯！就算真是管为民性骚扰了自己班上的女学生，这种事，除非当场被抓，要不就算受害人自己站出来认，都不一定说得清楚。何况还是封用旁观者口吻写的无凭无据的匿名信。这帮人平时都是怎么发的《管理世界》《会计研究》！写的摘要和引言都不会被编辑挑刺吗！写这种水平的信，脑子是锈的吗！"吴宁海喝了一口茶，听着赵烨发脾气，听到最后一句，抬起头看了赵烨一眼。

赵烨心里一动，别人不知道，自己还不知道吴宁海？老吴这家伙，表面温和稳重，私底下那叫一个腹黑阴险。要不然吴宁海也不可能历经教育部推行教学评估、院里开办新系、开办MBA（工商管理硕士班），还有今年开始搞的第一轮大学学科评比等数次改革大浪潮，带领经管学院屹立不倒。想当年自己想炸猪圈被抓，就是老吴青着脸拎着自己的领子把他提回来的。那时血气方刚，赵烨梗着脖子还要和吴宁海打架。吴宁海人高马大，掐着赵烨的脖子，两三句话就把他制住了。

吴宁海恨铁不成钢："晚上就你一个人在地里劳动不睡觉，这时候炸了猪，是怕村支书抓不住你，还是怕他猜不出是你搞的鬼？"赵烨气不过，还在拿脚踹吴宁海。

吴宁海一边躲一边说："你有木炭是不是？明天村支书的大姐

做寿，老头让自家小子今天抱只大公鸡过去。那小子跑到自留地偷挖自家的红薯，绑在棚里还没送。你去他烤红薯的地方把鸡抱过来烤了，吃完了记得顺便把被挖的红薯坑填一填，把吃完了的鸡骨头扔回坑里埋好。"

这番计谋从吴宁海嘴里说出来，一下子让赵烨佩服得五体投地。起先赵烨还站在地里发愣，被吴宁海反踹了一脚回去。

农民眼最尖，每颗粮食都是心尖上的肉。第二天村支书下地数就发现自家地里少了几片红薯叶子；拨开一看，发现有填好的坑；再一挖，就是一副鸡肋骨。赵烨啃得仔细，八对肋骨一根都没断，肋间肌剔得干干净净，在阳光下一照就像陈列在卢浮宫的艺术品。村支书当天搡着自家小子村头村尾地揍。

赵烨听着窗外那杀猪一般的惨叫，想着自己昨晚举着烧鸡在月光下硬要和队长瓜田结义，从此死心塌地地认了吴宁海三十年大哥。打那以后，吴宁海天天有手抄书可以读。之后两人回城，来江宁大学读书、教书，这份情谊一直没变。

吴宁海放下茶杯："这事要是抹黑，那不能冤枉了管老师，其他人，该敲打还得敲打，影响太不好了。再来一回，我去校长办公室领骂，可没有你赵老师陪着，就更没意思。可这事要是真的，管为民别说常务副院长了，讲师都没得做。教书育人一代传一代，年轻老师看着，底下学生也学着。这上梁要是歪了，现在这帮孩子有样学样，再过二十年等他们接了我们的班，国家岂不是要乱套！"

赵烨端起茶杯又喝了一大口。抛开民族大义不讲，这话翻译过来就是，这事要是假的，自己就退休了；这事要是真的，自己还得陪绑。既然要一棵树摇动另一棵树，一朵云推动另一朵云，一个灵魂唤醒另一个灵魂，功在当代，利在千秋，他赵烨就不能讨价还价。

到底是哪个孙子写了这么没水平的匿名信！

赵烨的第一怀疑就是关卫国。这事说来也巧，最近关卫国三天两头找上门要和自己合作论文，敲了好几回办公室的门，还打断了自己与另一个学生的博士论文讨论。赵烨嫌烦，一开始还认真听，后来直接就敷衍了。要真是关卫国写的这么文理不通的举报信，那还谈什么合作，他可不得好好挑挑毛病添点堵。哼，合作个屁！

吴宁海想了一下，自问自答道："管为民原来带的班，现在好像是清瑶在带。先把人叫过来问问情况吧。"新老师当班主任是学校的铁规定。本来张君文三人应该是从今年的大一新生班里安排的，但今年管、关两位老师为了副院长的事，都没有心思在这上头，空出两个大三的班主任。大一要军训，大二最调皮，大四忙毕业，大三想着要保研考研找工作了，反倒是最省心的。傅容请了好几回客，这一个空自然给了傅清瑶，另一个本来要给李莫飞的，但李莫飞让给了张君文。毕竟大一新生有时候还会安排夜训跑操，张君文晚上要出校代课，时间上不太方便。故而傅清瑶接手管为民的班级，张君文接手关卫国的班级。

吴宁海把傅清瑶叫到了办公室，把张君文也顺带叫了过来。在举报信的执笔人这件事上，吴宁海和赵烨想法不一样，但也认同这件事和副院长遴选一事脱不了干系。

这信要是真是关卫国写的，那也好办，无非就是派系斗争这些混账事，收拾一顿就安静了。但这封信唯一聪明的地方就是电脑打印的，五号宋体，辨不出字迹。既然这封信只是去校长信箱里躺一圈，那到底是没想要闹大，还是没想过闹大？要是前者，那必有后手；要是后者，那就是颗雷。管、关私底下素来不对付，但从不撕破脸，这种很可能留下把柄的事，关卫国这么谨慎，应该不会亲自下场。那会不会真是学生写的？学生心思还很单纯，或许只是想讨个公道，伸张正义。还有这事要是抹黑就算了，可要是真的，虽然管、关两派相互之间有个风吹草动都敏感得很，但性骚扰这种隐蔽事，关卫国又是怎么知道的？这事是强迫还是自愿，那个女生现在又怎么样了？都还是孩子呀！哪个孩子不是父母的心头宝！吴宁海一想起来就心里难受，这要换成是自己女儿，自己不得心疼死。

吴宁海看看傅清瑶，又看看张君文，字斟句酌地说："你们俩带的大三班，学生刚开学状态怎么样？"两人都是年轻老师，资质经历尚浅，吴宁海不想两人过多参与到这事来，把这接力棒给传偏了。

傅清瑶和张君文都有点奇怪。张君文想到早上组会开一半，吴老师和赵老师一接电话就走了，心里有点不安。两人才要开口，门口就传来一阵紧促的敲门声。

吴宁海还没说请进，主管本科生行政的老师周蕙就自己开门进来了："院长，不好了。傅老师班上有个女生，吞安眠药自杀了。"

四个老师拔腿就走，来报信的行政老师紧随其后。

吴宁海一边走一边交代："周老师，送医院了吗？马上通知学生家长，把女生素日里交好的同学都找过来问问情况。"

周蕙答应了。张君文有点尴尬，毕竟不是自己班上的学生，过去也插不上手，就主动留下来帮周老师落实工作。其他三人则匆匆赶去了医院。

救护车的声音响过平静的校园，就不再是什么面子里子的事了。

自杀的女孩是傅老师班上的团支部书记，长相甜美，成绩优异。女孩素日活泼开朗，很受老师同学喜欢。就这样花一般的女孩，现在正静静躺在医院病床上被抢救。

吴宁海很痛心，一下子仿佛老了几岁。众人也跟着惋惜。

张君文和辅导员调查了一圈，顺藤摸瓜找到了自己班的一个男生。男生是那个自杀女孩的前男友，名叫庄家杰，是原来关卫国班上，现在也是张君文班上的体育委员，正是两个月前撞了张君文自行车屁股的那个男孩。

张君文看看眼前这个垂着头的男孩，没有开腔。男孩脸色有点发青，手都在发抖。刚刚询问了一轮女孩的舍友，张君文大概心里有数了。女孩是上学期管老师课上的课代表，上学期期末考完试，和男朋友提了分手。问到女孩最近的情况，几个舍友吞吞吐吐，模模糊糊说了一大堆。最后一个嘴唇哆嗦的女生带了哭腔："她和庄家杰昨天吵了一架。"

张君文换了个思路，没有对吵架的事刨根问底，只是关心了一句两个人为什么分手。

男孩犹豫了半天，看着那天放走自己的老师，终于全盘托出。原来庄家杰被分手后，一直想问明白，但女孩却打死不开口。男孩旁敲侧击了好久，才知道前女友上半年在做课代表的时候，经常去任课老师的办公室交材料，有一回过去被老师给欺负了，后面还有断断续续好几次。

张君文心里一惊，知道这件事情不小。

女孩子可能脸皮薄，又被吓唬住了，这事一直藏着不敢说。这事说得通。那已经过了好几个月，一直没闹出来，这门课已经结课了，分数都录好了，班主任也换了，新学期管老师也没有排课，女孩就不太可能再和管老师有直接接触了，为什么会在这个时间点想不开？这事说不通。

张君文想了一下，缓缓问道："这件事情你打听出来了，告诉过其他人吗？"

男孩头更低了："我告诉了班主任。"关老师没什么架子，平时在班级里很能和学生打成一片。尤其是男孩子们，都很舍不得换班主任。关老师前几天在食堂碰到原来班上的庄家杰，看他情绪不高，便关心地问了一句。庄家杰对关老师很信任，也没多想，就和关老师说了。

张君文心又一跳，知道这件事情麻烦大了。

张君文略微思索了一下，装作漫不经心地问了一句："那关老师怎么安慰你的？"

男孩脑袋都快磕桌面上了。关老师义愤填膺，安慰了自己好久，不经意间提到了一句：要是真有老师欺负学生，有很多维权的手段，譬如可以给校长写匿名信，千万不要影响到自己的学习和生活。不管怎样，发生什么事，总有办法可以解决，不能和自己过不去，更不能想不开。庄家杰前几天夜里翻来覆去睡不着，越想越气，脑子一热，真写了一封信投进校长信箱。

还有一封匿名举报信！张君文听得心惊肉跳。

庄家杰是真的很喜欢前女友，写这信一来是为自己出气，二来也是想帮帮她。投完这封信，就去找了女孩告诉她，没想到前女友一听脸色都变了。两人大吵一架，不欢而散。庄家杰闷闷不乐地回了宿舍打游戏，打到一半就听到前女友自杀了。

事情就是这么个事情。

"张老师，是因为我吗？是因为我她才自杀的吗？"男孩的手还在抖。张君文安抚了几句，让男孩先在自己办公室等着，自己去找了院长。走之前特地请了周老师进来，陪着男孩。男孩现在神经紧张，已经一个出事了，可不能再来一个。

这样看来，女孩上学期当团支书、课代表时和管老师多有接触，被性骚扰了，因为这事还和男朋友分了手。分手后男朋友气不过，打听了一个暑假打听出来了，开学后还告诉了关老师。关老师也不知有心无心，提了这么一个匿名举报信的建议。没想到男孩真听进去了，以为伸张正义，铲奸除恶，还跑去告诉了前女友。女孩大概以为这事传开了，以后在老师同学那里就再也抬不起头来了，一时间想不开，就吞了药。

吴宁海听完来龙去脉，一巴掌重重拍在了办公桌上。真是荒唐！站在学生的立场想问题，首先这个管为民真是猪狗不如！不管什么缘由，这条红线就不能碰！还是本科大三的女孩子，马上就要踏出校门开启新的人生，就这么埋葬在学校里，简直衣冠禽兽！另外这个关卫国也不是个东西！不管什么事，都不该把自己的私心放进来，更不该把无辜的学生给搅进这浑水里！这男孩心理得受到多大影响，不管怎么处理，这阴影都得跟一辈子。

"这帮孙子！"赵烨听完，忍不住还是爆了粗口。傅清瑶睁着一双美丽的眼睛，里面满是愤怒。

当然，这是庄家杰版本的故事。吴宁海的办事原则是：不冤枉人，不放过人。

管、关两人肯定是都脱不了干系的，但这事还有疑点：首先，管为民和女孩到底是什么关系？其次，关卫国到底是怎么教男孩举报的？口说无凭，这个性关系到底有没有发生？发生了要怎么界定？强制还是自愿？这个建议是有心还是无心？管为民有大好前途，而且一心盯着副院长这个位置，从另一种角度也算上进，怎么也不该犯这个蠢呀！关卫国对学生好那是出了名的，又怎么会把学生当枪使！

兼听则明，偏信则暗。吴宁海让傅、张二人先去看看女孩和男孩，自己和赵烨，管、关一人分了一个，开始叫过来问话。

赵烨坐在自己办公室里等着关卫国。

关卫国确实是有心引导，得知管这件事时，关卫国是又惊又喜。大学的规定是禁止师生恋。不管是不是和庄家杰说的一样是性骚扰，咬死了男女之情这一条，管为民肯定得出事，什么副院长就更不用想了。但同时关卫国也不想闹大，按照关卫国的思路，匿名举报信传播能力弱，比较可控。而且庄家杰的水平他也有底，这男孩能写出什么呀，书记、校长和院长他们半信半疑，这事私下查访一下，应该不会翻出什么大浪。

事实证明，应该不会出事的事，往往最容易出事。

今天上午关卫国听说了正副两院长去领了一封匿名信回来，以为一支穿云箭射了出去，拉管下马就在朝夕之间。他本人高兴得中午午休都没回家，就在学院等管为民的处罚结果。等来等去，却等来了女生自杀的消息。这消息一到，关卫国差点从椅子上摔了下去。

该死！关老师本科是数学系的，后来转会计。平常大家拿几大页草稿纸哗啦哗啦地计算母子孙合并财务报表时，关老师大笔一挥，靠着心算就能在几秒时间里往空格中唰唰往下填，又快又准。只是没想到千算万算，关老师居然忘了测算下当事女孩的心理压力承受阈值。

该死！这女孩是怎么知道的！

该死！这女孩怎么这么想不开！

敲门进来，关卫国人很虚。赵烨可一点都不虚。见人进来关好门，赵烨直接开门见山："关老师，您那篇文章大纲我看了，这话题不怎么样嘛，不知道关老师写举报信的思路也这么卡顿？"

关卫国腿一软，全都认了。

赵烨用鼻子一哼："关老师，您可真是机关算尽。"

吴宁海则坐在自己办公室里等着管为民。管为民还不知道有举报信的事，但也知道自己在劫难逃。女孩是自己的团支书，也是自己上学期的课代表，聪明能干，管为民很喜欢她，也很照顾她。关、管两人一直在竞赛，知道关在学生中的口碑好，管也不落后。管为民幽默风趣，真要施展魅力，那马上捕获一片学生，女孩也是其中之一。女孩和男朋友分手后，去找了当时的班主任诉苦。后来一来二去，两个人就搞到了一起。

"管老师，你这是自毁前程呀！"吴宁海惜才爱才。尽管知道管、关拉帮结派，但只要能为经管学院好，吴宁海也不在乎。他是真看重管为民的才华，才会想把他提上来顶赵烨。

这样看来，女孩是先分的手，再自愿和管老师发生关系。分手后男孩气不过，打听了一个暑假，打听出来觉得是管老师性骚扰了前女友，前女友感觉对不起自己才提的分手。千错万错都是管老师抢了自己的女友，开学后还告诉了关老师。关老师好心提了这么一个匿名举报信的建议。没想到男孩真听进去了，以为伸张正义、铲奸除恶，还跑去告诉前女友。女孩大概以为这事传开了不光彩，一时间想不开，就吞了药。

当然，这是管为民版本的故事。

女孩还在抢救，就算现在抢救完了，也不能盘问。吴宁海沉默了几秒，让张君文再去问问女生舍友。

张君文直接去找了刚刚那个嘴唇哆嗦的舍友。女生还在抖，张君文给她倒了杯热水，等她抖得没那么厉害了，才开始问。张君文这时候心里大概有数，先问自杀女孩是否平时经常提起前班主任。

舍友瞪着一双大眼睛："她可崇拜管老师了。我们都很喜欢管老师，但她最喜欢，尤其和庄家杰分手后，一天至少提三次，我们都笑话她。"

张君文皱起了眉头，那男孩口中的这个性骚扰，是怎么回事？既然是两相情愿，女孩为什么要自杀？

张君文想了想，再问自杀女孩分手后有没有吐槽前男友。

舍友点点头："她说庄家杰很急躁，也容易冲动，喜欢打听，愣头愣脑的。上学期足球比赛外院踢假球把庄家杰罚下场，庄家杰之后就去找对方报复了。她就是因为这个才害怕，和庄家杰分手了。"

张君文想起男孩撞到自己的事，也认同这个评价。

舍友后面一句声音很小，张君文留心了一下："你们平时会不想招惹庄家杰吗？"

舍友不易察觉地点点头。

张君文感觉问得差不多了，又去找了吴院长。

这样看来，女孩是因为不喜欢男孩先分的手，再自愿和管老师发生关系。分手后很怕男孩报复，不敢说真话。那男孩果然气不过，打听了一个暑假，打听出来觉得是管老师性骚扰了女孩，女孩感觉对不起自己才提的分手。于是他放过女孩，一腔怒火全对着管老师。开学后经关老师这么一个匿名举报信的有心建议，真的头脑发热写完投了，还跑去告诉了前女友。女孩听到这件事被男孩闹出来，担心自己说了谎被戳破，得罪了前男友又得罪了管老师，以后在老师同学那里就再也抬不起头来了，一时间想不开，就吞了药。

现在女孩还没醒，心思只能全靠推测。这是管为民、庄家杰、关卫国和舍友版本的故事。

这事太大了，想兜都兜不住。这时候又一通电话打进来，吴宁海和赵烨又马不停蹄赶去了校长办公室。

校党委书记和校长脸色都很难看。

当领导的，心脏功能一定要好。

早上校党委组织部的人试探着问校党委书记和校长："这已经不是今年第一个自杀的学生了，是不是要再往上报？"

"聋了！没听说还在抢救呀！报什么报！"校党委孔书记也顾不上斯文了，青着脸给了组织部的人一顿训。但气撒了，事还是要解决。数量到了，非上报不可，怎么这才一学期过去，就出了这么多棘手的人命事！

这次吴宁海和赵烨在校长办公室里，再也没有听到三个"要不要"了，事情都搞到这个地步，要和不要又有什么差别？

张君文回自己办公室里给庄家杰做心理疏导，周老师慌忙赶去做学生家长工作。张君文才安抚了两句，傅清瑶就冲了进来。张君文一看情势不对劲，还没等傅清瑶开口，立马起身把她拉出去，又把周老师喊了回来。

傅清瑶被张君文拉到一间空的会议室。傅清瑶窝着一肚子怒气，对张君文拦住自己非常不满意，转头就朝张君文开炮了。

张君文赶紧把门关上。今天发生了太多事，张君文虽然平时不太看得惯傅清瑶的做派，但考虑到傅清瑶身为女孩的班主任，今天受到的刺激也不小，就好声好气地和傅清瑶解释：

"管、关两位老师先放一边，单说两位同学。

"说到底，这事算谁的错？如果时光能倒流，站在男生的角度，或许男孩不去打听分手的原因，不去告诉关老师，不要留心听到那句建议，不去写那封信，或者就算写了那封信一念之差没有往校长信箱里投，或者投完了也没回头再去找前女友，这事都不会发生。站在女孩的角度，或许女孩上学期发现男友有问题时就勇敢解决，女孩不和班主任产生不该有的感情，女孩不要因害怕说谎，女孩心理素质好点，换个思路考虑这件事不要做得这么极端，或者就算买了药在吞下去的那一刻多想想辛苦养育自己的父母，多想想人生还有很多精彩和美好，这事也不会发生。

"这两条链上不管哪一环断了，这个悲剧就不会发生。

"生活中会有很多追悔莫及的意外，但却没有那么多后悔药可吃。

"世上哪有什么绝对的好坏对错、是非黑白？无非就是因为角色切换带来私欲和贪念的渴求不满。一种米养百样人。每个人性格不同，处理事情的方法也不一样，真要盘问起来，都是事出有因，都有说不出口的苦衷。有些事情，就是没有道理，没有答案。如果世上的事都是这么简单，那哪里还会有那么多不懂得变通的死规矩？现在你冲进去找男孩，又能把什么事情说清楚，又能够挽回什么？万一男孩心理防线也破了，难不成再搭一个进去吗？

"就算把管、关两位老师考虑进来，换个角度想，这事一发生，他们难道就不痛心自责，不后悔吗？当然了，后悔是世上最不值钱的东西。人之所以为人，而不是飞禽走兽，那就是还有礼义仁智信。道德和法律摆在这里，有些事情不能碰就是不能碰。这事该严肃处理还是要严肃处理，但有些地方，该压下来还是要压下来。"

同是女生，傅清瑶更加感同身受，听着张君文顾大局的说辞，顿时火冒三丈。

"张老师，我承认您说得有道理。但不是我无理取闹，也不是我冲动，这可是一个鲜活的生命呀！"傅清瑶再也忍不住了，眼泪夺眶而出，拉开门跑了出去。

什么是大局？是公平，是正义。但生命何其之重！如果以生命为砝码，任何事再怎么追究，都得不到所谓的公平。再多的大道理，都显得很苍白；考虑得再周全，都显得不通情理。何人能不为此痛惜？

张君文独自站在会议室里。恍惚记起两个月前，几个老师走进来开会讨论换届的，也是这间会议室。

有些事情，还真是个可笑的闭环。

这段风波影响很不好，傅清瑶为此一连闷闷不乐了好几天。

事后傅清瑶和张君文又被一起叫到了院长办公室，吴宁海交代了几句："这事都当忘了，不能再议论。"

正如张君文分析的那样。这件事情私底下是相对严肃地处理了，但明面上还是大局为重，压了下去。面子还是要的。这种事情已经不是学院领导能盖得住的，学校党委组织部和宣传部为此焦头烂额，加班加点。赶在舆论炒得沸沸扬扬之前，除几个重要的当事人外，对有关的学生该做心理疏导的做心理疏导，对有关的老师该做思想汇报的做思想汇报，堵住了一切可能使得完整消息传出去的渠道。

尽管完整版没人能复述，但大家私底下该怎么传还怎么传，不过至少明面上鸦雀无声。傅清瑶连个能吐槽的权力都被剥夺了，更加郁闷，周末便约了吴小菲出来逛街散心。

别人可能不了解情况，但周五晚上吴小菲回家吃饭，看到父亲头发又白了几根，半推测半打听，就明白了一大半。傅清瑶能选的说话对象，也就吴小菲了。

吴小菲在傅清瑶这里，听到了傅清瑶角度的故事完整版。傅清瑶憋了一两周，不吐不快，从头到尾倒了个干净，当说到自己和张君文吵架的时候，气得又喝了一大口柠檬苏打水。

"这世上哪有这么冷心冷面的人！活脱脱的爬行动物！"

反正最近傅清瑶见到张君文，恨不得绕道走。想来张君文瞧自己，也是不顺眼。两人去院长办公室的时候，见了面连招呼都不打。

"他算哪根葱，摆了一堆大道理来说我！"

吴小菲刚开始也是听得很生气，到最后听傅清瑶吐槽张君文，反而听笑了。"你这副模样，哪里像是在和我吐槽同事，倒像是在和我吐槽男朋友。当心你真正的男朋友不高兴。"听到这句玩笑话，傅清瑶更加生气，扑到吴小菲身上打得她求饶。

"好了好了，不闹了。"吴小菲逃过傅清瑶的魔爪，直起身子，"说正经的，我师兄也没说教呀，人家只是和你摆事实。你怎么一副和男朋友吵架的样子，不讲道理了？"

"吴小菲！"傅清瑶又扑了上来，给了吴小菲一个大熊抱，整个人的重量都压上去。不过被吴小菲这么一闹，傅清瑶的情绪明显高涨了不少。这就是吴小菲的本事，两人是打小玩到大的闺密，感情非同一般。

"你快松手，汽水都要洒了！这次真不闹了。"吴小菲笑着，一个劲把傅清瑶往外推，她早就听李莫飞讲过豆浆和请客的事了，大概知道这源头在哪儿，"真和你说正经的。你和我师兄，就是立场不一样，一个理性，一个感性。他比你能换位思考，你比他更将心比心。这哪有谁对谁错，有什么好闹矛盾的？我看你呀，就是刻板印象，还在不满人家弄脏了你的车，而且没赴你请的宴。别的不说，我师兄把肇事的学生放走了，自己心甘情愿地背锅，就说明人家不冷血。你们俩都在同一栋楼上班，整天抬头不见低头见，别闹僵了，搞得大家都不好意思。"

最后一句才是点睛之笔。吴小菲一直在给傅清瑶顺毛，也是包藏私心。系里就进了三个新老师，很多活动都要三个老师一起参加。张君文是李莫飞的兄弟，傅清瑶是自己的姐妹。他们两个要是相看两相厌，夹在中间难办的就是自家男朋友了。

"我没有！"傅清瑶的重点却不在最后一句，虽然心里承认好友是对的，嘴上却不想认输，"你这话里话外偏帮着张君文，我也去告诉李莫飞，让他跟你急。"

"他真的会跟我急吗？"这个念头一闪而过，吴小菲自己都不敢说出口。自打两人正式在一起了，李莫飞对自己很好，体贴周到，百依百顺，从不吵架，好的都不像是在谈恋爱。每次李莫飞看向自己，都像是在看另外一个女孩。那一天自己假扮女友，之后校园漫步，夕阳余晖下面对自己宣之于口的喜欢，李莫飞的许诺，到底是真心实意的爱意，还是感动驱使的冲动？女人的第六感是很敏锐的，何况是吴小菲这样情感细腻又饱满的人。只是吴小菲不敢细想，也不愿细想。自己毕竟喜欢了李莫飞五年了。佛偈里有则蜘蛛和露珠的故事，讨论世上最珍贵的是不是得不到和已失去。现在自己得到了，却又好像没有得到。

年轻时的喜欢，有可能最后也会被消磨殆尽，变成追忆往昔的不甘和固执。人不就是看重个结果嘛。李莫飞是真的很好，英俊礼貌，待人温和，风度翩翩。在吴小菲的眼里，古语里说的君子世无双，不过如此。所以不管李莫飞对自己的心意是真是假，吴小菲都愿意奋不顾身地陷进去，圆当年二十岁的自己的一个梦。

那天自己遇险，李莫飞把自己搂进怀里，吴小菲可以感受到对方的心疼和怜惜。精诚所至，金石为开。吴小菲愿意试一试，愿意赌一把。有那么多爱情最后走向了婚姻的坟墓，吴小菲是真想和李莫飞执子之手，与子偕老。不管李莫飞透过自己看到的是谁，哪怕最后得到的是一份没有爱情只有感动的婚姻，吴小菲也认，也愿意继续感动他。

傅清瑶发现好友微微有点沉默，还以为李莫飞和吴小菲最近小情侣间闹别扭了，自己说话触及好友心事，连忙岔开话题，顺着吴小菲的意思夸了夸张君文："不过张老师的学问确实做得很好，我也佩服。连吴老师都说，这次我们三人报告的青年项目题目，张老师是最有希望中的。"

"那你和莫飞呢？"从小耳濡目染，吴小菲知道青年项目对升职称的重要性。事关自己的男朋友，吴小菲马上敏感了起来。既然要结果，那就要有源源不断的感动，这机会尤其重要。

"我才刚回国，国内这一套，我还不是很懂。虽然土博士——"傅清瑶刚要把自己的看不起说出口，但一想到闺密男友也是土博，赶紧把话拐了回来，"但他们确实在这方面有优势，在学术圈里也有一定的积累。我可能是不行了。莫飞是不是最近忙着当大一班主任，又忙着和你谈恋爱，时间不太够。反正讨论起来，吴老师觉得他思路有点欠缺，概率可能要低一些。"

傅清瑶说得很委婉，又有一点担心两人吵架想劝和的意思。但看到闺密脸色有点变化，怕自己拉偏架让好友自责，又赶紧安慰道："不过这事也说不准，谁知道评审专家是怎么想的！"

吴小菲装作随口一问："都是哪几位评审专家呀？"

傅清瑶马上摇摇头："这怎么可能知道！"

傅清瑶对青年项目本就不熟悉，要不是院里下了死命令，每个青年教师都要申请，她都不会过问。但无法知道评审专家团队却是实话实说。

但吴小菲却不这么想，只以为是傅清瑶初来乍到人物关系没打通，还在心里活动着到时候怎么帮李莫飞打个招呼。打个招呼还是很容易的，只要把爸爸的面子拿出来卖一卖就好了。难就难在要怎么样让李莫飞不经意间知道是自己帮他打了这个招呼，最好能让感动加倍。这事需要好好琢磨琢磨。

吴宁海要是知道女儿搞这些名堂，拿自己的人情换女婿，非得好好收拾吴小菲不可。但吴小菲才不怕呢，而且吴宁海自己就很喜欢李莫飞嘛，虽然平日在家，吴宁海还是夸张君文多一些。不过既然不反对自己和李莫飞谈恋爱，那偏帮一点自己的男朋友，也没什么大不了的！

两人各怀心事地继续往前走，没走多远，傅清瑶的脚步就滞住了。

吴小菲发现了不对劲，顺着好友的目光望去，看到一个男人搂着一个女人正从马路对面的一家珠宝店出来。吴小菲定睛一看，这不是黄有鹏嘛！这下糟了！

黄有鹏正是傅清瑶的男朋友，也是万鹏集团的大公子。钟大海嘴里的"衡璧万容"，排第三的就是他家，主营房地产加零售业，是江宁市数一数二的富豪。万鹏集团和容城置地在生意场上多有交集，两家企业的当家人既是合作伙伴又是对手。但因为万鹏集团的太子爷和容城置地的小公主两情相悦，甚至都有了谈婚论嫁的打算，如今两家是合作大于竞争。

傅清瑶是傅容的掌上明珠，为了女儿的幸福，对未来的亲家，也是从生意人之间正常的戒备，慢慢有了更多的信任。傅清瑶本是傅容的幺女，上头一个同父异母的大哥傅清琛、一个一母同胞的二哥傅清奎。二哥就不用说了，对亲妹妹巴不得送星星送月亮，让人颇为意外的是大哥对这个小妹也是疼爱有加，三兄妹的感情相当好。

但现任的傅太太，也就是傅容的第二任妻子、傅清瑶的妈妈，可不这么认为。当年她和第一任傅太太斗了个天翻地覆，闹得江宁市尽人皆知。现在看到自己丈夫和原配的儿子在跟前晃，表面上母慈子孝，实际上就像吞了只苍蝇，是死是活都恶心。前妻的儿子资质平庸，全靠丈夫明里暗里帮忙，自己心里虽然堵但也只能睁一只眼闭一只眼。毕竟自己的亲儿子，更是烂泥扶不上墙。说来也奇怪，傅家的灵气，好像全给了傅清瑶，偏偏傅清瑶是个女儿，还是最小的，又不爱商场经营。故而，傅太太是极力赞成万鹏和容城两家联姻，把女儿从国外劝了回来，有个得力的女婿便更多了几分助力。毕竟现在的容城置地，是自己和傅容一砖一瓦建起来的。自己现在还在还好说，要是万一自己不在了，将来老傅老了，退了，把位子传给了大儿子，那当年自己拼着背上"小三上位"的骂名把原配挤下去，到底算是斗赢了，还是斗输了？自己和傅容辛苦创业，艰难守业，其中滋味自己是哑巴吃黄连，有苦说不出。当真要自己辛苦了一辈子给他人作嫁衣，岂不死不瞑目！

　　但傅清瑶和黄有鹏的感情，既扎实又不扎实，并非传闻中的如胶似漆。说扎实呢，确实两人因为父母关系算得上是总角之交，后来又因为双方家长的意愿一起被送去英国读书，是外人眼里的青梅竹马，就差一纸婚书了。说不扎实呢，是因为两人太过于知根知底。黄有鹏大概是什么样的人，傅清瑶心里有数；傅清瑶有什么公主病，黄有鹏也门儿清。

　　黄有鹏一表人才，心思深沉，是黄伯伯手把手教出来的好接班人。可表面谦逊并不意味着内里踏实。黄有鹏私底下是非常骄傲的一个人，他把在生意场上那套自私自利放在感情上了。当年两人本科一毕业，黄有鹏就让傅清瑶跟他回国接班，还请动了双方家长过来轮番威逼利诱加道德绑架。可傅清瑶也是相当骄傲，她有自己的理想，她甚至都不接受黄有鹏继续陪她在英国读一年"水硕"的建议，赌气赴美读博。两个人差一点儿就分手了。

　　但黄家算盘打得很好。傅家的资产和实力在那里摆着，所以傅清瑶再怎么闹，这段婚事都不能黄了。最后还是黄有鹏飞去旧金山低声下气把女朋友追了回来。两人一路走来，分分合合，打打闹闹。傅清瑶之所以每次都没有快刀斩乱麻，而是藕断丝连乃至破镜重圆，全都是照顾着两家的面子和母亲的心意。当然更多也是因为旧情还在——黄有鹏惯会甜言蜜语，也舍得抹下面子做小伏低，对自己还是很不错的。而且不管有怎样的私心，起码不会见利忘义，两家生意上的合作还算顺利。傅清瑶的底线是，既然两人的婚姻也算是一场合作，只要不危害到自家的利益，这事都能将就。黄有鹏虽然有些过分，但自己也没少任性闹腾。合则两利，分则两害，这个道理，傅、黄两家心里都有数。

吴小菲扭头看着傅清瑶。

傅清瑶很镇定："逛挺久的了，我们回吧。"

第六章

党外无党，帝王思想；党内无派，千奇百怪。

吴海宁和赵烨一条心，他俩合作的几年，经管学院虽谈不上风平浪静，但总体上没出大错。但赵烨退了，吴海宁也老了，下面的人蠢蠢欲动，"管关"就是活生生的例子。倒下一对"管关"，马上就会有新的"管关"补上来，譬如原市场营销系系主任梁兴述和管科系的周越华。

梁老师和周老师本来就分别归属管派和关派阵营，现在一把手均倒了，政治斗争遗产就被周、梁两人继承，和平演变为梁派和周派。

原本"管关"都是会计系的中流砥柱，现在临阵换帅，阵营一扩大，派系斗争这把火直接烧遍了全院。梁兴述和周越华原本就是副院长，梁分管学术硕士与博士项目、科研工作，周分管本科项目、人才与师资发展工作。而赵烨还在的时候，分管专业硕士项目、财务工作。

出了"管关"这样的事，赵烨也还是愿意帮老友站好最后一班岗的。可惜力不从心，赵烨最近日渐消瘦，被老伴绑架去体检，查出来有肾癌，要动手术，这下不退也得休息一段时间了。所以一来二去，常务副院长的位置还是空了出来，且成了块唐僧肉。其他都还罢了，就是老赵的位置上摆着两个金光闪闪的聚宝盆——工商管理硕士（MBA）专业学位项目和高级管理人员工商管理硕士（EMBA）学位项目。

这是两块吸金磁！

中国最不缺草根英雄。但再伟大的英雄，也难免在创业道路上遇到组织发展和个人能力的瓶颈，需要更前沿的理论、更开阔的视野、更广泛的人脉。MBA和EMBA最直接的用处，就在于能"补文凭、长知识、交朋友"。至于英雄们看重什么，就见仁见智。

且不同于国外精益求精的小班教学，中国的MBA和EMBA，招生有点大水漫灌似的。大批政府官员、企业领导人和民营企业家涌进来，使得这两个项目成了商学院常青的摇钱树，也天生造出了个盘丝洞，缠住政界、业界、学术界并使其产生千丝万缕的联系。中国许多年轻的商业领袖二代，打小接受海外教育，英文流利、思想开放，文凭和知识都不缺，唯一需求就是交朋友。当他们重返祖国时，商学院的MBA和EMBA，便是绝佳的融入国内环境的途径之一。后来黄有鹏也没有放过这个机会，继续回江宁大学上了"老总班"，这是后话。

眼下经管学院这两块肥肉无人看守，自然有人虎视眈眈。梁、周两位老师高风亮节，主动向吴宁海请示愿意分担赵老师的工作。吴宁海送走了温文尔雅的梁教授，倒掉了一泡肉桂，改泡了普洱，坐等周老师的毛遂自荐。

说起这普洱茶，也是有趣。普洱分散茶和紧茶。紧茶的传统品类为芽茶、女儿茶制成的团茶、饼茶、茶砖，今发展为由六类散茶制成的普洱大小沱茶、普洱饼茶（含青饼、熟饼、方饼、圆饼、异型饼）、普洱茶砖三大品类。其制作方法，就是将散茶经过蒸或炒后，装入各种品类模具并经特定工艺压制成型。普洱紧茶，按照发酵方法，有晒青进而制成紧压茶，令其在自然存放中缓慢发酵陈化者，名为"生普洱"，如青饼一类；也有将晒青以高温、高湿加速发酵者，名为"熟普洱"，如熟饼一类。两者较高下，其口感还是以生普洱为佳。

周越华，就如这杯生普洱。生普洱的口感强烈，入口后有浓浓的苦涩感，散发着十足的茶气，茶汤则是明显的清香味。这种口感滋味更符合男性的品饮要求，只要喝习惯了生茶，很难再喝熟茶。

普洱生茶虽然好喝，清热解毒、利水祛湿、润肠通便，但这种一剂下去太过于通畅，反而伤身。而熟茶的陈香虽然并非所有人都能接受，但普洱熟茶性质比较温和，养胃暖胃，对脾胃虚寒者有一定的保健作用，吴宁海勉强还能接受。但有时候嘛，人就喜欢个提神醒脑，尤其校领导事忙，更需要缓解疲劳。

吴宁海给周老师倒了一杯生普洱，自己还喝原来的肉桂茶。肉桂茶香气久泡犹存，入口醇厚又鲜爽，汤色澄黄清澈，吴宁海比较爱喝。生普洱一打开味儿就大，吴老师喝不惯。

生普洱没有经过高温高湿，周老师同样也没有经过高压发酵，不是经管学院层层干上来的，而是直接被校党委书记直接塞过来当副院长的。吴宁海不收也得收。不过周老师一开始也不想来给吴院长当副手，她想来给吴院长当院长。

可惜吴宁海是学界的泰斗级人物。周老师只是个四级教授。二级教授往往都是"白发苍苍，极高水平，极其渊博，极有德望"的老人，堪称凤毛麟角。吴老师已经完成升级，四个定语都占了。周老师闹了几回，也没能把吴院长请下去。

这里还得说明一下，周越华老师是标准的东方审美长相，眉细而弯，目秀含笑。年轻的时候，也是螓首蛾眉，巧笑倩兮，美目盼兮。如今将近五十岁，依旧乌发蝉鬓，风姿不减，就如这生茶，一旦喜欢上便让人爱不释手。周老师是国内名牌大学高才生，据她说也出国转过一圈，可惜没去过北极南极，相比因为地理游历上的欠缺，导致周老师在"极高水平，极其渊博，极有德望"的三极上都差那么一点点意思。就算有，大概率也还是要输在"白发苍苍"上。

更让周老师生气的是，吴、赵两人兄弟齐心，她的离间计和败战计通通不奏效，连常务副院长的位置都被吴宁海守住给了兄弟。那时周老师才来没多久，在吴宁海和赵烨面前一通电话打给书记，哭得像绛珠仙草转世，那叫一个梨花带雨。可惜吴宁海和赵烨谁都不是贾宝玉，赵顽童还一个劲白眼直翻。那边孔书记赶紧连劝带哄，让周老师把电话递给吴老师，再三嘱咐吴宁海，周老师是他和孟校长好不容易花重金挖来帮助吴宁海发展壮大经管学院的，可别把人欺负了。

电话那头孔书记带点冀鲁味的声音传出，赵烨脑子里闪过一万句脏话。谁用得着他花重金挖人来，这么肯下血本，批给经管学院的钱倒是大方些！当然，经管学院有MBA和EMBA的创收项目，也不用过分看学校财务的脸色。不过你孔书记这么懂得怜香惜玉，干吗不直接和孟校长商量下，成立一个新学院让周越华当主角呢？跑来我们经管学院搭什么戏台子，唱的还是《茶花女》！当时的赵烨也没想到，自己后来一语成谶。

好男不和女斗。吴院长为人正直，饶是百战百胜，对这种一哭二闹三上吊的玩法，多少有点招架不住。好在还有赵烨，赵烨满肚子稀奇古怪的主意，每每周越华胡搅蛮缠，他都能搬出一堆歪理把周老师绕晕。吴宁海则去和孔书记做思想工作，最后敲定了"赵管MBA、EMBA、EDP（高级经理人发展课程），梁管学硕（博士），周管本科"的三足鼎立方案。最重要的是赵管钱。当然这套方案也是经过学院大会同意的，至于怎么同意的，那吴宁海和周越华都有自己的办法。因为这件事，吴宁海打算留守经管学院，干满两届退休，也不想再去争什么副校长了，这乌烟瘴气的，不干也罢。不过周越华还是很不满意，但也无计可施。上有吴宁海运筹帷幄，左右赵、梁夹击，周就算有孔书记这把尚方宝剑，也只能卧薪尝胆。

不过，守株待兔还是有用的，这不，机会自己不就来了吗？

周老师喝了一口生普洱，心里暗暗感叹还是在院长办公室里泡的茶香。吴宁海好茶，这个生普洱茶是自己去云南开会买回来送院长的，在自己办公室泡，就泡不出这个味道。周老师喝了几口茶，马上就切入正题："吴院长，赵老师病了，眼下赵老师的工作，我能分担点吗？"这也是周老师的好处，周老师一向喜欢打直球，看上什么直接要。今天这语气，已经算委婉了。

　　吴宁海没听见周越华明着要MBA和EMBA项目，也是吃惊不小。新老换届，他敲了管、关两派——也就是梁、周两派好几个人选的沙罐，现在看来是奏效了。

　　"周老师，您本科工作就很多，再来帮忙就太辛苦了。"吴院长委婉地表示了拒绝。

　　周越华也不藏了："吴院长，还是赵老师的工作重要些，实在不行，您让我接替赵老师的工作好了，分管本科的事，旁人也能做。"

　　这话吴宁海就不爱听了。教育以人为本。周越华这意思是，本科生没有钱重要吗？当初这分管本科，我还不想交给你呢！"周老师，这事还要开会讨论，我说了也不算。"

　　周越华又搬出了尚方宝剑："吴院长，孔书记让我来好好帮您，我也得做点事呀！"

　　这话吴宁海更不爱听了。敢情让你管本科，那都不叫事？也是，周老师在当副院长期间干的几件大事，最突出的就是把自己本科刚毕业的外甥女，塞过来当辅导员，后来又一顿七搞八搞，成了主管本科行政工作的老师。正是上次来报信的周蕙老师。

　　"周老师——"

　　吴宁海还没说完，张君文和李莫飞敲门了。见两人进来，吴宁海喜从天降，马上和周老师下了逐客令："周老师，这边李老师和张老师还约了其他重要的事要商量。您的想法我知道了，您看这件事我们会上再安排？"

　　周越华只能走了，走之前深深地看了一眼张君文和李莫飞。

　　在周老师的认知里，这两人都是吴派的，眼下关老师也倒了，会计系这边势单力薄，连个能打探消息的眼线都没有，院长偏偏又是会计系的人。在周老师的战略部署里，这属于重大疏忽，必须马上堵上。李莫飞和吴院长的女儿在谈恋爱，这以后大概率是一家人了，周越华没啥大把握。但张君文就不一样，张君文低调不圆滑，爱认死理，办事认真，一心做学术，脑子简直一根筋，这种人做情报探子是不合格的。但周老师有自己的想法，这样子的人能干活，好打发，等自己熬走了吴宁海，急需张君文这样能写文章又能写本子的人来当骡子。

听说张君文出身于农村，物质困顿，却只是去代课做培训，没听过什么为五斗米折腰的事迹。思来想去，只有情感状况一栏空缺，周老师打算使个美人计，把周蕙派过去。这也是有缘故的，周蕙老师因为处理庄家杰事件，和张君文多有接触，居然看上了张老师。

只能说这天上的月老，定不是个懂会计的。把这天下的感情事搞得有时有借无贷，有时有贷无借，一点也不懂得"有借必有贷，借贷必相等"的道理。

这边的吴老师见周老师走了，马上倒了生普洱，又泡上了肉桂。吴宁海的茶叶很多，但他一般就在红茶和乌龙茶里面换着喝，而且一天只喝一种。

张君文和李莫飞是来讨论科研的。这才是大学老师更应该关注的重点，教书上课，写文章做学问，而非党派林立、争权夺利。吴宁海对自己的两个学生很满意。这学期已经接近期末，评教反馈也陆陆续续收了上来。

评教是教学质量监控的一种手段，包括同行评教、专家评价和学生评教。而学生评教是目前大多数高校采用的一种最主要、最常规的手段，兴起于20世纪80年代，清华、北大、北师大等高校率先展开学生评教，20世纪90年代被各高校普遍采用，江宁大学也在其中。吴宁海特地留心了一番这次院里新招的十位年轻教师的表现。新老传承，培养下一批优秀教师，一直是压在吴宁海心里的一个重任。吴宁海在当院长之前，就做了好长一段时间的会计系系主任，感情上也和会计系割舍不开。所以对张君文、李莫飞、傅清瑶三人，吴宁海更加上心。吴宁海知道自己再过几年也退休了，这发展的大旗还要年轻人扛，事关会计系的未来，必须重视。

三个人的评教结果都很正面，尤其是傅清瑶和李莫飞，好评如潮。傅老师和李老师，是学生们心中的经管学院"女神"和"男神"，通俗地讲就是美和帅。人是视觉动物，爱美之心人皆有之，何况青春好动的大学生们！大家甚至私底下还希望傅老师李老师能凑一对，可惜后来知道，傅老师和李老师，都有自己的男女朋友了。但这并不妨碍大家喜欢两位老师。

　　有道是，始于颜值，陷于才华，终于人品。李老师是有三十年语文教龄的母亲一手带大的，家里国学氛围浓厚，日常吵个架都要引经据典，上课自然文采斐然，旁征博引，举手投足之间都是谦谦君子之风，听得一排排男生拍案叫绝，看得一排排女生春心荡漾。

　　傅老师是海归。这几年来了不少海归，但傅老师是海归里毕业学府牌子最大的，又是最漂亮时尚的，听说家里还是搞房地产的大富户，这大概是经管学院自成立以来独一份的顶级配置了。傅老师从小在国外长大，是名副其实的"北半球走了个遍"，上课讲案例时，各地风土人情都能说上一两句，让底下这帮还没多少机会迈出国门的大学生听得津津有味。不似周越华老师，去了那么多地方，来来回回拿出来说嘴的还是英国的大本钟和康桥。有一次连康桥在哪边都说错了，被不少家境还不错已经出过国的学生质疑了——康桥在剑桥郡，应该在伦敦北才是。但这也不能怪周老师，上海市浦东下也有一个康桥镇，如果以长江划分，是算南方。但已经似有流言在传周老师的博士学位是不是来自克莱登大学。不管是不是，肯定不是来自斯坦福，檀香山文理及人文大学倒是有可能。

　　不管怎样，女孩子们私底下喜欢学傅老师的英伦腔，喜欢学傅老师说话时的神态，喜欢傅老师的穿着打扮，喜欢傅老师的路易威登和爱马仕。可惜最后一项要求太高，这帮本科生都没有一个傅爸爸，想学也学不来。男孩子们就更喜欢傅老师了，如果一门课是一道菜，那傅老师的课绝对是色香味俱全——人美、话美、画美。傅清瑶很认真，演示文稿什么的都是自己亲手做的，教案也写得非常详细。每每上课前一天晚上，都会细心地再过一遍相关内容，上起课来自然流畅，让人身心舒畅。

总的来说，李老师和傅老师的课都属于魅力型课程。人有魅力，课有魅力，这在年轻老师里头，属实不多见。当然，李老师和傅老师的风格还是有差异的。学生们私下讨论，李老师属于课程魅力带动个人魅力，傅老师属于个人魅力带动课程魅力。

李老师口才了得，输出渠道很强大，教风险管理和公司治理的时候，故事一个接一个地讲，简直就是男版的山鲁佐德。而且李老师也很有心机，每每到最激动人心的时候，下课铃就响了。这种"欲知后事如何，且听下回分解"的结尾方式，最是吊人胃口，便有不少同学愿意一下课饿着肚子来第一排抢座位。这时候不管是勤做笔记的"学霸"型少女还是想看帅哥的"花痴"型少女，都抢不过喜欢听英雄传的"中二"男孩。

傅老师教的是审计。审计这门课，有数也数不清的概念要解释，单单财务报表层次和各类交易、账户余额、列报层次的认定就不是三言两语能解释得清的。这也决定了傅老师肯定没法像李老师这般大摆龙门阵。但这也给了傅老师彰显个人魅力的空间，李老师算是比较倒霉，实在是被课盖了风头。不管怎样，这类课学生肯定是不愿逃的。不过这都还不算出勤率最高的那一类课，顶多只能排第二。

相比之下，张君文的课就逊色一些。张君文既没有李莫飞的"博古通今"，也没有傅清瑶的"学贯中西"，纵向不够深入，横向不够广博，说不出什么连珠妙语，也讲不出什么奇闻逸事。事实上，张老师的这一张嘴有点笨，属于嘴巴跟不上脑子的这一类。平时说话，张老师也是简明扼要，擅长使用短句，主谓宾出来就了事，定状补基本没有。而且张老师不会照本宣科，上课也很少用电脑，铃声一响，书都不用翻，直接边讲边板书。黑板上写的全是重点，嘴巴里讲的也没有废话。学生们上课都恨不得左右手都能写字，一手记板书，一手记讲话。

这种课相较于傅老师和李老师的课，更是座无虚席，是学生出勤率最高的一类课。倒也不是因为张君文的个人魅力,实在是课程内容太硬核,不敢逃,逃了期末不一定能过。而且张老师是个新老师,考核风格还是个谜。学生心里都有本账,逃了一节课,回去自学要花十节课的时间,而且还不一定能学得懂,很是划不来。

也难怪,张老师上的是中级财务会计。掐头去尾,会计概述、会计基本假设,以及会计要素及其确认与计量好理解,存货、固定资产、无形资产和投资性房地产也是小打小闹。张老师虽然在外代课经验丰富,但正式在江大上课也需适应,前几节课讲得有点紧张,语速偏快,同学们听得有点瞧不上。就在大家准备该睡觉睡觉、该打游戏打游戏、该逃课逃课的时候,长期股权投资与合营安排一个闷棍砸下来,把这帮不知天高地厚的本科生砸了个眼冒金星。众人一番大彻大悟后彻底变老实了,从此乖乖跟着张老师混。张君文也很快回到状态,虽然讲得谈不上有趣,但也不会让人想睡觉了。张君文的课不上不下,属于干货型课程一类,与张老师个人魅力无关。

本科生眼中的课,大致可以分为三类:一类是水课,一类是干货课,一类是魅力课。这三类课市场需求不同。

何为水课?没多大意思、可懂可不懂、好赚分的课,谓之水课。这种课是老师和学生必有一方"摆烂",结果就是大家一起"摆烂",老师攒够他想攒够的课时,学生拿到他想拿到的分数,两全其美。

两虎相争,必有一伤;双方不卷,最受欢迎。

这种课原本不该是学生所追求的,但为了保研、工作、评奖、评优、学分、绩点一堆破事,学生主动或者从众地开始欢迎这种课程,使得水课严重挤兑市场,亦是大学教育的悲哀。

何为干货课?诸如高等数学、线性代数这类公共基本课程中的必修课,或是中级财务会计、税法、财务管理这类学科通修必修课,抑或是风险投资、计量经济学这类学科或专业方向性选修课。这类课属于"似懂非懂课":值得懂、必须懂、学不懂、不听不能懂。满足一个懂，就是硬通货而非大路货，市场上价值与品质的关系比值自然不一般。

何为魅力课？魅力课属于可遇不可求，且魅力这种东西无法定量，这里无法展开论述。水课和干货课或许相对对立，但前两类课都可以转化为魅力课，水课变成魅力课，那是草根逆袭；干货课变成魅力课，那是卷王开挂，可冠之以"挂王课"的尊称。

这种可望而不可即的高度，决定了魅力干货这种"挂王课"屈指可数，毕竟太硬核的东西，就是很难讲得妙趣横生。当然，还有一类学生眼中不水不干没魅力的"三无课"，是最不受市场欢迎的，按理说这种课也是很难能开成，无奈因为学校总会冠上"必修"的名头，这类课得以苟延残喘。水课可以补觉，干货课可以补知识，魅力课可以补眼界，这种啥也补不了还反向消耗的课，成为学生吐槽的重点。

知道李莫飞三人的课上得好，吴宁海很满意。当老师，必须先把教学工作做好。这个基本要求，从小学到大学，都适用。

君子当以大道为志向，以德行为根基，以仁爱为依托，以六艺为修养，志于道，据于德，依于仁，游于艺。吴宁海又想起庄家杰事件，对两人也是一顿提醒："和学生要亲近，但不能太近，得把握住度。"

两人答应了。张君文开始讲自己的一个新题目。原本吴宁海这么忙，这些想法一般都会在组会上再讨论，但今天不一样，今天吴宁海要讲标书选题的事。眼下傅清瑶还在监考，自己和李莫飞先来了，就提前说开了。

张君文想写一篇大文章。张君文一直在琢磨论文走国际化这件事情。毕竟北京高校年初已经办了班讨论，这说明国内学者逐渐跟国际接轨。学术的国门一开，很难不吸引国外学者的目光，中国独特的制度背景、中国庞大的人口样本，怎可能不引起国际对中国的兴趣！最近在思考标书的事，张君文越想越激动，什么会计师行为、盈余管理，都是大把大把好题目，心中大致的框架已经搭好了，迫不及待想和吴老师聊一聊。

"吴老师，我觉得君文这个想法很好。"李莫飞在学术方面或许没有张君文敏感，但也一点就通。

"好是好，君文你可想过，这数据你要怎么找？现在实证类文章比重越来越多，以后说不定拿到好数据才能给发大文章。"吴宁海略微有点皱眉头，实证研究确实方法新颖，借鉴自然科学的实验思路，依据数学公式建模也更加简明。但如今实证研究越来越热，万一有人着急，往其中注水，这学术道德的问题就更严重了。

张君文有点皱眉头，有些数据确实不好找，找到了还得花不少钱。张君文现在毕业了，算是自立门户，虽然吴宁海愿意给，他也不好意思再走导师的项目经费报销。手头没啥经费，恨不得一分钱掰两半花。

吴宁海知道张君文囊中羞涩，刚想要开口，李莫飞先开了口："君文，我可以给你帮忙呀，这个话题我也感兴趣，咱俩要不一起写？"

张君文有点诧异。平时李莫飞和自己虽然多有合作，但最近李莫飞的投稿，据他了解都是挂吴宁海为二作、三作居多，为了好发、多发、快发。张君文知道李莫飞在攒，为了之后评职称，看到一个机会便抓住一个机会，毕竟文章从想法到发表，不是十天半月的事。现在不为两年后的事打算，时间一到，那时候再来着急等米下锅可就晚了。张君文很爽快地答应了。

吴宁海对两个学生的互助很满意。周越华走后，吴宁海就一直在想之后人事安排的事。吴宁海看得远，老赵空出常务副院长这事，都还不算什么事，毕竟自己还是一把手，这帮人再怎么闹也翻不了天。关键是以后，等自己退了，这位置要让谁来接。吴宁海是绝对不允许孔书记和孟校长再派个"空降兵"过来的。且不说空降兵个人水平如何，单说人生地不熟的，双方都要磨合，耽误事。万一磨合得不好，那就出大事了，而且一旦"空降兵"来了，这经管学院不可避免就被卷到了学校层面的那口大染缸里了，这是吴宁海最不希望看到的。

那如果从现在的领导班子里再找人升上来，可选择范围不大。但凡管为民不那么糊涂，吴宁海是有打算让管接班的，要是"管关"不斗，一正一负，以管老师的才华、关老师对学生的爱心，那也是天作之合。可惜管为民已经废了，关卫国也难辞其咎，无脸再争。其实就算现在关卫国争到了，有教唆学生这一个把柄在，公示期也不一定过得去。梁兴述倒是还可以，但是梁的性格不温不火，就像这肉桂茶，当个副院长还可以，要是真是当了院长，明枪暗箭怕是挡不住。最重要的是还有一个周越华在，梁更加压不住。

一个院长要负责学院的学科发展战略与方向，也就是如何提高各个学科的竞争力与排名；也要负责师资引进和培养人才；还要实现创收。这三件事相辅相成。吴宁海并非瞧不上周越华的才能，只是周越华要是真上了，难保这三件事不会变成一件事。周老师的私心和贪心确实让人放心不下。现在摆在吴宁海面前的只有两条路，要么在自己退之前顺带把周老师这个瘤切掉，不管良性还是恶性；要么就培养出一个人能治住周越华。

张君文是不用想了。张君文或许有那个脑子，但他没有那种心机谋略和手段，也不屑于使这种手段。他不可能成为适应规则的张居正，也不太可能成为不适应规则的海刚峰，因为他自动远离规则，一心一意泡书里。这也有好处，他是吴宁海报以最大希望在学术上接过自己衣钵的人。李莫飞则是未来接班人的不二人选，李莫飞人情世故都懂，阴谋阳谋也懂，这样的人，在"学而优则仕"这条路上才能走得通，走得远。

眼下两人讨论得热烈，吴宁海不时点拨几句，直到傅清瑶进来打断了他们。

吴宁海把傅清瑶叫过来，其实有好几个意思。首先，傅清瑶和张君文已经三个多月没说过话了。吴宁海后来听女儿说起，才知道两人吵架的事。这次把三人叫过来，一大目的就是为了化干戈为玉帛。年轻人嘛，气性大，爱抬杠，吴宁海都理解。只是在同一个单位，整天抬头不见低头见的，除了正式工作基本不说话，也不利于系里团结。

再者，最近傅清瑶确实也遇到问题了——她不想写这次标书，想和吴伯伯求个例外。吴宁海知道了这个想法，计上心来：张君文想法多，想让张君文辅导指点一下傅清瑶，缓和缓和关系。怕两人尴尬，便让李莫飞也过来交流学习，顺便打辅助。

"吴老师，我在国外学ACCA（英国特许公认会计师公会）和CIMA（英国特许管理会计师公会），根据的都是IAS（国际会计准则）和IFRS（国际财务报告准则）。"傅清瑶在国外生活了将近十年，对中国的这套规则实在是不大懂。傅清瑶态度很好，她也是认真想过了这次标书怎么写。2001年安然事件，直接把全球五大会计师事务所之一安达信搞倒闭了，傅清瑶在美国参观过安达信休斯敦办公室。这次在不到一百天的时间里，存在了八十九年的安达信分崩离析，全球八万五千名员工迅猛合并到了其他四大会计师事务所，只留了一个在瑞士的总部准备接受巨额的赔款和司法起诉，给傅清瑶带来极大震撼。傅清瑶有朋友就是安达信员工，正在为此事参与游行。这一事件席卷了全球整个审计和咨询行业，傅清瑶也非常关注，可想来想去，要和国内的制度结合研究，总差点意思，毕竟研究的都是国际会计准则。傅清瑶在这一牛角尖里困住了，想了几个月也没写出什么来。

李莫飞和张君文仔细听完傅清瑶的想法。张君文首先就提到了："在中国市场，安达信是五大中最为激进强势的一家，也是最早为中国企业提供股份制改造和海外上市服务的专业服务机构。中国资本市场的多个第一，如第一家在美国上市的股票'华晨汽车'、第一只H股'青岛啤酒'、第一只在伦敦上市的可转债'镇海炼化'、第一只在伦敦上市的股票'大唐发电'，其申报业务均由安达信承接，这方面想挖可以挖很多东西。而且安然丑闻后，现在美国政府出台了这个《萨班斯–奥克斯利法案》，404条款要求在美上市公司必须建立内部控制体系。这个内控建设对准备赴美上市的中国企业会有什么影响？很有可能在未来就成为四大一棵新的摇钱树了。"

张君文继续说："还有，未来中国财务舞弊要怎么防、怎么治，这个事件和处理经验都有建设性的指导，搞个中美对比也是非常有意义的。这件事对会计师行为也影响巨大。还有，未来几年国内资本市场加速发展，快速改善，一旦中国有了自己的纳斯达克，这些独立性要求的规范，约束机制研究也是非常重要的。"

一说到会计师行为，张君文就又想起最近感兴趣的另一个盈余管理的话题："还有，跳出安然事件，最近盈余管理行为在中外公司中普遍存在。盈余管理严重影响会计信息质量，扰乱市场经济秩序。现在大家对盈余管理的定义模糊不清，有通过会计政策调整的，有通过会计估计操纵的，还有通过真实交易安排的。"

张君文一说起这些便滔滔不绝，一扫平时的木讷寡言。一连三个"还有"，让傅清瑶有点诧异，没想到张老师这嘴皮子说起学术研究，比吵架讲大道理还要溜。

其实刚刚在傅清瑶来之前，李莫飞就听到张君文畅聊了许多，便插嘴补充道："是呀，比如负债转为股东权益，酌量性费用开支，在销量无法增加时提高产量，长期资产和投资的所有权有偿让渡给第三方，放宽信用政策或给予销售折扣等。这些都有可能成为会计理论研究的重要课题。"

"还不止，往远了看，现在我国还不允许公司回购股票，但国外早就允许了。万一中国紧跟美国这套搞法，这道口子一开，是不是也会成为上市公司进行盈余管理的新手段？"张君文越说越激动，这一预言直接跳到了2006年修订的《上市公司章程指引》。这也不奇怪，20世纪70年代，美国经济萧条，尼克松政府实施限制性措施，据张君文了解，多数的公司为了规避现金股利所带来的高额税收，将股票回购作为现金股利发放的替代选择，实施股票回购的公司数量只增不减。

"确实，本来只有中小型企业采用，但在1997年IBM公司实施了巨额回购后，那些行业巨头也开始了这一玩法，现在上市公司选择回购的动机也逐渐多样化。"傅清瑶认同这一说法，没想到张君文这只没迈出国门的"土鳖"，也这么了解这一情况。

在张君文的想法里，美国在股票回购上采取的态度一直都是"原则允许，例外禁止"，直到1982年正式合法化，现在这个问题已经从经济层面上升到政治层面了。那中国呢？中国现在正在进行经济体制改革，1999年十五届四中全会通过《中共中央关于国有企业改革和发展若干重大问题的决定》，就明确在不影响国有控股的前提下，选择部分发展潜力大的国有控股上市公司适当减持部分国有股。这就是很明显的一个信号呀。

吴宁海亲身参与过1992年小豫园并入大豫园的事件，对张君文这一具有前瞻性的想法更有体会。当时采用的就是协议回购的方式，回购小豫园的全部股票并注销，这是中国股市第一例为合并而实施股份回购的成功个案。"要减持国有股、进行股权分置改革，股票回购确实是国有股退出的一大重要途径。傅老师，这些可都是好题目呀。"吴宁海有意地提醒下傅清瑶。

傅清瑶心里一动，也发表了一下看法。还没说到两句，手机就响了，是周蕙老师。傅清瑶道了歉接了电话，听到消息，这眉头却越来越凝重——又是举报，这次还是实名。

聊到正酣，被这一打断，吴宁海也皱起眉头来："莫飞，你也去帮忙看看。"

李莫飞和傅清瑶告辞了。

又是学生举报。这可不是什么好现象，吴宁海皱起了眉头，现在的学生实在太冲动了，动不动就要敲登闻鼓，但侧面也看到，现在的风气有点问题，动不动就是六月飞雪，冬日滚雷。这算什么？这环境保护没做好，都气候异常了！

这举报制度在中国也有讲究。尧舜立进善之旌、诽谤之木，政有得失，民得书于木，称为"诽谤木"（诽谤的意思是指议论是非、指责过失，与现代的以不实之词毁人的意思相去甚远）。西周始设肺石。何为"肺石"？一是形似肺的石头可便于悬挂；二是肺主声，申冤提意见就是说话、发声。百姓在这块石头旁站三天，便获得一个向上陈述冤情的机会。晋代开始有击鼓鸣冤这一举动，鼓为登闻鼓，正式出现以后历代均沿用，也为古时百姓所常用。北齐还有"邀车驾"，唐朝立法先进，礼君礼臣，《唐律疏议》将这种制度合法化，并规定了百姓以此种方式申冤而未被受理的处理后果，有了惩治，对申冤的意义多了一层保护。

但不管形式怎么改，举报人举报的原因，从古至今也没有大的变化。有的为伸张正义，有的为切身利益；有的出于嫉妒，有的由于内讧；有人更是以举报为职业，专业举报……此风不可长呀。学生懵懂无知，举报者很可能成为有心之人的一把匕首，刺向异己的胸膛。政治斗争，历朝历代都有用举报的方式排除异己的，这已经偏离了举报制度本身的范畴和意义，成为搅弄政治风云的工具。如果连学校这一片净土都守不住，那是要出大问题的。

学校不是朝堂，搞什么阶级斗争！

李莫飞和傅清瑶赶到辅导员办公室，一进门见到了太阳穴突突直跳的周蕙和怒气冲冲的学生。这学生是傅清瑶老师自己班上的，名叫方予矜，刚刚考完试就来"告御状"了。

周蕙一见救兵来了，就缓过劲来："予矜，你把举报的内容再说一遍吧。"

"傅老师，我要举报同班的谢思扬和崔珂，他们俩刚刚在您的考场上作弊。"女孩的声音掷地有声，仿佛春雷滚滚，震耳欲聋。

考试作弊可不是个小事情。

傅清瑶虽然不知道国内学生作弊处罚结果有多么严重，但在美国，轻则重修，重则退学，绝不可能轻轻放过。这事涉及诚信问题，不得不严肃。

要说这作弊，也是历史悠久。中国自科举取士以来，作弊与反作弊力量一直纠缠，斗得如火如荼，给侦查学留下了非常宝贵的资料经验。从唐宋时期的"别头试"、"誊录制度"，再到"糊名考校"，为防作弊，古人不知操了多少心。

普天之下，莫非王土。连各家皇帝都亲自下场操刀的事，那自然不是小事。毕竟作弊的是正在考试的人，反作弊的是已经考过的人，大前提是双方都有资格参加相应级别的考试，基本上智商都是过及格线的。所以作弊这种事情真要分类，也算高智商犯罪。但作弊者智商一定不会超过满分线，毕竟顶配的智商用不上如此低配的手段，当然温八叉是个例外。老温本人是不需要作弊的。据说该空前绝后的顶级枪手能在五位考官的监视下同时为八位考生写完卷子，简直让人怀疑这个号来自"八叉手而成八韵"，实乃千古奇谜。

回到正常人的轨道，因为中国的搜身和准考证制度源远流长，"夹带"与"枪替"都是小儿科。"学霸"们作弊手段的登峰造极，完美诠释了小抄和作弊的区别。"银盐显影"与"坊刻小本"就是经典中的经典，前者"推动"了生化科技的发展，后者恐怕还是吉尼斯世界纪录保持者。撇开诚信问题不谈，作弊本身也算是人类智慧的结晶。

不过作弊的最高境界是买通考官。有钱人的游戏使得中国作弊史上倒下了太多名垂青史的人物或者是名垂青史人物的爷和爹，甚至还有伯和叔。但常言道"试中自有黄金屋，试中自有千钟粟，试中自有颜如玉"。诱惑在前，天才们无法不在这条路上奋不顾身，上下求索，前仆后继。

现在大学的成绩分考核和考试两种。考核形式不限，论文、汇报、实验、调研，五花八门。这种没有相对标准答案的东西，自然没有作弊一说。

考试大概也分为三类：开卷考、半开卷考、闭卷考。考试难度一般是开卷大于半开卷，半开卷大于闭卷。老师越敢放手让大家抄，越能说明这题目一般抄不到，不仅内容抄不到，思路都不一定能抄到。按常理这一类考试很让学生反感，可是主流一直强调，要迎难而上，大学生在考试一事坚决贯彻执行这一主张。不管抄不抄得到，能抄就是好信号！李莫飞深知学生的心理，所以他的方式就是考核加开卷考。

但几千年的实践，尤其是医学生惨痛的经历告诉我们，闭卷才是能让学生在短期内主动学习并记住知识的最好手段！有些知识点本身就是死，没有那么多创新性能让学生各显神通。万一没几人能发散得出来，老师捞分捞得也辛苦。张君文也懂这个道理，所以他的方式是画好重点的闭卷考——题目大同小异，不行就背。"应试"二字的精髓，就在于死记硬背——只要背不死，就往死里背。

但傅清瑶十几年没考过中国卷子，一上来就祭杀招，出了张自认为平常的卷子，还是闭卷。傅老师很不该忘了一件事：自己能从斯坦福来到江大，自己班上的学生却不尽能从江大去到斯坦福。这其中有许多妙不可言的因素——傅老师自己拥有的条件，底下这帮孩子不一定有。但显然傅老师忽略了这个事实，所以学生们在拿到卷子的那一刻，不约而同地在心里把傅老师的魅力值调为负分。

作弊也好，考试、考核形式也好，都说明了一个问题。大学考试或许跳出了应试教育的怪圈，却还没有打破分数论的诅咒。

李莫飞很明白，中国大学生考试作弊被抓意味着什么，根据作弊程度不同，严重警告、记过、留校察看都有可能，严重的处分要是不能及时撤销，这学位证还不一定能发。更要命的是，中国的学生，人到哪儿档案跟到哪儿，这玩意要是进了档案，以后这俩学生到哪里工作、学习，政审都要卡一段时间。沉默了一会儿，李莫飞慢慢问道："予矜，你怎么知道他俩作弊？你有证据吗？"

但凡考试作弊，讲究一个人赃并获，事后再调查，是很难找到证据的。而方予矜是经管学院学生会外联部部长，谢思扬是学生会主席，崔珂是科创中心部长，三人都算是学院本科生里的风云人物，也是大三保研的种子选手，成绩、经历样样出色。这事眼下疑点重重，还不好把其他两人拉过来对簿公堂——毕竟举报的是同学，还是个女生，万一私下报复，又要节外生枝。

方予矜仰着头，很有把握地说："李老师，他俩坐前后排，我亲眼看到他们交头接耳，教室里有监控摄像头，老师们可以调监控。"

"交头接耳？"李莫飞疑惑地重复了一遍。这么明显的大动作，监考老师怎么会没看见？

说来也巧，傅清瑶这门课是本系的必修、外系的选修。上学期期末选课，本来也就几个人。但开学后大家打听到有漂亮老师，而且老师课还上得好，纷纷找教秘加课，一下子从小班变成大班。期末考试要间隔坐，同学们坐不下，傅清瑶就让教秘安排了两间教室。这三个人，都不在傅清瑶主要待着的那个考场，是助教乔帆在负责。

傅清瑶刚掏出手机打算去给助教打电话，被李莫飞一把拦住："还是先打电话联系后台调监控。"

李、傅、周加本科生教学秘书陈瑾，四个人八双眼睛，把长达两小时的录像在监控室粗粗过了一遍，确实如女孩所言，一个身子往后靠，一个身子朝前倾，靠得很近。考试规定同排学生坐一条线，中间有一段前排的谢思扬申请去了趟卫生间，考卷直接摊在桌上，助教也没过来盖好。后排的崔珂抬着头，简直是肆无忌惮地抄。后面谢思扬回来，奋笔疾书，写完挪了挪屁股，把考卷斜放，恰好能让后排看见。

这也太明显了，属于最低级的作弊手法了！而录像中周遭的同学都在冥思苦想，极少抬头注意的。傅清瑶盯着屏幕气得鼓鼓的，周蕙则一个劲叹气。

如此明目张胆的作弊，助教不可能注意不到。傅清瑶和周蕙盯着学生的时候，李莫飞不时看看助教的状态，好几次都发现乔帆看到了，但又把目光撇开。竟是包庇！

乔帆是前两年保研上来的，现在硕士研究生阶段二年级，是市场营销系梁兴述老师的学生。乔帆一向表现出色，经常给辅导员和教学秘书帮忙，什么硕士开题、博士考核、答辩，都去当过助理。李莫飞做研究生学生会主席时，乔帆在本科生学生会，学院大型晚会两会合作，李莫飞对他有点印象。看来这件事还夹杂着买通监考员——这就有点难办了。

李莫飞又去看看方予矜的位置。大学老师一般不喜欢给学生排考场座次，大家都是入场随便坐。傅清瑶和李莫飞对此事不太在意，给学生充分自由；张君文则是严防死守，亲自打乱顺序给大家排了座。录像中方予矜坐最后一排的角落，全程考试，时不时抬头往谢思扬和崔珂方向望去，满脸戒备。不对，录像带里其他同学都在一心一意地做题，这女孩考试不好好考，当什么侦察兵！

李莫飞皱起眉头问："周老师，这三个学生这学期有什么矛盾吗？"

周蕙确切的职务是大三的辅导员兼团委书记，本科生学生会也归她负责，对三个同学的情况了如指掌。三个学生平时表现都挑不出错，优秀干部、三好学生，实在没什么闹到老师面前的纠纷，周蕙想了一会儿："开学初学生会换届，竞选主席，方予矜输给了崔珂。之后也找方予矜聊了，她表示认同结果，配合工作。"

李莫飞做过中学学生会主席、本科生学生会主席，研究生学生会主席，甚至江宁省学联主席。学院、学校的学生会都待过，对学生竞选拉选票，抹黑攻击恐吓的事儿，李莫飞心里有数。想到自己大三当年的经历，李莫飞煞有介事地问了一句："陈老师，这三个学生都想保研吗？在班级排名怎么样，都能顺利保研吗？"

本科生教学秘书陈瑾马上点点头："自然都想保研，开学就来打听了。但今年学校政策还没有下来，学院名额还没确定，加总方式也还不清楚。不过参考往年，这几个同学应该都在临界点，希望还是很大的。不过大三上学期排课多，变动也很大。"

这就很说明问题了，学生们争来争去，无非也就为男女朋友，为保研升学，为奖学金荣誉称号；学生们烦来烦去，无非也就为分手失恋，为成绩绩点，为毕业工作。名额有限，挤下别人就轮到自己了。几个人为了抢一块蛋糕，打得头破血流，所以问题的关键还是要把蛋糕做大。

若说方予矜为了学生会主席落选的事想抓崔珂把柄，又为保研名额想把另外两个挤下来；崔珂和谢思扬因为傅老师题太难想保绩点顺利保研而作弊，都说得通。那乔帆又掺和什么？最近硕士开题，开题不好好开，跑来瞎胡闹！还打算跟梁老师读博，这么搞还怎么招进来？

傅清瑶听他们这么一说，也知道乔帆是学生会科创中心的前任部长，心里一动："周老师，这俩学生和乔帆在学生会什么关系？"

周蕙思索了一下："乔帆当部长的时候，这两人都是大一的干事，都是乔帆面试招进来的。关系应该是不错的。"

四个老师都沉默了。对于大学的学生会，外界声音褒贬不一。学生会本身是学生自治的，对锻炼学生的社交能力、领导能力、组织能力，都有一定帮助。但大学生尤其是本科生，价值观还没成形，很容易拿着鸡毛当令箭。

青春是热血、阳光、向上，也是冲动、张狂、冒进。学生们凭想象自娱自乐出来的规则和潜规则，被舆论媒体放大宣传，贴上逢迎和结派的标签，带歪了大众想象。虽然不能一棍子打死大学的这些学生组织，但某些客观事实的确存在，也无法否认。

太阳底下无新鲜事，搞来搞去都是这些事。

谢思扬和崔珂的保研名额算是没了。其他人该处分处分，该谈话谈话。周老师这时插嘴问了一句："是否要学院通报批评？"

李莫飞沉默了一会儿："这件事可能还要请示吴院长。我建议还是不通报了，这俩学生还是要面子的，保不了研，还有考研考公工作，传出去影响不好。"

周蕙和陈瑾点点头，赶去处理下一批烂摊子。李莫飞则把满脸不高兴的傅清瑶拉回院长办公室报告下原委——刚从院长办公室出来，吴老师一定很关心这件事。

第七章

傅清瑶今年确实不太顺利。年初因为工作和妈妈吵架,三四月份回国又被两家催婚,到九月份开学班上同学自杀,十月份和闺密逛街撞见男友劈腿,十一二月份标书没想好,现在期末还来个考试作弊。

所谓流年不利,从来都是一流到底,不会半流而废。

吴宁海听完李莫飞的汇报,抬头问了傅清瑶一个问题:"清瑶,学生的期末分数,你有什么打算?"

傅清瑶有点诧异,这个问题她没有想过。

分数和绩点是一门大学问。学生为此心力交瘁,老师为此也是伤透脑筋。现在的成绩加总项目门类繁多,比如考勤、考核、考试、课堂提问、平时作业、小组作品等。如果把老师比喻成摆渡人,凡此种种,就是为了把广大学生顺利送到对岸。但由于学生个人,加上科目本身,总会有一些不可抗力,使得就算是这水放得能漫过金山寺,学生还是一个劲地往河里沉,只能靠捞。

捞人不是件容易事!当然也有老师实事求是,该怎么着怎么着,大笔一挥,哀鸿遍野。这种老师上下班很容易被学生放轮胎气。

张君文还没走,吴宁海看了看张君文:"君文,你是怎么打算的?"

"大概满足正态分布吧,虽然提前划了范围,但卷子还是有点难,高分不容易,但挂科也不会有。"

吴宁海又看了看李莫飞:"莫飞,你是怎么打算的?"

"基本上都很高，设置形式很多，哪儿都能加分。"课上得怎么样是一回事，给分好不好又是另外一回事了。李莫飞上课能讲段子，课堂基本不考勤，零碎小作业基本没有，但课后大作业很重，期末基本高分，出分也快。又能学到东西，又能拿到高分，李老师算是最符合学生心意的好老师。确实已经有同学提议今年的教师节全校"十大优秀教师"评选，提名并支持李老师。

吴宁海和蔼地看了看傅清瑶。

傅清瑶知道自己这次卷子出难了。

吴宁海叮嘱道："马上要寒假了。要是有空，就和莫飞他们一起来家里吃饭。他们师兄弟几个每年都约一个时间来家里喝茶聊天，年轻人的聚会，你可以多参加。"自己女儿吴小菲和傅清瑶是从小到大的好朋友。小时候傅清瑶常来自己家里玩，有时候玩太晚了还会和小菲挤着睡。吴宁海对傅清瑶的感情和疼爱女儿一样。虽然清瑶的学历、见识、才情都不在李莫飞和张君文之下，但哪怕强龙也压不过地头蛇，清瑶还有很多东西要学。

傅清瑶一一记下了。

过春节是中国人的大事。虽然全国寒暑假放多久不统一，但寒假的时间基本上差不多。不仅江宁大学到了期末，这几天夜大也要放寒假了。今晚最后一次课，张君文和吴老师打了招呼，就先离开了。

说起张君文，也是很有意思，居然在校外上课中也遇到了一桩桃花事。

只能说缘分这种东西，非常玄妙。张君文铁树了二十八年，不料一夜春风拂来，满树桃花盛开。除了周蕙老师最近对张老师有朦朦胧胧的想法，还有其他女孩也看上了张老师。这事还得从头说起。

从博士毕业前的最后一年，张君文就一直在夜大上课。所谓夜大，也叫业余学校，拿的是国家承认的成人学历文凭，学生大多是在职人士。中国人口基数大，能够上大学的都是幸运儿，上

"985"学校的，更是不容易。上夜大的人三教九流都有，许多人早年缺乏知识，吃了不少暗亏，也因为自身上进，便会通过成人教育的方式谋求一纸夜大文凭，之后用于评职称、落户、考研、考证书等。

去年张君文的班上，来了个女学生，叫蒋小涓，年纪比张君文小两岁。蒋小涓是个又美又甜的姑娘，身高不高，但身姿曼妙，长得很丰满。这姑娘很爱笑，笑起来眼睛弯弯的，右脸蛋上会出现一个很深很深的酒窝。

平日里张君文到点上课，下课就走，和学生接触不多。但蒋小涓虚心好学，经常会抽空来问张老师问题。张君文后面才知道，蒋小涓才中专毕业，之前一直在晋原市国营棉纺厂做出纳。一九九八年中国的国营厂纷纷倒闭，蒋小涓也被迫下岗。但在干劲十足的年纪里，蒋小涓又怎么甘心屈服于命运？她孤身一人从晋原市这个地级市跑到省会江宁市来——她要去省会闹腾一番事业出来！现在蒋小涓在江宁市邮政做临时工，看到大城市人重视文凭，便也报名参加了夜大。

蒋小涓刚刚知道张君文留江大任教时，惊讶得合不拢嘴，激动得两眼放光，像是认识了什么了不起的大人物。蒋小涓路过几次江宁大学的校门。那一座恢宏大气的"江宁白"就把蒋小涓看呆了。这所自己只敢在梦里想想的大学，张君文居然在里面博士毕业，还在里头教书！

蒋小涓对张老师打心眼里佩服，这种佩服在心里扎根发芽，渐渐变成爱情的骚动。蒋小涓是在小县城长大的，又有一股敢闯敢拼的劲儿。在晋原市时，蒋小涓的条件算是很好的，有很多媒人来牵线，但蒋小涓都没看上。后来下岗回老家，她倒是认真考虑了这件事。但那时候正是蒋小涓的事业低谷，介绍来的对象，条件反而不如之前，蒋小涓更加瞧不上了。难道自己的未来就埋葬在清泰县这种破地方吗？蒋小涓哭了一晚后，收拾了行李独自一人来了江宁市。是的，晋原市算什么？既然要闯，就要去更大的地方闯！

省会江宁市是晋原市这种地级市没法比的。这边的人白天工作大胆务实，整个城市都热血沸腾，到了晚上又是另一片闲适安逸的烟火气。下了班在宁江边上散步，蒋小涓总可以看到许多热恋中的男男女女或者新婚燕尔的小两口，在谈情说爱，在组建小家。蒋小涓很眼红，她也想要在江宁市有一砖一瓦，有一个避风的港湾，有一个能干的丈夫，有一个可爱的孩子。可惜她等了三年，也没有在这座城市遇到那个能改变她命运的人。就在她快要不抱幻想的时候，张君文出现了。

张君文的出现，仿佛在蒋小涓的生命里照进了一束光。她更喜欢上课了，因为课上总能见到张老师：高挺的身材，光洁的脸庞，直直的鼻梁，结实的胳膊，修长的腿……为了这份蠢蠢欲动的小心思，她经常去请教问题，帮张老师擦黑板，给张老师送水，想尽办法和张老师搭话。

经历过庄家杰事件后，张君文对师生恋是非常排斥的。但夜大和江大毕竟不同，学生的构成也不一样。张君文刚开始很诧异，后来也开始慢慢关注这个女孩。毕竟在李莫飞的光环下，张君文基本沦为了漂亮女孩的传话筒。突然有这么一个人美心美、声音像百灵鸟的女孩子对自己这么热情，从未恋爱过的张君文有点手足无措。

不知从什么时候起，蒋小涓下了课总会等张君文，顺路陪张老师走一段。张君文发现两人可以聊到一块去，蒋小涓很聪明，很会聊天接话。关键是张君文也是晋原市的，老家笠阳县和蒋小涓的老家清泰县是隔壁县。两人聊起来也算老乡，又有从小地方走向大城市的相似体验，又都上进好学，关系就更好了。尽管双方都没表白，但并肩走在路上，连空气都是暧昧的味道。

后来蒋小涓知道了张君文家在农村，家里条件不太行，就开始有点迟疑。当知道了张君文也只是青年教师，住的是二十五平方米的学校宿舍，还是租的，车也只有一辆自行车，不是什么有房有车的大教授，蒋小涓就有点儿沉默了。蒋小涓咬着嘴唇，踢了一路的碎石子，这和自己的想法出入太大了，她是挺喜欢张君文的，但听张君文说申上教授还要七八年，她也不太肯定，自己是否真的陪张君文慢慢熬出头。

唉！生活呀！总是不尽如人意。

张君文不知道蒋小涓这些想法，他挺满意蒋小涓。张老汉每次通电话，提到大姐寄钱回来，提到小弟在县里待不住，想出来揽工，东扯西扯就扯到自己娶媳妇上头。张老汉的话里头有意无意地还会提到张君文的小学同桌林静香，这让张君文很无奈——自己和静香只是普通同学，父亲乱搭红线，这不是瞎胡闹吗？传出去让人笑话！

张君文已经从大姐张君秀那里知道林静香经常去家里串门，便再三嘱咐父母不能和人家女孩乱说。那多冒犯人家！在张君文想法里，林静香和自己不是一路人，但蒋小涓是适合自己的，可以与自己同甘共苦，撑起一个家。张君文没有谈过恋爱，在他眼里，合适是更重要的。

男女之事就像培养细菌。婚姻是情感的培养基，爱情可以慢慢生长。当然这需要谨慎和耐心——如果培养皿被污染长霉了，这个实验的心血就付诸东流了，大概率连培养皿都要扔掉。

这几月上课的时候，蒋小涓没有像之前一样来得及时了，有时迟到，有时早退，有时还会旷课。张君文几次想问清楚，但蒋小涓走得匆匆忙忙，话还没说出口，人已经不见了。

或许是年末邮政业务比较忙的缘故吧。张君文自我安慰道。他自己也是上课、写论文、申课题一堆事，没空也没心思多想。今天晚上来上课，张君文环视了两圈教室，发现蒋小涓又旷课了，不由得蹙起眉头——是不是遇到什么事了？

但天大的事，张君文也得先把眼前的事做好，那便是耐下心来，好好上课。这边李莫飞要回办公室回复几封期刊编辑的信，傅清瑶要找三个学生谈话，两人看到张君文走了，也没在吴宁海的办公室里继续逗留。

傅清瑶才和三个学生谈完，刚想去取车，自家二哥就气急败坏地打电话找来，在电话那头扯着嗓子喊："妹妹，有鹏和你在一起吗？"

"没有呀，我还在学校。"傅清瑶话还没说完，就听到一阵"嘟嘟嘟"的信号中断声——傅清奎气急败坏地挂了电话。

一种不好的预感涌上傅清瑶的心头。这位二爷，又是要干吗？傅清瑶叹了一口气拉开车门，启动点火，一脚油门踩下去直接开到"江宁壹号馆"门口——刚刚听手机里头吵吵闹闹，玻璃撞击的碰杯声、吆三喝四的打牌声、声嘶力竭的谈话声，还有一阵鬼哭狼嚎，除了在夜总会逍遥，也没有其他地方了。而全江宁省最火的夜总会，或者说自家哥哥最喜欢去的地方就那么几个，傅清瑶不用动脑筋都能想到。

路上傅清瑶没忘了给吴小菲打了个电话。刚好吴小菲正和李莫飞在一起，计划去逛夜市，接到这么一通电话，二话不说，直接掉转车头，也来了"江宁壹号馆"。

三人几乎同时到了，下了车就看到一辆计程车在旁边停住——张君文也来了。张君文是被蒋小涓打电话找过来的。四个人面面相觑，都有点摸不着头脑，还是吴小菲最先反应过来，先进去看看情况要紧。

里面情况可不太妙。

会场一楼的舞池，才刚刚被砸完。客人们纷纷围在旁边看戏。会所的总经理亲自出面，带着保安把冲突双方震住。虽说公共场所打架斗殴，当地公安民警是要出面调停的。里面闹了这么大动静，早该有人报案了。但这个"江宁壹号馆"不是一般人开的，在场的人竟然没人报案，打算睁一只眼闭一只眼，自行处理。

这种事可大可小，江湖规矩是对人不对事。但要换是其他人也就罢了，可现在是容城置地的二世祖和万鹏集团的太子爷带头动的手，还夹杂着两家自己的私事，外人不好调停。这事不大不小卡中间，便显得有些难办。

天下的坏事，坏就坏在都赶上了一个"巧"字。

好巧今天傅清奎来"江宁壹号馆"给朋友过生日，恰巧黄有鹏来"江宁壹号馆"和晋原市副市长黄鸿图谈投资。本来一个在楼下，一个在楼上，如果不出意外，也很难撞见。

又恰巧傅清奎的朋友偏偏看上了台上唱歌的女歌手，想让人过来陪酒，但不料女歌手被其他客人要走了。好好的一场生日宴，就这样被败了兴，几个朋友都很不爽，一番打听，知道了这女人傍上了黄有鹏。朋友们的表情都微妙了起来。傅清奎本就对黄有鹏半信半疑，但看到几个狐朋狗友玩味的神情，心里越发不自在了。

在傅清奎去洗手间醒酒的时候，正好撞见黄有鹏带着那个女歌手走过去。傅清奎本来还不确定，一通电话打完，气得七窍生烟。这傅二直接找了个女服务员，想了个办法把黄有鹏和这个女伴钓出来，大庭广众下把人给揍了。

而这个被众人看上的舞厅女歌手，跟几个人也颇有渊源——正是张君文在夜大的学生蒋小涓，也是上次吴小菲和傅清瑶逛街撞见的那个女伴。

生活是很拥挤的，拐角就能碰上个沾亲带故的人。

说到蒋小涓，她最近老是旷课，确实事出有因。蒋小涓的爸爸是个赌棍，找地下庄家买六合彩，赢少输多，日积月累，被人家打上门来讨几十万的债。对于蒋小涓这么争强的一个人来说，这无异于打了她当头一棒。蒋小涓和自己父亲大闹了几场，甚至都放狠话让父母离婚。但血浓于水，蒋小涓到底不忍心，上有老父老母，下有还在上学的弱弟，外面还有一群狼。蒋小涓心一横，来夜总会当陪唱。蒋小涓长得好看，声音也好听，夜总会经理立马将她收入麾下。

上台没几次，蒋小涓就引起了不少客人注意。有时候客人会说秽言秽语，搞得蒋小涓很下不来台，但还好都没惹出事来。只在那一次，蒋小涓被缠得没办法，就在快要妥协的时候，黄有鹏犹如神兵天降，来了出英雄救美——于是两人便认识了。

黄有鹏是"江宁壹号馆"的常客，而蒋小涓长得非常漂亮。两人既然是蒋小涓想象中的"朋友关系"，那对于黄有鹏的捧场，蒋小涓深知受之有愧，但更倾向于认为却之不恭。黄有鹏出手大方阔绰，珠宝首饰随便送。这既满足了蒋小涓的虚荣心，也在一定程度上缓解了蒋小涓的燃眉之急。黄有鹏甚至许诺安排蒋小涓去自己公司，蒋小涓慢慢便动摇了。这段关系便从所谓的"朋友"滑向它原本最真实的状态。

但正如张君文没法拯救蒋小涓，黄有鹏也没法拯救蒋小涓。蒋小涓想要的是一个体面、温馨、舒适的家，张君文现阶段给不了，黄有鹏则是永远给不了。万般皆是命，半点不由人。蒋小涓半推半就，跟了黄有鹏。只是今天一出事，蒋小涓还是怕了，还是后悔了，给张君文打了电话。

黄有鹏也是后悔。他起先是不知道傅清奎朋友这件事的，若是知道，他一定会把蒋小涓送出去。若为了一个女歌手搅黄了傅、黄两家的联姻，还让楼上的政府大官看笑话，简直鸡飞蛋打！今天黄有鹏来，就是为了与晋原市新任副市长黄鸿图搞好关系。

晋原市副市长黄鸿图，正是张君文等人的师兄。正如钟大海分析的一样，黄鸿图接下来再升，就很不一般，直接到隔壁地级市做了副市长。因为黄鸿图有证监局背景，负责市政府常务工作，负责发展改革、财税、应急管理、国有资产、统计、金融、行政审批、外经外贸、招商引资、口岸协调等工作，协助分管审计工作。黄鸿图一上来，就计划在晋原市里建一个工业区。

黄鸿图是个有魄力、有想法的人。他本身研究的就是资本市场的设计，对工业园区的打造有自己的见解。1979年，中央批复同意了建立蛇口工业区的请示，蛇口工业区正式成立。这是中国第一代产业园。作为改革开放的"试管"，蛇口工业区是招商局集团全资开发的中国第一个外向型经济开发区，开创了多项制度革新与观念革新，譬如率先实行招聘用人、率先改革干部制度、率先实现改革工资分配制度、率先实行社会保险制度等。最重要的是，在蛇口还诞生了新中国第一家由企业创办的股份制商业银行——招商银行。

"蛇口模式"这些敢为人先的改革试验,让黄鸿图心潮澎湃。

但晋原市不是沿海开放城市,没有港口,就没有承接中国香港、中国台湾、日本和韩国外来加工业务的优势,深圳蛇口的地理位置和先发优势太明显了,晋原抢不过。并且后来,各地陆续建设开发区,逐步由劳动密集型向资金、技术密集型过渡。随着众多跨国企业巨头进驻中国,中国产品的技术含量及生产工艺水平得以提升。其中,天津经济技术开发区就是典型代表。

到21世纪初,开发区严重泛滥。黄鸿图下到晋原市的各个县考察,几乎任何一个县都有开发区,甚至一个县不止一个开发区。此阶段,园区选址多为非中心城区,园区建筑基本上是单一的工业厂房,几乎没有什么配套设施,上下班时段常会呈现"潮汐现象"。黄鸿图很想大刀阔斧地进行改造。

不谋万世者,不足谋一时;不谋全局者,不足谋一域。

科技才是第一生产力!中国未来的产业园区必然开始重视技术消化、技术革新,不再停留在技术含量较低的加工生产层面。以后产业园不该也不会是沿海城市的独舞,内陆省市中具有良好产业基础、人才储备和技术创新能力的城市也能登上舞台,何况晋原市这样的沿海省份的内陆城市。黄鸿图有信心,建成一个口碑比"蛇口模式"更好的"晋原模式"!这可是实打实的政绩!还有工业园区最重要的是产业特色,这个黄鸿图也规划好了,就聚焦移动互联网产业园区。

建产业园的想法是好的,但是要人、要钱、要企业,又是另外一回事了。晋原市出名的企业也就那么几家,最负盛名的应该是晋原乳业。晋原乳业"立足晋原,发展华南,优化全国",是晋原的骄傲。

但这个骄傲被吴小菲给打了一头包,晋原乳业总经理在七月份的江宁市招商会上想要揩吴小菲的油,反过来就被吴小菲查清楚了其内部官商勾结的那些弯弯绕绕。一篇报道横空出世,舆论越炒越热,被有心人送了材料去纪委,把一个副市长都给拉下马了。晋原乳业元气大伤，七搞八搞，晋原市财政收入也出问题了。省里被这事吵得头疼，刚好齐老又有最新指示，便把黄鸿图塞了过去。

危机，危机，重点在"生机"的机，而非在"危难"的"危"。

这是黄鸿图出征晋原前去拜访老丈人，齐国典对自己女婿兼部下说的一番话。

是挑战更是机会。这个道理黄鸿图明白，只是要想马儿跑得快，也要花钱置鞍，面对一穷二白的晋原市，黄鸿图思来想去，很是苦恼。

这个烦恼被钟大海知道了，钟大海就马上帮师兄想到了一个可选择方案。

当然钟大海也只是个牵媒拉线的人。这个想法还是黄有鹏自己的真本事。

万鹏集团是做房地产发家的，建商品房，开盘销售，全是传统房地产行业的那一套。黄有鹏回国后就觉得这路走窄了。现在"衡璧万容"在圈里乱杀，无非就是拼谁能向政府低价拿到地，怎么把这个房高价卖出去。倒腾来倒腾去，都是同一个玩法。中国地大物博是没错，这些年地方为了财政收入，这地一大片一大片地卖。可中国这片天一会儿刮东风，一会儿刮西风，万一以后地不好拿呢，岂不是进死胡同了？

黄有鹏想走产业新城的模式。河北的华夏幸福在2002年就已经签下了固安产业新城项目。这种发展模式侧重"以产兴城、以城带产、产城融合、城乡一体"的系统化发展理念，很符合黄有鹏在国外学的那一套。黄有鹏的算盘都打好了。首先，拿地的问题解决了，地方政府这边自己就得规划好；其次，产业新城内提供的规划设计与咨询等服务就可以和当地政府要服务费，还有土地整理服务、基础设施建设、公共设施建设、运营维护项目，都可以谈。这些还是小头，工业园也好，产业新城也好，筑巢引凤，按照合作区域内入区项目当年新增落地投资额，还可以收产业发展服务费。传统地产商的拿地卖房模式也可以发展，园区配套住宅肯定也是要建的，来了那么多企业，人才一定引进，市场需求绝不可能小。这一条链上，全是会下金鸡蛋的母鸡。内地有内地的搞法，沿海有沿海的新招。黄有鹏一张嘴先哄住自家老头，又把董事会喊过来画大饼，甚至担心资金缺口，也和容城置地谈好了合作条件。现在集团上下一条心，就等着找政府合作方了。

黄有鹏的初步想法是不要在江宁市搞，最好是在旁边地级市试水。江宁市是省会，体量太大，"衡璧万容"四家都吃不下，万鹏集团自然不想一口撑死。而且江宁市自古繁华，历史悠久，位置特殊，在国家的战略部署中至关重要。用大白话说，不用再怎么搞，全国人民也知道这么个地方。这还不像深圳，人家本就是个小渔村。黄有鹏想干大事，想要走出江宁，走向全国，甚至冲出亚洲，走向世界，临近江宁的地级市才是好的起点。

这个想法在某种程度上和黄鸿图不谋而合。两个人在钟大海的牵线搭桥下，越聊越投机。说起来还是本家，都姓黄，说不定祖上还是一家人，聊得正畅意时，突然搞了这么一档子事，也是糟心！

这档子事还很复杂。别说旁人了，当事的这几个人都有点理不清楚头绪。

在看客的眼里，这件事就是万鹏集团的太子爷还没结婚先养了情妇，被未来二舅哥抓奸抓到了。如此豪门风流、狗血秘事，自从五六年前容城置地两任傅太太宅斗之后，江宁就鲜少听闻了——首先大家都忙着赚钱，哪有这么多时间斗来斗去；其次就算真有，这些有权有势的人家玩了这么多年也都玩明白了，哪里会没有手段切断一切能让真相大白于天下的机会？

听到大家指指点点，傅清瑶很生气——对自家二哥生气。虽然自己家占理，但这又不是什么上得了台面的光彩事儿？这样闹得尽人皆知，除了成为别人的谈资，又有什么好处！

而张君文的精神世界则是遭遇了一场彗星撞地球。这对张君文的价值观和婚姻观的冲击太大了，他甚至都不知道怎么安慰蒋小涓才好。

只有李莫飞和吴小菲算是最靠近事实的局外人。

当局者迷，旁观者清。吴小菲又是最先反应过来，虽然几人都不认识蒋小涓，但一看到蒋小涓用想抓到救命稻草的眼神望向张君文，吴小菲就知道师兄的处境也是尴尬。这张师兄怎么这么傻，没看出这是个捞女呀，再唱下去唱的是哪一出？"李香君血溅桃花扇"吗？

就在吴小菲脑子里以最高转速呼呼地想着应对之法时，钟大海下楼了——黄有鹏离席太久，他下来瞧瞧。虽然下楼前了解了个大概，但居然还有其他自己认识的人也被搅和进来，钟大海也是诧异。

钟大海的出现也在吴小菲的意料之外。但吴小菲马上想到了思路："钟师兄，你和黄老板还有生意要谈，我们就不打扰了。清瑶，我和莫飞送清奎哥回家。张师兄，你帮我送送清瑶。"

这段话有好几层意思：第一，都别冲动，私下解决；第二，钟大海赶紧把黄有鹏拉走；第三，傅清奎不能再闹；第四，张君文和蒋小涓没关系，他和我们才是一伙的。

张君文听出了这句话的不妥，吴小菲顾及了大家，唯独漏了蒋小涓。这几个有钱人回去了，吵吵架，砸砸东西，日子照过，可蒋小涓怎么办？

人类的悲喜并不相通。张君文有点迟疑着走不走，站在旁边的李莫飞暗中踹了他一脚——李莫飞显然知道张君文的脾气。但这时候张君文再去扶一把蒋小涓，就是在打师妹的脸了。就在张君文左右为难的时候，又有一通电话打进来。

"君文哥，你在吗？伯父出事了！"

这下子，张君文想顾也顾不上了。

人生一世，总有些当时看着无关紧要的片段，事实上却牵动着大局。

蒋小涓慢慢冷静下来，只觉得血微微有点凉——但没人在意。

收拾残局的收拾着，处理问题的处理着。李莫飞和吴小菲还商量——这么晚也没有班车了，还是由吴小菲送傅清瑶兄妹俩回家，李莫飞送张君文回老家，直奔县医院。

打电话来的是林静香，正在笠阳县医院当护士。林静香在值班的时候收治了张老汉，看老汉身边无人照顾，给张君秀打电话一直打不通，就想办法从老汉那里要到电话号码，打给了张君文。

张老汉还一个劲嘱咐道："静香呀，你别给君文打电话，他忙，别打扰他学习工作。"唉！可怜天下父母心。

"伯，我懂，不怕您笑话，我老早就想问伯母或君秀姐要电话了，但我怕被笑话，脸皮薄，不敢要。好不容易只有您在我跟前，您就让我记下，好吗？"林静香哄了又哄。

张老汉终于背出了大儿子的电话号码。天底下有多少不识字的父母，怕是连自己的身份证号都记不住，却能准确背出孩子的电话号码。

待李莫飞和张君文赶到的时候，县医院这边已经给老人打好石膏了，老人是在地里劳作时摔的跤。年轻人伤筋动骨都要一百天，何况老人年纪大了，骨质疏松，磕一下碰一下，很容易骨折。张君文认真听了医嘱，拿了药，和林静香道了谢，事情办妥了才开口询问："爸，妈呢？"

张老汉赶紧回答道："在家呢。你妈最近在喝药，不让她折腾了。"

张君文的妈妈两年前生了场病，发烧加咳血，是在县医院治的，说是肺结核。吃了药，挂了几瓶水后，虽然没有大症状，但身子明显没有之前硬朗，日益消瘦，还动不动就咳嗽。大女儿挣钱不容易，大儿子还没出来工作，小儿子也只是刚刚出来打工，母亲心疼钱，更心疼几个孩子辛苦，硬是说好了，回村里找老中医写方子。

西药贵，草药只需要上山采，采不到去药店抓也便宜，一两块钱一大把。君文、君秀对此都不赞成，但两位老人执意如此，道理听不进去，实在伤脑筋。

"怎么又喝药？"张君文皱眉。自从君武离家去外地揽工，家里的情况他知道得更少了。对几个孩子，张老汉一向报喜不报忧。

张老汉见状，赶忙说："放心，没什么大事儿。我和你妈心里有数。"

今天一折腾，现在已经是大半夜，李莫飞本来想就近找宾馆让伯父住一晚，但张老汉不放心老伴，执意要回家。张君文拗不过，只能对李莫飞谢了又谢。

李莫飞挥了挥手："你跟我还客气！"

只是进了家门，张君文却感觉不太对，父母感情好，按理说父亲没回家，母亲应该睡不着才是，怎会不见人？尽管张老汉再三强调没事，但张君文放心不下，摸进房间一看——母亲正躺在床上发着低烧，一阵一阵咳嗽，呼吸都有点困难。

连夜又跑了一趟医院。查出来的结果却不妙，医生初步诊断是结核灶与肺癌灶并发，大概是结核病灶没有治好，长时间存在，炎症不断反复刺激，导致得了癌症。

"建议送市里或省里大医院，手术级别太高，县医院医疗水平怕是不行。"医生对比了一下CT结果，谨慎地提出了建议。

张君文当机立断，决定去江宁市。不过现在父亲伤着了，还是得和大姐、小弟知会一声，两边都跑他照顾不来。可一连好几个电话打过去，大姐、小弟的电话还是打不通。

一顿折腾，好半天张君秀才接通了电话，电话那头里却传来了哭腔："君文，君武被抓了。"

屋漏偏逢连夜雨。

张君武年轻冲动，没有哥哥读书的本事，便想着出去像姐姐一样打工赚钱，没想到误入传销组织。这几年严打传销，张君武所在的那一个团伙被端了，自己也被抓了，这下怕是要蹲局子。张君秀是最早知道这个消息的，怕爸妈受不住，瞒着不敢说，一直在为这事奔走，故而打不通她电话；她也尝试着给张君文打电话，可是也打不通。

打不通也是正常，今天张君文的小灵通就一直没消停过。

三通电话，一通一个坏消息，各种各样的悲剧，这该死的生活！

第八章

2003年的羊年春晚，宋祖英一首《美丽的心情》传遍大江南北，可这几个年轻人，过得是一点也不美丽。

漫漫人生路上下求索，只为了心中渴望的真诚生活。可生活就像个发脾气的初恋，任性起来丝毫不讲道理。

先说张君文，父亲跌倒，母亲生病，情场失意，弟弟被抓，这都已经不是被生活打一闷棍的事了，简直上了个千斤枷锁。

别的不说，单说母亲重病这件事。

省第一医院专家号难挂，住院更是一床难求。

就算这些都解决了，那病才是最大的障碍。

"这病有些棘手。"省里医院的医生也是同样的结论，拿了两套方案出来——为了降低风险还是建议转北京，如果要在省里的医院治疗那就得请多科室专家会诊，毕竟张母把小病拖成大病，这癌细胞有扩散的迹象。但不论前者还是后者，这都是一大笔花销。

进了医院，治病的钱去哪里找？

张君文听得眼前一黑。张君文十年如一日地读书、学习、上课，穷小子一个。这几年才出来教书授课，领的也是死工资；出去代课的钱，也填不了这窟窿。

各行各业的待遇两极分化严重，大学老师也是如此。大学老师的收入大致涵盖三部分：基本工资、绩效奖金、项目收入。而青年教师在某种程度上也算是职场新人，如果不是留校的，那初来乍到的，基本上都处于要人没人，要资源也有限的尴尬处境里。

不过，之所以会有那么多人愿意强撑着把博士读完，甚至再做个博士后拿到教职，除了像张君文这种一心扑在科研做学问的，像李莫飞一般看重大学老师的社会地位和各种外人想象不出的隐性福利的，也大有人在。

只是张君文出身一般，当下又年轻，也没有那些左右逢源、利用大学老师关系和空闲时间当掮客整合资源的心思和手段。

不戚戚于贫贱，不汲汲于富贵。这种本分挣钱的性格，注定是赚不了大钱的。依照张君文安贫乐道的性格，在生活没有巨浪打来时，自然是简单富足。可一旦刮起了一阵大风，直接就被生活拍在岸上蹂躏。

这个道理在陪护母亲的这段时间里，张君文算是真正学明白了。这段时间，张君文每日都要给母亲买饭。医院附近小餐馆租金高，饭菜价格都比其他地方贵，连装菜的一次性塑料盒都要比其他地方贵出几毛。

"老板，多少钱呀？"张君文挑些有营养的菜，还给母亲多买了一盅炖汤，分开装两个一次性塑料盒。老板报了一个价。

张君文疑惑："怎么比昨天贵这么多？"

"炖汤贵。"开饭店的老板随口回了一句。

被日头晒得头昏脑胀的张君文也就随口一问："那也还有零头呀！难道你们这里也四舍五入？"

"小伙子，你用两个一次性塑料盒！"还在给其他客人打汤的老板娘没好气地白了张君文一眼，"小本生意，没讹你。"

张君文感到羞愧，之后打饭，就换了一家店。打饭的时候指明一份用一次性塑料盒装，另一份给自己的，就买馒头，偶尔买包子——塑料袋不用钱。

真的一分钱恨不得掰成两半花。张君文都自嘲成了当代严监生。

"君文，你咋不爱吃饭了？"张母问道。

张君文笑了笑："妈，这里没桌子，我嫌捧着塑料盒吃不方便，吃馒头可以用塑料袋抓着吃。"

张母不说话了。希望能糊弄过去吧。

好在还有李莫飞这些朋友，总带着果篮和营养品前来探望。

李莫飞来了两次，都赶上饭点，回回见张君文吃馒头，心里就明白了七八分。等下次和吴小菲一起再来，就提着师母做的饭菜，还有一壶灌在保温杯里的炖汤。

傅清瑶通过吴小菲辗转知道了这些情况，也帮了忙，缓和了两人的尴尬和不睦。傅清瑶很大气，换个角度想，毕竟自己的男友和张老师的女友勾搭上了，两人也算同病相怜了。

但傅清瑶自己的情况也没有好到哪里去。容城置地和万鹏集团有生意场上的许多利益合作，是不可能一下子切割干净的，别的不说，单说眼下这个晋原工业园的项目，两家就搅在一起。虽说生意归生意，感情归感情，但哪那么容易分个一清二楚？

眼不见为净。傅清瑶干脆搬到教职工宿舍和张君文做邻居，当初报到的时候傅清瑶就想好了，万一真和黄有鹏闹掰了，就搬进来图个清静，也好写标书。

但黄有鹏还是想方设法在宿舍楼下截住了傅清瑶，故伎重演，又来指着天对着地拍胸脯的那一套。

事不过三，这一套"狼来了"看得傅清瑶大倒胃口："黄有鹏，横竖你看上的是容城，也不是我，揪着不放有意义吗？咱们一别两宽，一笔勾销，以后这容城和万鹏生意还能做。现在你再想在我这里捞到好，那是不可能的。如果搞得两家利益都受损，你岂不是亏得更惨？"

话说到这地步，黄有鹏黔驴技穷，但还是拦住傅清瑶不让走，在不知又打着什么主意的时候，正好被刚从医院回来的张君文撞见。张君文借口吴院长有事要找傅清瑶，帮忙把黄有鹏打发走了。

那天夜总会灯晃得人眼晕，但黄有鹏耳朵没聋，心也没盲，听到吴小菲喊的那一段话，就知道张君文和傅清瑶是一伙的。眼下听着张君文的这些工作上的借口，黄有鹏心下也很鄙夷，这张君文莫不是想着飞上枝头变凤凰，做个中国版的任佑宰？当下黄有鹏朝地板唾了一口，轻蔑地哼了声，就走了。

傅清瑶知道黄有鹏眼珠子一转，脑子里想的都是些什么腌臜事儿。但见黄有鹏不再不依不饶，也懒得解释，转头来感谢张君文："张老师，刚才谢谢您，最近伯母怎么样？"

一说起母亲的病，张君文的脸上愁云密布："还有些麻烦，老人家怕费钱费事，不肯答应转院去北京，连这病都不想治。"

傅清瑶认同的是弗洛伊德那套"本我、自我、超我"，无法感同身受这种有病不想医的怪念头——钱财都是身外之物，可生命重于泰山，怎能说放弃就放弃？

这种想法确实有点"何不食肉糜"的意味。那些能说出"钱不是问题"的人，往往忽略了当事人没钱这个事实，而且也未必有乐善好施、普度众生的慈悲心。

好在傅清瑶并没有把这个想法完全表达出来，两人还算平静地走在了校园的林荫道上。但想到生命，傅清瑶不由得想起自杀女生的事，倒也理解了张君文当日为何会说出那番大局为重的话，敢情这老张家的家风是"舍小家为大家"，真是一个比一个更能为他人着想。

鉴于刚刚张君文侠肝义胆，傅清瑶想还个人情："张老师，我倒是有个曲线救国的办法，可以请北京的医生来江宁，省医院的医疗水平也还行，关键还是看主治和主刀。"

这下轮到张君文喜出望外，连连道谢。

"小事。"转头傅清瑶真把北京的专家给请了过来。这个专家是傅容的朋友，当年欠了傅容的人情，现在傅容的千金大小姐开口求助，自然无有不应。手术一切顺利。

张君文是个无功不受禄的人，开口向李莫飞等借了钱，非常郑重其事地打了欠条。钟大海只得换个法子来支持，帮他找点咨询的横向项目，帮忙推荐些企业让他上课。物质上的困难也暂时得到缓解。

蒋小涓也来看望生病的张伯母，把前因后果和张君文解释清楚，带来了水果和慰问品，还悄悄给张母塞了红包。

"你这是干什么？这个收回去。"张君文追出来把红包塞回蒋小涓手里，并在路边摊上坐了下来，要了两个糯米鸡，把其中一个剥开递给了蒋小涓。其实张君文早就理解了蒋小涓，这阵子他自己被这钱的事逼得走投无路，知道缺钱是什么滋味，只是叹惜蒋小涓要选择这样一条路。

富贵险中求。正经买卖也好，见不得光的交易也罢，在资源和机会没有那么充裕的情况下，钱都不是天上掉下来的。这世上哪有那么多一夜暴富？脚踏实地对于蒋小涓当时那种刀架脖子上的处境来说就是开玩笑。蒋小涓没有张君文这般好运气，能遇上这么些能施以援手的师友，只能用最最原始的"以物易物"。

但富贵险中求，也在险中丢，求时十之一，丢时十之九。

这总归是条不归路。张君文看着蒋小涓小口小口地尝着糯米鸡，半晌不知该怎么宽慰蒋小涓，只是说些这些无力且苍白的大实话："你也要放宽心，总会过去。不过这对你而言，眼下的出路或许不是最好的选择，你已经在夜大快完成学业了，等拿到文凭，另外找一份好工作，会有更好的人生。"

蒋小涓放下手中黏糊糊的荷叶，看了张君文一眼："我已经退了夜大的班了，那些日子谢谢你，也谢谢你愿意同我说这些话。我之前也是跌到坑里想着自己爬出来才来的江宁，但没想到还没爬出来又落到一个更深的坑里，我有些爬不动了。现在有人给我递梯子，纵然我知道爬上去也没什么好风光，但我实在不想再一次跌回坑里了。有时候生活里的事，就像这糯米鸡一样都是注定的。一子错，满盘皆落索。道理我懂，但这是我的选择。张老师，你不用再劝了。"

时也，命也，运也，非吾之所能也。不是每个人都能生在阳光里，活在阳光下。像钟大海那类人，是生在罗马里；像傅清瑶、黄有鹏那类人，是生在离罗马最近的地方；像吴小菲、李莫飞那类人，是生在通往罗马的大道上；而像张君文、黄鸿图、蒋小涓这类人，却是生在那犄角旮旯之地。

人有冲天之志，非运不能自通。张君文不是蒋小涓，蒋小涓也不是张君文。

未经他人苦，莫劝他人善。蒋小涓最后又喊了一声"张老师"，拉开了距离，把张君文的"抽身回头，一切都来得及"堵在嗓子眼里。

道虽迩，不行不至；事虽小，不为不成。张君文怒其不争，哀其不幸，但却没法帮其脱身，自己尚且是需要别人帮忙才能脱身。

两人的缘分，算是断了。

再说李莫飞。李莫飞的情况还好些，但也是一个头两个大。自打自己和吴小菲正式交往，妈妈消停了一阵子。只是最近不知道又受了什么刺激，又开始折腾，一个劲地催结婚。李母甚至拉了李父联盟。二比一，李莫飞半点胜算都没有。

李母的中心论点有三：第一，李莫飞眼瞅着快三十了，先成家后立业，到点了就得交作业；第二，吴小菲工作、家教、相貌样样好，打着灯笼没处找；第三，吴宁海门生遍布天下，人脉广，过了这个村儿，没这个店儿。遇到机会，就要逢高出局，落袋为安。

李莫飞听着妈妈编顺口溜，韵脚都押上了，有些哭笑不得。听到最后一句，不由自主地叹了口气："妈，您这么懂'高抛低吸'，当初怎么就去读了中文系呢？"

李母翻了个白眼没搭话。但这样一来，搞得李莫飞在家里标书都写不出来，也盘算起要不要搬去和张君文做邻居。不过说到做邻居，李莫飞想想也觉得奇妙，傅清瑶和张君文这两个互相看不顺眼的，居然真住到彼此隔壁了。

三个人闭关苦想，终于在三月份的时候成功交差，然后五六月份参加评审，就等出结果了。这个过程，张君文和李莫飞合作的那篇盈余管理的大文章也没落下，李莫飞果然花了大价钱把张君文想要的数据都给搞到了。

两人在博士期间就攒了不少文章，陆陆续续也发出来了。李莫飞发在《管理世界》和《会计研究》，有好几篇挂着吴宁海名字，自己不是通讯作者，就是一作，评副教授的条件也达到了。张君文的文章虽然没有李莫飞多，但也都发在了《经济研究》和《世界经济》，难得的是发了篇独立作者的文章出来，在学术界引起了很大议论。不少人去翻张君文之前的文章，发现合作导师竟是吴宁海，纷纷前来打听祝贺，吴宁海对此很欣慰。

　　傅清瑶从来都没写过中文文章，碰了一鼻子灰，被拒得心灰意冷。海归和本土博士有一个比较公认的区别，海归的英文写作水平更高，本土博士的中文写作能力更强，两者没有好坏之分。本来傅清瑶的长项就是英文写作，中文水平不怎么样。

　　不过好在现在傅清瑶和张君文做了邻居，她那天在吴宁海办公室里就发现了这个博士的水平，确实也不差，还挺有想法的。而且夜总会里吴小菲那番给几个人找台阶下的话，给傅清瑶留下了一个印象——两人同在受害者的阵营里。所以傅清瑶也乐意出手帮助张君文母亲，算是冰释前嫌。两人住对门，进门出门总会碰上，也开始打招呼了。

　　傅清瑶感情生活不顺心，正憋着一股劲搞事业，每次上下楼碰到张君文，都要随口问了一句张老师标书的事。不想张君文对论文确实很有讲究，一讲能讲一两个钟头，给了傅清瑶很多思路，还给傅清瑶详细讲了一番会评的规则。

　　"国家自然科学基金委员会优秀青年基金、面上项目、青年基金和地区项目的会评，按顺序进行，分成领域进行评审的，每一个类别都会按照领域，指定一位专家负责一个领域，称为主审专家。同一领域的基金申请书分成若干组，每个组送给相同的一批专家进行审稿。在最后上会评审阶段，也是在同领域内部竞争，不同领域之间并不存在明显的竞争。对于某些非常热闹的领域，常常是神仙打架。因此，选题和相应的领域非常重要。如果要提高命中率，选一个竞争不太激烈的领域也很关键。

"上会评审资格是所有的项目根据评审意见自动分级，根据每一个项目的评审意见，赋予A、B、C、D的评审结果对应的分值，也赋予'资助'和'不资助'相应的分值，最后按照公式自动计算每一个项目的得分。大体上，排名前12%的为A类项目，12%至35%的为B类项目，其他为C类项目。原则上，A类项目为必须资助。B类项目大约有一半多一点的项目可以资助，C类项目不参与会评，自动不予资助。

　　"是否上会完全取决于评审的好坏，一般情况下，不上会的项目评审意见绝大多数是3个不予资助，如果一个项目有3位专家判为不予资助，基本上问题较多。个别项目的网络评审意见为C类，但是如果有两名知名学者独立提出复议，也可以进入会评，这种项目被称为非共识项目。根据评审结果，项目意见已经有了自然的一个顺序，主审专家一般不轻易改变评审的顺序，如果调整顺序，需要进行非常详细的说明，并且要说服其他专家认可这种调整。每个与会专家将其他主审专家的推荐意见记录下来，作为最后全体投票的参考。"

　　傅清瑶有点好奇："看来会评的重点就是决定哪些A类项目有异常，哪些B类项目应该得到资助。那A类项目怎样才有可能被换下？"

　　张君文说道："创新点重复、技术路线的不可行、部分内容缺失，尤其是技术路线不详细、可行性论证不扎实，这些都算是申请书的硬伤。傅老师，你这份标书，可得好好再打磨一下。"

　　得到了这番点拨，之后傅清瑶一遇到张君文都会主动打招呼，然后问几句论文或课题的事儿。

　　张君文知道傅清瑶当班主任的糟心事，在夜总会看过傅清瑶那骄傲外表下的不如意，也佩服傅清瑶的聪明上进，渐渐洗去了对其"公主病""大花瓶"的偏见。尤其是自己母亲一事，李莫飞和钟大海等的帮助，张君文感激不尽；不过傅清瑶的帮助，确实是出乎意料。傅老师不是小心眼的人，张君文也乐于交这个朋友。

两人的排课差不多，总能碰上同一时间出门去办公室。只要在楼梯口碰上，刚好两个年轻人就顺路一起走去学院办公大楼。

都已经是朋友了，张君文自然也就知道了傅清瑶这位娇生惯养的大小姐因为傅黄联姻的事才委屈自己搬到这个怕是连做衣帽间都不够大的教工宿舍。张君文自己家庭和睦、父母恩爱、手足情深，对傅清瑶这种一生气就离家出走、闭门谢客的大小姐脾气有点好笑，便询问起容城置地最近的情况，想把人开导好，也算是回馈人家对母亲的一份爱心。

"主要就是晋原产业园的事。万鹏和晋原市政府签合同，然后拉我家陪绑。投资我家投，收益他家收。哼！黄有鹏算盘珠打得是真响。"傅清瑶一脸不屑。

张君文知道傅清瑶说的是气话，但听到投钱，还是认真地问了一句："过年在老师家，听起来晋原的财政不太行，所以黄师兄想找房地产公司来建这个园子。可这是帮市里建园子，资金投入量大，但产业引进不是一朝一夕的事，资金回流速度没那么快。除这个外，万鹏和容城还有其他项目要花钱，这账上有这么多现金流吗？还是说两家想到什么办法融这笔钱？"

房地产搞钱的方式最常见的就几种。最基本就是销售输血，卖房拿款。接下来就是股权融资和债权融资。短期债务融资的话，要么就和银行签署《银行承兑协议》，要么就申请发行短期债券。长期债务融资的话，更是五花八门，什么公司债、委托贷款、银团贷款、信托借款、关联方借款、股权收益权转让、应收账款收益权转让、设立特殊信托计划抵押债权、售后回租式融资租赁，等等。还能玩个夹层融资明股暗债，或是搞个夹层式资管计划实股明债。这搞钱的门路多，水也很深，张君文很好奇，傅、黄两位老板，打算怎么入自己师兄这个局。

傅清瑶没想到张君文一个研究企业税收的，融资问题上也能说几分，心下倒也想听听张老师有何高见："万鹏集团想通过股权融资，把容城作为战略投资者引进去，但还有点不一样，这股权给到我个人。我要是和黄有鹏结婚了，就是夫妻共同财产了。相当于容城嫁过去，还得添嫁妆。想得倒是挺美的！"看来万鹏集团野心勃勃，想要的不止一个儿媳妇。

张君文皱了皱眉头："建产业园这要花钱的地方太多了，建一个还好，这要是以后万鹏想走这个路子，建个十个八个的，那这就是个无底洞呀。傅老板应该不会一直陪着玩吧？"

说起这个，傅清瑶确实有点头疼。傅容虽然因为女儿的事情很不待见黄有鹏，但是对黄有鹏的想法和能力是肯定的；再说这两家的初步合作意向已经达成，接下来就是谈条件、加筹码，看样子没有退出晋原产业园项目的打算。"张老师，你就别藏着掖着了，有主意倒是帮忙想个办法。"

"我能有什么主意？"张君文笑了，"不过我想，万鹏集团应该会让师兄无偿提供晋原市政府园区土地的开发权，如果这一级开发成本由万鹏集团或者容城置地先垫付，那这利息谁收呀？如果最后黄师兄不松口，一亩几万卖土地，那之后开发商可以赚差价，这个要谁赚？最挣钱的一块，工业用地配套的10%～15%的商业用地，这个用地成本极低，最后归谁拿大头？落地投资额返还制度、园区运作配套的地产开发业务、园区运营的综合服务收入，这些都是有钱赚的。如果战略引资走不通，那就让万鹏集团转让部分特定资产收益权。这样不就不用送嫁妆了吗？"

傅清瑶知道其中利害，马上拍手称绝："张老师，这个主意好！万鹏想把容城当枪使，这事我不同意。门都没有。要钱就得卖，不卖就转让。"

张君文觉得还有点不妥："傅老板应该不会自己也想搞产业园吧？"

"不会。"傅清瑶斩钉截铁。这事她已经劝过父亲了，产业园项目看着诱人，但是前期资金投入就是个大坑，没有那个实力轻易还真没法爬出这个坑。

这个问题，黄鸿图明白，所以他来找了黄有鹏；黄有鹏也明白，所以想来拉容城置地下水；傅容和傅清瑶自然也要明白。生意场上，谁都不想当冤大头。这事虽然政府背书，跑了和尚跑不了庙，黄副市长也是相当有魄力的一个人，但万一呢？万一烂尾了，万一风向变了，什么落地投资额返还，什么园区运作配套，那都是瞎扯。

投进去的可是真金白银！这里面还有大笔和银行借的债。出了事，这钱谁还？晋原市可不会帮容城置地还，万鹏集团就更不会帮容城置地还了。黄有鹏的意思是这产业园要一个城市一个城市建过去。这个傅家不关心，哪怕他想造个古巴比伦空中花园出来，跟傅家也没有半毛钱关系。容城要的是旱涝保收！

张君文赞同这个看法。说话间，两人已经到了学院门口，这时李莫飞也快步走过来："在聊什么空中花园呀？难道傅老师在标书的学术史梳理里，还提到《汉穆拉比法典》不成？"

张君文和傅清瑶还没来得及解释，就听见李莫飞满脸喜色地接着说："我们仨的青年项目，上会了。"

张君文挺高兴的："这才七月份，不是九月份才出结果吗？怎么就提早知道了？你哪来的内幕呀？"

"谁让李老师的女朋友是江宁十佳新闻工作者，这肯定是内部消息吧。"傅清瑶也很高兴。

说起这件事情，吴小菲最后还真没玩什么心机。起先李莫飞把自己关屋子里闷了一个寒假，连正月十五逛灯展都心心念念着研究内容和研究目标，把吴小菲搞得很郁闷。但既然事关重大，吴小菲盘算着，这招呼肯定是要打的。

可惜傅清瑶说的就是大实话，张君文和李莫飞也都不知道评选专家名单，没人知道名字，上哪儿找人去？吴小菲纵使有万般神通也发挥不了作用。吴宁海或许知道，但肯定不会轻易告诉吴小菲。

吴小菲大伤脑筋。毕竟头一回干这种事，没有十足的把握，更不敢让父亲知道自己的小九九，吴小菲私下打听了一圈，终于想到一个人，是她老爸当年的学生。吴小菲找了个由头打电话过去问好。

无事不登三宝殿。对方两三句话就明白了吴小菲的用意，开玩笑道："小菲，你放心好了，这几个标书写得都好，都能上会。就是小菲，你爸爸要是知道自己女儿还没嫁人就这么帮着未来女婿，这可得为难李师弟了。"

吴小菲吐吐舌头，这吴院长会不会为难李莫飞不好说，给自己一顿板子加训话那肯定是跑不了的。

张君文的评审意见都是A，傅清瑶的3个A、2个B，李莫飞的差一点，3个A、1个B、1个C，勉勉强强也过了。

李莫飞并不知道吴小菲想帮自己打招呼的事，但听女朋友先从吴老师的学生那里打听到了结果，也是很惊讶。除了发文章之外，李莫飞算是真正见识了导师的江湖地位，甚至隐约开始接受"打招呼"这个客观的中性词，没有褒贬。这和自己发文章挂导师名其实异曲同工。爸妈说的还是有道理的。

高校有自己的生存法则。这座从不独立于社会沃土的象牙塔，教授们在一只无形的手的指挥下，被迫或从众地适应规则。李莫飞之辈的青年教师，只是在努力适应指挥。

那时候李莫飞还不怎么把结婚放心上，但得益于这件事，李莫飞认真考虑起这个问题。

吴小菲原以为要超高温和高压才能产生核聚变，怕还有一段路要走。这要是知道申课题这件事竟然是个热中子，直接撞出个核裂变，吴小菲做梦都会笑醒。

"晚上都有空吗？要不要一起吃个饭？"张君文提议，之前答辩结束被送西装，就答应过要请李莫飞吃饭，虽是玩笑话，但张君文确实想谢谢好兄弟。今年年初一堆事儿，都是李莫飞和傅清瑶几个帮忙，现在事情好转了，张君文想表示下感谢。

傅清瑶不去，刚刚张君文的想法很好，她想着回家和父亲商量商量。张君文还以为自己开导成功了，也很为朋友高兴。

倒是李莫飞笑起来："傅老师，张老师放了你一回鸽子，你今天也放了张老师一回鸽子，这下可扯平了。"三人哈哈大笑。

吴小菲有采访，也没空。李莫飞和张君文两个人吃饭没意思，就去金融街找钟大海和吴小光。两人找到吴小光的时候，吴小光正在酒吧里跟一个没见过的女孩喝酒。

呵，这哥们，真是换女人比换衣服还勤快。吴小光是江宁大学金融硕士毕业，和李莫飞、张君文差不多岁数，毕业后在证券公司工作，一路从研究员干到基金经理，钱是大把大把地赚，物质享受，生活无忧，加上本人风流倜傥，女人也是一个一个往上扑。不过也可能是太过不拘礼法了，反倒有些卓尔不群。

但吴小光的情感信条是玩玩可以，结婚不行。

这想法要是长在李莫飞脑袋里，李莫飞肯定有多年的"抗战"要打。好在吴老师和师母为人开明，想得通透，说了两回，见没效果就不逼了。但大前提还是有的，就是不结婚可以，谈恋爱要慎重。总结起来就一句话，自家儿子不能随便糟蹋了人家姑娘。

吴小光却潇洒得很，万花丛中过，片叶不沾身。他出手阔绰，这个不新鲜了就拿钱打发，反正下一个更乖。傍上吴小光的女人多数为名为利，真正为爱为分手哭天抢地的很少，一般也不会死缠烂打。这种事情，讲究一个你情我愿，事后交割清楚，互不亏欠。吴小光玩了这么久，居然还没把自己玩成花下鬼，连钟大海都肃然起敬。

而钟大海那是真的忙，自己天天和手机打交道，结果外人打电话都占线。钟大海做的SP业务是移动网内运营增值业务，什么短信彩信，什么WAP（无线应用协议），还有眼花缭乱的百宝箱和JAVA游戏、BREW导航应用、铃声下载等，以此收取手机资费。

那几年中国的手机用户量逐渐上升，连张君文这种物质需求极低的人，江大几个月工资到手，除了给父母买礼物，第一件事就给自己添了部小灵通，方便联系。中国人口众多，潜在的手机用户数量庞大，SP业务一定前景大好。

钟大海的一大目标就是上市敲钟。

钟大海是兄弟,听他讲得眉飞色舞,张君文几个都不忍心说风凉话,只是心中都觉得这番豪言壮语未免也太乐观了些。

"大海,中国毕竟和国外生态不一样,上面还有移动、联通、电信这些国有骨干企业压着,咱们这是野蛮生长,不比人家根正苗红。"李莫飞还是含蓄地劝了兄弟不要在风口站太久,昏了头。

张君文和吴小光也是这个看法,每个行业都有它的黄金期,但没有哪个行业能做资本市场的常青树。尤其是钟大海这样的企业,没有央企、国企背景,时代一个大浪打来,很容易翻船。但生意人忌讳听到这些词,尽管几个人都是受过高等教育的,不信这个,还是很小心不说这些丧气话。

钟大海心胸豁达,知道几个兄弟为自己好,不过眼下自己和创业的朋友数钱数得正上头,钟大海就没放心上,岔开话题:"莫飞,听这说法,这次课题申上了,师妹比你们更上心呢!"当着未来大舅哥的面调侃人家小妹夫,也符合钟大海的做派。

张君文又开始笑了,钟大海在李莫飞的情感问题上,真是一猜一个准。

四个人正在一家地道的大排档,本来张君文要请大家吃家好的,但钟大海几人都知道张君文才处理完家里的事,这些年的积蓄都填进去了,只说自家兄弟不搞那套虚的,直接点名要撸串,喝冰啤酒。

酒过三巡,李莫飞便吞吞吐吐地询问起结婚的事。张君文一脸诧异,钟大海一脸了然于胸,吴小光则是最先开腔的:"莫飞,和你说心里话,兄弟你都在考虑这个问题了,冲这一点,你比我有胆识。"

钟大海笑得打嗝,给自己拿了一把烤韭菜:"这话居然是大舅子对着自家妹夫说的。有意思!小光,难不成你不敢结婚呀?在投资界,你可是常山赵子龙。"

吴小光又给自己倒了一杯酒:"情场和赌场能一样吗?难道我真没遇到过好女孩,真没有过想结婚的念头吗?我女朋友都换了这

131

么多个了，瞎猫撞上死耗子，也能让我遇上一个喜欢的。那我为什么不考虑结婚，我就是不敢呀。结婚又不是谈恋爱，更不是随便玩玩。结婚意味着什么？意味着要负责任。不仅要对老婆负责任，还要对孩子负责任；这责任太大了，我负不起。"

张君文也笑了："这话说的，你又没负过，怎么知道负不起？"

吴小光晃着脑袋说："好，就算我负得起，那我何必呢，戴着镣铐跳舞。生命诚可贵，爱情价更高；若为自由故，二者皆可抛。这道理咱都懂。两个人在一起，不可能不吵架，就像我身边这些为了这个那个和我好的女人，大吵大闹没有，脾气也都是大得很。现在再喜欢的女孩，娶回家总有磕磕碰碰。万一一个不小心，两个人从最初的互相期望要走到互相失望，这代价是很大的。我玩基金这么久了，那些在股市里输得裤衩都不剩的，也见多了。哪一个来的时候不是春风得意、家庭和睦，玩脱了的时候能有几家不是大难临头各自飞？就算真能相濡以沫，也根本防不住生活这个浑蛋会给我们折腾什么。"

吴小光在和李莫飞等人觥筹交错之前，已经应酬过两场了，还和女伴去了酒吧，红的白的洋的啤的在胃里搅和，看来是有点醉了，话都不太利索了。

"要是只有我们也就罢了，毕竟我们自己浑，自作自受呗。但要是这时候再扯出一个孩子，麻烦就大了，他在肚子里的时候，咱也没问过他要不要来见见这两个不省心的爸妈。爱情是很美好的，婚姻也是很美好的，谁不想老婆孩子热炕头？但有收益就有风险，我这人就这样，说白了，人家放心把钱交给我，也是看重我不进行风险收益不匹配的投资。鸡蛋，是不能放一个篮子里的。风险必须分散。我现在交这么多女朋友，也就是在投资组合。适当的时候还能风险对冲呢。"

不过这番话倒是把钟大海说得有点沉默。钟大海的牌这么好，怎么打都不怕输的一个人，四年前在深圳，也是栽了跟头，这也是辞职来江大读博的原因之一。往事不堪回首，钟大海现在也看开了：他交朋友做生意，该怎么着怎么着，其他顺其自然。

吴小光拍拍李莫飞的肩膀："我和你掏心掏肺讲这些，可能对不住我妹妹，我看她一门心思在你身上，还没嫁呢，这胳膊肘往外拐了十万八千里。但兄弟，这些都是心里话。结婚和谈恋爱不一样，要想清楚，要不后悔就来不及了。还有真要娶了我妹妹，你可要小心些，要是对她不好，我会揍你的。"

最后一句是半认真半玩笑，四人哈哈大笑，碰了个杯。很快吴小光人就倒了。

李莫飞等本来想带吴小光回吴小光他自己的公寓，但不确定会不会碰上那些纠缠不清的女伴。考虑再三，最后还是把他扛回了吴老师家。

不可避免地，吴小菲就知道了亲哥和男朋友喝酒的事。记者的调研能力不是摆设，吴小菲一打听，就把自家哥哥对男朋友的那番规劝给套了出来。

第二天吴小光酒还没醒，就被妹妹给揍醒了。

一个家就是一个小型生态系统，总得有条食物链。吴宁海夫妇拿自家儿子没办法，但吴小菲收拾起亲哥却是毫不手软。一物降一物嘛！

结果到了下午吴小光酒醒了去了办公室，第一件事就是给李莫飞打电话："莫飞，我妹说了，以后我要是再和你喝酒瞎叨叨，她打算来暗访曝我黑料，让我小心些。我没和你说错吧？这婚，你要慎重结。"

第九章

玩笑归玩笑。

李莫飞和吴小菲还是打算结婚了。两人的婚礼定在四月份。本来是定上一年年底的，但李母不同意，吴小菲也不同意，太赶了。后来商量到七八月份，暑假也长，度蜜月都能安排，吴小菲还是不同意。吴小菲好面子，七八月份天气太热，穿婚纱得热晕，一出汗，妆都花了。到时候拍出来的照片里，明晃晃摆着两个奶油化了的蛋糕脸，她吴小菲的脸就真没地方放了。商量来商量去，就赶在春天办了，刚好两人开始谈恋爱也在春天，满打满算正好两年。

酒席摆在江宁大酒家，摆了快一百桌，还坐不下。吴宁海的朋友、学生众多，听过老吴要嫁女儿，都纷纷前来贺喜，一片热闹非凡的景象。宾客盈门，天南地北都有，吴小菲讲排场，订了满汉全席宴，并在上面修修改改，费了不少心思。

江宁大酒家是江宁的老字号。江宁大酒家有"天下第一宴"之称的满汉全席，有集齐唐宋元明清名典的五朝宴，还有历史上藩王国王宴。满汉全席，取三十六天罡、七十二地煞之数，寓天地万物、飞潜动植包罗万象之意，分亲藩宴、廷臣宴、万寿宴、千叟宴、九白宴、节令宴。婚宴菜都是双数为主，八个菜寓意发财，十个菜象征十全十美，十二个菜则是日月幸福。吴小菲想要日月幸福，恨不得每桌摆上十二道冷菜和十二道热菜，但实在是摆不下，就各减到八道。膳汤有龙井竹荪、罐焖鱼唇、罐煨山鸡丝燕窝等；点心是如意卷、翠玉豆糕、菊花佛手酥、鸳鸯卷等；茶台茗叙是君山银针、茉莉雀舌毫和庐山云雾。乾隆老儿喜欢喝绿茶，尤其是龙井新茶龙井泉，整个满汉全席菜单大多是绿茶。吴小菲考虑到爸爸，加了一道福建乌龙。其他的扒、炸、炒、熘、烧，全是吉利名，比如三鲜龙凤球、松鹤延年、龙抱凤蛋、玉掌献寿、红梅珠香，朗朗上口。还有几道，譬如麒麟送子、海屋添寿、比翼连理，也都添上了。几个原本菜单上有的菜，比如芫爆散丹，散字寓意不好，被李母和吴小菲商定撤了，换成了蟹肉灌汤饺、文昌鸡、茅台鸡这些江宁大酒家的招牌菜。

"实在是铺排太过。"张君文是李莫飞的男傧相，听新郎官自己感叹这么一句，微微有点惊讶。师妹很讲究这些东西，中式西式都要办，而且事无巨细，一针一线，都要好看、阔气、喜庆、有面子。张君文这些天过来帮忙，感觉到办喜宴实在比写论文都累。看到李莫飞满脸堆着发僵的笑容，都有点麻木了，眼睛里也失去了光。

客人们却很高兴，围一圈，吃着应时的水果拼盘、干果蜜饯攒盒，抽着纸烟，喝着茶水，拉着闲话。到处都是寒暄客套、说话谈笑，有吴宁海的学术界老友，有吴宁海在各行各业工作的弟子，还有李父李母的一帮领导和朋友，大家凑一起，聊得热火朝天。

周越华和梁兴述自然也来。

凡事就讲个碰巧，两位老师忙着和熟人搭话，一转身打了照面才发现，居然坐到了同一桌。

仇人相见，分外眼红。尽管两位老师也没什么深仇大恨，但自从上次MBA和EMBA两个项目被吴宁海分给了梁兴述，另外又从工商管理大类里提了个老师来分管学硕和博士后，周老师着实委屈——好大一个哑巴亏。周老师马上去给孔书记打电话。

但孔书记在整顿其他学院的时候也碰到了软钉子，把吴宁海几个找过来谈话。可吴宁海等人却集体打哈哈，这事只能先这么着。现在学院除了开非去不可的大会，梁、周两人都是不见面的，今天没想到同席了。

"管关"时代的笑里藏刀，周老师不屑于学，周老师喜欢单刀直入。

"梁老师，春季的职称申报启动了，我那天碰巧看到梁老师的申报材料了。"周越华不服气也是有道理的，自己是三级教授，梁兴述才只是副教授，论资历输了一截，居然还压自己一头。

梁老师是个斯文人，刚想谢谢周老师关心，却被周老师下面一句话给噎了回去。"上次小蕙给我报了件傅老师班上的考试作弊案上来，说来监考助教还是梁老师您的学生。学术道德要求可是件大事，不知道这个学生今年毕业答辩能不能给过？梁老师您带出来的学生干这种事，他平时学的都是什么呀？"

梁老师被周越华这么不客气的内涵堵得气短。

张君文听了，帮李莫飞找了个由头把梁周二人分开坐，大喜的日子，可不能闹事。安顿好了梁老师，张君文转头就见到周蕙老师，张君文赶紧躲开。不知怎么的，这小周老师对自己是热情得很。尤其现在是大四本科快毕业的时候，里里外外一堆事，周老师和自己多有联系。张君文对周蕙老师倒是没什么意见，只是不太喜欢周越华老师，对那一边的人，自然也是敬而远之。

前头人太多，张君文只能跑到后头透口气，早上五点多就起来化妆换衣服接亲，确实累。现在双方父母在前头迎客，新娘正在楼上换敬酒服补妆。休息室基本没人，张君文推门进来，除了几个婚庆公司的工作人员，就看到傅清瑶和她父亲——张君文只在新闻里见到过的傅容。

傅容和吴宁海是同乡，打小就是好友，今天这场合自然是会来。自己女儿做女傧相辛苦，傅老板就来看看女儿。

其实还有另一件事，今天黄鸿图也来了。刚刚在席间，黄鸿图又找傅容聊了那个产业园的事，园子已经开始建了。如张君文所料，几轮讨价还价，万鹏集团可以零成本取得晋原市政府园区土地五十年的开发权，一级开发成本由万鹏集团垫付，之后项目两家再共建。傅容按照傅清瑶给的建议，不和万鹏争这个，只是死咬住发展园区运作配套的地产开发业务，拿到那成本极低的商业用地盖楼，闷声发大财。后面实行落地投资额返还制度，即通过园区运作招商引资，由当地政府返还入园企业新增的落地投资额的百分之四十五；若地方政府无法支付，则在土地的低价上予以兑付，还有发展园区运营的综合服务。这些资金回流慢的业务板块都由万鹏集团独立完成建设，容城置地不掺和。至于万鹏集团其他地方想借钱，那要把其他业务的部分收益权转让，相当于这笔钱是容城置地借给万鹏集团的，到时候还是得算上利息一起还。

黄鸿图一听说万鹏集团和容城置地达成这个协议，就知道黄有鹏没占到大便宜，刚刚遇见傅老板，恭维了两句。

傅老板自身文化水平不高，在商场上都是真刀真枪杀出来的，对于别人的赞美向来宠辱不惊。这次却因为是女儿给自己出谋划策，很是高兴。两个儿子都不成气候，女儿能够如此聪慧懂事，着实让他欣慰。又想起要是黄有鹏那浑蛋没那些花花肠子，自己的清瑶今年本也该出嫁了，心里心疼女儿，也不敢提这些伤心事，只是说了她的主意好。

傅清瑶微微一笑："爸爸，这不是我的主意，还是我同事给我的建议。"这时候张君文刚好进门来，傅清瑶便顺势介绍道："就是这位张老师，张君文，是吴伯伯的学生、小菲的师兄。张老师学问很厉害，给我提了不少好建议。"傅清瑶有意抬了抬张君文的本事。

傅容很诧异，多看了张君文几眼。在张君文看来，傅容很和蔼，一点架子都没有，倒是和张君文想象中那个辟了两千平方米做展览厅的董事长有点不同。

傅容端详起眼前的年轻人。张君文今天做傧相，特别打扮了一下，和盛装的女儿站在一起，倒也郎才女貌。人是衣马是鞍，一看长相二看穿，今天的张君文看起来很精神。这个年轻人有一双很深很亮的眼睛，黑得像发光的漆，又像两颗浸在智慧海中的黑珍珠，笔直的鼻梁又显露出这个年轻人性格里的正直和倔强。傅容很满意。

傅容问起张老师对晋原产业园、房地产的看法。

张君文思索了一下，知道虽然这几年房地产发展势头很猛，前景广阔，但这几个老总都开始居安思危。

凡事预则立，不预则废。万鹏集团如此，容城置地亦如此。但万鹏集团的步子迈得太大，不烧钱顶不住；傅容打算闯出一番名堂。

张君文说道："工业园区的开发模式一般为五大环节。第一是政府出规划、工业用地，企业做前期三通一平的投资。第二是企业作为开发商，负责招商引资，这些土地可以卖给招过来的企业，也可以先盖来租，或者盖起来整体卖或租。政府卖给开发商的价格比如1亩3万，等开发起来，可能开发商对外卖1亩6万甚至更高，这个就是差价。第三也是最挣钱的一块，其实是因为工业用地，会配套10%~15%的商业用地，拿来做做房地产，用地成本很低，按照眼下房地产这个热度，也是最能挣钱。第四是为了鼓励招商引资，政府也可以针对招进来的企业后面产生的税收，地方留存部分返还，作为激励。第五就是工业园区的运营的盈利除了工业地价差，还有物业的收入，最关键是商业用地的配套。这些黄师兄和万鹏也都明白，但他们对这个产业园寄予了更大的愿望，并不只为了赚钱这么简单。所以只要把其他的利让出去，把他们目前最需要的资金摆出来，就能把最赚钱的抓到手。"

傅容听得入神，可惜时间不多，傅清瑶要去陪新娘，张君文得去找新郎。

张君文听到工作人员催促，马上道了歉，动身去寻李莫飞。找到李莫飞的时候，李莫飞正在摆满宾客送礼的几张大桌子前。张君文脚步很轻地走过，看到前面是一份从大洋彼岸寄过来的礼物。

张君文沉默了，今天这种场合，他有点担心李莫飞的状态。相恋七年，分手七年，也该走出来了。

其实李莫飞知道，有些事情嘛，就像那张明信片一样，后来自己再去找，也找不到了。找不到就不要找了，是时候翻篇了。

李莫飞这几天招待宾客说了太多的话，声音有点嘶哑："大海刚刚和我说，前阵子他飞了趟美国拉投资，碰到了。她和她丈夫的公司已经在纳斯达克上市了。"

张君文恍然大悟，有点惊讶。

这对吴小菲或许不公平，但吴小菲未尝就不知道李莫飞真实的想法。

吴小菲到底喜欢自己什么？这个问题，李莫飞没想明白。五年前的一见钟情，梦幻得和童话故事一样。李莫飞自己有过初恋，那可以理解吴小菲对初恋的执着，但却无法理解这种单方面的喜欢。

长期得不到回应的感情不应该是很痛苦的吗？吴小菲当年喜欢上的那个李莫飞，是失恋失意的李莫飞，还是迷倒同龄女孩一大片的李莫飞？在对一个人一无所知的情况下，她想要的是这个人本身，还是这份得到了人之后的虚荣心——就像外面这场完全顺着吴小菲心意的体面婚礼。

张君文作为局外人，同样也很困惑。这样的结合，当真没有问题吗？眼下的两个人更像是周瑜打黄盖——一个愿打，一个愿挨。但愿真的没问题吧。

无能为力的时候，人们总爱说顺其自然。

抓不住世间美好，只好装作万事顺遂。

第十章

光阴如梭，等李莫飞和吴小菲新婚期结束，又快走完一年。

吴宁海在经管学院教职工大会做了工作报告，三位副院长分别做了科学研究工作、人才培养工作、师资队伍工作报告，由学院副书记做学生工作报告，院长助理做财务工作报告，都是关于学院本硕博日常教学管理、教学改革研究、教学品牌活动、学院师资队伍规模、人才引进情况、内部晋升情况、人才项目情况、强化提升党团组织建设、修订完善学生工作制度、规范创新学生教育管理、指导帮扶学生升学就业、建立健全学生工作队伍等内容的。张君文听得心不在焉，除了学科建设与科学研究部分和职称评选的工作安排的有关内容。今年张君文和李莫飞都递交了评选副教授的材料。

在听到教师薪酬和学院财务可持续情况时，旁边几个和张君文同年进来的年轻老师开始窃窃私语，谈论起工资来。

"还是傅老师这样的海归好，薪水本来高我们一截。这几年学院工资逐年涨，每次都能高好多。我工资卡上的数字要是能换成海归老师那样的，那才好。"市场营销系的黎成昊说。

"瞧你这出息，人家傅老师来的时候，是只要有好的科研环境就行，薪资待遇什么的不重要，随便领导开。现在外头房子这么贵，咱们一年的工资，抵不上傅老师家卖一套房的收益。人家哪是为了工资卡上这不以人的意志为转移的小数点来的？"财务管理学系的韩森说。

黎成昊叹了口气："我要是当年也出个国就好了。"

后排传来一个声音，"别抱怨了，等升上副教授了，再想想我们做行政工作的，是不是心里就平衡了些？"开口的正是本科生原教学秘书陈瑾，现在调到了学院的国际学术交流中心。

黎成昊撇撇嘴："陈老师，你又没有考核压力。"

教学秘书的岗位职责一般就是负责排课表，通知各种基金申请信息，发布各种通知报告，帮助院长或书记预审核一些文件，不用搞教学和科研，也不可能转成教师岗位。好处就是部分学校的教学秘书待遇是高于普通讲师待遇的，且基本没有考核压力，相对安逸。

"陈瑾，别听这家伙扯。可拉倒吧，他哪里还想着倒回去再读个四五年博士呢，当年愁毕业，要再愁一回吗？"韩森笑骂。

黎成昊反驳道："还真别说，等我这次申上副教授，我就专心去做横向了。论文什么的，我也不想写了，再也不用去给期刊编辑赔小心，被那些拒稿信拒得想跳江。"

几个老师都笑了。

黎成昊接着说："别笑，这次副教授这一套搞下来，我已经累了。"

高校的职称，早期条件不明确，后面随着水平提升，规则越来越明确。吴宁海对职称还设计了一些基本要求，比如主持国家项目一项，A类文章两篇。这样一套游戏规则，就使得很多水平欠缺些的老师，或主动或被动失去条件。

"这饭碗不好端呀！"不知哪里发出了一声感叹。

人力资源系的钱润华推了推黎成昊："大学里职称晋升所需条件无外乎教学、科研、社会服务三个方面的业绩。你看看人家李老师和张老师，业绩如此突出，随便一个人的成果拿出来，分都可以评两个副教授了。人家都没喊苦喊累，你在这边抱怨什么？"

黎成昊摊了摊手："比不了。教学类业绩像什么课时量、课堂质量评价、教学论文、教改项目、教学成果、指导学生获大赛奖励、指导毕业论文获优秀论文，科研类业绩像什么学术论文、科研项目、科研奖励、专利、专著等，这些就不是那么好干的。前者要学生也配合，后者要自身能力突出。李老师长于前者，张老师胜在后者。至于社会服务业绩像什么担任国家和省级层面教指委、专业建设委员会成员，担任学术组织委员，担任著名期刊编委或者审稿人等，这些我倒是想进去，人家也看不上呀。"

几个老师又笑了。

韩森问："你们说，像傅老师这样海外名校毕业的，干吗还要回国呢？以欧美为代表的西方学术界仍然主导着世界。他们有悠久的学术传统、高贵的学术血统、大量的一流学者、强大的软实力，控制着学科导向、出版发表，以及国际学术评价体系。刚开始和傅老师他们共事，这帮海归可不那么瞧得起我们这群'土博士'，连张老师这样的人都不受待见。"

钱润华说："西方学术界也面临很大的困境。经费短缺、竞争恶化、生源下降、泛世俗化。中国学术界在经历'文革'以后，基本上是从20世纪80年代初从无到有建立起来的。这些年来中国学术界天翻地覆、发展飞速、前景大好，自然回来。"

"前景大好？"黎成昊挑挑眉毛，"钱老师，你现在坐在这里，怎么就没抬头看看台上呢？"

这话也数不清暗指了多少事。

中国大学里，出身好、家底殷实的教授很多，靠后天努力收入不菲的也不少。有人能力强，管理学术通吃，外面开着公司，如之前的管为民这类人；有人清贫教书，为课时费拼命上课结果连父母医药费都付不起的，如张君文这类人。然而贫富不均并不单单体现在收入上。科研经费和研究生的分配都是紧俏资源。这些年学生出国热起来，各路人马抢夺生源，以致马太效应凸显。有些理工科的大牛手里数十个硕博生，自己都难以认全，而大部分教授几年难招一个，副高以下基本光杆司令。中国不缺科研经费，也不缺学生，只是资源过于向行政权力持有者集中。要不然之前的管、关，现在的梁、周，干吗非要撕破脸争什么副院长和MBA？

142

抛开学术本身，围绕权力的指挥棒，行政主导、规则缺失、贫富不均，此三者，就铸成铁板一块，堵死了不少年轻学者的路。

1993年，清华大学率先提出"非升即走"实施方案，并在部分院系开展试点。此后，北京大学、复旦大学、上海交通大学、浙江大学、中国人民大学、南京大学、东南大学、南开大学等陆续实施了相关人事制度改革，江宁大学赫然在列。与国际接轨的非升即走体制，未尝不是年轻学者前进路上又一块拦路石。

目前海归大潮来势汹汹，各大高校都打着"引进人才"的大旗，但更多是为完成指标，真心引才的到底有多少？如吴宁海这般为了学科发展引才的又有多少？一些的高校领导明确指明海归必须加入现有团队，实则为自己服务。许多高校院系领导"叶公好龙"，在引进海归以后生怕影响自己地位，对海归各种打压或者将其闲置一旁。更有的大学名义上引才，实际上只引有背景的海归，对其他学术能力强却没有背景的海归百般刁难。有的海归来了又走，有的海归已泯然众人。海归回国，何尝不也是踏上了一条漫漫长征路？

一切尽在不言中。

韩森马上把话题岔开："陈老师，说到出国，这个暑假不是有国外访学的项目吗？今年我去不成，明年还有吗？我还真想能去国外玩玩。"

陈老师笑了："现在学术研究提倡国际化，这种交流机会越来越多了，也不着急这一次。学校学院鼓励交流，这种项目补助也不少。"

"唉，就去几个月而已，去了能写出什么论文和课题来？又不给发斯坦福的文凭，回来又不能拿海归的工资。"

"嘿，瞧瞧这人，嘴上嫌弃，前几天是谁第一个跑去填报名表？"大家在台下憋着笑。

对暑假访学的事，张君文心下也痒痒的——在现在日益庞大的海归大军面前，他确实是一只"土鳖"。井底之蛙要是能跳出去，看看四方天外的大世界，那是多么难得。为了这件事，他还专门去找吴老师问了一下，吴老师也很支持这一走出去想法，还告诉他傅清瑶也交了报名材料，现在年轻人懂得对外多交流是好事。

张君文正想着这件事，前排却出现一阵骚动——周院长当场对梁院长的提案进行炮轰。

大家都是饱读圣贤书的斯文人，大庭广众这么破脸吵，着实让人不可思议。几个年轻老师一边吃瓜，一边互相挤挤眼睛——真是个大新闻。

几个老教授也吓了一跳——真是活久见。

"确实活久见！"周老师很不客气地说。

梁兴述老师的提案是关于科研工作的，具体是允许老师利用学院支持的经费购买设备，满足科研需求，尤其对新老师。

周老师对此很不满意，今年市场营销系招了不少新老师，管科系一个都没招。换言之，梁派里有许多年轻老师，周派一个都没有。那允许新老师利用学院支持的经费购买设备这一举动，在周老师眼里就是板上钉钉的假公济私。原本分管本科生的工作压力很大，现在经费要是先拨给梁老师，她岂不是要去喝西北风？

周越华话里有话："梁老师现在分管MBA和EMBA，守着两个钱袋子，还这么抠抠搜搜，打算在我们其他项目里分走一杯羹呢。"说来说去，还是MBA和EMBA的工作任命问题。

"周老师，您这话说的。MBA和EMBA是学院的，所有收来的学费入的都是学院的财政，又不是入我一个人的私账，怎么就成了抠抠搜搜？其他项目要批经费，走的不也是学院的账吗？难道其他项目都能走账，就我们不行？"

周越华的话里夹枪带棒："梁老师，您现在管MBA和EMBA，还有财务工作，报销走账审批，还不是左手倒右手的事儿，糊弄谁呢！"

梁兴述气得有点结巴："您要是信不过，咱院里这么多研究学习审计的，从会计系找几个来查账就是了。"

周越华换了个方向轰："梁老师，您市场营销一年的论文产量，都没有我们管科半年的产量高，而且发的刊物也没有我们好。我们都不用添设备，您添什么呀？"

　　不同的系，论文的研究方向都不一样，投的刊物也不一样，发表周期自然也不一样，产量和刊物等级更没有可比性，周越华明显是在胡搅蛮缠。但周越华并不打算降低火力："您这副教授升教授的材料不是交上去了吗？现在赶论文，也来不及了吧，难不成是科研要求没过，需要抓紧补吗？"

　　这话就有点过了。旁边的人都来和稀泥。周老师继续语不惊人死不休："这哪说得准？梁老师亲自带的研究生，都能包庇考试作弊，这学术道德，说不定就是有样学样。梁老师的论文材料，还是要好好看看才行。"越说越离谱，梁老师脸都白了。

　　"周老师，学生犯的糊涂，怎么能记梁老师的头上？"也不知道这个开口的老师是真梁派，还是周派安插在梁派的暗桩，一句一句，都在火上浇油。

　　这下周老师更有说的了："这话就不妥了吧，刚刚院长不还在台上强调，以学生成长为中心，把学生培养放第一位。上梁不正下梁歪，学生犯错也未必不能窥见老师的品行。再说，人家方孝孺被诛十族，学生都能被老师连累，老师还想独善其身呢？"

　　周越华之前几年和赵烨赵老头交道打多了，歪理也是一套一套的："还有，既然以学生为中心，刚刚的财务收支情况报告里，教务管理支出里，本科占多少？学生工作支出里，本科又占多少？这两块都是小头，大头都没有我分管项目什么事了。梁老师拿着学院支出大头，还来抢人粮，不厚道了吧？"

　　梁兴述人都气抖了："周老师，这一码事归一码事，我升教授是一回事，我管MBA和EMBA是一回事，我管财务工作是另一回事，跟今天这个动用经费买设备的提案，都没有关系。还有学生考试作弊的事情，学院已经处罚了，白纸黑字，也公告了。您周老师要是有意见，大可以去反馈。"

吴院长咳了一声。梁兴述这斗争经验不见长，一句一句都在拱火，半点都压不住。反馈可是周越华的拿手好戏，这下子她要是去反馈，肯定是拿乔帆包庇考试作弊的事情，往学生导师本身学术道德失范上引导，到时候你还怎么能熬得过这教授晋升的公示期？什么一码事归一码事？现在在周越华的眼里，这些事全都是一回事，就是她拿不到钱。这个道理梁兴述怎么还理不清楚！

果然周越华就来劲了："梁老师，您别急，有问题，该反馈自然会有人去反馈。不过眼下，这个经费的事，得先分说分说。"

梁兴述掰着手指头对账："周老师，教育部今年批给我们学校我们学院就这么些MBA和EMBA的招生名额，每一笔钱都能查到，还有什么好说的？"

周越华继续轰炸："这就很奇怪了，梁老师怎么也不见帮我们学院多要些招生名额，让大家都有些进项，而不是勒着裤腰带过日子。"

梁兴述像挨了一头棍，闷哼了一声："周老师真是站着说话不腰疼，招生名额是说给就给的吗！"

周越华刀刀见血："梁老师，拿不到就是您的问题了。再说，拿不到有拿不到的处理办法，咱隔壁省的大学，也就那么些名额，人家就懂得先招生收钱再发毕业证，毕业证慢慢补。反正这些总裁班，大家也不全是为了那一纸文凭来的。您是学市场营销的，怎么就不懂这个道理？您到底是才不配位，还是早就运筹帷幄，已经开始暗箱操作，从公账走成私账呢？要是前者，那是不是应该退位让贤，让能者居之？要是后者，这账您敢让大家查吗？"

饶是梁兴述再有内涵，憋到这里也忍不住了："周老师，先招生收钱再发毕业证，这事乱了市场规矩，我可做不出来。您别在这里血口喷人。难道周老师当初看重MBA和EMBA，就是打算用这一招中饱私囊吗？"

吴宁海出声警告："梁老师，在其位谋其政；周老师，不在其位不谋其政。"周越华敢和梁兴述对线，却不太敢和吴宁海叫板，这事到底就这样不欢而散。

后几排的老师们，着实听了好长一阵八卦，尤其是考试作弊的事情。那时考虑到三个本科学生和一个硕士的前途，只是用姓、学号进行通报批评，具体原因隐去，真实信息隐去，起个惩戒作用就是了。今天这么一搞，大家都知道了原委。

旁边那几个年轻老师都吐了吐舌头："梁老师这回要升上教授，怕是够呛。"

"别乱说。总不会又有人举报吧。"

"这都嚷嚷成这样了，还用得着写信吗？只要在公示期再利用一下，这次升教授的事保证得黄。"黎成昊和韩森使了个眼色，一副"我刚刚说什么来着"的神情。

"嘘，小点声！李老师在前排坐着呢，当心你们这些话传到领导耳朵里。"李莫飞新婚不久，现在是同事们眼中吴院长的东床快婿，今年定能顺利评上副教授，说不定明后年就是院长助理或系主任了。吴院长再过两年就退了，可惜算时间没能等到李莫飞评上教授，要不然这未来的院长非李莫飞莫属。

"不怕没好事，就怕没好人。"

"众口铄金，积毁销骨。从来都这样，还是别说了。"

言多必失。这几个人防了前排的李莫飞，却没有防后排的陈瑾，这话还是传到了领导的耳朵里。可惜这个领导不是吴宁海，而是周越华。

陈瑾和周蕙工作久了，喜欢上人家侄女了，这不得自动归为周派，唯周老师马首是瞻。周老师的美人计没有钓来张君文这条大鱼，但也网住了能打入年轻老师内部的陈瑾，勉勉强强也算奏效了。现在与国际接轨趋势越发明显，周老师抢不来钱袋子，就先调兵遣将地去守好国门。钱管不到，但梁派的人想去访学，还得过周老师的关。

万言万当，不如一默。

周老师听到了这个信息，大呼正合我意，刚好顺应民心，让梁老师申不成。

江宁大学有评定教授的资格，只要学校一关通过，就算过了，不用经过江宁省同意。职称事关重大，影响着老师们每月的口粮。人总是趋利避害，审时度势，没人会在这儿和钱挂钩的事情上面嘻嘻哈哈，只可能在这上面斤斤计较。

校方文件下来后，就会有一大批年轻的或者不再年轻的学者争先恐后，对着职称评审条件往里套，填完乱七八糟各种材料。接下来才是真正过五关斩六将的环节。

第一环节是任职资格审核。申报教授和副教授的人员提交申报申请之后，人事部门或人事联合科研部门，会对申报人员的任职资格进行审核，审核这些人员的条件是否符合文件所规定的最低要求。符合条件的自然进入下一阶段评审，不符合条件的或是因为抱着瞎猫撞上死耗子的心态当一下分母，或是对条件规定有异议，已经磨刀霍霍准备去人事部门或科研部门大闹一场，为学院学校刷新一下每年的话题榜。人事处将各类基础材料递交各个考核部门进行基础审核、确认后，就会进行第一次基本审核结果公示。

第二环节是科研和教学、社会服务业绩量化。很多高校采取将各类科研业绩和教学业绩量化的方法，有一套换算体系，可以把各类业绩放入其中，最后每个人都有一个分数，这个分数就成为后面评审过程的重要报考材料。就像具体的职称评审条件一样，业绩量化的方法也是因校而异，一般在高校网站上找不到，这种文件一般也不公开。

第三环节是学科组评审。这就对应第一关，需要赢得院学术委员会的支持。通过任职资格审核的人员进入学科组评审的阶段。这个阶段一般由每个学院组织。人事部门要求，各学院要按申报人员所在的学科组织专家对申报人员提交的各类材料进行评审，根据实际情况的不同，有的会实行差额评选，最后会有一部分人通过不了学科组评审而止步于此。当然这要根据上级主管部门对本校的职数限制，如果教授或副教授职数很多，也有可能全部通过学科组评选。

第四环节是大评委会。通过了学科组评选，就到了最后一个环节，也就是所谓的"大评委会"。这个委员会的委员一般由学院院长和部分职能部门（主要包括教务处、科研处和研究生院等）的正职参加，而委员会主任则是校长。会议由校长主持，到了这个阶段的申报人员要进行述职，然后评委对参评人员的材料进行评审，并最终投票通过最终聘任人员。同样一般也实行差额投票的原则，但一般也同样会考虑职数要求。

许多高校的教授和副教授的评审过程虽有不同，倒腾来倒腾去也就如上几个阶段。

偏偏梁老师还是副教授，闹了半天倒成了四不像。

吴宁海很是头疼，要是让周老师再这么闹下去，这到自己退休了，梁老师也不一定能接自己的班，到时候就真成四不像。

天下有道，以道殉身；天下无道，以身殉道。吴院长决定了，周越华必须得走。

第十一章

请神容易送神难。

周老师虽然不是吴院长三顾茅庐请出山的，但人家是孔书记的钦差大臣。这要放古代，像赵烨那样一而再再而三地耍弄钦差大臣，是挑战皇权、冒犯天颜，得杀头的。

简单一句话，院长是管不了老师的职位变动的。

但现在是21世纪，吴宁海怀抱对新世纪新时代的幻想，又去找校党委书记谈判。吴宁海好话说了一箩筐，千言万语汇成一句话：请周老师另谋高就。

孔书记很不满意。我给你送去的人，你没有当接班人好好培养，还想着把人踢走。周老师说得没错，这吴老师看着像是在搞独立运动。

周老师两三句话就把吴院长的一番心血定性为搞独立，这话被吴宁海知道了，吴宁海也只是笑笑——我吴宁海要是想搞独立的话，哪里还有她周越华这些年在经管学院搞的这些名堂？

但吴宁海来找了几次孔书记，都不说透、不说破，意思是让周越华自己识趣，大家都有台阶下。但周越华明显不想当这个识趣的人。孔书记是千年老狐狸，也当成没事人一样，和吴宁海喝茶打太极，一点都不松口。这事硬拖了几个月，不见有任何起色。

一直到傅清瑶和张君文从国外访学回来，这事还没定论。李莫飞这趟并没有和他们俩去同一个项目，李莫飞是系主任，要提前回来在学院里兼管些行政工作。这个月吴小菲也查出来怀孕了，把两家人乐得合不拢嘴。好在没有去同一个项目，张君文和傅清瑶为了这个项目，在英国待了快小半年了。

等张君文回来调整好时差，李莫飞就找过来了，为了那篇盈余管理的大论文。

张君文先给兄弟道喜，接着打趣道："你可真是一刻都没闲着。评上副教授就开始攒评教授的论文了。来，透个底，已经攒了多少了？"

"少说笑了。这还不是你回国前和我说，你在牛津大学找到了合作者，已经确定了，我这才来的。"

"是的，还要感谢清瑶，她还帮忙改了翻译，给我们省了不少工夫。我们俩回来都还没去拜访吴老师，这几天去办公室他都不在。这几个月你们和学院，可一切都好？"

"一切都好，除了这个事。"李莫飞伸出食指，在桌上比画了一个周字，"其实离吴老师退休也还有一年多的时间，但院长已经伤了好几个月的脑筋了。"

"吴老师这是未雨绸缪。可惜你升教授和老师退休差两年。"眼下青黄不接，张君文知道吴宁海想交担子，也能理解李莫飞一直用力攒科研评职称。

"是顺利的话才只差两年，如果像梁老师这样，那就不好说了。但要是非常顺利的话，破格也不是不可能。所以君文，我来找你，也是为了这件事。我们的论文要发表了，这个作者顺序也该定了。"

论文作者署名顺序的含义，在不同领域差别很大。在外国的学术界，排名是根据字母顺序。可中国的学术界却有一套自己的玩法。许多学科中，作者署名顺序表明贡献的大小，第一位作者做出的贡献最大。这种模式下，在谁应为第一作者或联合第一作者的问题上，大有讲究。研究者在项目开始至文稿提交的过程中为署名顺序问题所产生的争议，丝毫不逊色于项目研究内容本身。

在作者身份中，又分为第一作者、贡献作者和通讯作者等几个类别。第一作者，简称一作，是作者栏中的排在第一顺位的作者名字。一个课题中，从实验研究到实验报告论文写作，有多个研究人员，而一作也就是在这整个课题研究的过程中贡献最大的人。如在课题研究的过程中，几个人在其中的重要性都不分上下，无论剔除掉谁，都不能够完整完成这项课题，这几个人就可以为共同一作。还有一种情况则是前一个人做了这个研究并取得了进展，但是后来因为某些原因没有继续下去，另一个人接手完成了这个研究项目，且两人的工作皆有重大贡献，也可以商讨成为共同一作。

贡献作者，指的是对这个课题文章有一定帮助或者是给出过关键性意见的人，但较之第一作者而言，对整个课题的贡献又没那么大，即可为贡献作者。在一作后，依次排位二作、三作……以此类推。

通讯作者，一般是指整个课题的总负责人，如果是研究生论文或者博士论文，这一栏多为导师。通讯作者提供课题研究的经费、论文的思路等，也负责与编辑进行联络和解答后续读者的疑问等。一般来说会把通讯作者放到最后一个位置，但也有一些会放在第二个位置。通讯作者的重要性不亚于一作，甚至在国外，通讯作者比第一作者更重要。并且国外大多数刊物需要通讯作者提供一个固定的通讯地址，这个地址可以是研究室，也可以是通讯作者的办公室。有时候一个课题可能有不止一位负责人，论文就不止有一位通讯作者，称为共同通讯作者。

不过有一些刊物并不鼓励共同通讯作者或共同一作，学者们一般会分辨个高低出来。虽然后面几作的重要性递减，但其实都差不多，作用和影响力也并不大，大部分刊社一般都只注重第一作者和通讯作者。

张君文明白李莫飞的意思，他愿意让出通讯作者，不管是为了兄弟情，为了导师的心愿，还是为了学院的发展，张君文可以为他人作一次嫁衣："李老师，我和清瑶都不和你抢，但你可得把这晋升机会从其他系那里抢回来。"

李莫飞连连感谢，突然一顿："清瑶？之前不都是称呼傅老师的吗？这出去一趟是发生了什么？我来找你聊文章，你提了多少次人家傅老师？这篇文章和傅老师也没什么关系呀！"

"这不是傅老师也和我一起去访学了吗？顺口。"张君文被看得有些不好意思，"你什么表情？通讯作者已经给你了，东西要到了，该干吗干吗去。"

真是此地无银三百两。李莫飞挑了挑眉，一脸坏笑走到门口："论文要发表了，得好好庆祝下！傅老师要是有空，别忘了把人家也请上。"

"滚开。"

张君文和傅清瑶在国外独处了几个月，关系确实大大地突破了。异国他乡，傅清瑶熟，张君文人生地不熟，刚开始全靠傅清瑶带路。做了几天傅老师的小尾巴之后，两人倒是换了过来。原来傅老师新搬进去的公寓一身毛病，动不动停电、漏水、钨丝熔断，国外到点下班，修理工不好找，还好有张老师。张君文农村出身，打小自理能力、动手能力都很强，检查个电路、换个电灯泡不在话下。

张君文不解道："出国留学一般自理能力不都很强吗？你之前是怎么在国外生活了十几年的？"

"雇保姆。"

张君文语塞，举着手里的钳子和螺丝刀对着容城置地的大小姐一脸无奈。得嘞！谁让人家有个房地产大王当爹。解决好住宿的事，两人也正好在国外迎来了第一个中国节日——还是个团圆日子。

独在异乡为异客，每逢佳节倍思亲。不只重阳，中秋更是。年轻时傅清瑶也想家，但那时有一堆好友在身边，有排得满满当当的课表和作业，还有一个可以吵架消遣的黄有鹏。那时候傅清瑶拿着申根签证去挪威看大峡谷，去冰岛泡温泉，去阿尔卑斯山脉滑雪，无忧无虑，自由自在。现在故地重游，傅清瑶却找不回当年的心情。

　　傅老师一个人跑去Ye Olde Cheshire Cheese（老柴郡奶酪酒馆）。就连忧伤本身也被冲淡，裹在了那样甜蜜、亲切的回忆之中，失去了所有的苦涩，成了一种庄严的快慰。

　　欢乐与忧伤交汇在命运之杯，傅清瑶灌了一杯又一杯。人生就像一场舞会，最初带你去舞会的人却未必能陪你走到散场。

　　"You want to love like you never been hurt, you want to dance like no one is watching you.（你想去爱，仿佛从未受伤；你想跳舞，仿佛没有人看见。）"

　　在这个萨克雷、狄更斯、马克·吐温这些大文豪常常光顾的酒吧，张君文找到了酩酊大醉的傅清瑶，并在打烊之前把人背回去。

　　张君文对傅清瑶，有种说不清道不明的感觉。

　　在某种程度上，张君文和傅清瑶，也算不打不相识，之前误会闹了一堆，没想到夜总会的那次冲突，打散了两对姻缘。后面又接二连三发生了不少事，倒把两人的误会解开了。傅清瑶大气、聪明，和吴小菲一样，是难得的朋友。但张君文没办法把傅清瑶同吴小菲一般对待，毕竟吴小菲又是师妹又是朋友妻。那总不能把傅清瑶当兄弟吧？

　　心理上，张君文也没法把傅清瑶当钟大海、李莫飞、吴小光一般处。都是豪门子弟，钟大海等人为人豪爽仗义，做事不拘小节；傅清瑶娇滴滴跟朵花似的，吃穿住行都透露着讲究。好在这朵花以实际行动证明了自己在二十五平方米的小公寓还能活，要不然张傅二人在物质生活上简直是活在两个世界的人。

　　现在网上不老是文绉绉地说什么"一生清贫怎敢入繁华，两袖清风怎敢误佳人"，这话虽然酸得掉牙，但理还是不差的。

　　若不是张君文凭自己的本事考上江大之后读博留校，傅清瑶这样的人，本不会出现在张君文的生命里。张君文不敢想象，去动那不该动的心思。

　　但美人既醉，朱颜酡些；嬉光眇视，目曾波些。

醉酒的傅清瑶让张君文方寸大乱。

"Maybe God wants us to meet a few wrong people before meeting the right one, so that when we finally meet the person, we will know how to be grateful."

打烊之前一个老人过来说了这句话，在遇到命中注定的人之前，上天也许会安排我们先遇到别的人；在我们终于遇见命中注定的人时，便应当心存感激。

这话不知是说给张君文听的还是说给傅清瑶听的。

那晚，张君文彻夜无眠。

接下来发生的事情便有些戏剧化。傅清瑶是融合中西美的长相，不管放到哪个美女堆里都是众星捧月，马上就有英国绅士来表白。傅清瑶大为头疼，张君文帮其左拦右挡。再一次来当修理工时，又给人家挡了一回桃花，张君文忍不住问："那你之前在英国生活了这么久，遇到这种事怎么办？"

"我那时候有男朋友，自然没有这么多麻烦。"傅清瑶一拍脑袋，上下打量起张君文，"这么挡着也不是事儿，现在人都跟踪到家门口了，万一每天堵门就麻烦了，要不你再帮我个忙吧。"

张君文有点戒备："还有什么大事？"

"别紧张，小事。"傅清瑶笑得一脸天真烂漫，犹如烟霞笼罩，恍入仙境。张君文全身一震。

"你假扮我男朋友吧！"

傅清瑶公寓的灯一下子全灭了——张君文直接打翻了面前的水杯，把电路给烧了。

"你怎么回事呀！"

"你稍等。"张君文说话都打结，摸黑中，傅清瑶开了个手电筒。张君文手忙脚乱整理好，避免造成二次短路。

搞了半天终于吹干了，光线很弱，可能产生水渍影响光线通透。傅清瑶见张君文不答自己，开玩笑地又问了一遍："嫌弃做我男朋友吗？难不成你还想假扮我丈夫？"

这么大胆的玩笑，张君文确实招架不住。果然二次短路，药石无医——这电路烧了两次，只能等明天白天出门换新的。

傅清瑶已然把张君文当成好友，便理直气壮地抱走了张君文房间里的台灯。

那晚，张君文再一次彻夜无眠。

此后好几个月，傅清瑶没有再开过假情侣甚至是假夫妻的玩笑，而是直接把张君文当成她挡桃花的肉盾，直到回国。

这柳下惠也做了，没道破的假男友也做了，要说现在的张君文对傅清瑶一点感觉都没有，那绝对是骗人的鬼话。

傅清瑶则是落落大方，但这种半认真半玩笑的态度，委实让人捉摸不透。

犹豫再三，张君文还是去问了傅清瑶要不要去庆祝。傅清瑶一口答应了下来。

李莫飞还把吴小光拉上，四个人一起找了家老馆子吃饭。照顾到傅清瑶口味清淡，点的是杭帮菜，西湖醋鱼、东坡肉、龙井虾仁、笋干老鸭煲、八宝豆腐、油焖春笋，一一上桌。李莫飞细心地多要了一份糟烩鞭笋，让服务员帮忙打包好待会儿提回家给吴小菲。

傅清瑶看着既高兴又羡慕。吴小光给另外三人道喜，张君文三人心里确实高兴，毕竟这篇文章来之不易，可喜可贺。那些伏案整理数据、在书山文海里查找文献、被编辑一遍一遍拒稿要求修改的日子，可不好挨。现如今终于发表，算是苦尽甘来，几个人的脸上都挂着笑。

几个人提到了钟大海。李莫飞说："今天这么高兴，本来也是给大海打电话的，可惜他忙得目不交睫，喊不出来。"

张君文答道："他的SP做得这么好，一定是没空。"

"不止呢。最近他打算上市啦！可不得好好忙活？"吴小光了解情况，和另外三人透了底，"今年市面上不少策略报告提出，说什么中国的股市正从制度性转折转向成长性溢价，长期的结构性牛市基础已经形成。不管这波预言是真是假，大海决定搏一把大的，抢占本轮牛市的起点，把握住最好的时机。"

傅清瑶兴致勃勃："那我们可否找个机会，去参观下钟师兄的公司呀？"

张君文马上接话："好呀，倒是可以约个时间去，我也想去瞧瞧。"

吴小光笑了："去是没问题。不过现在只是有个影，还没成形，可以过一阵子再去吧。"

几个人事忙，写论文的写论文，上课的上课，管行政的管行政，玩基金的玩基金，这件事就耽搁下。没想到没过多久，每年的教授评选启动了。李莫飞真的凭本事破格提早升到了教授，大家找了家湘菜馆聚到一起，才又提起这件事。

傅清瑶很替李莫飞高兴，边舀了一勺组庵鱼翅边说道："莫飞是真有本事，这提前了两年评到教授。算算这离发大文章的时间也没多远，莫飞就直接攒够了所有条件，一下子就评上了。"

但大家却都不知道私下里李莫飞对张君文谢了又谢，这次能这么顺利破格，里头有大半部分是张君文让出大文章通讯作者的功劳，这件事两人心知肚明。

这篇论文，本是张君文博士最后一年就有了想法，讲师第一年拿出来和吴老师讨论过的。也是得益于江宁大学的制度，聘请了海外的教授来学院，让张君文之后出国访学，有机会和艾德里安教授多有交流，才能如此顺利。李莫飞通过资源，在修改的时候，又补充了一个数据，最后三审才过关。但大头都是张君文出的力，就这样白白送给了自己。李莫飞到底还是有些过意不去，毕竟自己只是花了钱搞到了数据。

"想什么呢？"张君文拍拍李莫飞的背，让他不要出神，"恭喜恭喜。"

李莫飞有点欲言又止。

"咱们博士期间就开始攒申副教授的论文了，副教授期间又开始攒申教授的论文，你前头文章发得也多，原本预备得就快。我只不过心血来潮想到这个题目，没想到还发出来了，能帮到你最好不过了。给你就给你啦。"后面一段是张君文压低嗓门说的，只有张君文和李莫飞两人能听见。

李莫飞端起茶杯，和张君文碰了下杯。最近吴小菲月份渐渐大了，李莫飞滴酒不沾，以茶代酒，话都在杯里。

张君文喝了一口，岔开话题："这馆子离金融街倒也近，前几日和大海通了电话，他的公司真要上市了。上次不是还记挂着要去参观吗？什么时候去呀？"

李莫飞笑了笑不说话，心下明白。

上次特地点的杭帮菜，这次选的湘菜馆，刚刚张君文特地又多点了清鲜糯柔的组庵鱼翅和软嫩醇厚的花菇无黄蛋，一切都就着傅清瑶的清淡口味来，这是对傅清瑶非常上心了。张君文说这话，其实就是想着上次傅清瑶提了一嘴想去参观。当下李莫飞马上助攻："择日不如撞日。我们也吃得差不多了，他们应该都还没下班，要不就走过去，顺便消消食。"钟大海的办公室果然还亮着灯。

"怎么样？"钟大海嫌办公区域小，又往下租了一层，还多了员工用餐区，现在正有一大帮员工有条不紊在收拾东西，一点都没有五年前兵荒马乱的场面。

吴小光站在落地窗前，眺望着对面自己的办公楼："真不赖，以后我打算中午就来你公司吃饭。"

张君文问："IPO（首次公开募股）还顺利吗？"他们刚刚来的时候，钟大海正在主会议室里和资产评估师、券商开会，钟大海的大海科技已经快走完上市辅导了。

不同板有不同板的要求。上市财务指标综合考虑市值、收入、净利润、现金流等因素。比如主板要求依法设立且合法续存的股价有限公司，持续经营时间在3年以上。在营业期限、股本大小、盈利水平、最低市值为主的4个方面要求标准较高。而创业板主要服务成长型创新创业企业，支持传统产业与新技术、新产业、新业态、新模式深度融合，相比于主板，创业板在成立时间，资本规模，中长期业绩等上市要求上往往更加宽松。无论如何，一家企业想要上市，差不多要做好上市前三年、上市排队过程中以及上市后几年的业绩增长准备。

大海科技也是如此，为了保证业绩增长，钟大海甚至融资扩张，和VC（风险投资）签了对赌协议。听到有个对赌协议，几个人都吃了一惊。所谓对赌，重点在赌。赌的考核标准基本都是业绩，通常用利润做衡量，也有用收入、毛利及用户数来衡量的，但利润是最接近公司估值和相对而言较难作假的，也最接近投资人的最终目的。标的物一般是股份比例，在极少的情况下也会用现金。甚少会赌个人财产或者房产的，这类朋友比较适合去澳门。如果被投公司没能完成承诺的业绩，公司向投资人退还相应投资款或者调整转股价以增加投资人持股比例；如果完成，则皆大欢喜。

当年钟大海凭着一张嘴，把腮帮子都吹肿了才吹出这只大气球，把VC忽悠过来投钱。可明天永远是不可测的，这帮VC虽然愿意相信钟大海的红口白牙，但还是斤斤计较地搞了一整套条款。难怪这些年钟大海像刀架脖子上一样地工作，这压力贼大。

吴小光出声："大海，公司一旦进入上市程序，对赌协议中监管层认为影响公司股权稳定和经营业绩等方面的协议必须解除。"

钟大海说："这我知道。我跟人家又不是赌在约定时间内能否上市，那些VC（风险投资）、PE（私募股权投资）个个老奸巨猾，涉及解除对赌协议他们还敢放心投钱进来？"

李莫飞问："那你怎么赌？赌了约定期间多久？这几年能实现的财务业绩达多少？"钟大海大概比了几个数。

钟大海看到兄弟们一水儿皱着眉头："放心，那些VC没有在我这儿安排高管，插手公司的管理。我这边控制权的独立性还是保留着。万一到时候没撑住，也只是赔钱，不赔股权，他们拿不走。"

几个人大概心算了一下年度补偿款金额，这要是输了，怕是这几年赚的，只能勉勉强强填个窟窿。李莫飞和张君文交换了个眼神。

钟大海继续给好友们宽心："真没问题。做生意，就是要生死看淡，不服就干。再说这个上市也没那么快，只要我今年赚了，明年大家相安无事，都来等着看敲钟好了。对了，今天刚好你们来了，和大家约下今年去吴老师家拜年的时间，鸿图哥这些天刚好要回来。"

几个人约了下时间，见钟大海忙，大家说了两句也就走了。临走前，钟大海提了两大袋礼物给李莫飞。

李莫飞没搞清楚状况："你这是干什么？"

"少废话，这不是给你的，这是给师妹的。我这里乱糟糟的，也分不出身来去给你们夫妻俩道喜，这算我赔礼。过几天去老师家，我也不方便提着这两大袋上门。咱是兄弟我不和你见外，就这么表示一下，心意帮我向师妹转达，好吧？"钟大海在这种人情世故上一向滴水不漏。

傅清瑶先帮李莫飞接过来一看，惊讶地眨巴眨巴眼睛："钟师兄，这是你自己挑的吗？这也太细致了。"

"秘书买的。"钟大海脸红着嘀咕了一句，挠挠后脑勺，"我先去开会了，不送了。你们几个没车来对吧，我让我司机送你们。"

吴小光公司也有事，就先走了。剩下三个人提着两大袋母婴用品来到楼下，就看到钟大海的车等在了门口。

驾驶室下来一个人。张君文觉得有些眼熟，定睛再一看，可不就是自己亲弟弟。

"君武。"

"哥。"

钟大海的司机，正是张君武。

张君武因传销在监狱里蹲了三年，几个月前才被放出来。那阵子张君文还在英国，和大姐打电话知道弟弟刑满释放，询问弟弟之后怎么安排，知道弟弟被一家企业招去当保安，也替他高兴。没想到兜兜转转，居然是来给钟大海当司机。

钟大海也是后来才知道张君武是张君文的弟弟。

那天钟大海去晋原产业园找黄鸿图，没想到黄鸿图刚好带了小嫂子过来。这时黄鸿图的秘书突然打电话过来，大嫂子齐佳媛的车到门口了。这边黄鸿图先把人送走。钟大海自告奋勇下去拖延，遇到门口保安拦着齐佳媛不让进。

随行的助理愤愤不平："有眼不识泰山，这位是黄市长的夫人。"刚刚黄鸿图已经带了一位进去，这时候又来一位夫人。但凡这个保安再多嘴问一句，这天就捅破了。

这个保安便是张君武。张君武有些眼力见，知道有句话叫作好汉娶九妻。张君武低声细语地解释了句产业园管理复杂，最近上面领导要下来检查，他还是电话请示下好，请贵人稍等。这个态度非常好，让齐佳媛也发不出火来。

两边一打配合，这戏终于演下去了。钟大海记住了这个脑子灵光会办事的保安，回头就把人挖走当司机。

张君文等人同张君武打完招呼后，就问起被钟大海雇来当司机的事。张君武惯有些眼力见，懂得什么该说什么不该说，只说自己偶然遇到，被钟总抬举了。

钟大海豪爽仗义，三个人对此机缘巧合都不以为意，没再多问。

只有傅清瑶拽着礼品袋子，憋了半天："君武，那个，我有些好奇，想请问你个事儿。"

张君武受宠若惊："清瑶姐，您直说，不用这么客气。"

傅清瑶莞尔一笑："你们钟总，有新招什么女秘书吗？我记得你们钟总自己说的，不用女人当秘书。"

张君武有点诧异，果断摇摇头："这没有呀，我见过的都是那几个人，全是男的。女人带出去喝酒不方便。男的可以一起灌对方，女的还得帮忙挡酒。不好意思，清瑶姐，没有冒犯您的意思。"

傅清瑶笑了："哪儿的话。可这就奇了怪了，这两大袋，可不像是什么男秘书挑的，连我陪小菲逛商场，买得都没这么细。看这品位眼光，倒像是个年轻妈妈挑的。"

张君文看傅清瑶意味深长的样子，突然冒了一句："大海该不会谈恋爱了吧？"

张君武马上否定了这种可能性："没呀。"

"我说你们还好意思拿自己当哥哥——"李莫飞舌头一闪，差点把"嫂嫂"两个字也带出来，"——姐姐的，怎么回事，逮着员工打听老板的八卦，想着君武明儿被扣工资呀？"

"嘿嘿。"张君武笑得很老实，"没事儿，钟总倒也没有谈恋爱，这些日子他忙得连饭都吃不上，哪有这个时间？就是钟总有个女邻居，还真是位年轻妈妈。那天下着大雨，我开车送钟总。邻居那车老熄火，开不了，钟总就顺带捎那家小朋友上学。"

邻里之间举手之劳。张君文和李莫飞都没多想，看来是这位年轻妈妈投桃报李。

傅清瑶可不这么想，但她也就笑笑，没有再开口。

第十二章

　　转眼就到了约定的日子。张君文和傅清瑶先到，两人都住校，离得近，走几步就到了。话说从国外访学回来，傅清瑶该放下也放下了，但不知为什么，倒像是在教职工宿舍住出了感情，一直没搬走。

　　张君文和傅清瑶到的时候，傅容正来找老友拜年。从书房告辞出来，傅容刚好看到自家女儿和张君文一起进门。傅容就立在玄关处，打量起两人。自己女儿回国后的一系列反常举动，他都看在眼里。傅容自己就是个苦出身，年轻时在工地里扛水泥包、搬砖头，什么活都干过，也是后面得贵人相助，加上靠自己攒了点小本钱，才开始做包工头，最后发家做起了房地产。所以当他打听到张君文家里贫寒，倒没什么意见。

　　这种年轻人缺的是机会，又不是缺眼光和本事。人生下来就是不平等的，世上大多数的机会和资源，都给了类似自己不成器的两个儿子和黄有鹏这样的人。父母之爱子，则为之计深远。他不反对女儿和张君文走得近。

　　但傅容说不动自己势利的太太。几番唇枪舌剑，傅容反复只强调一句话："生活里没有突如其来的暴富，也没有亘古不变的贫穷。一个人富裕与否，藏在了他的所思所行里。"自己的女儿从小衣食无忧，现在有本事、有工作了，同样日后也能吃穿不愁。黄有鹏是大丈夫，却不是真君子。对于女儿的婚事，傅容更希望傅清瑶一生幸福。

可惜傅太太并不理解这番话，继续折腾，越折腾女儿越不想回家。

张君文被盯得有点窘迫，不慌不忙和傅老板拜年。

恰巧这时候李莫飞夫妇来了，给张君文解了围。傅容不便逗留，把空间留给年轻人。

傅清瑶和吴小菲先聊起来，而张君文和李莫飞在一旁见缝插针谈起了那篇论文，从盈余管理开始，话题山路十八弯，聊到了资本市场的方方面面。

资本市场发生的许多变化往往是潜移默化的，不知不觉中，中国资本市场进入了一个新时代。资本的流动与博弈从来没有像当前这样在广阔的全球化背景中迅速展开。自2003年提出科学发展观以来，许多经济事件或现象，在这个指挥棒下运转，在中国资本市场形成了深刻的影响，诸如人民币稳步升值、股权分置改革、券商综合治理的推进、A股估值水平的规范。张君文去国外一趟，中外一对比，对有些事情也有了更深的理解，包括自己的那篇博士论文。

"1993—1994年的分税制改革已经从根本上逆转了方向，把税权下放，从中央到省、到地方、到县和乡，每级只要求下一级在每项税种中往上交多少比例的税收，剩下的权限就留给下级政府。"李莫飞说。

张君文却提出相反意见："从表面看，税权下放而不是由中央统一掌权，是件好事，会给地方更多发展经济的激励。只不过，当时好心的改革设计者没想到或不愿意想到，在没有实质性权力制约的体系下，特别是在新加税种的权力不在立法机构而是在行政部门的国情下，把税权下放等于是为各级政府随意加税大开绿灯，国民没有正式途径对随意增加的税负表达意见。包括地方企业，在税赋问题上的想法也没法表达充分。"

"国情特殊。中国的政府规模远大于美国政府。但看去年，2007年，国家财政税收增加了31%，达到5.1万亿元，占GDP（国民生产总值）的21%。同年美国联邦政府的财政税收为2.4万亿美元，

164

占GDP的18%，相当于8500万普通美国人一年的可支配收入。"李莫飞直接列数据。

"莫飞，过去30年里，中国的政府规模并非一开始就这么大。"

"'小政府、大社会'只是改革的理想，政府毕竟要负责一方百姓从摇篮到坟墓方方面面的生活开支。"黄鸿图和妻子齐佳媛也来了，"如果手中无米，叫鸡都不来。"财税改革和金融改革是"长治久安的基础，是建立社会主义市场经济的基础"。

理论上，凡是人类政权组织建立的政府体系都有致命缺陷，只要运行到一定时限之后都会面临崩溃。事实上，世界各国也确实找不到一个长存不败、长盛不衰的政治体系能够让政府持续长久地运行而不会发生大崩溃。

财赋者，邦国大本，而生人之喉命，天下治乱重轻系焉。

国无税则兵不强，兵不强则天下危。中国自古有摊丁入亩，一条鞭法、青苗法、租庸调制、屯田制等税制改革或者创新，但政府哪儿哪儿都需要用钱。商鞅、桑弘羊、王莽、王安石、张居正们，在把国家压力分摊到百姓身上的路上是一条道走到黑，撞破南墙不回头。张君文也承认，这些或许都不是一个好方法，但不推行，也没有更好的方法。中国那么大，从财政收入就可以看出，真正要靠老百姓手中那点收入拉动内需促进循环，是很难做到的，在某种程度上只能依靠政府。行政编制的管理成本靠它支撑，军队装备的日常开销靠它输血，对贫困人口的救济援助，哪怕是象征性的支出，通过庞大的官僚系统去运行，要达到表面可见的效果出来，那也是一笔巨额支出。

但通过税务系统向下征收到一张百元大钞，最终能够有效上交到中央手里的钱，然后通过中央的调节再分配，拨付到编制内的管理费用，再返流到民间基层一线现场的资金，还能剩一个钢镚儿吗？那不就只能指望着"清廉高效"四个字。黄鸿图在这里，张君文这番话没有全说出来。

吴宁海说："国家税务机关征税的时候要突破层层的行政关系

网，没人想得罪人，结果偷税漏税成风。君文你毕业论文做这一块，你是清楚的。"

黄鸿图摊开了手："朱镕基总理的思路是，核定基数，基数内全额返还地方财政，省得地方财政'躺平'了，伸手向中央财政要钱。超收部分依然是中央和地方分成。1993年是基数年，结果各省哄抬基数，财政部的工作组进行地方查处。没想到地方政府还是白忙活，1994年结束以后，中央财政所得依然丰硕。中央和省一级是高兴了，可省以下还有市县乡三级还都等着吃饭。省以下分税制搞不起来，一是没有税种可分了，二是中央分给省级的财力等于把省级应当返还市县乡的财力抽走了。这就是我去了晋原市为啥要搞产业园，因为实在没钱，总不能坐以待毙，只能想办法把蛋糕做大。"

黄鸿图继续说："最近房价可是越来越高了，连晋原的房价，都能达到这个数了，看来容城这个年，可以过得很舒心。"

傅清瑶谦虚道："去年中央不是出了调控政策了吗？楼市可能确实出现了拐点，有下降的可能。"

吴小菲笑了："可我们报纸可采访了不少你们的对家，都说你们在借机抢客，利用自己的影响力清理对手，做大市场占有率。"

吴小光给大家递上刚泡好的滇红："2005年不也出调控了，最后出现了报复性反弹。从1998年住房市场化改革开始，到2007年，一直上涨，未有消停。现在大家工资都涨了，但投资渠道却很匮乏，尤其A股，暴涨暴跌。基金市场、保险市场都没投资房地产赚钱快，我也想去买一套房。"

傅清瑶笑道："小光哥说笑了。这一波房价上涨是见者有份。大背景是经济增长、居民收入增长、城镇化推进、人口红利和全民住房改善的需求，共同受益。经济基本面良好，居民收入与经济增长同步增长，房价上涨基础坚实，也不是人为让它不涨就不涨。"

"我现在都已经买了一套，自然希望它涨。不过就是希望我买下一套之前它先别涨这么猛。"吴小光话音刚落，众人哈哈大笑。

李莫飞捶了下大舅子的肩膀："都基金经理了，还需要炒房？"

吴小光三十岁就被任命为江宁基金的基金经理，之前因临危受命将江宁基金扭亏为盈，一跃成为基金业的风云人物。当时江宁基金在业界排名仅90%左右，吴小光接管该基金后，经过没日没夜的加班加点，使得该基金业绩很快在业界的排名提升到了前20%。这对一个近百亿的大盘基金而言，是一个非常了不起的成绩。由于业绩突出，吴小光的收入也水涨船高。在几个好友中，吴小光是最早年薪破百万的人。

"地无界，天无法，人为财死，鸟为食亡嘛！"吴小光满不在乎地说。众人只当玩笑话，唯有吴宁海听到这句话，微微蹙起眉头。

吴小菲看到父亲的脸色有异，马上用胳膊肘撞了撞吴小光，故意开玩笑地清了清嗓子："君子爱财，取之有道嘛！你这个当基金经理的，可帮大家管着钱袋子呢！"

几个人都笑了，吴宁海的眉头也松了下来。

吴小光接着往下说，"我现在还真就指望着这个收益率了。去年年初，中国股价一路走高，1月末的上证指数是2 786点。结果罗杰斯跑出来说了句"中国股市存在泡沫，并且有很大风险"，股指马上从2 994.2点下跌至2 720.8点，跌幅达9.13%。现在是风声鹤唳，草木皆兵。"

钟大海也来了，正在放礼物："5月份，上综指收盘不是顽强站稳4 000点整数关口？哪有这么吓人？半年时间，上证指数就突破5 000点大关，10月份又站到了6 000点的历史高位。别的不说，A股从2005年998点一路上涨到2007年5月的4 335.96高点，涨幅高达334.46%。这波你赚翻了，别说一套了，可以请傅老师帮你多留意几套房。不好意思，我来迟了。"

齐佳媛关切地问："路上没出什么事吧？"

钟大海向师姐道了谢："没事儿，就是南方雪灾，江宁站那里滞留了太多返乡的人，我忘了绕路，给堵了。"

吴小光把话题转回来："我是靠业绩提成，又不能自己炒。再说，这轮是先蓝筹股启动，金融、有色等蓝筹股上涨。下游消费轮动，到牛市中期金融、地产、成长全线大涨，然后下游消费三线垃圾股鸡犬升天。回调后6月份又从3 400点上涨至10月16日最高6 124点。银行、保险、券商、钢铁、金融、地产等权重蓝筹股拔高股指，二线蓝筹股出现分化走势，三线垃圾股超跌反弹后弱势整理，股市开始赶顶的过程。"

李莫飞说了句："大盘走上6 124点，也是因为2007年10月15日，党的十七大召开，离不开三件事：人民币升值、股改、资金推动。"自从2005年7月21日，中国人民银行宣布我国开始实行以市场供求为基础、参考一篮子货币进行调节、有管理的浮动汇率制度开始，人民币可谓是一路攀升。而人民币的持续升值对地产股和金融类股票来说无疑是一个大利好。而基金迅速、大量地注入股市，对大盘的飙涨起了推动作用。"这几年股改也是进行得轰轰烈烈，全民资金从银行搬家到股票市场，中国远洋、中海油、中石油这些国家级大集团被推向市场。这轮牛市不就这么来的吗？可惜中石油上市了，这一轮牛市也差不多就结束了。"

吴小光摇摇头："这次要是没有机构抱团拉高指数，还真不一定能冲上6 124。"股票涨跌的核心就在于主流资金的推动，资金推动又分为股民资金推动和机构抱团推动。

李莫飞说："但涨得就不合理，大盘不断上涨而上涨公司数量却持续走低，一度出现大盘上涨而超过80%的公司股价下跌的情况。科技股抱团行情中证信息指数和创业板指估值都是一百倍以上。"

"这估值也太高了。"张君文插了一嘴，"这不是又一个周期股吗？2005年至2007年的全球商品大牛市，A股市场走得最牛的就是周期股，江西铜业短短两年时间就涨了近三十倍，那时抱团机构的主力就是公募基金。"

"是呀，现在从11月底开始下挫，股指一路走低。这波美国次级贷款问题要是把火烧过来，那就不好收拾了。"其实吴小光还有话没说出口，不同经济周期对板块轮动有不同的影响。在经济复苏阶段，表现较好的是能源、金融、可选消费；表现较差的是信息技术、医疗保健、公用事业。在扩张阶段，表现较好的是能源、材料、金融；表现较差的是信息技术、公用事业、电信服务。现在大海科技确实没什么优势。

"不是有观点认为，中国股市受全球及美国股市影响并不大，甚至存在背离现象吗？这也说不好。"钟大海最近要上市，自己给自己打气。要是股指真的大幅下挫，沪深股市总市值必将急剧缩水，那这时候上市，可不是好时机。而且今年的财报最近快做出来了，看上去有点不太妙。

不过钟大海马上又接着说："去年也难呀，经济发展不景气，出现萧条，同时又存在通货膨胀。这央行四次加息、六次上调法定存款准备率，最后不也挺过来了。"

张君文却不这么认为。美国的次贷问题从2006年春季就开始显现，现在两年过去了，美国那边财政政策如减税、扩大公共投资，该扩张的，也扩张了；货币政策如控制货币供应量，该紧缩的，也紧缩了。现下倒有了燎原之势，这事不能盲目乐观："次贷危机引发的灾害怕是全球性的，中国内地资本市场怎么可能躲得掉？"

李莫飞帮吴小光换了泡新茶，换成了祁红："这些财政政策、货币政策一调整，股市就得震荡。"

吴小光接了过来："这两年就震荡回撤三次，动不动就来一个利空消息。今年第一个重要利空是在5月底，证券交易印花税税率由1‰调整为3‰，当天大盘就跌了281.84点。要不是之后三大报口气还算缓和，证监会批准了四只新基金，我那一周都可以不用睡了。"

众人又一次大笑起来。

师母从厨房里走出来温柔地唤道："都过来吃饭了。"保姆在身后忙着上菜摆筷子。满满一桌的江南百花鸡、白灼响螺片、红烧鲍片、酥鲫鱼、鸡汤氽海蚌、八宝红鲟饭、白炒鲜竹蛏，色香味俱全，令人食指大动。

又是师母下厨，大家都非常高兴。

黄鸿图打住话头，忙不迭地夸道："师母这手艺，真是没说的。"

一侧的齐佳媛则款步走过来挽住吴小菲，低低地说："小菲，我想拜托你个事。"吴小菲神色有点惊讶。"我有个同学，在教育部那里，有一对儿女，哥哥今年打算考江宁大学的研究生，我看吴老师今年要退休了，莫飞现在不是系主任了吗？再过阵子该是要提副院长了吧？能不能帮嫂子这个忙？"

这事求吴宁海是没有用的，得来找李莫飞。吴小菲还拿不准这个忙要怎么帮，不敢答应下来，却也不敢驳齐佳媛的面子。当年那个移动互联的产业园很成功，有风声传黄师兄马上要升市长了，挽着胳膊的这位，可是未来的市长夫人，而且还是老首长齐国典的女儿。"师姐，我没掺和过他们学院的事……"

"小菲，"齐佳媛也是吴宁海的学生，读研的时候对吴小菲像妹妹一样疼，"我知道，姐姐我会去搞这些事吗？我爸不得收拾我？真的是挺紧要的一位朋友开口。咱也不收人家什么，违法乱纪的事情一样都不做，就是这孩子基础比较差，想个办法给通融通融就行。主要是，我这个朋友，在部里还能拍板些事，说上两句话。这根线要是搭上了，等莫飞当上副院长，以后去打交道，是不是就好办多了？姐姐也是为你们考虑。而且你现在大着肚子，以莫飞这么体贴会照顾人的性格，你开口要什么他不答应你？"

齐佳媛慢慢开导，倒把吴小菲说得有点心动，心下又是一阵甜蜜。这师妹是不喝酒就醉了，齐佳媛看着吴小菲脸上泛起的酡红，便知道这事成了，温柔地拍拍吴小菲的手背，把她扶到座位上。

没人注意到两人的密谋。几个男人还在谈论过去，预测2008年。傅清瑶虽然不在话题的中心，但完全沉浸在这些市场、经济的交谈中，也没留意到。

"祝2008年一切更好！"吴宁海最后提议碰杯。

大家举杯，齐佳媛拿酒杯悄悄和吴小菲的果汁再碰了一下。

两人都笑了。

第十三章

2008年，注定不是平凡的一年。

全球陷入金融危机，依赖于出口贸易的中国经济随之下滑，经济政策在年初还是"防过热"，到年中已经变成"保增长"。经济下滑，房地产业感受最为深刻，从年初就开始传出房地产中介关闭门店的消息，上海、深圳土地因报价过低或无人报价而流拍的消息不绝于耳，地王退地，房地产商宣布降价，引发业主愤怒抗议。国人仿佛时空穿越，重新体验了一把1993年海南房地产泡沫破裂时的惊心动魄。

经管学院的换届，也同样是惊心动魄。

这些年吴宁海一直和周越华打哈哈，到了最后要走了，终于决定还是要给经管学院一个海晏河清、万象升平的气象。

周越华直截了当地表示想要升院长，吴宁海直截了当地表示不支持。

双方都过于开门见山，一开口就把天给聊死了。

周院长差点一口气没顺过去。

不是盟友，就是敌人。

谈不拢，站不到一条阵线，那就没办法了。

周院长喜欢一招制胜，直接请孔书记出面。

孔书记头也很疼。姑奶奶，人家想把你踢走，你咋还惦记着人家屁股下的位置？

但自古英雄难过美人关。孔书记只得亲自下来经管学院指导工作。院长吴宁海、分管MBA和EMBA的梁兴述、分管学硕和博士的马宁远、分管本科的周越华，还有各大系主任、负责人都过来开会。

本来今天赵烨出门遛弯，来看看好友，正好遇到这种说不上是什么会的会。孔书记让其一同参加。可赵老是打死不去，只在学院里到处溜达。

几个人坐在会议室里，个个在肚子里打算盘，也不像正儿八经的干部大会。好在自古以来开会无非就两件事，一是读稿，二是吵架，倒也不必拘泥于形式。

吴宁海一比二，有些力不从心。赵烨病好了，已经在家养鱼浇花遛鸟逗孙子了，日子过得赛神仙。今天一照面，原本一瘦小老头儿，往体胖心宽的道路上一去不复返，看着就让人羡慕。吴宁海也想把自己身上的担子卸了。

梁、马都是好老师，但是离院长大位都有点距离。几个系主任都不太行，除非直接把李莫飞提上来做院长。但李莫飞太年轻了，怎么可能镇得住这帮老油条？而且是自己提上来的，也不服众。几百年前朱元璋让朱标捡荆条，也为了同个道理。

吴宁海环视了一周，一股英雄迟暮的悲凉涌上心头。

就像比赛开场要先握手，等大家把漂亮的场面话说完后，周老师才单刀直入。

"吴院长，咱们打开天窗说亮话，等您退休了，这院长你打算支持谁来坐？"

此话一出，底下的人可都不困了。

周院问位，大有吕后之风。时吕后问："陛下百岁后，萧相国即死，令谁代之？"上曰："曹参可。"问其次，上曰："王陵可。然陵少憨，陈平可以助之。陈平智有余，然难以独任。周勃重厚少文，然安刘氏者必勃也，可令为太尉。"吕后复问其次，上曰："此后亦非而所知也。"

现在吴院长还老当益壮，周院长就司马昭之心，整了这么一出

"病榻问相"。

吴宁海不敢自比汉高祖，也不想给出两个人名来成为周老师的"眼中钉"和"肉中刺"，便直接跳了两节，委婉表达了同一个意思："以后有些事情，不是周老师该知道的。"画外音是，你都在经管学院待不到那个时候，操那么多闲心干吗？

满座无不一颤，都以为吴老师心素如简、人淡如茶，没想到也有如此锋芒。

这也难怪众人惊愕。毕竟大家都不是赵烨，自然不知道吴老师年轻时也是喝性寒伤胃的绿茶，老了才爱这回味甘洌的乌龙茶和红茶。

周越华有孔书记在场，说话腰杆子也硬了，不再像往日那般毕恭毕敬："看样子，吴老师是打算等着退休返聘吗？"

吴宁海懒得计较，只是冷冷地说："恋栈权位，非我所为。周老师做了这么久的行政，还没有搞清楚'有权而不恋权，到位而不越位'的道理吗？"言下之意，周越华不仅恋权，而且越位了。

周越华用鼻子哼了一声："吴院长这话就不妥了，人往高处走，在座的哪个不想当院长？梁老师不想当吗？马老师不想当吗？其他人有这想法，就是志在千里，怎么到了我周越华这里，就成了狼子野心。"

吴宁海哼了一鼻子："这话是从周老师自己嘴巴里说出来的。"

再辩证统一，评价一个人也很难客观全面，中华上下五千年，那些赫赫有名的历史人物无一不在某种程度上遗臭万年。单说女子，秦之宣后，汉之吕后、窦后、王政君，北魏冯后，唐之武后，辽之萧太后，宋之刘娥，清代孝庄、慈禧，都是褒贬不一。这些大人物尚且如此，何况今朝还只为蝼蚁的周越华。周老师是功过参半，还是功大于过，抑或是功不抵过，大家心里都有一杆秤。任人唯亲就不用说了，周蕙、陈瑾们，还有底下几个被划为周派的系主任，都摆着呢。

"吴老师这么举贤不避亲仇，那李主任既然有张太岳的才华，吴老师干吗偏要当欧阳凝祉？"周越华十足地讽刺道。

张居正入阁，离不开老师徐阶，但两人有才无德，最后都晚节不保。欧阳凝祉劝女临时救场，才得了学生曾国藩当女婿，光耀门楣。

吴宁海的茶杯在桌上一顿。

李莫飞没等岳父张口就先说道："周老师未免抬举莫飞了。我可担不起，不过周老师拿徐阶和张居正来比吴老师和我，周老师自己想当高拱还是赵贞吉，抑或是李春芳？"

高拱、赵贞吉和李春芳是什么样的人，大家心里有数。如果以此代指，那坐在这里的孔书记成了什么，嘉靖吗？

看到李莫飞以柔克刚已近大成，吴宁海很欣慰，终于有人能像赵烨一样能拆对方的台，而不是动不动就给周老师递刀子了。

这无疑是火上浇油，周越华更加讽刺："李老师不说曾国藩，倒说起了张居正，看来是很有自知之明。"

曾国藩乃"晚清中兴四大名臣"之一。有大家评，五百年来，能把学问在事业上表现出来的，只有两人：一为明朝的王守仁，一为清朝的曾国藩。毛主席评："愚于近人，独服曾文正。观其收拾洪、杨一役，完美无缺，使以今人易其位，其能如彼之完满乎？"如此人物，李莫飞确实比不上。

李莫飞眼下是会计系系主任，顺利升了教授，说话腰杆子也硬，当下便讽刺回去："自然是不敢比。不过周老师，我不提还有一层含义，本以为您更不愿意提晚清，毕竟与曾国藩斗法的，是慈禧。看来是我想错了。"

慈禧母凭子贵，横行霸道，挪用军饷办寿，大权在握，桩桩件件，在周老师身上都能找到对应版本。李主任借古讽今，底下几人鸦雀无声。

"李老师真是巧言令色，不愧是能一而再再而三破格的人，但不要忘了揠苗助长的典故。"周越华最近最后悔的一件事情，莫过于自己不知防患于未然。早些年光顾着整梁兴述，想着李莫飞还年轻，掰着手指头数，就算岳父走了也还没升上教授，成不了大气候。没想到这小子韬光养晦，不过几年的工夫已经破格晋升，对自己说话从之前的恭敬有礼，变成了现在的夹枪带棒。

能让周越华如此自省，李莫飞也是头一人。

"欲速则不达。周老师是想劝莫飞不要急功近利是吧？这可就奇怪了，既然周老师懂得适得其反，为什么不能求一个顺其自然呢？"孔书记在这里，李莫飞是收着劲回击。

"好一个顺其自然，那李老师能明白这个道理吗？难道李老师没有想再一次破格，从系主任直升院长吗？"周越华压根没想让李莫飞独善其身，一开口就想把李莫飞直升院长的路给堵一堵，"如此一来，经管学院不就可以要搞个家族世袭？"

李莫飞说道："我倒是不敢有这个想法，经管学院是江宁大学的，难得我能有幸和周老师在这一点上达成共识。既然是江大的，周老师想要升院长，为什么不循序渐进，正常走流程呢？"言下之意是，动不动搬出校党委书记来施压，你周老师才想着搞专制主义吧。

周越华冷言冷语："这不正在走流程吗？李老师从哪里看出我求成心切？"

绕来绕去又绕回来了，李莫飞反将了周越华一军："既然好好地走流程，那就等换届大会再说，今天是孔书记下来指导工作，周老师又何必在这种场合询问吴老师心中下一届院长人选的事？"

周越华哑口无言，李莫飞也点到为止。这事聊不下去了，这会开了也没意义。大家看完好戏，该瞌睡的瞌睡，该玩手机的玩手机，等孔书记夸了夸经管学院这次为汶川地震募款工作，几个副院长把那套翻来覆去一年不知道要念多少遍的说辞倒干净，就撤了。

撤的时候，孔书记和吴宁海都看不出喜怒，李莫飞面无表情，周越华的脸黑得像锅底。

"孔书记，您也是瞧见了这经管学院怎么样排挤人的，好好开会，还不让人说话，问题也不能反映。"

吴宁海冷冷地说："周老师，这话就说错了，在场的其他几位副院长加起来都没您说得多。您刚刚念了快一节课的稿子了，既然想反映问题，那倒是换个新稿子。"

吴宁海讲话极少用讲话稿，一来没人听，二来自己也烦。只是不管自己再怎么大刀阔斧地改革，有些形式主义的东西，根源不在经管学院。全国上上下下大大小小的会议，都是这一套流程，吴宁海有心无力，有时候不得不搞一搞，但力求言简意赅，不耽误工夫。听着周越华那一番陈词滥调，他自己也是腻味。

孔书记知道周越华理亏，让她先回去，自己和吴院长还有要事相商。

说起这孔苟孔书记，当真有趣得紧。

孔书记出生在孔孟之乡，也在家乡读书受教，之后传道授业解惑，好一顿折腾才来到江宁。齐鲁的特产是圣人，中国其他省份，能著书立说的人物数起来，都比不过山东省多。"复圣"颜回、"宗圣"曾子、"巧圣"鲁班、"书圣"王羲之、"算圣"刘洪、"农圣"贾思勰、"智圣"诸葛亮、"科圣"张衡……一抓一大把。

孔书记虽不是圣人本人，但也勉强也算圣人后代。况且和"至圣"孔子乃是同姓，名又含着"辞赋之祖"荀卿的姓，两大圣人加持，让人敬而远之。江宁大学的学子们每遇朝令夕改，在激情开嗓时，往往会口下积德，不是很敢问候书记的祖宗。

和先祖一般，孔书记也是接受并创造性地在江宁大学发展了儒家正统的思想和理论。比如同样主张"礼法并施"，所以自从他上任，类似今天这种不知名头的会便多了起来；比如继承了"制天命而用之"的人定胜天的思想，所以类似把周越华之流推上一把手的事也不在少数。

另外也有不少确实功在当代，利在千秋的事，比如一来就翻新了校园的古道和危楼。只是这次大规模的翻新影响了学生的日常生活，而且顺带修葺了校行政大楼，诸多讲究，无法一一道来。

学生吐槽孔书记也是很懂批判地继承，荀子不喜鬼神迷信，孔书记倒是"取其精华，去其糟粕"。后来孔荀书记搬进新办公室，周越华送了一块大石头过去摆着。一些风水之说兴起，传得有鼻子有眼。但也不是任凭谁都有机会去过校党委书记办公室，虚虚实实，不好评价。

直到那一次吴宁海陪着孟校长去了一趟孔书记的办公室，真看到一大块寿山田黄冻石，通体明透，似凝固的蜂蜜，润泽无比。

吴宁海还没来得及惊讶，孟校长脸色当场就变了，看来孟校长也是个妙人一个。

总而言之，江宁大学有孔孟两位坐镇，私下被学生戏称回到了春秋战国。但这说法对，也不对。孔孟之道乃是儒家一脉，罢黜百家，独尊儒术那一套是汉武帝时代董仲卿给搞出来的，如此生搬硬套，简直牛头不对马嘴。为此历史系的学生们差点也撕成两派。

双方掰扯一直不断，不知哪位外系的仁兄出来说了句不靠谱的大实话："孔孟不是一家吗？"言下之意，当今的孔孟不是一派。

一语惊醒梦中人。孔子有个徒弟叫曾子，孔子有个孙子叫子思，曾子是子思的老师，子思是孟子的老师。按照辈分，孟子是孔子的徒孙，确实在学说上极力推崇孔子。但眼下孔书记和孟校长却各自为政。

非吾大周，非吾大汉，唯江大耳。

孔曰成仁，孟曰取义。唯其义尽，所以仁至。读圣贤书，所学何事？而今而后，庶几无愧。关于孔书记和孟校长到底是真把式还是假道学，一时间众说纷纭。

大风吹倒梧桐树，自有旁人论短长。中国历史上的大分裂时期，往往更能出现百家争鸣、人才辈出的新气象。

当下江宁大学思想不受禁锢、警惕权威权力、学术风气活跃，未尝不是学校学院大行纵横捭阖之术、俱呈波谲云诡之象的缘故。

捭阖者，天地之道，捭阖者以变动阴阳，四时开闭，以化万物；纵横反出，反复反忤，必由此矣。

孔书记看到周越华把门关上，才开口："现在没旁人了，吴老师，您想要推举谁？"

吴宁海眼珠子一转，反问回去："孔书记，您想推荐谁？"吴宁海眼下也没有更好的人选，若只在副院长里挑，去掉一个周越华，只有梁兴述和马宁远。梁兴述是"一定能办事，不一定能成事，一定不能扛事"。马宁远是"任尔东西南北风，我自岿然不动"，擅长借力打力，明哲保身，协调阴阳，逢凶化吉，故才能在管关、周梁之后异军突起，一跃成为副院长，形成眼下三足鼎立之势。两个都不是好人选。

孔书记知道吴宁海手上无好牌："吴老师，咱们都打了好几个月的哑谜了。我和您交个底，要不您考虑考虑，就让周老师接您的班吧？"

吴宁海明知故问："孔书记，周老师想当一把手，左右有很多好地方，干吗非要守着经管学院不放呢？"孔孟不和，有悖正统，没有拥趸和领地，是不好办事的。吴宁海两头不靠，在孔孟之间周旋了十年，想办法为经管学院争取了一切好处，眼下经管学院发展得正好，就像一头可以出圈嗷嗷待宰的肥羊，到嘴的肥肉怎么能飞了呢！

"经管学院熟悉呀！周老师做副院长的时候，也是兢兢业业，挑不出错处。我知道，这些年风里雨里，吴老师您为经管学院投入了多少心血，自然不希望后人糟蹋了，对接班人肯定十分重视，但周老师还是可以考虑的。"

这一番话倒是说出了孔苟和周越华顾及吴宁海意见的实情。

吴宁海对经管学院的贡献是抹不掉的，而且眼下他在经管学院乃至校外各行各业根系庞大，为官经商的更是不少，动不动就能游说回一大笔捐款。比如整个5月份，电视上连日报道着灾情，右下角黄黑色的"抗震救灾，众志成城"基本上成了每家电视台的标配。江大广大的师生、校友，也是积极出钱出力，但私下了解，还是经管学院给江宁大学挣的面子多。这次几个上了新闻头条的捐巨款和发动捐款的大人物，都是吴宁海的学生，光一个钟大海就捐了不少。

周越华算是个牛人，因为她傍上了一大堆牛人；吴宁海是个牛人，因为他培养了一大堆牛人。

两人都是靠牛人帮自己办事，但办法却大相径庭。这班子要是不能顺利交接，一个搞不好把校友们得罪了，回头来学校学院捐钱捐楼的人少了，那真是捡了芝麻，丢了西瓜。

"这道理是有的。"吴宁海不否认周越华的成绩，也不挑破周越华的荒唐，"但实事求是，您让周老师上来，她就算管得住这一摊子，扛得过学科评比这些事，那她能让学院创收吗？我在任上，可基本没跟学校手心向上。"

富国是强兵之本，有钱才好办事。江宁大学这么大，几十个院，哪怕经费在全国高校排前十，也是僧多粥少。经管学院靠着MBA和EMBA，还有一群心系母校牛气冲天的校友，基本上自给自足。

眼下吴宁海就是想让孔荀明白一个道理：他在时，面子里子可以都有；换周越华来，行吗？

"要是照您这样的条件找，那挑不出第二个，真得返聘了。您走了，影响力还在；只要您支持，下一任的院长一定也能搞好这些创收。"孔书记先礼貌地捧了捧吴宁海，再不紧不慢地威胁着吴宁海就算退了，还是要继续为江大、为经管学院当好春蚕、做好蜡炬。

吴宁海听懂这句话："您说笑了，前人栽树，后人乘凉，这些都是应该的。只是我也老了。人情，人情，人在情在。我现在还在任，这张老脸还能换钱；这一退，保不准门前冷落鞍马稀。"

孔书记听出这里面的意思，换了个思路："李老师是个可造之才，可惜还太年轻了些。但他在这里，大家看着您的面子，肯定都乐意和李老师好好合作。"

180

吴宁海听出了这话有两个意思：一是李莫飞是吴宁海的学生加女婿，校内校外大家看着吴老师的面子也会照拂李莫飞，照拂经管学院；二是李莫飞羽翼初成，吴宁海这个靠山要是走了，该收拾还是能收拾的。

整人和用人从来都不是对立的。

吴宁海不以为然："靠关系这种事，难说得很。莫飞要是没有自己的本事和自我的约束，他就算是我的亲儿子，也没用。隋文帝统一南北，杨广不同样还是二世而亡。"

孔书记历史也是学得好，当下就给吴老师算了账："大家自然知道李老师自己成器，但有时候干吗放着桥不过，非要绕远路呢？明明十二岁就能拜相、二十一岁便可以封狼居胥，偏要当百里奚、马援，这是什么道理？"

百里奚和马援均是时运不济、命运多舛，好在最终大器晚成。甘罗乃秦国左丞相甘茂之孙，侍奉仲父吕不韦，诸侯皆闻之；骠骑将军更是天生富贵，汉武帝亲赐"去病"之名，打小便随卫青行军打仗。

吴宁海喝了口茶："甘罗拜上卿后，其后事迹史籍无载；霍去病病逝年仅二十四岁。孔书记举这例子——"

孔书记有点气急败坏了："那要这么说，百里奚、马援也都不是善终的。能活在权力更迭的历史书里，本来就没几个能有好下场的。吴院长，我们不要避重就轻，不是在和你谈历史。李老师有才能，有机会，有资源，但他太年轻。新主上位，老臣难管，是服不了众的。另外那些都是半斤八两。周老师有雄心，有魄力，是很合适的人选。您无非也是想推个稳妥人出来，让李老师先当副手，之后再由他接班。既然周老师愿意效劳，何妨让她一试？"

这番话就不是在套话，而是在谈条件了。

吴宁海放下茶杯："看来我要替李老师谢谢您了。可那周老师愿意让李老师直接担任常务副院长，分管MBA和EMBA项目，还有院里的财务工作吗？马老师继续管学硕和博士。另外，上次的本科生考试舞弊事件，梁老师不降反升，周老师不是一直不服吗？不如就让梁老师去体会下本科工作的辛苦，小惩大诫。"

吴宁海一开口先默认了下下任院长可以是李莫飞这件事，但却还是没有指明下任就是周越华。

这是大前提——这套班子不能动，成就还能商量，不成就拉倒。

孔书记气结，果然学会计的都是会打算盘，一个个老谋深算。

周越华这要是真上台也是处处受掣肘，这以后哭天抢地的日子怕是少不了。孔荀得不到答复，也并没有立即答复，拂袖而去。

吴宁海也是无可奈何。这是极大的让步了。孔书记惯会先礼后兵，现在话头来到拐点了，再僵下去难保书记不会霸王硬上弓，到时候不答应也得答应。今天李莫飞敢和周越华叫板，之后把周越华请下台，也只能靠他了。周越华要是能奉公正己，那再好不过，反正求的本也是平稳过渡；要是多行不义，那纸包不住火，到时墙倒自然众人推。

送走了孔书记，吴宁海就来找李莫飞。

张君文和李莫飞正在招待赵烨。李莫飞赶紧把碧螺春换了，张君文也想着告退，均被吴宁海拦住了："留下吧，就喝绿茶吧。"

赵烨眼睛一瞪，知道好友要开始讲课了。

李莫飞家学深厚，吴宁海问道："刚刚孔书记和我谈话，聊到了甘罗。莫飞，你记得甘罗向吕不韦自荐出使赵国，用的什么典？"

"昔仲尼，师项橐。"李莫飞明白吴宁海的意思不是为了颂扬神童，紧接着道出下一句，"古圣贤，尚勤学。戒骄戒躁，懂得后生可畏，不能故步自封。"

吴宁海说："别说后生了，文人相轻，自古而然。所以要有敬畏之心，也要有容人之量。搞学术和搞行政都一样。"这是吴宁海能够桃李满天下的缘故，也是敢用并能管住关管梁马周的关键。

吴宁海接着说："自古社会舆论有两个悖论，即众口难调和言

182

易行难。尤其是读书人总是以自身的立场，而非全局通盘来理解问题，且还能长篇大论，头头是道。长此以往就会形成其与上位者的利益相左，甚至对立。貌似中国历史上读书人自古与统治阶层关系就较为扭曲，尽管最终都会妥协。另外，理论与现实总有差距，很多事说说容易，做起来一定要基于当时的客观现实，尤其有时候当权者必须要在时空与阶层间实施利益腾挪，导致理论与现实总是存在偏离，以致存在矛盾。"

张君文和李莫飞都明白吴宁海在指出"读书人傲慢"这一客观事实。这番话既点明了学院管理的阻碍，也道明了中国社会的顽疾。

这要从中国的读书人都是怎么来的说起。春秋战国时代，礼崩乐坏，官学式微而私学兴起，有教无类，平民子弟也可读书为士。自此，文人士大夫纷纷走向历史舞台，儒、墨、道、法、兵、阴阳、纵横，诸多思想流派呈百家争鸣、百花齐放之势。战国诸侯君王竞相礼贤下士，得士则昌，失士则亡，养士之举蔚然成风。就有"黄金台燕昭王筑，礼郭隗以致士，乐毅、剧辛先后至"的典故。

自秦灭六国统一中国之后，对社会思想的管控则成了统治阶层的主要着力点。统一前，苏秦佩六国相印，李斯佐嬴政一统天下，唯孔子周游列国，惶惶如丧家犬，一生不得志，最后竟成为万世师表、至圣先师。历史也真是会开玩笑。

汉代有文翁、黄霸、汲黯、召信臣、王成等，讲究先富后教。东汉后期到三国两晋南北朝，则是上品无寒门，下品无士族。四世三公的袁绍一家，门生故吏满天下。可谓是世胄蹑高位，英俊沉下僚。当时的文人成功典范当属诸葛孔明，助刘备三分天下有其一，又鞠躬尽瘁，死而后已，使蜀国绵延国祚数十年。

魏篡汉、晋篡魏，改朝换代使得一波波人被清算，便开古今隐逸诗人之宗。文人的个人意识觉醒，不再只为政治服务，而是把情感、志趣、哲思都流诸笔端。隋唐大一统，国力蒸蒸日上，又开科举取士，寒门学子可苦读入仕途，此举远扬海内外，影响至今。

那时文人士子意气风发，如房玄龄、杜如晦、姚崇、宋璟、张说、张九龄堪称一代名相。可开元之后到中唐，文人的境遇不一而足。李白、杜甫、王维、孟浩然、岑参都曾渴望出将入相，但天不遂人愿，满腹经纶，壮志难酬，远未到能为"辅弼"之位时，就在官场碰壁碰得七零八落。唯有高适，大器晚成，四十五岁考中有道科，后讨伐永王之乱、参与平定安史叛军，官至刑部侍郎、左散骑常侍，晋爵渤海县侯，算是那时文人中极少有的封侯者。

中晚唐时期，宦官专权，藩镇割据，如元稹、白居易之流主张"文章合为时而著，歌诗合为事而作"，针砭时弊，以文辅政，虽志在兼济，然只能行在独善。而韩愈、柳宗元发起名为古文运动、实为创新政治的改革，酿成"二王八司马"的悲剧。

宋朝皇帝与士大夫共治天下，此为读书人的黄金时代。万般皆下品，唯有读书高。学成文武艺，货与帝王家。此思想在今天的中国家庭，也被尊为金科玉律。时有范文正居庙堂之高则忧其民，处江湖之远则忧其君，进退皆忧，庆历新政失败后，便在危难之际戍边西北，培养名将狄青、种世衡、郭逵。一代文豪欧阳修，领导诗文革新运动，提携指导苏洵、苏轼、苏辙、曾巩、王安石与之一并被后世称为宋六大家，韩琦、包拯、文彦博、张载、程颢也曾受他奖掖激赏，他识才爱才惜才用才的恢宏气度令北宋天空文星璀璨。此二人，让吴宁海心向往之。

宋朝厚养士人，却也造成官僚机构臃肿而行政效率低下、国库经费开支颇巨，再则燕云十六州未收复，北部国门洞开，不得不对辽被动防御。那时代的士大夫，文武双全、刚正威猛、忠烈义勇。有寇準在澶渊力退辽军，范仲淹、韩琦率兵抵御西夏，虞允文在采石矶大破金军，辛弃疾于万军之中取叛徒首级如探囊取物，陆游位卑未敢忘忧国，文天祥留取丹心照汗青，陆秀夫背少帝壮烈蹈海殉国。

到元朝九儒十丐，明朝大兴文字狱，不少文人开始"弃儒从贾"，比如唐伯虎"闲来写就青山卖，不使人间造孽钱"。慢慢地，商与士异术而同心。到如今，每到危急关头，中国的士农工商，各行各业展现出强烈的社会责任担当，不惧生死、无私奉献，便是四民异业而同道，就是中华传统里的"仁"与"道"熠熠生辉。王阳明发展"心学"，其一生真正做到了文可提笔安天下，武可上马定乾坤，成就了少时立德、立功、立言做圣人的梦想。

汉唐时坐而论道，后来站着上疏，直到清朝直接跪奏。中国历史上有两个半圣人：孔子、王阳明，清朝出了另外半个——曾国藩。此人资质平平，靠持之以恒的读书与修身，渐至齐家、治国、平天下。可惜清朝积重难返，后才有梁启超、谭嗣同、孙中山一代一代勇往直前。

为天地立心，为生民立命，为往圣继绝学，为万世开太平。读书人有读书人的理想，读书人有读书人的脊梁。中国的读书人，给这个国家留下了太多抹不掉的印记，不管什么时代，都是社会的中流砥柱。但龙生九子，各有不同。天下学子众多，习得外在本事高超，却未必都厚德载物。这便留下了"读书人难管"这一命题。

大学之道，在明明德，在亲民，在止于至善。

吴宁海直接点题："但大学所存在的作用，就是为了培养出一代代国之栋梁。"

赵烨一听老哥又要忧国忧民，白眼一翻："但也正因为读书人这份风骨和傲气，有时矫枉过正，靠着那'文死谏'的忠烈与耿直，酿成了比史上'红颜祸水，断袖分桃'更多的'书生误国，文人乱政'。可惜写史册的是书生，是文人，并非美人，大都是一笔带过。"

吴宁海笑了笑，又语重心长："不管怎么说，中国的文人集团，是历史发展中剥离不开的主心骨之一。只是读书人向来是偃塞不遂，正印了'词穷而后工'的说法。现如今的人，作文可，做人亦可，做文人不可。更多人在这些理想中加码了欲望，凭着满腔正义、一颗私心，向上口诛笔伐，向下大言不惭，对同级则是撕咬攀扯。什么举报、作弊、包庇，皆源于此。但都忘了一个道理，亢龙有悔，盈不可久。"

吴宁海接着说："随着社会的进步，各阶层对社会价值观的认同度也在逐步提升，当然有政治进步，也有各阶层利益的一致性。每个社会都由其特征决定的具体矛盾，具有持久性与客观性，根本无法完全杜绝。小到经管学院这样一个群体，也是盘根错节。"

正初心，知行难。这是吴宁海对李莫飞和张君文的教导："知难才能不畏难，才能做到行胜于言。"

"是。"李莫飞和张君文理解吴宁海的胸怀和抱负。

"整得这些个文绉绉的，不累吗？我们是学经济和管理，又不是学历史，讲大白话不行呀。就是不要说起来精通，做起来疏松。要好好干活，要敢想敢干，要想干就去干，要边干边学，也要知道什么能干什么不能干。"被赵烨这么一打岔，突然就不严肃了。

吴宁海不管赵老头，接着说："都说'天地间，惟理与势为最尊'。出仕是一条路，传道也是一条路。莫飞以后要三求，也要三思。要求稳、求实、求进，也要思危、思变、思退。君文既然一门心思只想做学术，不仅要勤于思，也要敛于心、敏于行。"

吴宁海交代完最后一句，就拉着赵烨走了。

远处传来两个声音。

"老哥，你就真放心让周越华当院长？"

"到什么山上唱什么歌。人这一辈子，又不能只看眼下。人无远虑，必有近忧。且看着吧。"

第十四章

2008年，张君文也有一桩大事——他和傅清瑶要结婚了。

"这世上的缘分，真是难说得很。"这是吴小菲听到这个消息的第一反应。吴小菲出月子了，张君文和傅清瑶来看好友和可爱的小公主。"你们当时看不顺眼，现在倒是看对眼了。谁向谁求的婚呀？"吴小菲向客厅那一头另外两人看了一眼。

电视里正传来《寂寞沙洲冷》。

傅清瑶想了一会儿："水到渠成吧，也没有谁向谁开的口。"

两个人认识久了，彼此心意都知道。张君文就不是个浪漫人，也不是个主动的人。因为两家实在门不当户不对，差得不是零星半点，张君文一度更加畏缩不前，傅清瑶为此找张君文好好聊了聊："爱与自由比财富更重要，面包我有，你给我爱情就好。"

吴小菲听到这，莞尔一笑："师兄这时候就应该说，面包和爱情不冲突，我可以悄悄掰下一块面包，然后偷偷跑向你。"

"别这么文艺，我鸡皮疙瘩都起来了。看到他们家其乐融融，我都幻想我自己的小家。"傅清瑶假装一哆嗦，"面包是生存的需要。对他，对我，面包肯定会有的。现在工资一年一年地涨，知名商学院尤其是会计学教授，到后面没有太多物质的烦恼，我不担心开源这个事情。我爸爸也不看重这个。我想要一个和谐的家庭，不会掀起什么大风大浪，不会为鸡毛蒜皮的事争吵，有共同话题，可以深入交流。能举案齐眉，能相濡以沫，像你和莫飞一样，这就很好了。"

吴小菲突然敛了笑意："工作真的是只要努力，定不会相负；爱情这件事，却不是倾尽所有，就会有好结局。"

"我只是觉得，和他见面，能使得见面的前几天有惦记，见面的后几天有怀念。原本只有一天开心，倒把前前后后许多时间都变成了好日子。我就很满足了。"傅清瑶皱皱鼻子，开玩笑地说，"你该不会产后抑郁了吧？怎么突然就深沉起来？"

"女本柔弱，为母则刚。这次我没能去汶川前线，但报道还是看了不少，那些废墟下的母亲为救自己的孩子，是真的无私和伟大。"吴小菲又放松地笑了笑，把话题扳正，"很多人努力赚钱，不是因为爱钱，而是这辈子不想因为钱依靠谁，也不想因为钱放弃谁。他因为家庭变故到处上课赚钱，借个救命钱欠条都打得这么郑重。这样的人，哪怕之后飞黄腾达，也能抵住诱惑吧。真为你感到很高兴。"

这时孩子突然哭了，傅清瑶赶紧哄着，吴小菲拿了奶瓶过来。

傅清瑶苦笑："只是我家只有我爸同意；我大哥不置可否；我妈坚决不同意；还有我那个二哥，多次捉弄使绊子。你要是有机会，帮我多说好话吧。你这奶粉是买什么牌的？最近三聚氰胺毒奶粉闹得可厉害了，你可要当心。"

吴小菲点点头，回了句知道。

客厅里张君文和李莫飞也说了这一消息。

李莫飞很高兴："果然。这下好了，只有小光一个人死扛着不结婚了。"

张君文说："大海也还单着呢。"

李莫飞笑了："上次君武不是说有个年轻妈妈吗？你就没去打听打听？"李莫飞当时没反应过来，等回到家被吴小菲盘问了一通，这才后知后觉。

张君文眼里的诧异还没消失，吴小光的电话就打进来了。

"说曹操曹操到。"李莫飞接起电话。

电话里头却传来吴小光着急的声音："莫飞，大海的上市失败了。"

张君文三个人赶去找到钟大海时，钟大海已经不复数月前的踌躇满志。

今年是个好年，也是个艰难年。年初，南方雪灾；年中，汶川地震。中国的公民社会，由此开启。2008年，互联网企业自认为最值得炫耀的成绩是在北京奥运会中占有流量统治地位。这一年手机QQ也开始受欢迎了起来，还有前两年出现的人人网，基本上收割了所有校友录类产品。

前有堵截，后有追兵，SP业务很快消沉。业绩不好，IPO准备自然没有指望，还有一个该死的对赌。之前所赚的钱都搭进去了，如滚滚长江东逝水，转头皆空。

这一年从满怀希望到失望透顶，从跌入谷底到走向辉煌，让在情感上经历了这一年的年轻人如同坐上了过山车。大家说话都如同吼，走路都带着风，眼睛里炯炯有神。家事国事天下事，接连发生，爱国主义的高涨和民族情绪的宣泄让大家都在亢奋和自信之中度过了一天又一天。

只是紧接着又迎来了金融危机。

危机，危机，是危局，同样也是转机。这一阵子房地产也像经历了一场大地震。前些日子张君文陪傅清瑶去看未来丈人，傅容就在担心这件事。各行各业发展态势暂显疲惫。

张君文分析，今年之后中国的出口应该会大幅缩减，过去出口、投资、消费三驾马车共同拉动的经济增长恐怕难以为继："如果是这样，那政府只能想办法从投资和消费方面寻找突破口。但是扩大内需岂能一蹴而就？投资是维持高速经济增长的关键。"

傅容摇摇头："金融危机下，美国这些发达国家自身难保，引进外资，痴人说梦。"

傅清瑶说："爸，经济大萧条时，罗斯福直接宣布施行两万亿美元的大基建，凯恩斯主义的三板斧就是政府主导、货币增发、大搞基建。这是各国通用的老路子，中国难道不会也推一个出来吗？"

张君文无奈地摇摇头："确实很有可能。只是三板斧短期内立竿见影，长期内如果没有转移危机，会有大麻烦。刺激计划确实可以极大缓解金融危机带来的出口缩水问题，维持经济的中高速增长速度。但也会阻碍产业和经济的转型进程，无非就是把危机带来的影响往后延伸，使一大批本应在危机中倒闭的企业苟延残喘，使原本可以快刀斩乱麻的毁灭重建变成了缓慢迟滞的转型升级。中国此时并不具备搞全面产业升级的基础。不过这种事确实也急不得。"张君文接着说道："如果政府要推出积极的货币政策，股市和楼市是吸收这种通胀预期的超级海绵体。基建是个一举两得的工程：一方面可以产生内需消化过剩产能；另一方面，政府还是需要通过卖地获得大额的财政收入，从而弥补企业利润下降或亏损引起的税收减少。这个风向应该是不会变的。如果这个土地财政继续扩大，未来这几年这房价肯定不会跌。熬过今年就好了。"

但房地产或许还能挺过去，SP却实打实没能扛住。这个业务就如昙花一现，眼下推倒重建才是上策。

只是不是每个人都喜欢长痛不如短痛，大家总习惯于钝刀子割肉。

李莫飞劝道："人有失手，马有失蹄，常有的事。中国网民已经超过美国了，互联网还是个好战场。就拿搜索引擎来说，现在中国的搜索引擎还是谷歌独占鳌头，不少内地企业还在奋起直追。还有像校内网这些脱胎于美国企业的中国版本，接二连三地登场，这说明还有大好机会。"

从情绪上来讲，2008年确实是中国互联网青年情绪最丰富的一年，而校内网是那个时代情绪最丰富的阵地。从年初的雪灾救援，到火炬传递，再到汶川地震二十四小时宣传"万众一心，众志成城"，再到CNN（美国有线电视新闻网）和BBC（英国广播公司）等国外媒体的污蔑化报道，再到在奥运会数次夺冠。之后剧情急剧反转，毒奶粉、金融危机等事件接踵而至。

李莫飞清楚地感觉到，校园里的"85后"们，已经开始深刻地反思自己从小所受到的教育和所认知的一切。今年的求职也不容易，李莫飞经常和学生打交道，明显感觉到这一年中国互联网的情绪从正面更多转入负面。学生所受到的剧烈的认知冲击，加上物质条件的提高，使得学生越来越多沉迷于互联网虚拟世界。

　　李莫飞鼓劲道："不管是不是双刃剑，站在商人的立场，只要有情绪宣泄和精神寄托的诉求，就不怕没有用户。有用户就有市场，就有生意。"

　　张君文也认同这一道理："世事如棋。移动互联网是下一波创业的大机会。从哪儿跌倒就从哪儿爬起来。大海，你完全可以选择移动互联网二次创业，搞大数据营销。网络时代，网民的消费行为和购买方式极易在短的时间内发生变化。莫飞刚刚说得对，只要有情绪宣泄和精神寄托的诉求，就不怕没有用户。在网民需求点最高时及时进行营销非常重要。更全面、迅速、及时的大数据，必然对市场预测及决策分析提供更好的支撑。"

　　吴小光接着开导道："留得青山在，不怕没柴烧。你这还有大把机会。黄师兄那里的晋原乳业，那才是万劫不复。最近三聚氰胺闹成这样，国家质检总局都被惊动了，现在出口都受影响。这些个老板，怕是没去局子里蹲个十几二十年，应该是出不来了。"

　　李莫飞说："晋原乳业可是晋原市的一大支柱，这一回真倒闭了，黄师兄要头疼了。"

　　吴小光说："所以听说最近要从美国那边引进一些企业。"

　　李莫飞问："现在金融危机，人人自危，还有外资愿意来投钱吗？"

　　张君文马上接下话，表面回答问题，实际上还是为了宽慰钟大海："中国是个大市场。再说了，有些企业，树大根深，实力不可小觑。越是危机越有契机，总不好坐以待毙。鱼被网住了，总要挣出来才有活路。"

　　李莫飞回家后，就把晋原乳业的事告诉了吴小菲。毕竟当年那口气，吴小菲还没出顺。

果然，吴小菲马上说："多行不义必自毙。不过这下晋原亏大了，不知道黄师兄招来了哪些国外的企业来救场，我这产假也休完了，回头看看去。莫飞哥，齐师姐拜托你的那件事，你办妥了吗？"

李莫飞点点头："办好了。那孩子资质还可以。"

吴小菲见丈夫没跟上思路，有些着急："我哪里是问你那个研究生的事，我是问你和这孩子他爸爸交情攀上没有？我爸爸现在退了，回头你就是副院长了，新官上任三把火，李院长想好怎么树威风没？"李莫飞拍拍妻子的手，表示宽慰："放心吧。这几天我要去趟北京。"大家不服气，那就做出成绩来让人服气。

第十五章

吴宁海还是退了。

一般院长是从现任副院长来选，围绕这个位置，最后各方势力还是没能达成协议。

一是因为周越华不同意这个班子不变的方案，二是因为孟校长也搅和进来了。

原本这种选院长的程序，第一步是先征求意见，也就是找一些有资历的教授和之前的院长来问；第二步是组织考虑；第三步是群众意见；第四步是学院民主推荐；第五步组织任命。

所以这件事孟校长自然是要知道的。

江宁大学的人事斗争在学校层面也很复杂。

孔书记是学哲学的，来了江大之后就一直干上来，算本土系；孟校长有个牛气冲天的帽子，是院士，属于空降系。

江大学子已经明说了，江大的孔孟不是一派，两个人本来就有一些理念问题分歧。

吴宁海思来想去选了一个梁兴述，孔书记力挺周越华。可惜周老师平常比较嚣张，群众意见很一般。

副院长中还剩一个马宁远，却是个骑墙派。他和梁兴述条件一样，但吴宁海选了梁兴述没选他，他自然不可能自打自脸去支持梁兴述。而且显而易见梁兴述退了就要交给李莫飞，那他永无出头之日，所以他只好找孟校长当靠山。

好好一个学院，硬生生被扯成了三片。

大家都在玩博弈。

最后采用一个妥协的办法，就是从海外请了一个回来坐镇，叫陆超。周越华当上了书记。李莫飞当了副院长，分管MBA和EMBA项目，马宁远继续管学硕和博士，梁兴述则去管本科。

本该三全其美，皆大欢喜。

但这样的结果，偏偏没有人高兴得起来。

照道理周越华也算得偿所愿当了一把手，书记权力也不小，应该高兴得想放鞭炮才是，偏偏周书记像生吞了个炮仗，上任之后那脾气一点就爆。

一连几日，经管学院乌云密布，搭配那窗外货真价实的倾盆大雨，让人更加郁闷。全院上下，缓了几天才缓过来。

周越华越想越生气。窗外电闪雷鸣，这是连老天都在为自己鸣不平。"来的这个陆超，就是个'不干己事不张口，一问摇头三不知'的。文章写得好，但不揽事，倒不会给人添堵。但李莫飞算是哪根葱？大事小事他都能驳上一驳。"

周越华上台之后，每次开会提想法，李莫飞都能搬出一堆理由反驳，偏偏李老师口才了得，骂人不带脏字，她吵架还吵不过。每次周越华和李莫飞对线，不用三十回合便败下阵来，最后的结果往往是周越华自取其辱，摔笔而去。

陈瑾劝慰道："周书记，您别着急，李老师这么年轻，今年也就三十四，而且升上来前，还有个当岳父的吴老院长，大家心里都明白，不会服气的。"最近周越华看陈瑾是越看越满意，嘴甜会办事，上次断了梁兴述的晋升路，也是靠陈瑾通风报信。

现在的局面是李莫飞的岳丈吴宁海搞出来的，周越华对李莫飞自然不可能待见："周蕙真是有眼无珠，看上了木头一般的张君文。你可别生气。"

陈瑾道："哪里会？知好色则慕少艾，张老师学术能力又那么强，小周老师喜欢也是情理之中。我也是年轻不懂事，喜欢小周老师，完全因为佩服周院长您的才华横溢。腐草之萤光，怎及天心之皓月。现在我能跟着您，这才知道那时鼠目寸光。只是张老师和傅老师好上了，小周老师怕是竹篮打水。"陈瑾从周越华上位后，权力是越来越大，自然对周书记一心一意，怎么还会顾及周蕙老师？

听着小陈的甜言蜜语，周越华很高兴："张君文长得也就那样，我都不知道周蕙和傅清瑶两人这眼睛是怎么长的，亏你还能想出这一堆赞美。大家都说李莫飞贯通古今，我看也不及你，那些就是口蜜腹剑，读了几本书学着文明骂人。你要是读个博士出来，肯定做得比他好。"

陈瑾脑子立马转了起来，谦虚了几句："李老师最近头疼呢。几个老教师都这么夸他，也不知会做出什么成绩。"

李莫飞是个破格教授，魄力还是有的。这边也确实憋着大招。第一件事就是帮经管学院的MBA项目想到了异地办学的方案。

"异地办学！"

一天之间，这个消息就在学院传遍了。这可以给经管学院增加多少生源！有生源就意味着有收入。这一桶水泼下去，那些私下传李莫飞吃软饭的消息，就熄火了。

周越华听到这个消息，都愣了。这下好了，李莫飞把MBA和EMBA的项目牢牢攥手心里了。周越华气急败坏，陈瑾在一旁怎么哄都哄不好。

"你可真行呀。"张君文听到这个消息，便给李莫飞道喜。

这是李莫飞琢磨出的创收模式，先开班，而且到处异地办班。这和那次周越华和梁兴述争吵的那套模式大同小异，不过李莫飞顺着齐佳媛这条线，和上头的一个领导搭上了关系，打过招呼，干起来也光明正大。

法无禁止皆可行。当然，经管学院本来实力也摆在这里，有这个资格和能力开起来。

不得不说，周越华还是有点头脑的，梁兴述确实是不太能成事的，经李莫飞这么一改进，一升华，蛋糕一下子就大了，人人高兴。

李莫飞一听，忍不住抱怨起好友来："别酸我了。让你来当系主任，你倒好，推三阻四的，就图清净。"

张君文笑了："做行政要上下左右周旋，做生意要四面八方打点，我还是踏踏实实做学问吧，自在。"

早在李莫飞当上副院长前，吴宁海也问过张君文要不要兼管一点行政工作，可行政在很多跟学术无关的东西上消磨太多时间，张君文不喜欢。钟大海每次创业，也总拉着张君文下海。可做生意有做生意的规矩，要勇往直前，还要拿得起放得下，敢想敢拼，张君文想都不想就一口回绝。与几个好友相比，还是在高校专心当科研人员舒服。

说起钟大海，钟大海这次公司倒闭，真是赔了精光。公司的员工，也是走的走，散的散。

钟大海有情有义，一个都没有亏待，先保证把工资发完才去偿还债务，把房子都抵押出去了。"做生意就是要先富带后富，大家一起富。给社会创造更多就业机会，不是为了写在企业社会责任报告里好看的。既然为着大家，就不能委屈各个小家，拖欠员工工资算什么本事，就是个孬种。"

钟大海的这番话后来被吴宁海知道了，吴老师很欣慰。

但眼下好不容易把一屁股债还了，又要盘算着东山再起，还要借钱拉投资，确实辛苦。好在几个老员工对钟大海不离不弃，包括张君武对钟总也只有佩服和尊重，愿意继续跟随他。张君文等还担心他露宿街头，专门找了张君武打听消息，这房子抵押出去了，新办公室还没租下来，钟大海住哪儿？张君武老老实实地说："钟总还是住原来小区呀。"

"啊？"几个人都听愣了，这钟大海的钱不是拿去还债，就是拿去创业，怎么还能住原来的高档小区？

张君武挠挠头："是原来的小区没错呀。听说钟总和邻居租房了。"

张君文还要再问，被傅清瑶拽住了袖子。

傅清瑶私下和张君文分析："这小区是容城的，一梯两户，上次钟大海给小菲他们夫妻俩送礼物，君武不是说邻居是个年轻妈妈吗？这次说不准是不是租房，反正是住一起了。钟师兄有落脚地，就不用担心了；至于其他的事，时候到了就知道。"傅清瑶笑得一脸神秘。张君文看着傅清瑶一脸的八卦，也明白了，只是宠溺地笑着。

　　李莫飞则直接和吴小菲感叹："患难见真情，看来大海这次是找到了能相濡以沫的人，终于能从上一段失败的恋情中走出来。"

　　吴小菲接过李莫飞的话，煞有介事地说："是呀，人干吗总要沉溺于过去呢？眼睛是长在前面的，总是要向前看。"

　　李莫飞有些心虚，不搭话。结婚后的吴小菲，说话有时候爽利，有时候半吞半吐，像在打哑谜，更像在试探。尤其在孕期，总是疑神疑鬼，李莫飞体贴入微，从来都不计较，但时间一长心里总是烦躁。

　　每次李莫飞躲闪，吴小菲就更生气。这对夫妻，都躲在暗处给对方心上扎刀子，只差没有把这纸糊的窗子给捅破。这初恋，原本李莫飞就放不下。当初吴小菲为爱情赴汤蹈火，毫不在乎；现在日子久了，激情退去，倒成了吴小菲自己的心魔。

　　李莫飞做了副院长，基本上就没啥时间待办公室了，除了固定的组会和安排的课时，每周都要出去应酬，连家都不是天天回。这惹得吴小菲非常不悦。吴小菲本来就是记者，动不动就要出差，孩子只好在奶奶家和外婆家轮流住着。

　　整个家搞得冷锅冷灶的，一点人气儿都没有。

　　要说李莫飞在学术上的产出，更是比以前差了一大截，前几年在吴宁海和张君文的帮助下，产量颇高，超常发挥，现在就不太行了。李莫飞和张君文也是两师门一起开组会，很多李莫飞带的博士，最后都是张君文给指导的。

　　这两种生活状态，张君文都不想要。张君文按时上课，每天固定时间出现在办公室，无聊时就是想问题，有空就和志同道合的朋友讨论讨论热点，给学生修改修改文章。大学的老师就没有上班之说，上课到就可以，开会都可以不到，更没有考勤之说，逍遥自在。

只是张君文夫妻俩都喜欢独立办公室，家里就一间书房，要是傅清瑶待书房，张君文就去客厅；张君文钻书房，傅清瑶就窝卧室。总归不方便，还不如结伴来学院行政大楼，没事的时候，一起上班，一起下班。校园里鸟语花香，两个人走走路跑跑步，日子过得平平淡淡。

不错，张君文和傅清瑶还是排除万难，做起了恩爱夫妻。两人还住学校里头，从原来狭小的教师公寓，换了一套能住三口之家的大房子，两房一厅，价格大概一万多一平方米，首付百分之二十，这套房子也是当年江宁大学老教授的房子，和吴宁海的家挨得很近。张君文和傅清瑶没事就去吴老师和师母家探望，谈论学问，比亲儿子亲女儿亲女婿还勤快。

而傅清瑶确实不重视物质，名下房产那么多套，还住学校。按照学院其他老师的说法，这校门口出去左右两侧随便挑一户就能拎包入住，住哪儿不都比住西区方便吗？但人家傅清瑶乐意住校，大家羡慕也羡慕不来。

不少同事都眼红了，这就是有房任性。2008年房地产行业哀鸿遍野，2009年又陷入一片狂热。如张君文和傅清瑶预测的一样，2008年年底，四万亿计划横空出世，本意为扩大内需，但资金大多进入房地产、地方融资平台及产能过剩行业，最终导致整体的信贷规模扩大。加上政府积极救市，全国房价涨幅高达23.2%。房地产行业确实就是个海绵体，通胀需要被吸收，房价焉能不涨？

随着房价暴涨，经济过热，房地产调控政策再次降临——"国四条"出台；不到半年，国务院又发布了"史上最严厉的调控政策"——"国十条"，限购逐步向各个城市铺开。这房子是越来越难买了。

众人一时间不知该羡慕张老师，还是该羡慕傅老师。有这么多房子，傅老师偏偏高兴同张老师住学校里。

张老师真有福气！

傅家是搞房地产的，肯定不缺房子，傅容甚至建议过来一起住。但是傅清瑶不想，她必须顾及丈夫的面子。而且在学校买二手房，也是为了方便。傅清瑶有自己的想法。

学校还算是个象牙塔。

首先，治安好，平时接触最多的是学生，楼里基本都是高素质人群，很少有摩擦，彼此和谐，岁月静好，整体环境比纯牛奶还单纯。

其次，学校麻雀虽小，五脏俱全：游泳池、篮球场、足球场、体育馆、图书馆都配齐了；旁边还有附属的幼儿园、小学、中学，未来子女教育不用发愁；还有好几个大学食堂，东南西北什么口味都有。虽然食堂的饭吃久必厌，但不想刷锅洗碗的时候，食堂简直是不二之选。

再次，学校周围肯定是最紧跟潮流的，名牌大学一直都是市里大型交通枢纽，各种老牌深巷美食店基本上在校门口扎堆。

最后，生态环境更好，除了医疗水平差些，其他都非常够用。

住校还有几个只有傅清瑶得到的好处——可以躲开母亲和哥哥的打扰。傅清奎一心宠妹，捉弄了妹夫几次，被傅清瑶一吓唬就消停了。可傅太太却不好摆平。

傅太太是胳膊拗不过大腿才点头答应了这门亲事。自己丈夫和女儿站同一条阵线不说，单说这女儿的心要是飞走了，这种事情再怎么努力也无济于事。傅太太最后只能心不甘情不愿地黑着脸站到婚礼上，把辛苦养大的女儿白送给了一穷二白的张君文。

真闹不明白了！就算不嫁黄有鹏，这天下还有多少好人家，为何傅清瑶偏偏要吊死在张君文这一棵树上？自己当年英姿勃发，痛痛快快地嫁给傅容。现在嫁女儿却是这么一番光景，惹江宁富人圈笑话，想想就觉得脸上无光。知道的会说傅清瑶不爱慕虚荣，不知道的还以为张君文攀龙附凤，把傻女儿给诓了。

故而傅太太每次来，都对这个女婿横挑鼻子竖挑眼。傅清瑶说不过母亲，又替丈夫感到不快。好在张君文不放在心上，对自己母亲很包容，这事也就罢了。而且因为小两口住校，门卫比较严格，没有什么大的停车场，傅太太渐渐就懒得来了。

基于上述几点，傅清瑶在学校住得十分舒服。过日子嘛，不要给自己添堵，不要给别人添堵，就很好了。傅清瑶本来就光风霁月，胸襟广阔，历经黄有鹏一事，傅清瑶改了许多习惯，最明显的就是懒得计较了。多了沉稳，少了几分做女儿时的明媚活泼，更适合张君文了。

这下张老汉也放心了，大女儿君秀在深圳遇到了一个好小伙，二儿子君文也娶回了这么一个有钱有地位还漂亮的儿媳妇，老张家真是祖坟上冒青烟。之前家里一堆烂事儿，又是大病，又是官司，让君文背了一屁股的债。大儿子的辛苦，张老汉看在眼里，疼在心里，熬了几年，总算是苦尽甘来。

"今年评教授，你交材料了没？"李莫飞关心道。

"交了。"自从第一篇大文章顺利给了李莫飞之后，张君文一直在计划着第二篇和第三篇，可能太追求极致，一点都不顺当。不过这两年攒的文章，按照吴宁海以前制定的规则，也达到要求。张君文就打算先把申报表给填了，再来啃国际顶刊的硬骨头。

李莫飞宽慰道："发国际刊的事也不能着急，慢慢来。最近我计划着要带MBA学员们去参观校友企业，举办一些校友座谈会之类的事。这次教授评选，学院组织的学术委员名单里没有我，你自己多留心些。"

"这是自然，不用担心。"

张君文让好友放心，自己却心大得很。这次同时申请教授的，有一个管科的副教授。经管学院这些年，管科的人一直占职称优势，因为他们发国际文章比较快，这也是周越华的职称这么高的原因。还有几个和张君文同年进来的年轻老师——市场营销系的黎成昊和财务管理学系的韩森，就是在学院大会上窃窃私语无意中给周越华出谋划策的那两个。还有市场营销系的梁兴述，明眼人都觉得梁院长又要陪跑了。毕竟吴宁海在时，梁院长这个申教授的事，就被周越华搞黄了两次；何况现在吴宁海已经不在了，周越华还在。

李莫飞提醒道："这次竞争很激烈，你别掉以轻心。尤其是管科，这几年的成果都很强，他们发国际文章又快又多，很有竞争力！这批和你一起申请的人选里，有个孙靖，比我们俩更晚进学院，这都能和你一起评。可想而知，这管科的实力还是很强的。听说他有一篇国际顶刊过审了。"

张君文答道："是这个情况，不过你大可放心，现在这个局面，我还是有把握的。"

"那就好。"李莫飞笑笑，继而又不解地问，"黎成昊不是抱怨吴老师定的规则太高，副教授的一套搞完他就不干了吗？怎么还有精力来评教授！他这几年只做横向专心赚钱，哪里还有成果可以得评上！"

张君文转着笔："无非就费几块钱的打印费，总归试一试。"

这次评上概率最大的是张君文和韩森。但真要论起来，韩森的履历也比张君文差了一截。自从当了副教授，韩森论文的发表量断崖式下跌，只有几篇和学生合作发在普通刊物上的文章。韩老师最擅长的事就是写书，这书倒是写了一本又一本，摆满了办公室书柜里一层的架子。

职称这个的标准，虽然有前院长吴宁海亲自操刀，但要兼顾的细节太多，没法面面俱到。韩森是这样凑到条件的：第一，跟《经济研究》合作办会，然后办完写了一篇会议综述，这个算一篇；第二，有一个国家级科研项目；第三，就是发了一篇在《世界经济》上，这篇文章倒是有点质量；第四，就只剩下这塞得满满的书了。

黎成昊的条件就很弱了：有一个自费的科研项目，反正教育部的也算国家级。

李莫飞笑着合上了书："看来韩森还是有希望上的，那黎成昊也是陪跑的？"

201

但第一轮材料审完，韩森去打听了一下，却是黎成昊十拿九稳。

"这是什么道理！"韩森马上去黎成昊的办公室取经。

黎成昊反问："新书记、新院长上任了，你就没有去表示下吗？"

韩森有点惊愕。

黎成昊好人做到底，继续指点："一朝天子一朝臣，别只顾着慈禧，也要伺候好李莲英。"这是暗示韩森别忘了和陈瑾老师也套套近乎。

韩森一脸不屑："李莲英？不是张易之吗？"

一人得道，鸡犬升天。

之前陈瑾比他们小几岁，是本科毕业留在学院做教学秘书，因为看上了周越华的侄女周蕙，受周越华抬举，去负责国际学术交流项目。没想到侄女婿没当成，倒把人家大姑给搞定了。现在周越华可器重陈瑾了，陈瑾差不多都成了书记秘书，一个人打多份工。这些年跟着周越华，去国外不知哪个大学，搞了个硕士学位证书回来，前些日子摩拳擦掌，计划考周越华的博士。

黎成昊赶紧望了一眼门外有没有人，压低声音喝住："小点声，还说我口无遮拦，你自己也没有多谨慎。"

韩森愤愤不平："这经管学院真是越来越有意思了。终归这学院不姓周。李老师不还在这儿吗？"

黎成昊说："李莫飞是有本事，一下子搞出个异地办学，蛋糕做大了，大家都服气，连周越华气得跳脚，也没说什么。好处大家得，什么东西能有钱实在？但再厉害的人也没法分身呀，顾着这头未必顾得了那头。再说他只是个副院长，有些事他说了也不算。李莫飞这个人，最懂明哲保身，跟他打交道，只要好好办事，有来有往就行，这种人做领导确实舒服。但兄弟，你要搞清楚状况，现在一把手不姓李，姓陆、姓周。该投其所好，还是要投其所好。"

韩森气得跳脚："陆院长引进来是为了进一步国际化，陆老师的学术素养很高，为人正派。定然不会做这些乱七八糟的事。而且这评职称的规则是吴老院长定下的。学术委员会那么多评委，你和新书记、新院长套近乎有什么用？"

黎成昊走去把门关上："这位海外回来的院长，最大的作用就是因为博弈选不出本土系。三个副院长，孔书记、孟校长、吴老院长，各站一个，这才请来陆院长救场。其次才是为了进一步国际化，陆院长的学术素养确实很高，很能发论文。他虽然分管全面，但是基本不揽事，就喜欢搞分工。"

黎成昊又看了一眼门外，把门上小窗户的帘子拉好："规则是老院长定下的，那也没说新书记不能插手，新院长不能改，对吧？穷则变，变则通。你别忘了，周书记还是评委之一，院长负责请校外评委，这个请谁，是有讲究的。说实在话，他要是真按照那套老规矩来，我还真没指望能评上教授。咱这次交材料的这几个，就那个博士论文拿了百优的张君文最有指望。你估计也悬吧？做人干吗为难自己，何必和职称过不去？"

韩森有点气愤："评不上就评不上，你现在天天写横向不也照样赚了不少钱。咱们好歹也是读过书的，这算什么，卖官鬻爵吗？要都这么搞，什么飞禽走兽都能被包装成教授！这以后还鼓励发什么文章，大家都不用再抱着国家社科重大的投标书在那里发愁，该过年过年，该放假放假，干吗一年一年闭关苦熬？"

"你这话要是这么说，那就俗气了。"黎成昊叹了口气，"但你这道理我反驳不了，真要摸着良心说，我也是赞同的。但当教授和当副教授能一样吗？这时候也不是钱不钱的问题，在知名商学院当大学老师基本上物质不愁了。人总是要有额外的追求。人脉、关系，这些才是重点，有钱好办事，有人更好办事，别的不说，评个教授，印在名片上，递出去也有面子。现在MBA、EMBA班上那么多官员、老板，哪个不是看见人家是教授，是院长助理，更有礼貌些。多了一个'副'字，态度就差远了。我这种人，能力的天花板就摆在那里了，真才实学应该是没戏。现在有机会让我能绕过这个天花板往上跳一层，我自然不会放过。这也不能算同流合污，充其量就是抓住机会、互利互惠。"

黎成昊接着劝："评职称这事，是易是难，因人而异，因时而异。我也没给自己洗白，有些人一辈子都达不到的事儿，对另外一些人也就是脱几次衣服的事儿，或者跑跑关系送送礼的事儿。现在又不需要你我学陈瑾，出卖色相，出卖肉体，就跑跑腿动动嘴皮子套套近乎的事，你也不愿意做吗？"

韩森用鼻子哼了一声："这怎么可能就只是跑跑腿动动嘴皮子套套近乎的事！"糊弄傻子呢，这关系那么好跑的，说搭上就搭上呀！

黎成昊不点破，继续举例分析，强化论证："李莫飞这次能把MBA和EMBA创收搞好，除了自己有本事搞出了异地办班这一套，这些场地、人员，不也是跑关系跑过来的？还有，旁边几所大学都没这么多生源，就江大今年一下子猛增，年年提交的材料都大同小异，咱们学院也没有突然引入一批诺奖得主，也没有加盖好几栋大楼，我还真不信这消息传出去，其他高校能坐得住？这李莫飞和教育部那边不得有点关系，打个招呼？他这套思路，当初周越华和梁兴述吵架，不也吵到过？脑子谁都有，关系不一般。大家服气的也是这个。要不然吴老校长都没办到的事，他凭什么上台第一炮就打响了？在哪里混不都一个样，那么认真做什么？"

黎成昊说得嘴皮子都酸了，喝了口水："我今天就跟你说明白了，只要周越华这一届能干满，不出意外陈瑾的博士就顺利毕业了。等她下一届连任再干个五年，陈瑾到时候就是副教授了，要是速度再快一点，就是教授，说不定也当了什么副院长，直接压我们俩一头了。都说有钱能使鬼推磨，现在有关系会经营更是走遍天下都不怕。信不信由你。"

韩森皱着眉头："乱套了，全部都乱套了。照这么说，要是这次和周书记跑关系，张老师也不一定能评上吗？"

黎成昊看了韩森一眼："这种东西说不准。张老师的学术水平很高，思想深刻，肯定能明白这些社会和时代运作的规律。只是现在他没有物质的烦恼，没有权力的追求，没有社交的矛盾，他所面临的困境，就是在一堆好的选项里选自己最想要的那一个，还有就是学术探索道路上必须承受的压力。精神独立，物质无忧，不怕遇到生活中的大问题，这是知识分子最理想化的状态。他在学术圈已经有一席之地了，就算他不喜欢这些规则，这次申不上，以他的学术水平，总有一天能申上，早一两年和晚一两年的事情。而且教授这种职称，对他是锦上添花。"

韩森白了一眼黎成昊："对你来说好像就不是锦上添花一般，说得好听。"

黎成昊自嘲："自然也是锦上添花，但人和人又不一样。你看看李莫飞和张君文，我记得当年他俩同门同届同班同寝。现在两个人发展截然不同，一个出身中产，一门心思搞行政，娶了上老院长的女儿；一个出身农村，一门心思搞学问，娶了国内房地产大亨的女儿。你说要是张老师要是和李老师换个人生会怎么样呢？他们俩才更有可比性，我这样子的人就不凑数了。"

韩森反驳："这个时代不缺机会，不缺风口，需要努力，需要敢为人先。张老师既有先天的禀赋，又有后天的努力，别说得好像都要靠运气。这种观点要是传播开，大家都不用奋斗了，就等着投胎和二次投胎好了。"

黎成昊笑了："世上有很多观点，分主流和非主流，分极端和不极端。你看看我们每天上课这些二十岁学生的脑袋里，揣着多少奇奇怪怪的想法，随你怎么理解。我只关心眼下，真经已经传授给你了，看你修不修炼吧。"

韩森气急败坏地走了，去找李莫飞反映问题。可李莫飞去给EMBA的那些学员上课了，不在办公室。韩森只好转身去找了张君文。

张君文的办公室有几个本科生，正在讨论股权结构的一篇论文。几个人正在争辩股权结构对公司业绩的影响。

"第三点，现在所采用的股权性质分类就很容易混淆。国家股的持股主体可能是国有资产管理机构，也可能是国有独资公司；法人股更是有可能被一系列不同性质的股东所持有，可以是国有企业，也可以是民营企业，甚至是具有混合经济色彩的股份有限公司。这一方面你们可得多去找些文献。"

"韩老师。"张君文抬起头，招呼韩森快请坐。几个学生也有礼貌地问好。

张君文一脸不好意思："韩老师，我和学生约了时间，这篇文章可能要再一会儿才能改好。您有着急事吗？我耽误您一些时间，先和学生交流完，待会儿再去找您可以吗？"

韩森连忙说没什么大事，自己等等就好，顺便也学习学习。

作为老师，张君文是真的挑不出毛病，就是简简单单把教学做好，给学生传授知识、启迪人生，然后认认真真写文章，不断拓宽知识的边界。韩森虽然不是在江宁大学读的博士，本科也是在经管学院毕业，受过吴宁海的教导，这个画面让他有点怀念以前他当学生的时候。张老师和吴老院长在为人师表和探索学问方面都很像。

韩森有点入迷了。

张君文拿笔在纸上写写画画："第四点，在公司绩效评价指标的选择方面，也要多选几个指标。以美国为代表的西方国家股市比较成熟，中国股市的有效性程度仍然存在着较大差距。上市公司更有可能面临私有产权控股股东鼓励下的庄家参与和市场炒作，从而使股价虚高不下。因此，相对来说，采用会计类指标可能是比较好的绩效衡量方法。我先前几天给你们列了几篇很好的英文文献，你们要多读一读。现在做研究和国际接轨，也不能只看中国的学术期刊，一定要多读国外顶刊上的好文章。

"但是也要留心会计操纵的问题，思考一下要怎么避免，看看是不是用主成分分析法计算一个综合的经营绩效指数。还有一点，所有权结构对公司绩效的影响可能是状态依存的，会不会和行业的竞争程度有关，这个影响因素也要控制住。韩老师，您也有研究到这一块，您说是不是？"张君文见韩森听得有点入神，便开口邀请。

韩森有点惊讶，马上加入："根据所有权的实际行使主体，可以把上市公司大股东的股权性质分为国有资产管理机构、中央直属国有企业、地方所属国有企业、私有产权、外资、金融机构以及高校。在计算股权集中度的时候，可能还要对上市公司的关联股东持股进行合并计算，根据实质而不是形式来区分大股东，这样可以避免低估。要考虑下样本总体中由外资、金融机构和高校控股的上市公司需不需要剔除。这些上市公司的情况比较特殊，比如我们江宁大学的江大基因股份有限公司，就是一个很典型的例子。"

几个人对谈起学问来，时间过得就飞快。

张君文把论文修改思路交代清楚，就转向韩森，开口询问："韩老师来，是有什么事情吗？"

韩森这才想起来自己过来找张君文的原因，刚才聊得酣畅淋漓，差点把今天的重点给忘了。眼下几个学生都走了，办公室就剩张君文和韩森两个人。韩森把刚才在黎成昊那里取得的"真经"，委婉地向张君文透了个底。但韩森也很有分寸，他没有指名道姓这件事谁做了，只是想问问张君文的打算。

韩森自己很动摇，大学本就有许多麻烦的指挥棒，再来这一套生存游戏，那大学还能称得上什么象牙塔！

但其实很多麻烦也是源于这套权力的游戏。黎成昊已经放弃了自己的学术坚持，也改变了自己的人生原则。那韩森自己的学术坚持，韩森自己的人生原则呢？难道也要在大学里被逐渐瓦解，融入世俗吗？

黎成昊、韩森、张君文和李莫飞是同一批经管学院招进来的。韩森是江宁大学经管学院的本科生，保研保去了北京读书，后来再回来江宁大学教书。黎成昊则是辗转多地，本硕博换了三个学校三个地方，北上广都待过，最后选择的江宁大学。两个人也都是很有能力和水平，当然学术造诣上会比张君文差一点。

黎成昊出身农村。当年申副教授的时候，他遭遇了同张君文一模一样的重大家庭变故。但不幸的是，黎成昊是家里的老大，唯一的男丁，底下只有一个正在上学的妹妹。父母苦撑那么多年不容易，他也和张君文一样，为了巨额的医药费四处奔走，拼命地接横向项目，代课上课。但他没有张君文的才干，没法两头兼顾都抓好；也没有大姐大哥可以一起分担家庭的压力，只能自己和妻子照顾赡养两位老人；虽然有类似傅清瑶、钟大海、李莫飞这样的朋友，关系却不亲厚，自然没有从北京请来的专家，哪怕最后凑够了钱，父亲也去世了。

那阵子黎成昊对工资的吐槽是实打实的埋怨。原本黎成昊已经打算离开高校，接受外面公司的高薪。父亲的突然去世，瞬间缓解了加在黎成昊身上巨大的经济压力。黎成昊不用辞去刚申上的副教授，把该还的还了，剩下的那几个月没日没夜挣下来的钱，在江宁买了套房付首付。

这大概是黎成昊这几年来最顺利、最可喜的一件事了——如今房价一路飞涨，赚了好几倍。现在妹妹在老家寄宿高中读书，不好把母亲一个人丢在老家，就接来身边住。妻子也是县城出身，二本毕业生，在事业单位当文员，对老人也算孝顺，只是在一个屋檐下，难免有磕磕碰碰，但都不是什么大矛盾——这个妻子也是后面为了合适结合的。之前在学校认识的那个富家女，早已因为这接二连三的变故和自己提了分手。

人生就是如此。

黎成昊现在也没有太大物质上的压力，不需要再经历什么重大的道德审判，又没有张君文那种淡然的处世态度，就开始追求上进。

上天给了人有限的能力，却给了人无限的欲望。

黎成昊骨子里那股很要强、想往上爬的精气神涌上来，他跑关系解决了妻子的编制问题，正打算跑关系换回一个教授职称。他在用自认为不违反法律但有碍于道义、无所谓对错的方式，积极地入世。

而韩森生在小康之家。家里有个强势的母亲，但他本科毕业扛住了压力，和初恋离开家乡去北京，博士期间就和女友结婚，后来想通了，小两口都回江宁发展。

韩森性格温和，随遇而安，有理想，没有雄心。他的感情顺利，家庭幸福，和现在的张君文一样，除了工作，没有什么大烦恼。但工作上的问题也成了最大的麻烦，他迫不及待想听听张君文的想法。

张君文对这种操作嗤之以鼻。做人应当收则收，当敛则敛，于禁忌之处见风骨，于高天之外看春秋。这么搞下去，这大学还有什么意义？他之所以选择留在高校，便是向往这一块净土，没有官场上的尔虞我诈，没有商场上的利益算计。

张君文本身对社会是感恩的，因为时代的发展给了他很好的机会和平台；但同时对社会也是批判的，这是社会和时代运作的规律，他能做的就是拒绝同流合污。

韩森很敬佩张君文这一选择，但仍心有不甘，难道就这样评不上吗？

刚刚韩森不小心提到了陈瑾的事，张君文心下一动，多留了个心眼："陈老师这次考博士，成功考上了吗？"

韩森口气里全是瞧不上："笔试成绩已经公布了，陈老师可是排前三呀，肯定能进面试。面试只要周书记要他，这不就稳了吗？"

张君文好奇："我记得陈瑾是文科生，本科学的会计，博士考管科。我认识的几个管科研究生，底子都很好，有些还是本科学的统计，都和我抱怨这次综合知识和综合技能两科非常难，他分数还能排这么高？"

韩森皱了皱眉："我看了下公示分数，他另外两门不太行，英语最好，考了最高分，都接近满分了，这把排名一下子拉上去了。"

张君文云淡风轻地说:"这样呀。"

综合知识和综合技能这类科目,基本上都有固定答案,没有真本事是考不到高分的。英语最好放水,大段大段的小作文,只要中心没偏,什么语法句式表达,都是仁者见仁、智者见智。傅清瑶的英文水平是学院公认的好,这次卷子,她也去改了一部分题,回家就和张君文分享了一件神奇事:"真是开了眼了,居然有人考外语卷子,用中文作答。"

张君文又好气又好笑:"那这张卷子最后给判了几分?"

"几个老师一起改的,最后教秘统分,我们也不知道分数。不过这种卷子,自然是零分,给个十分都多。"傅清瑶换了鞋,就去厨房洗水果了。

当下张君文想起来这件事,多嘴问了韩森一句:"这次英语,有人考零分吗?最低多少分呀?"

韩森思索了一下:"这我倒没注意,不过没人考零分呀!外语考零分还指望读什么博士!"

张君文串了串思路,和韩森一起来找李莫飞。

李莫飞刚下课,顺便去邮箱取信件,手里拿着一堆牛皮纸袋,在门口碰到两人,有些意外。李莫飞打开门让大家进去,随手把信搁办公桌上,让两人坐。

张君文坐在办公桌前的椅子上,韩森坐进沙发里,一五一十把这次升教授的事说了。

李莫飞听见张君文说到博士卷子的事,一下子抓住了重点,来了兴趣:"这张中文答的外语卷子是谁的呀?现在改完卷子也不密封了,查个卷子总没有问题吧?"

"那自然是没有问题。"张君文翻阅李莫飞桌上新一期的《会计研究》,听到李莫飞在给教学秘书打电话,不留痕迹地把书盖在了那堆信封上。

韩森一头雾水,直到亲眼看到卷子,才茅塞顿开:"这陈瑾用中文答的外语卷,这也能给评满分,这要传出去,经管学院的口碑不得砸了。周越华这个样子，还当什么书记！"

李莫飞开口："这件事也不足以让她下台。她现在有擎天柱护着，这件事换个思路就有另一种说法。人家也没买通考官拿到考题，要是一口咬定是教学秘书的失误怎么办？随便抓一个人出来顶缸，这事也就算完了。"

韩森怒气冲冲，张君文一把把人拉住："让梁老师来办吧，按照周老师和他的吵架次数来看，他们应该不太可能化干戈为玉帛。可他还是想评上这个教授的。只是这礼，他不太可能会送，就算他送了，对方也不太可能会收。"

李莫飞点了点头："他们俩斗了这么久，梁老师手里关于周老师的消息肯定不少，肯定能知道怎么一击即中。"

李莫飞把事情经过告诉了梁兴述。

梁兴述接过卷子，抬头看看李莫飞，认真地说："李院长，这事既然我知道了，那我肯定要举报的。"

李莫飞说了一句耐人寻味的话："要是梁老师手里还有其他材料，就不要投校长信箱了，直接寄给纪委吧。"

"那是自然。"梁老师的思路很简单，就是一锅端了。

韩森吐吐舌头，周越华的日子怕要开始不好过了。

大家从李莫飞的办公室告辞时，张君文落在后面。

李莫飞看看好友，安慰道："教授评选到最终结果出来，还有好长一段时间。周书记不一定能在现在这个位置上坐到那时候。"

"我不是说这个。"张君文把门关好，见没人了，把《会计研究》掀开，底下露出几封告白信来，"这个你怎么说？我整个本博九年都在帮你送这玩意，一眼就看出来了。真不愧是院草，你现在还能收到呢。管老师那件事你可别忘了。"

"忘不了。吴老师那时候还和我们说，和学生要亲近，但不能太近，得把握住度。"李莫飞看张君文一脸郑重其事，还以为又出了什么大事，随手把桌上那几封告白信扫进垃圾桶，"这些女学生要写，我也没办法呀。这条红线我肯定是不会碰的。我要是碰了，吴老师第一个饶不了我，更别说他现在是我岳父，更不可能放过我。"

张君文听着有道理，但想起了最近吴小菲来找傅清瑶时神色郁郁寡欢，不放心地问了一句："你和师妹，最近没事吧？"

"没事呀，能有什么事？"李莫飞反问道，"怎么这么问？"

张君文赶紧掩饰过去："没事就好，只是上次去老师家，只有师妹带着雯雯来，没见到你人。"

"你们夫妻俩，倒比我们夫妻俩更孝顺。我那天去晋原找黄师兄了，所以就没去。"看到张君文有点迷惑，李莫飞不紧不慢地解释道，"最近我去各高校参加什么院长论坛、圆桌会议，对比了一下，我发现一个问题。咱们学院这个楼太小，也太旧了。上课用的教学楼，哪怕是研究生和博士生的课，很多还要和学校借公共教室。我现在管着MBA和EMBA，学院自己的创收不少，未来经管学院肯定会越来越好，要招收更多的学生。教育部决定从2009年起，大部分专业学位硕士开始实行全日制培养，并发放'双证'，文件都下来了。照这么发展，这院楼容纳不下。"

张君文吃惊不小："你要重盖一座院楼吗？"重盖可不是翻新，这得花多少钱？难怪天天找校友应酬。

李莫飞让张君文小点声："八字还没一撇。现在上头坐的是周越华，很多事情就不好办。

"盖楼这事做好了就是大功劳，我估摸着她也不会拒绝，但她到时候到处插手，这水都能被搅浑。你也知道盖楼这事并不容易。其中最重要的两个环节，一是规划，二是经费。规划这个不光要学校同意，还得省市层面同意。学校最重要，毕竟要给地方。经费，一方面是看学校那边能不能争取，还有就是学院本身的经费，然后最重要的是募集资金。再说学院账上那点钱哪里够，我要是真把钱都用来盖楼了，明年大家提方案要经费没钱，还不得把我生吞活剥了。"

张君文有点佩服李莫飞的眼光和胆识。"'生吞活剥'是这么用的吗？就你这，还学院第一段子手'男神'，还不如我这嘴笨舌呆的张老师。"

这是那群调皮的本科生私下的调侃，张君文和学生关系不错，知道每个老师的绰号和形容词，不禁拿来和李莫飞开起玩笑。

"字面意思，字面意思懂吗？现在大家日子好过，工资涨了，但谁也不会嫌弃钱多。分不到钱，唾沫星子都能把我给淹死。我管了财务工作才知道，自从赵老师走了之后，我们学院有多少不干事的都来分钱。周越华上台，陆老师又是个不揽事的，把这群人养得是越来越肥，要是这一次都打扫干净了，直接推一个学院考核制度出来，省得大家吃空饷不干活，一到要干活又分不到钱。"李莫飞捶了一下办公桌。

张君文皱皱眉头："这样看来，把周越华请下台只是一个小环节，推行考核才困难。这里面盘根错节，你想要拔出萝卜带出泥，可要得罪不少人。"

李莫飞冷笑了一声："皇上背后都有人骂。谁人背后无人说？谁人背后不说人？上次拿了三百个名额回来，那些议论我靠老丈人的，不还是照样说酸话吗？不过声音小点点，不少人明白过来了，我就很满意了。说实在的，我要是怕被骂，那就不能出来干事了。吴老师既然把担子给了我，我总得挑好了。吴老师带着经管学院挺过合并浪潮，挺过教学评估，挺过大学学科评比。退休之前和我交代了那些话，我怎么着也不能给吴老师丢人。所以才要先建院楼，拿钱给大家换新办公室的便宜，没人拒绝。这事要是办好了，接下来的事就好办多了，得罪人也不怕。我要是一开始就推行考核，凭着我邮箱里这些告白信，校长办公室能接到十几个举报。"李莫飞看了一眼垃圾桶，挪开目光。

张君文沉默了。

李莫飞倒是无所谓地笑了："做这些事情，我也是自愿的。这学院里头，你比谁都努力干事，到时候可得好好支持我。现在大海的大数据营销刚刚起步，我只能跑去劝师兄们捐款，黄师兄已经是市长了，他的晋原产业园办得很好，有不少校友企业。黄师兄在那里，也愿意帮我说话，我能不多跑几趟吗？小菲该不会因为这件事怪我吧？"

张君文劝道："那你把话和师妹说清楚，不要让她误会了。"

李莫飞斜了张君文一眼："我倒是很想说清楚，不要整天打哑谜，给自己一点空间，给对方一点空间。这哪有那么容易？难道你和你家傅老师说话，都是打直球呀？"

张君文回答得很坦然："是呀，我和清瑶之间没有秘密，我对她知无不言。"

喜欢是乍见之欢，爱却是久处不厌。

张君文和傅清瑶的情感并没有什么罗曼蒂克的情节，却有非常健康的状态。

成熟的爱是彼此之间的主动给予，从认识对方、关心对方，到承认对方、喜欢对方，在这种给予中，自己也能体会到自身的强大、富有、能干。

这是一种双向的肯定。

李莫飞猝不及防被塞了一嘴狗粮："送客。你，出去。"

第十六章

2010年如期而至。

周书记虽然年过得不好，但还是没有到收拾铺盖走人的地步。毕竟把笔试成绩篡改了不是一两个人的事，大家都是一根绳上的蚂蚱。前脚陈瑾的卷子被梁兴述拿走，后脚就有周派的老师知道了这件事。

梁、周斗了这么些年，吵架使绊子，抹黑打报告，已经斗出了流程。

周越华知己知彼，百战不殆，马上让陈瑾放弃面试资格。反正周越华不只在一处当教授，换个有博士点的普通一本院校，陈瑾还是照样能挂在自己名下。

周越华能够在经管学院折腾这么久，也是有几分真本事的，当然主要还是依靠三点：第一，她和孔书记虽非夫妻，却是老熟人，关系不一般铁，只可意会，不可言传；第二，她是个讲规则的人，该要强时要强，该示弱时示弱，能屈能伸，却不喜欢按套路出牌；第三，周书记应该是属泥鳅的，非常善于钻空子，滑不唧溜。

李莫飞本来已经指出了破局的关键：其他材料、校长、纪委。

这个笔试成绩只是一根引线，现在周书记和陈瑾的关系暧昧不清，这个关系就很有必要让孔书记知道。孔书记和孟校长不对付，周书记犯错的事也很有必要让孟校长来添一把柴火。但鉴于举报了这么多次都是石沉大海，既然能实锤，直接找纪委才是正道。

但梁老师一上来就打草惊蛇，没等出手，这件事就被截和了。

梁老师对上周越华，常常一把就抓到俩王带四个二，可惜非要一张一张出，哪能斗得过？

尽管这次能逢凶化吉，但周老师还是嗅出了点危险的味道。这事到底是怎么露馅的，查来查去，居然是张君文先发现卷子出问题。这吴宁海的学生一个比一个厉害，运筹帷幄之中，决胜于千里之外，一个"李善长"没打倒，又来了个"张子房"。

识时务者为俊杰。

周越华在这次教授评选中老实了不少，没搞什么小动作让人抓住把柄。

这次评选的结果似乎在意料之中，却好像在意料之外。虽然还没公示，但张君文和黎成昊大概率都能顺利申上教授，而这一回为了平衡院里的势力，也为了公平，韩森和梁兴述是陪跑了，连周书记的"嫡系"——管科系的那位副教授孙靖，听说也只在名单中往后排，顶多就是个候补。

张君文能评上是因为实力摆在这儿，黎成昊能评上是因为关系摆在这儿——就算周书记这条关系不发挥作用了，还有其他几条关系能搭上线。学术委员会这么多人，黎成昊自然不可能把鸡蛋只放在一个篮子里。

这样的评选结果很能说明问题，又说明不了什么问题。博士申请那边周越华的动作又太快。

这局算是落下风了。

李莫飞多少有点挫败，不怕虎一样的对手，只怕猪一样的队友。这也不能全怪梁老师不聪明，梁老师是个斯文人，论起牌技，怎么可能打得过流氓？

木已成舟，多说无益。

李莫飞是真的为张君文高兴，好友熬了这些年，终于要评上教授了。不出意外，就要公示了。公示期一过，这事就敲定了。

张君文接受了道谢，看到好友为盖院楼的事殚精竭虑，又想起上次的对话。

晚上张君文回到家，和傅清瑶说了李莫飞的打算："上次我看见师妹不太高兴，你有机会帮莫飞和她解释下。莫飞当了副院长，这操心的事情太多了，总有顾不上的地方。"

傅清瑶正在梳妆台前做护肤，扭过头认认真真地盯着张君文看了一会儿，把张君文看得心里发毛。

张君文才要开口打破这诡异的氛围，傅清瑶就问了一个让人吃惊的问题："你一定认识莫飞的前女友吧？"

张君文正靠在床头看书，听到这句话，手一顿。

傅清瑶过来把书拿走，撒娇地抬抬下巴："看来知道得不少，展开说说吧。"

"了解得也不多。你怎么突然问这个？"张君文心里有点没底。这李莫飞和前女友的事情太复杂。傅清瑶眼睛已经眯起来了。

张君文只好交代了："莫飞的前女友，是我们同一届计算机系的同学，叫作沈瑜。后来去美国留学了。她的数学和物理非常厉害，在国内外的许多顶级编程和建模比赛都拿过名次，很多男生都比不过她。"

在妻子面前，张君文夸沈瑜夸得很含蓄。《楚辞·九章·怀沙》中有一句"怀瑾握瑜兮"，当年那个女孩确实是内心强大、灵气逼人，如美玉一般。否则也不可能惊艳了李莫飞整个青春，连张君文也承认沈瑜是他见过最耀眼的女孩子。

傅清瑶略一思索，马上就想起来了："沈瑜？计算机？我认识她。"

张君文对此倒也不惊讶。沈瑜当年是那种才华盖都盖不住的女孩，美国留学圈子就那么大，傅清瑶在斯坦福读的博士，沈瑜在硅谷如鱼得水，被人知悉一点都不奇怪。

傅清瑶放下梳子："我记得在我的毕业典礼上，她被邀请来演讲，那一年她和她老公创办的企业在纳斯达克上市了。莫飞和她为什么分手呀？"

张君文耸耸肩，表示不知。傅清瑶看了半天，觉得张君文确实没说谎，突然调皮起来："这沈瑜比小菲漂亮吗？"

张君文避而不答："你不是见过她吗？这都十几年前的事了。"李莫飞是经管学院院草、江宁大学校草，沈瑜能差到哪里去呢？人家是计算机系系花。

傅清瑶直接给张君文挖了一个坑："我回忆起来，感觉比蒋小涓漂亮。"蒋小涓和张君文之前有点瓜葛，现在又成了黄有鹏的女伴，傅清瑶早就放下这些前尘往事，敢随意和张君文开开玩笑。

蒋小涓是纯天然的漂亮，眉梢眼角藏秀气，声音笑貌露温柔，水灵灵的。一双桃花眼含情脉脉，似醉非醉，眼角略带浅浅红晕，还有一颗泪痣，似勾似引，让人心神荡漾。目光似水，看人带电，只需一眼，便引人遐想，有种不需要任何外在加持的美。也就这种除了顶级容貌和天籁嗓音之外别无长物的女人，才能让黄有鹏出轨。

沈瑜光彩夺目，除了容貌姣好，还因为她才华横溢，聪明过人，衬得整个人更加超凡脱俗。远而望之，皎若太阳升朝霞；迫而察之，灼若芙蕖出绿波。见过沈瑜都知道，她的眼睛永远炯炯有神，非常有辨识度。

如果说蒋小涓的眼睛是朦胧美，那么沈瑜的眼睛则是明亮美。内外双修，更使其凤眼大放异彩。

张君文求生欲很强："我觉得还是我老婆最漂亮。"

傅清瑶哼了一声，脸上还是忍不住浮出笑意："张老师，我觉得你婚前婚后不是同一人。"

张君文疑惑："具体不同在哪儿？"

"婚前脸皮没这么厚呀！"傅清瑶一把把被子扯过脑袋，蒙住头睡觉。

张君文一脸坏笑，把被子掀开："婚前才需要做正人君子，婚后干吗还端着呢？"

过了半晌，两个人躺在被窝里，张君文又想起刚刚那个谈话："你怎么突然关心起莫飞的前女友？"

"自然是小菲好奇。"傅清瑶把头埋在被子里，瓮声瓮气地说，"我也不知道她具体为什么突然好奇。可能是前阵子去晋原采访，撞破了黄市长的婚外情吧。这事你知道吗？"

这事张君文还真不知。平时黄鸿图的消息，张君文一般都从钟大海那里得知。只是这几个哥们儿都有个不成文的默契，平时开玩笑归开玩笑，但真是涉及隐私，嘴巴都严得很。

张君文从没和其他人提过沈瑜，就算刚刚和傅清瑶介绍了，也没有提到李莫飞和吴小菲确定恋爱关系前收到沈瑜的结婚消息，在和吴小菲的婚礼当天李莫飞收到沈瑜的新婚贺礼这些事。张君文知道，李莫飞如此长情，不是好事。如果吴小菲知道李莫飞五年没恋爱，等听到前女友结婚才开始谈恋爱，会怎么想？如果吴小菲知道李莫飞在自己婚礼当天对着前女友的礼物惆怅过，又会怎么想？

有些事，还是烂在肚子里吧。

傅清瑶说："黄市长是个雷厉风行的人，可以想象他工作上能有多忙。莫飞才只是个副院长，也要应酬，何况一市之长？不过婚外情确实过分了。"

黄鸿图因为晋原产业园政绩卓著，又有岳父齐国典的提携，很快就升任晋原市市长。黄鸿图和齐佳媛本是大学同班同学，齐佳媛是高干子女，黄鸿图是农民子弟，齐国典膝下只有这一个女儿，对女婿自然是不遗余力地栽培。只是黄鸿图一心扑在工作上，为全城的老百姓谋福利，舍小家为大家，忙起工作来就渐渐疏忽了家庭。

因为长期陪伴的缺失，儿子跟黄鸿图也不亲近。况且儿子被姥姥姥爷溺爱宠坏了，补习家教花了不少钱，学习成绩却一直跟不上。黄鸿图每每想和孩子搞好关系，但一开口却挑不出可以夸奖的地方。

爱之深，责之切。

可儿子有岳父岳母撑腰，天不怕地不怕。每回黄鸿图要动手管教自己儿子，还要碍于岳母岳父不敢管太严。结果越管越适得其反，父子俩越闹越僵。好好一个孩子被养得这么嚣张纨绔、肆意妄为、开口就敢顶撞自己，黄鸿图恨铁不成钢。这通火又不能对着有恩于己的岳父岳母发，只能把不满移到齐佳媛身上。

齐佳媛是千娇百宠地长大，因为父亲，打小就是被众星捧月宠的，怎么受得了黄鸿图这种奚落！

年轻时齐佳媛也是明丽动人，温婉可亲。等到两人婚后有了儿子，家里的大事小事全都压在齐佳媛一人肩上。齐佳媛里外兼顾，来到了白发追青丝的阶段，有自己说不出的辛苦和委屈。对上黄鸿图的责备，齐佳媛从前温顺的脾气变得急躁和不耐，夫妻俩渐渐没有了共同话题。

黄鸿图既生气又不解，好好的明珠为何变成了暗淡的鱼目？

常言道："清官难断家务事。"这里面的是非曲直，错综复杂。黄鸿图每天在工作上忙得焦头烂额，身心俱疲地回到家，还要为日益紧张的夫妻关系和父子关系绞尽脑汁，确实不如换个温柔乡。

人一旦上位，那诱惑是从四面八方席卷而来的。黄鸿图只要有一瞬间动摇了心志，那固守的底线便能被金钱美色的滔滔江水冲垮。

吴小菲知道了这件事，义愤填膺。原本吴小菲的性格就是风风火火，坦率而又直接，干脆不失利落，恨不得收拾自己的师兄，却被傅清瑶劝住："别这么冲动，上次夜总会，你站出来维护我和张君文，事后了解到蒋小涓的遭遇，我也是可惜和自责。这件事是黄市长夫妻的事，本身就很麻烦，你现在什么都没搞清楚就冲出去打抱不平，不是越搅越乱吗？"

但黄鸿图确实是做错了。吴小菲不免兔死狐悲，物伤其类。

"所以解决事情还是要靠沟通，多深入了解才能避免矛盾和麻烦。"傅清瑶和张君文在这一点上高度一致，多陪伴，多理解，自然家庭和谐。

恋爱讲究合情合拍，婚姻要求合并合作。

吴小菲又岂会不知道这个道理，但自己家的事就是个死疙瘩。

站在李莫飞的角度，会思念不代表就一定放不下；站在吴小菲的角度，既然放下就没有必要思念。

夫妻二人，能做到一体同心是好事。没有秘密是好的，但不给对方留空间却有大问题。李莫飞体贴顾家，对女儿是真心疼爱，但妻子要求太多了。如果只是物质上的小事，也就算了。可这种深入灵魂的事情，双方达不成共识。

人不信任，定生嫌隙，嫌隙一生，必有怨怼。

有多少青春年少的甜蜜和热情在这种怨怼中能不被消磨掉？吴小菲对李莫飞，心渐渐也冷下来了。

家家有本难念的经。

张君文思路有点跟不上："黄师兄的婚外情和莫飞的前女友有什么关系，师妹这也能联想到？"

傅清瑶有点困了，迷迷糊糊地说："学理科逻辑性比较强，学文科的思维都很跳。你看会计系一半是理科高考上来，一半文科高考上来，交的管理会计作业，同一个案例分析，答案思路都不一样。小菲是文科生，想象力丰富些有什么好奇怪的？这天都快亮了，我要再睡一会儿。"

张君文笑了，亲亲妻子的额头，也昏昏沉沉地进入梦乡。

但这梦还没做完，就被一通电话给搅和了。

期待不出意外的事，往往最容易出意外。

李莫飞紧急给张君文打来电话："君文，你有一个题目发表在两个杂志上，还是'水刊'。我知道这不可能！"后面一句话掷地有声，张君文对好友的这份信任很是感激。

这年头什么稀奇古怪的事都有，还有帮自己发论文的——自己的名字出现在两个垃圾杂志上，这就是典型的一稿多投，学术不端。

升教授，最怕风吹草动。

张君文的材料被撤了回来。

一大早，张君文就坐到了李莫飞的对面。那篇文章，已经花了大价钱还托了关系从期刊网撤了下来。

张君文自嘲："我这辈子，天天都想着怎么发文章，怎么上期刊网，没想到居然有一天反着来。从来只听说花了大价钱托关系去发在网上的，没听说过花了大价钱还托了关系从期刊网撤下来的。真是荒诞！"

李莫飞宽慰道："这是有人眼红了，给你搞了这么一出。事出有因，特事特办，情理之中，你别多想。"

文章是撤下来了，但如何论证张君文是被冒充名字发论文，成了第一要紧事。这事要是处理不妥，别说这次教授申请不了，张君文这辈子的学术清誉，怕都要毁于一旦。

张君文坐在桌前，内心深处有点冰冷："高校也并不是象牙塔。"

李莫飞劝导："你放心，这事一定能澄清。这些人花钱帮你发论文，不可能一点蛛丝马迹都不留，总是能找到的。这学校，该建个论文数据备案平台，好好堵上这些漏洞，省得那些宵小惦记。"

张君文叹了口气。对职业没有成就感的想法又一次涌上心头。当初张君文为了母亲的疾病砸锅卖铁、四面举债时，也曾涌现出这种不当老师的念头。何必呢！如果为了钱，为了名，他早就不当老师了，如今没有了物质条件上的烦忧，却又摊上这么一件事！

这种事，张君文知道单靠自己没办法搞定。

李莫飞的消息网四通八达，人脉也是密密麻麻。这些年李莫飞一路拼酒跑关系，早就有自己的信息渠道，辗转数人，找到了那两个杂志的大编辑。

"是的，很麻烦您了，作者邮箱……对对对，太谢谢了！"李莫飞一天打了好几个电话，终于把作者邮箱搞到手。

只是这邮箱，必然不是肇事者常用邮箱，也找不到幕后黑手。

李莫飞愤愤地说："邮箱不都有后缀吗！那就再找邮箱公司查注册电话号码，拿着这个注册电话号码再去电信公司找到人。掘地三尺，不信揪不出来。"

张君文深深地看了好友一眼。

李莫飞心领神会，走过去把办公室门掩上，转向张君文："有人这么搞你，你应该能猜出是谁吧？就算猜不出个确切的，大概的名单范围总是有的吧？"

李莫飞很了解张君文，张君文不搞行政，并不代表他没有政治的敏锐性和搞手段的头脑。职场上总有一部分人，没有施展手段只是因为不屑于施展手段，而非任人宰割。

张君文拿起桌上的签字笔，烦闷地转了几圈，疲惫地抬起眼睛，看着李莫飞，缓缓才开口："自证清白的材料也不需要一定把人挖出来。都是一栋楼的，闹开了都难堪。总不能把人套上麻袋捆着打一顿出气吧。眼下这些材料已经够我为自己辩解，回头我自己交上去就好了。"

李莫飞有些错愕："不查了吗？"

张君文苦笑道："作恶的名字也只是个符号，它可以是任何两个字或三个字，我应该是知道它的，但知道又有什么意义？"

李莫飞有点沉默。

第十七章

冒名发论文的事最后不了了之。

学校还了张君文一个清白，张君文也息事宁人，不再追究。

但教授这一轮的职称评选，还是这样白白错过。原本是探囊取物，没想到最后竹篮打水一场空，众人都很气愤。傅清瑶知道丈夫一向喜欢"大局为重"，自己反而更上火，好在张君文自己想得开，也就消沉了一阵子，马上又恢复原来的生活状态。身边的人倒也放心不少。

李莫飞见这事平息了，又想起了盖院楼的事。

这件事，耽误不得。

李莫飞早已花了大半年的时间调研考察，前期工作都做好了，便找了个机会，在2010年的学院大会上正式提出构思。原本李莫飞以为会受到周书记的强烈反对，没想到大家的第一反应都是发愣。

这也不难理解，毕竟这些年的提案题目，都是像什么增加体育设施、提升大学生心理健康建设质量、增加与国际顶级期刊编辑交流、鼓励国际顶级发表之类的。这些提案，有用却毫无新意，正常人都想得到，该着手实施的已经实施了。

突然李院长一上台就撸起袖子号召大家干一票大的——盖楼！这无疑在人群中扔了颗手榴弹。

而且用的量词是"片"，不是"栋"。在李院长的规划里，要盖就要盖个恢宏大气的楼群，要盖个建筑群，有好几座的那种！

这下大家都不困了。上次大家开会这么精神，还是周越华和梁兴述当场互撕的那次会。

"钱呢？"

"这得多少钱？"

"钱哪里来的？"

大家议论纷纷。

钱不说是世上最重要的事情，也算得上是第二重要的事情。有钱才好办事。在没解决钱的问题之前，它就是第一重要的问题。

想法再伟大，不能落地的想法只能是异想天开。

周越华很罕见地没有喷麦。在周越华的认知里，李莫飞是有两把刷子的人，现在拽着MBA和EMBA两个钱袋子，不太可能会信口开河。而且古来搞基建，均是功在当代，利在千秋，什么秦长城、都江堰、大运河，都一个套路。她周越华肯定不会在这时候跳出来唱反调，当经管学院的千古罪人。

李莫飞拿钱的思路很简单。

首先，MBA和EMBA异地办班很成功，能赚不少，当然这些是不够的。还有就是，很多江宁大学经管学院走出去的企业家校友确实都是牛人，从汶川捐钱就可以看出大家财力雄厚。对于这些企业家校友来说，掏些钱来给母校母院捐栋楼，实在不行捐间会议室，那还不是九牛一毛？李莫飞觉得，不仅楼可以用杰出校友命名，连每间会议室、每个大礼堂，都可以用杰出校友命名。只要出钱就有份，大钱大份，小钱小份。一是回馈母校母院，二是来留个名，这就和来设立什么奖学金一个道理。

商学院之所以有钱，一是本来就能挣钱，二是会运作，找了各行各业，但重点还是商界的校友拼命地捐款。用学院做平台，跟校友进行资源的对接，何愁没有机会！且说每年毕业典礼、毕业晚宴，这种特征体现得最明显。在学生即将变成校友的伟大时刻，各大高校的各大商学院，总会有书记、院长、副院长、系主任、系副主任轮番上台祝贺，祝愿大家鹏程万里，前途似锦，常回"家"看看。

这最后一句才是主旨句。

中国人讲究衣锦还乡，一般出去混得不好的，也没什么心思常回"家"看看；但混得好的，可千万记得常回"家"看看！领导们会恰到好处地从"常回'家'看看"过渡到奉献精神，再轻描淡写地夸一夸前几位杰出师兄师姐回来捐了几百万、几千万，甚至上亿。当底下一群还没经历社会毒打的小可爱们两眼发光，在幼小的心灵里播种下以后要好好做事业回来捐钱的伟大梦想，这场毕业典礼或毕业晚宴就圆满了。

还是领导有水平！

想法有了，方案也有了。盖院楼这件事获得全院的一致同意。学校方面也无比支持，并把它列为整个学院的首要大事。张君文来江宁大学快十八年了，头一遭看到整个学院人心这么齐。

人心齐，泰山移，这是好事。

尽管盖院楼是整个学院的首要大事，很多流程可以特事特批，节省时间，但唯独一样不能批——钱不能批。

年轻的时候曾以为钱是世界上最重要的事情，等老了才发现，原来真是这么一回事。

这该死的钱！

筹资要攀交情、赔笑脸、说好话。这是个辛苦活，没人愿意干。按照周书记的说法，这事全靠李院长的主意好，李院长理当带头干、挑大梁、冲前阵。学院全力支持。

周书记这场面话说得既大气又漂亮。

压力给到了李莫飞。李莫飞不屑陪周书记玩这些跳梁小丑的把戏，懒洋洋地说："行，我来干。"

此话虽然说得慵懒，但断句却很干脆。不仅周书记、陆院长震惊，其余两名副院长也非常佩服。这坚定的目光、带点轻蔑的神色，搭配上李莫飞英俊的脸庞和日益强大的气场，底下几个有幸在场的年轻女老师当场就被李副院长给帅晕了。杀伤力一点都不亚于当年学生时代登台吹萨克斯的李莫飞。

话说李副院长不愧是全学院公认最有魅力的一位老师，长年霸占榜一。大二的女学生千方百计选课加课，因为李老师的课非常抢手；大三的女学生每到分导师的时候，想方设法和教秘打听，看看能不能分到李老师当毕业论文指导老师；到了大四，大家保研上岸了，联系导师的时候，李老师也是个大热门。

这时候，男同学老早从学长学姐那里打听到消息，便来好心提醒一下女同学："李老师的组会是和张君文老师一起开的，你们确定要选？"

张君文对科研能力培养的重视，全院闻名。

没有金刚钻，别揽瓷器活。男生们凭借这一招成功吓退不少女生，然后顺利成为李老师的研究生。由此可见，李老师的魅力男女通吃。

张君文事后从自己的博士生那里，知道了自己原来在好兄弟的送桃花和挡桃花这两条大道上，都发挥了极其重要的作用，实在是哭笑不得。

但魅力这种东西，又不能轻易变现。

话说得漂亮，不算本事；事办得漂亮，才显神通。李老师眼下不缺魅力，但缺钱。

最先响应的是钟大海和吴小光。

钟大海的创业之路自从2008年出现塌方，历经三年的洗礼，重现辉煌。这离不开张君文和李莫飞多次出谋划策，其中最给力的还是张君文的建议，回回都能直击要害。钟大海给张君文和李莫飞送股份，两人却没有收——李莫飞是因为当了领导不能经商，张君文却是因为不需要。

随着EMBA规模到处扩张，张君文上的财务会计，是EMBA的保留课程，课酬很可观，还加上一些培训班，根本不会缺钱。再者，张君文自从评上教授后，陆续当了几家独立董事，有这么一颗脑袋，自然能变现。傅容对此很是可惜，他隐约希望女婿能接自己的班，但张君文似乎并不热衷于升官发财这些事。这一点，跟自己的女儿也是很登对。不过张君文还是时常给岳父和钟大海分析经济形势，帮帮忙，差不多已经成了容城置地和大海传媒科技的顶级智囊。

钟大海见李莫飞开口，自然积极响应。傅清瑶知道了，和张君文开玩笑："难不成以后要在钟大海楼上课吗？感觉怪怪的。"

张君文笑得前仰后合："自然不会，捐钱要有人带头，大海人脉广，要想在校友会里找个托儿，他是最适合的。抛砖引玉罢了，他自己的办公室都还是租的，哪有这么多钱？"

傅清瑶叹口气："莫飞要用一个支点，撬起一整个地球。可这不是去加州淘金，一铲子下去万事大吉，要向这么多人开口要钱，一定很难。"

李莫飞确实是没有在筹资中挖到另一座金山，但却意外地遇到了从旧金山回来的前女友。

其实也不算意外，毕竟黄鸿图自从晋原乳业彻底倒闭了之后，大力扶持高科技企业，从国外引进了一批外资企业入驻产业园黄鸿图最开始的想法就是"科技是第一生产力"，如今的晋原产业园已经完成升级，变成晋原科技城。黄鸿图在此基础上不断招商引资，出台很多政策，最大限度地帮助辖区内企业获得资本市场的扶持，做强做大。这些年来，黄市长的政绩簿非常亮眼。

其实黄鸿图和黄有鹏目光都很长远，在国家发展的大背景下，产业园区抛弃低附加值的加工或代工老路子，定位为高价值的研发、技术型园区，打造前端性产业链（包括研发、设计、中试等）。以技术创新能力和技术转化效率为重点，走向以研发中心、研发型产业、科技服务业为主体的研发型产业园区。

按照晋原市政府和万鹏集团的规划，科技城集住宅、商业中心、休闲体育设施、研究机构、高等学府等于一体，将生物医药、信息通信与媒体作为重点研发领域。同时，以商业娱乐与教育生活配套组团辅助发展，并预留远期拓展区。

园区招商方面，除了依据产业定位与其产业基础、资源禀赋契合，建立产业生态和供应链来精准定向招商外，还关注"引智招商"，积极吸引科研院所、科学家工作室、博士后工作站及产业层次高、科技含量高的龙头企业和相关配套企业落户园区。通过搭建招商引才高能级平台，强化招才引智，实现资金、技术、项目管理的立体带动。

除了优惠政策和价格之外，产业园区所提供的管理运营和服务也非常好。通过树立共性技术研发、金融、市场交易、成果转化、人才引进和培训、品牌推介、创客空间项目孵化等服务，丰富园区管理、创新协助、拓展收益等服务形式，降低企业运营成本，促进企业创新、开拓市场，提升园区产业集群的竞争力。

科技园的成功，使晋原市政府、万鹏集团、容城置地和许多企业多家共赢。黄鸿图和黄有鹏走在时代的前列，积极与国际接轨，吸引了国内外不少目光，其中便有时刻关心江宁的沈瑜。

沈瑜就是搞计算机的。她从波士顿毕业后就飞去旧金山。硅谷是互联网时代的世界中心，是全球信息产业的引擎，是电子工业和计算机业的王国，更是世界高新技术创新和发展的开创者。无论是早期的硬件行业巨头IBM、英特尔、甲骨文、苹果、思科，还是互联网时代的翘楚雅虎、谷歌、易贝，都在这片土地上留下了无数令后人神往的传奇故事。

沈瑜的第一份工作是在谷歌总部。来硅谷的第一年，她是公司最低职级。但沈瑜是个极度自律并且可以长时间高度集中注意力的人，是个"自律怪"加"工作狂"。为了早日升职加薪，沈瑜每天不惜熬夜加班，将手上的工作做得又快又好。

这样的状态维持了没多久，沈瑜的上司杰瑞把她叫过去谈话。在谷歌，上司的职责就是帮助下属升职，给他们一个完善的成长计划。杰瑞和她说："为什么人们的收入会不一样？因为他们的时间杠杆不一样——要集中注意力做高价值的事情。"

杰瑞向沈瑜推荐了许多专业相关的书籍，还有商科的书和一些MBA课程，语重心长地说："顶尖科技公司的CEO（首席执行官）

大多是麦肯锡出身，写代码也要有商业思维，节省精力做最重要的事。"

认知的改变让沈瑜在短短几年内连跳数级。当李莫飞和张君文还在读博士的时候，沈瑜已经实现了财务自由。这位工作上的贵人，后来也成了沈瑜的第一任丈夫。

对沈瑜来说，二十五岁仿佛是一个分界线。二十五岁之前，她的经历就是拿IMO（国际数学奥林匹克竞赛）金牌、当"学霸"、考高分、进名校、进名企，一切都在追求世俗的成功中不断优化；二十五岁之后，她在西雅图和奥兰多各有一套房，堆满了整整两间房的定制PC（个人计算机）和摄影器材，钱多到花不完。沈瑜不喜欢豪车、名牌包，她是个游戏发烧友和摄影达人，日常爱好就是在游戏里"虐渣"和烧钱捣鼓摄影的长枪短炮。

沈瑜觉得自己的经历总结起来就一句话："学好数理化，走遍天下都不怕。"可这日子一旦没了烦恼，那些被搁置的理想、被压抑的诉求就会浮出水面。上司打算辞职去西雅图创业，沈瑜决定跟从。

杰瑞除了精准的眼光，还有原生家庭给予的巨大能量，沈瑜则有写代码的顶级才华，两人珠联璧合，没几年便携手成为新一批的科技富豪。

但命运总喜欢和人开玩笑。2009年1月，沈瑜乘坐的全美航空公司1549号航班，从纽约拉瓜迪亚机场起飞后，因同大雁相撞致使双引擎全部失灵。好在机长胆识过人，冒险让客机紧急降落在贯穿纽约市的哈德孙河，机上人员全数生还，沈瑜死里逃生。

但同年6月，法国航空公司AF447航班在从巴西里约热内卢飞往法国巴黎的途中失联，搜救直升机在大西洋发现了飞机残骸，飞机上所有成员全部遇难，沈瑜的丈夫也在其中。她丈夫本来是要去尚美巴黎为沈瑜取一款生日礼物，没想到居然沉到大西洋打捞海洋之心了。

看来上帝决意要收回沈瑜开挂的人生。二十五岁的沈瑜，走上人生巅峰，此后黄金十年，顺风顺水，最终在三十五岁戛然而止，成为孤家寡人。

丈夫杰瑞是华裔，他的家庭受中国"不孝有三，无后为大"的传统观念荼毒不浅。沈瑜有极为艰难的童年经历，坚持认为自己负担不了孩子的人生，义无反顾地选择了丁克，和夫家闹翻。杰瑞走后，沈瑜就孑然一身，只剩下公司和钱。

确切地说，是不到半个公司。因为沈瑜和夫家不对付，双方一直在进行控制权争夺。婆母力挺小叔子来争自己和丈夫打下来的江山，让沈瑜非常不满意。

创业难，守业更难。

这家公司注入了自己的心血，沈瑜怎么忍心让外人横插一杠子。但双方力量差距悬殊，公婆在北美大陆上站稳脚跟的时候，沈瑜都还没出生呢。对上这样的夫家，沈瑜绝对是争不过的。

当上帝打开了这扇门，一定会为你关上另一扇窗。

一个人的得与失，是守恒的。聪明如沈瑜，是个没有婆婆缘的人。张君文和李莫飞眼中的灵气，是沈瑜有能力、有主见、率性张扬、能够活出自我。到了母亲们眼里，却是太跳脱、太强势、目无尊长、以自己为中心，不是什么贤妻良母的好苗子。

事实也是如此。

当年李莫飞和沈瑜，便是因为李母的出面阻拦而分手。一个要去美国寻找梦想，一个希望儿子留在中国其乐融融。

沈瑜从小到大就是没人能驯服的野马，天不怕地不怕。她越过两面受夹击的李莫飞，直接和李母理论："我已经为了当好李莫飞的女朋友，大学选择留在了江宁。现在本科毕业，知道了外面有更大的舞台，想飞出去又怎么样？您儿子已经成年了，您没有权力帮他做选择，更没有权力干涉他的人生。您有您爱儿子的方式，我有我爱男朋友的方法。我不希望我男朋友左右为难，但我更不想放弃我自己的人生。既然您不同意他和我出国，那我和他分手。"

所以李莫飞和沈瑜的分手，实际上是沈瑜和李家的决裂。沈瑜和李母说完这番话，是绝对不可能再有机会做李家媳妇的。那时候李莫飞和沈瑜的感情还非常好，没想到最后连个架都没吵，就这么分手了。发生这件事，症结还是在于两人对待感情问题都不成熟。李莫飞优柔寡断，沈瑜意气用事。

只能说谁的青春不荒唐！

一晃十几年过去了，两个人在工作上都是果断周全、独当一面，在感情问题上却没有太大长进。李莫飞心里还是有一段过去，沈瑜依旧向往自由。比如前夫家赢得控制权之后，其实也并没有把沈瑜扫地出门。只是沈瑜看到大势已去，又看到国内有更好的机会，便回来重整旗鼓。

晋原科技城是沈瑜的选择之一。

所以不出意外，沈瑜和李莫飞肯定会相遇，只是早晚的问题。但黄鸿图并不知沈瑜和李莫飞的前尘往事，就算知道了，以黄市长的性格，也不会放心上。钟大海消息网广，不过沈瑜回国的时候，他正在努力东山再起，没有什么精力关注这些情情爱爱。过去的共同好友散落在世界各地，都已经成家立业，各有各操心不完的事。所以李莫飞和张君文一干人等，没人知道沈瑜回来。

最先遇上沈瑜的，居然是吴小菲。

吴小菲没见过沈瑜。李莫飞当年上台演奏《魂断蓝桥》主题曲，让吴小菲一眼万年的时候，沈瑜已经在美国校园里做起了黑客。

吴小菲和沈瑜遇上的这天，天气正好，阳光明媚。

吴小菲随江宁省省政府要员来晋原市调研，这篇报道要在《江宁日报》占满一整个版面。领导们不仅走访产业园，环保、民生也都要落实到位。吴小菲随领导们上山勘察产业园的地形，聆听黄鸿图和几个省厅领导介绍科技城二期的发展规划。

这山上烟霭蒙蒙，江流潺潺，佳木葱茏。有大石侧立千尺，如猛兽奇鬼，森然欲搏人。又转过两道天然的翠嶂，见到了一色水磨群墙，皆隐于山坳树杪之间，下面白石台矶，随势砌去，浑然天成。俯而视之，则清溪泻雪，石磴穿云，白石为栏，环抱池沼，好一派仙境。这就是远近闻名的"江宁白"。江宁大学的校门，便是用这种石材砌成。

几个领导看着这景致，和黄鸿图、黄有鹏说："黄市长，黄老板，这片地方好呀，不过离产业园近，可要好好保护。"

黄有鹏忙不迭地点头道："那是自然，科学发展、绿水青山也是很重要的。"

黄鸿图心下却想着黄有鹏早就盯上了这块地皮，游说了自己多回，一会儿想采石，一会儿想把这座山开发成度假村，盖个别墅区，眼下又是这副嘴脸。

这些个资本家，惯会见什么人说什么话！

下山的时候，几位领导老板步履轻快。吴小菲好心帮摄影大哥扛器材，但遇到摄像大哥的单反坏了，磨蹭了一阵，落在后面。

走了半晌，渐渐就没有路了。吴小菲往前一探，见白石崚嶒，或如鬼怪，或如猛兽，纵横拱立，上面苔藓成斑，藤萝掩映，其中微露羊肠小径。

"果然是好风光。"发出赞叹的却是对面一个超逸绝尘的女人，正是沈瑜。沈瑜就两大烧钱的爱好——打游戏和玩摄影。这是上山采风来了。

沈瑜看到吴小菲和摄影师也背着长枪短炮，以为是同道中人，得知单反坏了，里面还有重要资料，果断出手帮忙。

沈瑜是学计算机的，硬件软件都会，电脑、主机、游戏机、相机都能修好，一个镜头机械故障还是难不倒的。

吴小菲是记者，亲和力极强，见对方为人热心，自己越发热情。

双方居然都对彼此有好感！

也是，沈瑜和吴小菲当年都是一样的明媚活泼、张扬肆意、敢爱敢恨，性格和脾气还有些像。大胆设想，这要是家庭允许、政策允许，换一个时空，说不定李莫飞还能享受齐人之福。

只是个玩笑，现在是21世纪。

且眼下两人各有各的心事，一个要上山，一个要下山，注定不是一路人。

举手之劳，沈瑜没放心上。吴小菲着急赶路，忘了问名字。但就算知道了名字，吴小菲也未必能把眼前这个女人同自家老公心心念念的前女友联系在一起。

那一天天气真的很好，好山好水好风光。

这大概是吴小菲和沈瑜今生相识中最和谐的一天。

而李莫飞遇上沈瑜的这一天，天气却不怎么样，天上的月亮都是残月。

天若有情天亦老，月如无恨月常圆。

李莫飞都不知道自己怎么和沈瑜打的招呼——这实在是太匪夷所思了。

不仅李莫飞震惊，张君文和钟大海看到两人一起进门，也觉得不可思议——一个是目瞪口呆，一个是惊喜不已。

李莫飞是来参加校友会的，确切地说应该是院友会。这次的校友会由钟大海牵头，来的大多是经管学院的优秀校友。

但也有例外，比如沈瑜。

沈瑜是被诓来的。

她回来这么久了，不可能一点风声都不露。昔日的好友知道了，强拖了她过来。来之前沈瑜还以为只是普通的校友会，不一定会遇到某些人，没想到还是碰见了。

看来冥冥之中，一切自有天意。

第十八章

这次校友会的主题就是募捐。

钟大海早在2008年的时候，已经办过汶川地震的校友会募捐活动，这次再办，驾轻就熟。

吴宁海和赵烨也来了。吴老师自从退休了，基本上不出席这种活动，但今天是中小型的校友聚会，来的都是有头有脸的人物。一晃这么多年，大家都想见见老院长，钟大海几次三番向吴老师转达了师兄师姐们的强烈愿望，吴宁海招架不住，把赵烨也拉了过来。

张君文本来也是不来的，但是钟大海死皮赖脸，去吴老师家的时候顺路把张君文拐了出来。和张君文预料的一样，钟大海就是个托儿。

酒过三巡，钟大海便出来喊了几句祝愿"江宁大学越来越好，经管学院越来越好"的口号，接下来就提到重点："这次李院长组织带领学院要盖新的院楼，并要用各位事业有成的师兄师姐们的名字来纪念大家对学院的巨大贡献，我们理应大力支持，不忘学院和老师当年对我们的栽培。"

钟大海话音刚落，便有一群人情绪高涨。李莫飞顺势上台提了提构想，捧了捧各位校友。

底下人喝得酒酣耳热，听得也身心舒畅。

来这种校友会的，皆是飞黄腾达的人，有为昔日的师生情、同窗情而来，有为今朝的面上有光而来，有为未来的利益交换而来。

不管出于什么目的，重要的是大家怀里都揣着金元宝，这就注定了这场聚会是场胜利的大会!

沈瑜环顾四周,发现就自己一个不是经管学院的,不免有些尴尬。而且这种校友聚会,男女比例严重失衡。都说妇女能顶半边天,但官场商场,依旧主要是男人的战场。这些男人个个野心勃勃、自我驱动力十足,在他们身上完全看不到二十多岁的迷茫、三十多岁的焦虑、四十多岁的颓唐,只有微微令人反感的自负,但因为他们的权力、财力和见识,这种自负却好像又无可指摘。

好在沈瑜不仅是当年上过江宁大学风云榜的人,还是上过福布斯精英榜的人,这种聚会也不算什么大场面。其实也只有经常涉足"不是同一领域的圈子",积累的人脉才能更广,更有可能帮助事业发展。因为圈子不同,遇到的问题也不同,新颖的结合点也就更多,机遇也就更多,自然是更有可能有所作为。

出国这么久了,沈瑜对国内的环境和故人都陌生了,便拉住好友杨欢询问。

杨欢也是吴宁海的学生,本科时比李莫飞和张君文大几级,现在是国内知名影视公司的老总,年轻时喜欢捣鼓摄影,和沈瑜在大学社团认识,关系一直很好。

杨欢介绍道:"吴宁海老师,你肯定熟悉,算是中国经管领域最早接触与吸收西方理论的学者,早年有海外留学背景。今年六十四了,出生在新中国成立前,经历了新中国成立的风风雨雨。改革开放率先领悟到了适合中国发展的经济学理论,积极拥抱市场经济,培养了很多官员、企业家与学者,就我们这帮人。吴老师知识渊博,有理想、有信念、有情怀,著书育人,无不尽心尽力,江湖地位可见一斑!"

杨欢接着介绍:"旁边那位是赵烨老师,江湖地位也高。比吴老师小两岁,性格纯真有趣,跟个老顽童似的。听说年轻时和吴宁海老师一起上山下乡,义结金兰。退休前一直是吴老师的副手,后来生病了,才退下来的,在政商学界也培养了不少人,我们也都上过他的课,听过他的教诲。"

杨欢说："那位是黄鸿图，你也认识，就是晋原产业园的总设计师，现在的晋原市市长。他师从吴宁海，和张君文他们一届。这位黄市长出生在农村，却很了不起，是个工作狂。研究生毕业后进公务员系统，从科员做起，在职读博士，博士毕业的时候已经是江宁市证监局的处长。博士毕业后去到晋原市做副市长，现在是市长，后面应该会往省里提拔。黄市长的老婆是老首长齐国典的女儿齐佳媛，当年两人是同班同学，有没有爱情不知道。反正现在黄市长是另有新欢了，你上次也撞见了。黄夫人看样子还被蒙在鼓里呢，这要是被知道了，保不定怎么闹呢。

　　"那位是钟大海，你应该也认识。沈瑜，说起来你和他是同行。也是和张君文一届，出身官僚世家，讲义气，爱折腾。今天这会就是他办的。我这位师弟，也算是经历了中国资本市场的发展过程。2002年博士毕业后，就创办了一个SP的公司，前五年那发展叫一个快。没想到2008年创业板准备上市的时候，SP业务突然就不行了，对赌把之前挣的钱都给赔光了。现在移动互联网二次创业，做大数据营销，做得有声有色，过几年大概率想要再去敲钟。钟大海很有意思，身边美女如云，却一直没有真爱，最近不知怎么的，突然大彻大悟。听说和一个离异的大他三岁的邻居领证了，对方居然还带着小孩。"杨欢说着说着就笑了。

　　沈瑜狠狠剜了杨欢一眼："女大三，抱金砖。你有意见吗？要是可以，我也不介意无痛当妈。"

　　杨欢揶揄道："是是是。您说得对。但我记得您之前好像不是这个说法，不是说要是能只管生不管养，还是可以考虑的吗？"

　　沈瑜一个眼刀飞过去："放屁，我不想听什么小三小四的八卦，给我说重点。"

　　杨欢摇了摇头："沈瑜，你这人真没情趣。"

　　沈瑜讥讽道："我谢谢您夸奖。你一个大老爷们，天天关心人家家长里短，真让我大开眼界。"

　　杨欢没皮没脸地说："我是搞影视的，艺术来源于生活，懂不懂？可不得多积累素材，要不然怎么拍得狗血？怎么赚钱？"

沈瑜不和好友客气，嘲笑道："难怪这些年的电视剧、电影是越拍越离谱了。好好一个制片人，干好制片人的事就行，去操心导演、编剧和演员的活干吗？拿一份钱打两份工呀？你说你累不累呀？集中精力才能办大事。少废话，你啰里啰唆给我介绍了这四个人，我都认识，能不能给我说些不认识的，有点新鲜感。"

杨欢说："不认识那可就多了。2010年之前的在职博士多，好多当官的都回来镀金了。我师门里厅局级以上的领导就好几个，不过这些人分布在全国各个省，一般很难凑得齐。当官嘛，要么闷声发大财，要么全心全意为人民服务，要么两者兼而有之。今年是2011年，过完年两会一开，就是一个新的时代了，大家都很谨慎。衙门里的俸禄就那么点儿，所以讲究一个财不外露。就算有聚会，那也是去安全系数更高的私人会所，很少会来这种场合招摇。这种场合，一般是企业家主场。"

杨欢又说："不过经济管理，尤其是会计金融财管专业对口的几个归宿，第一类就是金融类监管机构，央行、银保监会、证监会、政策性银行。这不刚跟你介绍了一个证监局出来的？那边还有几个级别更高的。第二类就是商业银行，包括四大行和股份制商行、城市商业银行，国内四大行省一级的几个行长、副行长也来了。第三类就是证券公司、基金管理公司、信托投资公司、金融控股集团等金融公司。你要拉投资的话，这里头摩根大通、摩根士丹利、花旗银行、中金、中信都有。余下的零零散散，就不介绍了。权和钱肯定都没这三类多。"

沈瑜笑了："那毕业后跨专业的呢？"

杨欢感叹道："你看那边，我当年的同班同学，也姓杨，本科、研究生都是会计系，没想到研究了几年下来发现对会计不感兴趣，毕业后选择加入人力资源行业，从猎头顾问到创业开猎头公司，到招聘网站运营，再到科技企业HR（人力资源），现在主要做企业咨询和培训。你要是想再开公司，招人的时候可以问问他。还有那个佘老板，比我小一级，我记得当年还追过你，毕业后做了酒业公司的管培生。他在一个区域管理的岗位干了七年后，返回总部做了销售公司的副总，现在自己做葡萄酒进口商。对了，他的那一桌都是开实体公司的，卖什么的都有，手机、电脑、家电、汽车、生物、化工、食品、药品、母婴、护肤，都可以找到。那一桌是搞互联网的，可都认得你沈瑜。这几年国内资本市场发展得好，好几家都已经敲钟了。我现在的投资人主要靠房地产公司了，未来电影、电视剧拉投资，说不定要靠你们这些搞互联网的。"

"靠山山倒，靠人人跑。你怎么就没想过靠自己呢？"沈瑜又笑了，"已经在怀念煤老板时代了呀？"

"我怀念有用吗？2009年，山西实施的我国规模最大的煤企重组方案就进入收官阶段了，煤老板退出历史舞台已成定局。不过这也是没办法的事，环境破坏，矿难频发，黑金虽好，都是拿矿工的命换的。这些煤老板们一夜暴富，现在有些却要把牢底坐穿，早知今日，何必当初！"杨欢还是有点良心。

张君文过来和多年未见的沈瑜打招呼，一听这话便接口了："这也是没办法的事，当时中国加入世界贸易组织，进一步与国际接轨，外贸对经济产生了强劲拉动。国内的房地产热浪成为内需第一动力。大变革年代，中国能源领域也在紧锣密鼓地往市场化推进。2001年，国家取消了电煤指导价，实行市场化运作，煤炭价格开始上涨。2003年电荒爆发，各省都出现拉闸限电的现象。而且'非典'暴发居然没有影响中国经济持续增长，各行业尤其是钢铁、化肥、水泥等重工业对上游能源空前地饥渴。1998年亚洲金融危机重创后，对外出口大幅下滑，煤炭价格跌至谷底，又苦又累还不赚钱的煤炭行业是没人愿意干的。煤老板们一朝翻身，肯定疯狂抢煤挖煤。"

杨欢笑说："听说行情不好的时候，给村主任送一条'红塔山'，便能拿下一座煤矿。"

张君文也笑了："当时山西发力引进外地资本投资山西煤炭，

促进煤炭企业产权和股权的多样化，才出现了真正意义上的私人煤矿主，之前都是挂靠在村镇名下。矿上的领导层可以分为投资商、实际操作者、生产组织者三级，大家都在承包期内获得最大的利益，然后抽身而去。"

"也只有这样，才能造就山西一怪：开全中国最好的车，跑全中国最烂的路。这些煤老板有些是农民出身，提着脑袋在矿上赚钱，可不得享受？这几年，中国房价越调越涨，大家都在投资买房。盖房需要钢铁水泥；生产钢铁水泥，离不开煤。于是，全国大大小小的煤矿都开足马力生产。这几年也成为重大矿难集中爆发的年份。这才有了这场以遏制矿难为由头，政府推进，国企主导，限期关闭，强行整合的山西煤改。不过那时候煤老板拍东西，从不干预我们创作，除了找女演员外没有别的要求。可去年，电影行业的投资总额骤减，煤老板看来真要退场了。对了，你们两个，一个搞互联网，一个家里搞房地产，以后我拉投资，记得别给我们提那么多要求。"杨欢眼睛亮了起来。

钟大海也过来了，捶了杨欢一拳头："好小子，喊你来捐钱，你倒想着往回拉。"

沈瑜一脸不解："等等，我错过了什么？君文不是在学校当教授吗？怎么搞起了房地产？"

杨欢不免有些得意："让你不听八卦，消息闭塞了吧？"

钟大海又捶了杨欢一拳头："沈瑜，你少听这小子在这儿瞎扯。我和你说，君文可有本事了，把容城置地的大小姐给娶回家了，小两口甜蜜得像麦芽糖一样，粘牙。现在大胖小子都生了，人家是备受傅老板倚重的乘龙快婿。"钟大海这话说得嬉皮笑脸的，也没多少正形。

"这不又一个瞎扯的吗？"张君文觉得这实话从钟大海嘴里说出来，怎么听都不太对味儿。

"那可要好好贺喜才行！来，走一个。"沈瑜道，"大海，我听说你也有好消息了呀，别光调侃君文。这几年大家过得都好吧？"沈瑜问的是眼前人，想的却是另一人。

"还行吧！沈瑜，你可是纳斯达克敲过钟的人，不得来给我们资助点？"钟大海马上把话岔开。按理说，钟大海认识李莫飞的时候，沈瑜已经出国了，钟大海不太可能知道那么多。

但钟大海何许人也？沈瑜作为计算机天才、互联网新贵，钟大海一个搞科技企业的，不可能不知道。钟大海靠着错综复杂的人脉网就认识了沈瑜，又靠着错综复杂的消息网知道了李莫飞和沈瑜的这段虐恋。知道的时候还唏嘘了一场，这简直和自己当年一般虐。

自古真情留不住。

有一段时间，钟大海和李莫飞有种同病相怜的感觉。而张君文对两人的关系和李莫飞的情况了解得更深入，杨欢对沈瑜近几年的遭遇知道得更透彻。三个人都知道沈瑜意有所指，都揣着明白装糊涂。

沈瑜说道："搁这儿诓我呢！我又不是经管学院的，就是被杨欢骗过来。今天要是给学校捐，我还能捐点。可这是给你们学院捐栋楼，回头我们计算机系的老师们知道了，非得把我逐出师门不可。"

四人哈哈大笑。

杨欢眯缝起眼睛，看看远处那些觥筹交错的人，又认出了不少熟面孔，说道："大海，你这回可真是费心了，拉了这么多人来。你们先聊，我过去打个招呼。"说完就和钟大海过去了，张君文留下来陪沈瑜。

沈瑜有点疑惑，张君文低声解释道："这里头有不少人大代表和政协委员。近年来，随着民营经济的发展，越来越多的民营企业家通过政治参与和政府形成良好关系。比如民营企业家参政议政、民营上市公司请前任政府官员进入董事会。这是中国国情。目前中国经济正在转型，政府环境构成了民营企业外在环境的重要部分，对企业的生存和发展，以及企业之间的竞争都至关重要。民营企业战略决策和经营行为的一个重要方面，就是如何应对政府环境、处理与政府的关系。在中国，这种政治关系也可以作为一种社会资本。"张君文刚刚观察了一下沈瑜，猜出来她此次回国，大概率不是为情所困，而是为商机而来，便无形中给予帮助。

沈瑜恍然大悟："只有少部分民营企业可以与政府形成这种良好关系吧？而且这种关系还需要长期的经营。这政治关系可不是那么容易能得到的。"

张君文提醒道："所以民营企业家正在凭借经济实力、个人的政治身份与家庭背景而获得正式的政治权力。"

沈瑜一点就通："比如钟大海和杨欢，他们两个看来也希望成为人大代表和政协委员。"

张君文接着说："当地方产权保护越差、政府干预越大、金融发展水平越落后的时候，民营上市公司越有动机与政府形成政治关系。这种政治关系对民营上市公司来说，也算是一种对市场不完善的替代保护机制。不过我们搞学问的，更想搞清楚的是，你们这些民营企业形成了这种政治关系取得了相应的社会资本后是如何影响企业经营发展的？"

沈瑜来了兴致："君文，你这就猜出来我回国干吗了，真没意思。不过先别算上我。我也很好奇，他们是怎么被影响的？"

张君文解释道："其一，这种社会资本对这些老板们有取得额外收益的帮助，这些政府支持包括得到政府补贴、进入政府管制的行业以及投身于暴利行业，比如刚刚提到的能源和房地产；其二，企业与政治家的联系不仅保护了企业，避免被其侵占，也是企业优先获得政府补助、融资机会和税收减免的一个途径。沈瑜，在中国开公司和在美国开公司可不一样，基本国情就不一样。你看看一个山西煤改，就结束了一个时代。各行各业千丝万缕的关系缠成一团，根本理不清。只要政府出台一个什么政策，下面就是连锁反应。杨欢从事的影视是向大众传播的，最能被老百姓看到；可看不到的地方，还多着呢。"

"明白。"沈瑜说，"我心里有数。万一我真不行，对中国经济形势摸不透，不是还有你这个军师吗？你别在我面前藏拙，我从杨欢那里套出不少，你现在都成你老丈人和钟大海的卧龙凤雏了，还挂着好几个企业的独立董事，多我一家不算什么吧？你说你又是研究税又是研究股的，点子又多，搞管理肯定是一把好手。要不你和我合作，写代码、做软件开发我都没问题。"

又一个来拉张君文下海的。

张君文拒绝别人都拒绝得麻木了，但沈瑜不是别人，他把客套话收起来，真心实意地说："我还是喜欢待学校里头，就不同你们一起去商海里乘风破浪了。要是我能帮忙，你直接开口。"

沈瑜也不客气："有你这番话，我就放心多了。凭着咱俩这交情，这酒我就不敬了。那帮搞互联网的要过来找我喝了，我得留着点酒量。"

张君文看了一眼沈瑜，有点不放心："你酒量行吗？中国的酒桌文化可不容小觑。"

沈瑜开玩笑："哪那么多废话呢！这么看不起我，要不你来帮我挡酒？"

张君文听了这话，头有点大。

沈瑜笑了："别紧张呀，张老师，我也不可能让你挡，省得你回去被罚跪搓衣板。"

张君文看着那边来势汹汹，心里有点发虚："你真的行吗？"

沈瑜又笑："等着看，我这么些年又不白混的。喝个酒还要弱不禁风，像什么样！"

几个老板过来和沈瑜客套，把张君文从沈瑜旁边挤开了。沈瑜年轻时漂亮，现在三十五岁，依旧风姿不减。这么婀娜多姿的一个大美人，谈笑言行间却满是豪放不羁，一点都不扭捏。

当年沈瑜被好多人明恋暗恋，可惜被李莫飞捷足先登。一个本科时还是愣头青现在已经腰缠万贯的老板来敬酒，话虽不敢讲得露骨，玩笑间却已经露出了垂涎："沈瑜，我们轮流敬过去，你真要一杯一杯喝吗？到时候醉了算谁的？"

张君文很生气，这话说得混账。同时也很担心，刚刚自己都提醒沈瑜了，这帮男人喝了酒，一旦上头，就不能指望有自制力。这沈瑜在国外待了十来年，刚回来，也不知道先战术性回避一下！张君文不仅担心沈瑜喝醉，更担心李莫飞在场，这可不是闹着玩的。

沈瑜轻哼一声，问："我听说佘老总就是做酒业的，那对喝酒一定有讲究。佘老总想怎么喝？"

当年沈瑜眼神都不多给自己一个，现在居然搭话了。这位佘老板喜不自胜，顺手抄起一瓶茅台，用喝葡萄酒的高脚杯倒了差不多满满一杯，嬉皮笑脸地说："我先干为敬。"

见这男人急赤白脸地饮尽，沈瑜轻描淡写，笑意盈盈："佘老板不愧是做葡萄酒生意的，喝白酒都用高脚杯，真讲究。不过您看您，喝这么急，一半都洒出来了。我是女人，这么喝酒，不文雅。服务员，麻烦给我根吸管。"

沈瑜接过吸管，很有礼貌地道了谢，然后就在众目睽睽之下，把吸管插进茅台酒瓶里，跟喝汽水似的，用吸管将一整瓶高度白酒霎时喝光，且神情自若，连个嗝儿都没打。

这一幕一下子吸引了不少目光。

钟大海又过来了，看到这场景，摸着后脑勺后退了几步："这么能喝！"

一瓶茅台酒喝下去，就像在胃里烧了一把火。这女人够狠！也够帅！难怪能把李莫飞迷得神魂颠倒。她要是出手，吴小菲真不一定能比得过。

"爽快！不愧是沈老板，巾帼不让须眉。"佘老板愣了一下，马上反应过来，连称呼都改了。

适才几个没多少交情的人嘴里叫着"沈瑜"，口中客气，眼中轻蔑，这一瓶喝下来，其他人不敢随便上来再招呼。

李莫飞全都看在眼里。虽然今天有筹资的大事，但他却是一心二用。刚刚沈瑜和杨欢眉来眼去，和钟大海嬉笑打闹，和张君文窃窃私语，他这心里就很不是滋味儿。人和人之间的感情果然是复杂的，经过时间的洗礼，变得更加复杂。李莫飞快步走过张君文身边，张君文眼疾手快，一把拉住。

李莫飞不满地扭过头："你们几个就在这里干杵着？这么喝，胃不得喝坏！"

钟大海意味深长地看了他一眼："她既然要回中国市场来，这瓶酒她早晚得喝。早喝比晚喝好。"

这要吃多少胃药才能练就用吸管喝白酒的本领！钟大海在官场和商场上都算是后台极硬，没人敢小看，却也遇到过人际关系中的龃龉。书面上的尊严教大家快意恩仇，甚至可以耀武扬威地反击一切不爽与尴尬。可为着心中的小确幸或大天地，通常需要强大的隐忍和坚硬的盔甲，这才是现实。

张君文也明白过来，沈瑜这一吸管下去，以后没人敢小看她，更没人敢随便上来灌。张君文小声地劝李莫飞："这里好些人知道你俩的关系，这个时候你可千万别冲动。沈瑜自己有办法，你一上去就是砸她场子，以后她就不好混了。在这儿站着也没意思，你去忙你的吧，我和大海在这儿呢。"

果然，沈瑜这酒不是白喝的："我是计算机系的，今天有幸借着经管学院这个场面，能和各位好友重逢，心里头高兴。我先干为敬，各位随意。但光喝酒没趣，一起赚钱才有意思。之后打交道做生意，希望各位老板能给我沈瑜点面子。"

这位佘老板是个极品，但其他几个互联网的大佬还是很有风度。

沈瑜节奏太快，喝得过猛。几位老板赶紧跟上节奏："那是自然。沈老板，话不多说，都在酒里。"

其中有位老板说："沈老板可是计算机系的牛人。从硅谷和西雅图杀出来的，实力都不一般。"

喝酒就是为了让感情升温，为了把话讲出来。

不过现在这酒都喝了，还来整这些虚的，就让人不痛快。沈瑜在心里骂了句脏话。真是说的比唱的好听，强龙压不过地头蛇，我现在回国了，还不是得入乡随俗和你们拼酒？沈瑜笑得一脸灿烂，底下却藏着冷淡："不敢当，互联网变化太快了，打个盹就落后了。"

钟大海出来把话题扳正："这话有道理。过去，一个企业消亡，最终是被竞争对手打败；现在，一个企业消亡，首先是被这个时代淘汰。大家的对手不是同行而是时代，这就是煤老板时代的商业法则，也是我们互联网的游戏规则。跟上时代步伐才能生存。"

大家这才七嘴八舌起来。

"互联网理念，就是用户本位，虚拟实体打通，时空约束打破，追求极致化、模块化、个人帝国主义，利用大众力量来赚钱。"

"Web（网站）已死，Internet（互联网）永生。PC互联网后是移动互联网，移动互联网的下一幕或许是人工智能。不过互联网都是不可或缺的关键基础设施。有互联网，中国的零售行业便会焕然一新。商场、商家、超市、店铺等都会用互联网技术来提高效率，用互联网模式来提升供应链、降低库存和提升用户体验。"

"还有娱乐、学习、视频、餐饮、旅游、购物、出行，都可以搬到线上。人只要活着，就得消费。不在线下消费，就得在线上消费。"

张君文听到这里，小声地和沈瑜说："流量要从线下开始向线上涌入，那就可以做平台化运营。每一个流量的入口，都是吹起无数头猪的风口。"

沈瑜眼睛亮亮的："互联网时代，中国所有生意都值得重做一遍。"

张君文看了沈瑜一眼："做生意要有资本。在中国做生意还要有'中国资本'。资本不是天上掉下来的。搞互联网不是挖煤，一铲子挖下去就是黑金；也不是盖房，一砖头砌上就是钞票。互联网的商业思路都是先烧钱，实现垄断，然后盈利。羊毛出在羊身上。大家都想割韭菜，这波要杀红眼了。"

钟大海还在信誓旦旦地说："想守得住，想多赛道布局，企业就要有资本，这是实力，也是壁垒。"

沈瑜笑了："听到没？连大海都说这话。看来大家是都想拿钱砸。"

张君文夹了筷子青菜："蛋糕做大才是硬道理。现在中国国家经济高速增长，大家就算吃不到肉，也能喝口汤。可一个国家多少个行业，一个行业多少个公司，一旦蛋糕无法快速做大，这里想多分一点，那里就得少分一点。要是前期都要烧钱抢流量，很容易就一家独大了。现在所有人都在为房子打工，难不成以后让所有的行业都为一两家互联网公司打工吗？"

沈瑜瞪圆了那双丹凤眼："资本的尽头就是垄断。这话我一个学计算机的都懂。我老东家谷歌每年都要被罚，但是大家找不到合适的替代者出现，只能习惯成自然。在自由市场里面，最终一定会形成寡头垄断的局面。得嘞，看来今天这酒我是白喝了，之后这帮人，该踩我还是会踩。张教授，你别在这儿说风凉话。你有闲心在这里浪费时间忧国恤民，不如赶紧研究研究，这局要怎么破，没准还能多发几篇国际顶刊。"沈瑜最不喜欢别人感怀伤时，悲春伤秋——预测前景可以，不要胡思乱想，实在太闲就去干活，不想干活可以补觉。

张君文赶紧给好友鼓鼓劲："别担心，垄断问题是一个全球性的问题。中国是社会主义国家，姓社不姓资，反垄断势在必行。任何行业，一旦利润规模和增长速度上来了，监管也会接踵而至。沈瑜，你这公司都还没开呢，就担心着被其他企业吞了。怎么这样长他人志气，灭自己威风？"

沈瑜翻了下眼皮："我话还没说完呢，要是最后我垄断了，你就别研究反垄断了，帮我研究研究怎么逃过监管。"

张君文有点哭笑不得："对任何一个行业强化反垄断和防止资本无序扩张，必将削弱行业的盈利能力和打击企业发展的积极性。政府一定也会手下留情的，这点你放心。"

沈瑜没好气地说："我肯定放心不下。政策都是在主观层面进行分析的，很多时候都是一厢情愿。"

还没等张君文反应过来，沈瑜就转阴为晴："不过话说回来，张教授，我这一口气把正反两个方向的大文章都给你启发出来，回头你要是拿到什么帽子，享受了什么特殊津贴，甚至是获得了诺奖，记得罩着我。"

张君文知道沈瑜是在开玩笑，但还是实事求是地说："垄断行为的本身是一个商业选择问题，反垄断是市场监管的问题。政府从来不会打压一个垄断市场，政府害怕的是失去了对市场的监管。因为在垄断市场环境下，整个市场的监管权力从政府手里交到了垄断市场的企业手里。它们支配了市场的定价权、裁量权，市场的准入门槛及准出问题。这些企业往往会为了自己的利益最大化而迫使参与者放弃已经得到的利益。这才是大问题。这也是为什么在今天资本市场如此发达的情况下，全球都没有出现绝对垄断的市场企业！这是政府干预自由市场的结果。"

"明白。就是这个道理。"沈瑜答应着，突然眼珠子一转，笑眯眯地说，"君文，多年不见，我发现你这个人吧，真是一点都没变。我都有点好奇，像你这样动不动就讲大道理，像在上课一样，怎么追到老婆的？有时间有机会让我见见你太太。"沈瑜这时候还不知道，张君文的太太和李莫飞的太太，那是好得不能再好的闺中密友——八卦听少了。

张君文脑子里警铃大作。这番叙旧居然引得沈瑜冒出这一句，也不知道自己是给自己挖坑，还是给李莫飞挖坑。

这下麻烦大了。

沈瑜顾不上注意张君文的窘迫——她想吐。

沈瑜体内的乙醇脱氢酶活性极高，分泌充足，能够及时将酒精中的成分代谢出。哪怕一瓶茅台灌下去，也不上脸，皮肤依旧白皙透亮，吹弹可破。而且就算喝了酒，沈瑜那双丹凤眼也不迷离，仍是炯炯有神。但距那瓶茅台灌下去过去大半个小时，酒精已经被胃肠道吸收了一部分，刺激胃部黏膜，诱发呕吐反射。

要是当场吐出来，那这脸就丢到爪哇国去了，沈瑜的一世英名也就毁了。她今天来之前就吃了维生素C。但茅台很烈，不是什么维生素能撑过去的。既然当众吹了一瓶茅台，就得死撑到最后——这就是打肿脸充胖子的后果。

沈瑜趁还没人看得出来的时候，赶紧借口去上厕所，待了长达数十分钟。

张君文和李莫飞不放心，出去找过一圈，可惜都没找到。张君文刚想往回走，突然见到一个熟悉的面孔。

"张老师？"张君文居然遇到了自己第一届学生，转眼九年过去了，曾经的大三学生，也都慢慢熬过了职场新人的尴尬，步入身为中层高不成低不就的困窘中。

张君文碰到的是谢思扬，就是当年傅清瑶班上考试作弊被取消保研的同学，张君文也教过。

谢思扬认出张老师，很高兴，也很不好意思——他刚吐完，脸白得像张纸。

酒桌文化确实是糟粕。

张君文看他辛苦，请服务员给他送杯热水。钟大海说得对，这一杯又一杯的液体，往往不是为了尊严而干，而是为了隐忍。

喝下去的哪里是酒，更多是工作中的艰难和生活中的不甘。

谢思扬为什么在这儿，张君文一目了然。

谢思扬双手接过热水，谢了又谢。当年谢思扬保研资格被取消，后来考研又失利，就到处投简历，被外资四大会计师事务所拒绝了后，就去了内资八大会计师事务所。应届起薪高、培训机制完善、晋升公平透明，都是这份工作的好处。

谢思扬有点醉了，看到老师就想起了自己当年的错事，说话都不需要引子，只是一个劲地苦笑抱怨："网上说的那种拎着行李说走就走，游遍各地，每天能学到很多新的东西，一个团队为了一个共同目标而努力地工作的模样，毕业时候真是满心向往。"

谢思扬端着热水，心头的辛酸苦闷都涌上来，比刚刚的胃酸还要让人难受。上班才知道审计这一行，尤其是新人，从十二月份预审到四月份，每天十二点睡觉是常态，时不时会来几个通宵。刚开始都做一些很鸡肋的科目，刷底稿、抽凭、做调整、和企业沟通要资料，每天处于蒙的状态。

谢思扬伸手揉了揉眉心，接着迷迷糊糊地说："没想到熬过年审又赶上IPO，每天加班，人家早八晚五周末双休，我们早八晚九一周工作七天。好在事务所的人际关系简单，在事务所待着的人真的是相当单纯，日子过得也算很舒心，每天都能学到新的东西。没进事务所之前觉得出差可以去任何地方是一件很酷的事情，后来才知道只见识过了各种地方的车站和机场，每天的行程只有往返于企业和酒店之间，也没什么时间去四处逛逛。还是上学时候好。"

谢思扬半醉半醒地吐槽着："前两年事务所工资很低，有时候遇上IPO失败，事务所也会受到影响。但主要目的不是为了挣钱，而是为了学习，也不会抱怨。两年后有了家庭，才明白生活拮据还是很需要钱，就去找有什么和审计相关的副业，结果发现很多人主业都完成不好，哪还能指望副业？心里一阵悲凉，就好好努力把CPA（注册会计师考试）考下来。考上之后就从审计员变成高级审计员，去年刚升的经理，有了签字权，总算是熬出头了。可做了小领导，这人就不单纯了，这日子也不舒心了。经理作为业务骨干，出来陪合伙人喝酒谈业务是常事。职位卑微，就要帮大领导代酒。刚刚脑子短路，不小心在酒桌上说错话了，便自觉罚酒。确实有点喝蒙了，在这儿和您胡言乱语。"

这个时代，每个人都在拼尽全力活着。轻描淡写，却是九年的时光。

这时候谢思扬的同事找过来："谢经理，老板正找你呢。"

谢思扬匆匆和张老师道了声抱歉，赶紧跌跌撞撞地跑回去接着喝。走之前张君文和他要了张名片，谢思扬有点受宠若惊。

张君文回去便把名片塞给了钟大海。

250

"这是干吗?"钟大海捧着名片很不解,这不是自己上回IPO找的内资八大吗?

　　张君文说道:"刚刚遇到我一个学生。就在你之前找的那家会计师事务所当经理。你不是一直想着再上市吗?这回要是找同一家,要是学生能力可以,多给些机会。"

　　张君文经常对学生打一个比方——人要好好学走路。

　　一个人走得快,靠的是能力;走得稳,靠的是态度;走得远,靠的是人品。

　　但每个人都会犯错误,只要能得到相应的惩罚,有所悔改,那就不该让人永远被钉死在曾经的歧途上。

　　钟大海收下了。有时也就举手之劳,某人就成了他人生命的贵人。

　　沈瑜也回来了。

　　回来的时候,张君文发现沈瑜涂了一个正红色的口红,衬得脸上很有气色。但张君文定睛一看,实际上这脸色和谢思扬一样白。

　　明眼人一看就知道,这是去催吐吐狠了,要用口红来补气色。只是沈瑜脚下依旧很稳,走路带风——是个狠人!

　　为生活,为工作,为梦想,怎能不狠?

第十九章

2012年是壬辰龙年。

互联网已经全面接入生活，但尚处于开荒期，环境野蛮。进步的科技，开始重塑人们的生活。互联网处于博客和短视频时代的交叉节点，贴吧、微博如日中天，不断孵化着新语言。互联网也正式向世人展示了它影响现实的爪牙——日本用20.5亿元收购钓鱼岛。由此反日浪潮不断发酵。

这一年，央视组织了一档叫"你幸福吗"的社会调查，面对镜头，在新疆采棉花的大娘觉得给小孩攒点钱是最大的幸福，北京刚分手的小伙觉得当时的自己不幸福；而一位打工者，则用振聋发聩的声音回答了荒诞的2012——我姓曾。这一回答看似欢乐，但却能普遍反映当时的社会状态。人们面对幸不幸福这一抽象问题，都是思考了一会儿才给出答案，仿佛从来没听过"幸福"这个词语似的，甚至还出现了理解偏差。

幸福是一种能力，不是一种遭遇。

最大的幸福，就是对"幸福"这个词语的陌生。当人人都熟悉何为"幸福"时，那不幸，便泛滥成灾。

对于这个问题，张君文和傅清瑶的回答都是幸福，吴小菲的回答是不幸福，李莫飞思考了一会儿也给不出答案。

毕竟李莫飞经历生活中的许多事，就像在学科目二一样，动不动方向盘就要打死。比如盖院楼，筹资很成功，基建却有点糟心。

盖院楼这件事来了这么个大转弯，还是拜周越华所赐。周书记看到李莫飞把前期方案拟出来了，建设资金也到账了，就来感念李院长的辛苦。

"真是黄鼠狼给鸡拜年。"韩森历经升教授一事，对周越华越发看不惯。

周越华却没听到这些负面评价，她想的是盖楼这个事能做出大成绩。最关键是作为奠基人，能被人记住。周书记也是心中有梦想的人。"李老师这次前期工作做得太好，为经管学院任劳任怨，陆院长和我很是过意不去，后面的工程跟进，就让我们来分担吧。"

周越华醉翁之意不在酒。但这套冠冕堂皇的说辞，居然还真有人信了，比如从不揽事的陆院长。陆院长喜欢分工——分工明确，各司其职，方能成事。

周书记轻轻松松地说服了陆院长："李老师不是永动机，辛苦这么久，是该歇歇，不能把所有压力都给他，倒显得我们都是来白吃干饭的。"

周书记话糙理不糙，细想还是有道理，要是项目从头到尾都是副院长推进的，他一个院长也脸上无光。

学院两个最有权力的人管着，李莫飞只能放手。但陆院长也是走过场的，这事折腾来折腾去，竟成了周越华在管。

周书记能蹦跶这么久，能量真是不一般大。

李莫飞继续把重心放在MBA和EMBA上。张君文也要给EMBA上课，不过他手头还有更紧要的事，就是发文章。那两篇大文章修修改改，终于是有着落了。

第一篇是关于企业避税的，第二篇是关于股权分置的。

如果说第一篇企业避税的问题想明白就可以写好一篇论文；那么股权分置这事搞清楚了，可以连着写好几篇，连国家社科基金重大项目投标书的课题设计论证部分都写完了。一箭双雕。

最近两篇大文章突然都有了动静，张君文很是高兴，但心情与第一次国际顶刊发出来时，又有点不同。

李莫飞知道了，嘲笑道："张教授，这是习惯成自然了。可以呀，这么波澜不惊。"经历了评教授的一波三折，张君文最终还是被评上了教授。

张君文懒得搭理，低头整理材料："自然是高兴的，但也不至于夸耀，难不成我当场给你表现一个欣喜若狂吗？"

李莫飞挑了挑眉："看样子以后还有呢。"

"少胡说八道，你又不是没经历过，怎么可能那么好写好发，想要就要。"张君文皱了皱眉头，这李莫飞怎么和沈瑜说话一个调？自从沈瑜回来之后，李莫飞整个人都变了不少，但也说不出来哪里不对劲。

李莫飞正色道："君文，有一说一，咱会计系现在也就你能和管科打擂台了。你也看到了，就因为管科这些年能发，周越华一到成果总结报告的时候，那都是拿鼻孔看人的。"

"学科性质不同。这有什么好夸耀的？"张君文的反应很冷淡，"不过会计系确实也该反思。中国会计界对实证研究方法的接纳比西方晚了近二十年，经过近十年的发展，现在国内主要学术期刊和重点高校博士学位论文都成了实证会计研究的模仿秀。虽然研究方法的转型在中国会计的理论研究发展史已经是巨大的提升，但也不能总停留在这个初级阶段。"

李莫飞感叹："逆水行舟，不进则退。这个道理，懂的都懂。可毕竟中国实证会计的发展一开始就是炒西方冷饭。咱们也是这十几年才和国际接的轨，没有基础，更不可能那么快跳出模仿的过程，总不能揠苗助长吧？"

张君文反问道："所以才更要好好想想，中国的会计问题应如何问起？西方已有的会计理论可否用来指导中国问题？像当年我们去北京参加的实证会计研究兴趣讨论班，后来不就是全国遍地开花地流行，各高校都在跟风强调？过去十年，我们一直在干的不就是融入国际这件事吗？"

李莫飞认同："这倒也是事实。只是西方的理论来了中国难免水土不服。这种在研究中国会计问题的局限性都可以追溯到前提假设，在英、美等国，政府是裁判而非运动员；在中国这个最大的转型经济国家中，政府部门仍然掌控着绝大多数的资源配置，经常以运动员的身份参与经济交易。二者并不兼容。"

张君文终于抬起头："所以，才需要一个不同于西方主流会计理论的研究框架来理解这些差异，并将中国的社会制度作为这个研究框架中最重要的理论元素。要知道，中西方的制度差异虽然是中国会计研究的难点，也是中国会计研究融入国际学界的机会。"这就是张君文写文章的初衷，立足于中国的制度背景做学问。

李莫飞觉得张君文和吴宁海越来越像了，不论是带学生还是写文章。难怪岳父一直在学术上对张君文更加看重。这几年张君文的收入涨得很快，已经在校外买了个大房子住，校内的房子已经租出去了，去老师家也不像以前做邻居时那么方便了。但张君文夫妇还是时不时会上门探望。李莫飞去时，吴宁海时常谈起自己的师兄弟们，言语间透露着欣慰和骄傲，尤其是对张君文。

张君文算是没有辜负吴老师当年临退休前的教导，勤于思，敛于心，敏于行，都做到了。那自己呢？三求三思：求稳，求实，求进；思危，思变，思退。

李莫飞眉头紧蹙，眼下单盖院楼一事，就还是被周越华插了手。

实在是任重道远！

第二十章

人算不如天算。

生活中的雷，总是爆得始料未及。

在2012年和2013年新旧交替的这段时间，周越华还是成功地把自己作死了。盖院楼这个事，功劳大，责任也大。前期筹资难，后期工程也不能马虎。

智者千虑，必有一失。周书记急功近利，在李莫飞原本规划好的方案上指手画脚，任人唯亲，结果出事了。具体就是周书记在分管了盖楼这个工程后，分包给了一个关系要好的开发商，然后这个开发商又继续分包下去。层层分包，质量可想而知。于是这楼盖到中途，工程质量就出了大问题。

出事了肯定要有人担责，盖院楼这件事，学校和省市都知道了，一追究下来，责任就在周书记身上，这下孔书记想护也护不住了。

而且教育部开展第三轮学科评估，江宁大学经管学院没有发挥好，只拿到了A−，在学校挨了不少批评。鉴于周书记还有其他前科，一并处理，没有情面可讲。周书记下台，陆院长也有监督不力的责任，连带着受到了相应的处分。李莫飞因为只管前面规划，负责筹资，后面被周书记抢了分工，反而从这个事情中脱身。

盖院楼这么件大好事，居然把书记搞下台，使院长受牵连，也是离谱。经管学院一下子失了主心骨，急需一根定海神针。校领导思来想去，又征求了一番几位老教授的建议，聆听了一下经管学院的群众意见，决定把李莫飞推出来救场。这是众望所归，原本李莫飞给学院搞了创收，盖楼筹款又筹得好，能力已经显出来了，且又是本土系，现在搬出来用再好不过了。

李莫飞就这样成了院长。

张君文等都来贺喜，不管怎么说，升官了就是件好事。

"这有什么好恭喜的，是福是祸还不知道呢。"李莫飞十分清醒。

周越华走的那一天，李莫飞见到了她。

周越华很平静，没有昔日的趾高气扬，也没有落败时的垂头丧气。周越华看到李莫飞，非常冷淡地道了喜："李院长，得偿所愿，恭喜了。这担子可不轻，你得挑好了，别像我一样闪了腰。"

周越华做了检讨，也受到了处罚，认错态度非常好，但在平日的对手面前，姿态依旧高高在上。周越华已经从江宁大学辞职，去陈瑾读博的那所普通一本院校继续当老师，此后又是另一番景象。

李莫飞上任后一连好几个晚上没休息好。

最紧要还是这个盖院楼的事，工程款找校友要到了，地皮方面找校方要到了，现在搞不好就成烂尾楼了，哪一方都不好交代，怎么能不糟心？李莫飞查了查还有哪些校友的款子没到位，便和张君文一起来找钟大海。

三个人找了家面馆吃饭。

可巧钟大海也很糟心。

2012年年底，中国证监会发布《关于做好首次公开发行股票公司2012年度财务报告专项检查工作的通知》，通知要求各中介机构在开展2012年年度财务资料补充和信息披露工作时，应严格遵守现行各项执业准则和信息披露规范要求，勤勉尽责，审慎执业，对首发公司报告期内财务会计信息真实性、准确性、完整性开展全面自查工作，并要求保荐机构、会计师事务所应在规定时间之前将自查工作报告报送中国证监会。

简单地说，A股市场IPO暂停了。这一次，监管层开展了号称史上最严的IPO公司财务大检查，以挤干拟上市公司财务上的"水分"。

原本钟大海计划得好好的，这么一搞，直接骂娘。这都十年了，IPO还没成功，实在憋屈。

在等面的时候，张君文开导道："上市这事本就急不得。"

钟大海反问道："不上市哪来那么多钱可以投进去补贴用户？"

钟大海还是那个观点：互联网时代，流量为王。

从电商到团购，从餐饮到旅游，到处都是市场，但有市场就有对手。互联网企业的"烧钱"之战，最大的目的就是在传统行业中烧出一条新赛道，烧出一个崭新的行业标准。这个行业标准不仅仅是为顾客制定的，也是为行业的后来者制定的。

把墙砌起来，把其他人挡在门口。

张君文叹了口气："'烧钱'确实能提升后来者的准入门槛，使得后来者不得不投入足够的运营成本，来对抗已经成形的庞大对手。但是，'烧钱'的背后一定能换来行业标准吗？如果'烧钱'没有换来行业标准的重构，或者在行业标准建立之前，资金链就已经断裂，企业将面临巨大的危机。'烧钱'大战如果不以产品和运营为基础，是无法重构互联网生态的标准和用户的认知的。"

李莫飞也认同这个观点："你也不想想，当钱烧完了之后，用户还留得住吗？钱烧完后，会发生什么？如果一个平台试图靠高额补贴笼络消费者，就应该能想到，当用户的消费习惯没有在'烧钱'期间培养起来，'烧钱'带来的后遗症就会随之而来。互联网是风口，无数的人涌入，都想分一杯羹。若是砸钱成为一种扩大市场的常态，那上市的剧本在企业成立之初就能写好，这时行业扩张的速度就增加了，行业准入的隐性门槛也会提高。结果只能是恶性循环，越来越多的企业烧钱，这不就酿成'公地悲剧'了吗？当行业的投放超过市场的承载力的时候，这个行业也很可能因为'超载'而成为一片不毛之地。"

钟大海看了一眼李莫飞："这话你和我说没用，你去找你前女友说。沈瑜烧起钱来比谁都狠，这才两年不到，她已经用钱把一家公司给砸出来。"

李莫飞哑口无言。

原本沈瑜回国东山再起，也是两手准备，如果有好项目就去做投资人，给别人当当"天使"。没想到那天在校友会上得到启发，结合自身的特长和爱好，马上建了个旅游网站出来，就是用来展示旅游报纸、杂志、指南等官方内容的地方，放上当地的航班、酒店、天气、景区门票预订的方式和时间。

这东西有点借鉴"猫途鹰"的思路，在国内沈瑜也不是首创，沈瑜既然想要入场券，就得带着钱杀出一条血路来。

烧钱的背后是速度战，是生态战，是最快速度、最大规模地养成用户。

沈瑜是不缺钱的，但这些钱用来充游戏币和买单反没问题，用来养一家公司，那能烧多久？

李莫飞有些担心。

钟大海看到李莫飞的表情，便说道："担心呢？担心就去看看吧，看了就安心了。反正办公室就在金融街。"——后来沈瑜没有选择晋原，还是把办公室搬到江宁市来了，就在这儿附近。

桌子底下，张君文踢了钟大海一脚，没踢到。而桌面上，李莫飞耐人寻味地看了钟大海一眼，没有搭腔。

这时候面端上来了，清澈的汤底，下面铺着细如金丝的面条，上面放了一圈排排站的小馄饨，腾腾的热气往上冒，把金银蒜蓉的香味散开，向碗外弥漫。

张君文拌了拌小料，化解尴尬地问："她那时不是挺看好晋原科技城的吗？怎么就搬到江宁市来了？"

钟大海瞧瞧张君文，又瞧瞧李莫飞，开口说："黄师兄调回来，这事你们不知道吗？要不要搁点醋？"

两人都摇头，这些日子太忙了，没顾上。

钟大海自己给自己倒了点醋，吃了一口面，烫了舌头，喝过凉水才说道："是调回来了。然后万鹏集团之前不是一直要晋原科技城旁边那座山吗？新任市长把那块地皮给卖了，也不知道黄有鹏这小子是想着把山移了造个产业园三期出来，还是开发出来建别墅区。我最近过去看的时候，风景大不如前。看来黄有鹏这次的名堂没搞出来，弄巧成拙。新任市长好像又要走回以前搞畜牧业乳制品这种老路，对这些高科技产业不像师兄在时那般友好。反正现在那一片，自然环境和投资环境都不算太好，搬回来也在情理之中。可惜了黄师兄的一片心血，晋原模式怕是要付诸流水。"

张君文不解："那师兄干吗要调回来？这才一届副市长、一届市长，以黄师兄的能力和政绩，连任没问题呀。"

钟大海说："何止是连任没问题？师兄本身有见识，有手段，专业出身，主政一方后建立产业园，之后又大力支持企业融入资本市场。这样的政绩，升市委书记都没问题。这不是师兄一个人去晋原市，嫂子和孩子都在江宁市，两地分居。虽然隔着不远，但一忙起来，夫妻感情就淡了。所以他就调回证监局。"

钟大海这话说得很委婉。

李莫飞和张君文都听出了弦外之音，想来是夫妻之间有些矛盾，而且不是小矛盾。

弄出人命的矛盾，自然不是小矛盾。

黄鸿图的外遇对象，其实就是当年作弊案的另外一个女生方予矜。当年出于对方予矜的保护，她举报完同班同学后，几个老师都选择把这件事烂在肚子里。谢思扬、崔珂还有乔帆，最后都不知道这事究竟是怎样被发现的。只是谢思扬和崔珂的研究生读不成了，乔帆后来也没读博士。方予矜因为把谢思扬和崔珂挤下来了，自己成功拿到了保研资格，在江宁大学又待了三年。

大学毕业之后，方予矜就去了万鹏集团的财务部。万鹏集团和晋原市长期打交道，方予矜能力出众，因为业务需要被派去晋原科技城核对账簿。产业园二期的初步意向达成时，黄有鹏请黄鸿图吃饭，把项目组成员都拉过来作陪。

彼时方予矜还是职场新人，项目组里也还有其他几个年轻人。黄有鹏就招呼大家给黄市长敬酒。

第一个小白敬酒态度很端正、酒风很豪爽、个性很直率，端着酒杯冲到黄市长面前，一饮而尽，趁着第二个小白来时及时脱身，旋即返回座位，一句话也不说。

第二个小白同样豪爽，也没有如前一个张口结舌，只是一句冷不丁的"黄市长，我敬您"，把人吓一大跳。

这些人平时伶牙俐齿，在办公室里妙语连珠，在宴请时却吭吭哧哧，脸红脖子粗，只能干啊干啊，搞得酒桌上一圈人相顾无言，很扫兴。

为了缓解尴尬，黄有鹏的副手点名表扬方予矜："这几个新人里，予矜进步最快，不愧是江宁大学经管学院的高才生。"

这句话看似在夸方予矜，实际上在捧黄鸿图，因为黄鸿图也是江宁大学经管学院出来的。方予矜大学时就是外联部部长，办事经验丰富，马上心领神会，站起来敬酒，感谢母校的栽培，顺便夸了夸领导，最后还不忘绕回来说明经管学院还有许多优秀的师兄师姐，要向他们看齐。

这番话在前两个小白的衬托下，显得格外有水平，加上方予矜长相精致，举止大方，马上就引起了黄有鹏的注意。黄有鹏笑着说："小方，黄市长就是你师兄呀，既然要看齐，你可得过来再敬一杯。"

领导发话了，方予矜只得过去敬酒，倒是黄鸿图出声帮忙解了围："女孩子不用喝这么多酒。师妹就不用客气了。"黄鸿图本身其实就不喜欢这一套酒桌文化，应酬喝酒也是不得已而为之，并不想为难新人。

黄有鹏见黄鸿图发话了，就不为难方予矜了。可黄有鹏是个出类拔萃的猎艳高手，短短几分钟，他就看到了方予矜身上潜藏的巨大商业价值——这可和晋原产业园项目一样值钱。那个晚上后，黄有鹏就让副手多抬举方予矜，并有意无意给方予矜和黄鸿图制造机会。

其实黄鸿图一开始，确实担得起"清正廉洁、为人正派"的评价，但后来家里一地鸡毛，实在没能把持住，就和方予矜好上了。

而方予矜本身也是愿意的，毕竟黄有鹏的各种"栽培"和"提拔"，已经让她看到背后有黄市长这座靠山的好处，她一点都不介意把大腿抱得更紧一点。

四十几岁的男人和二十几岁的小姑娘，干柴烈火，更重要的是，旁边不仅有人浇油，还有人煽风。

这把爱情的大火，越烧越旺，直接烧出了个小生命。

孕检还是钟大海的老婆高慧做的，也就是前文提到的那位带小孩的邻居妈妈，正是省里医院的妇产科医生。知道又有了孩子，黄鸿图还是很高兴的——毕竟大号练废了，可以练小号了。

如果这张孕检报告没有落在齐佳媛手里，应该是母子平安、皆大欢喜的。

可惜世上没有如果。

齐佳媛知道后，背着人大哭了一场，哭完之后，化了个妆，就去了晋原市市长办公室。齐佳媛没打一个招呼就杀过来，让黄市长很惊讶。

齐佳媛懒得废话，直接从包里掏出两样东西放在桌上——左边是牛皮纸信封，右边是堕胎药。

齐佳媛不急不徐地说："出门左拐是纪检委，右拐是医院，黄市长待会儿下班的时候，不妨看一下哪边不堵车。"

两个小时后，方予矜再一次被高慧接诊，直接被推进手术室。

齐佳媛离开市长办公室时，和黄市长说了一句话："黄鸿图，保大还是保小，都是你自己的选择。"

显而易见，黄鸿图选择保大。

等麻药过去了，方予矜被枕边人亲口告知是自身子宫发育不好，前三个月胎还没稳，容易流产。

高慧回家后和钟大海谈起这件事，却说这个准妈妈最近一次来的时候就已经能听到胎心了，这个孩子很健康。

具体细节钟大海其实也不知道，但一听说这个准妈妈是小嫂子，总共就来检查过三次，再联系黄鸿图突然调回来这件事，就明白了八分。老钟家人口那么多，比这复杂的事多了去了，钟大海猜都能猜出个大概。

李莫飞心里有事，听得心不在焉，借口院楼一事没解决，就先告辞了。

张君文有点诧异："这面还没吃完呢。"

"饱了。"李莫飞早就走远了。

钟大海拦住了张君文："你看他一听见我提起沈瑜就魂不守舍的样子，你要跟过去干什么？"

张君文说："正因为魂不守舍，所以才要跟过去。"

钟大海马上反驳："解铃还须系铃人。你是和清瑶感情太好了，看不出莫飞和小菲这些年关系越来越不好吗？吃面。"

张君文犹豫了一下，还是坐了回来："他们两人因为什么感情不好的，那还不是莫飞放不下沈瑜？"

钟大海喝了口汤："是呀，但沈瑜回来快两年了，这不也没出什么事？两人都是为人父为人母的年龄了，能自己解决好的。你操什么心呢？"

张君文不同意："要是等出事，那不就晚了？难道要和黄师兄一样才操心？毕竟兄弟一场。"

钟大海终于从碗里抬起头，看了张君文一眼："你都听出来黄师兄的事情没这么简单，莫飞难道听不出来？有些话，听进去就万事大吉；听不进去，讲一千道一万都没用。"

张君文说："师兄那是大权在握，多少人盯着。只要他一松口，马上就有人送上门。莫飞这是自找麻烦。这两个能相提并论吗？"

钟大海摇摇头："男人女人在一起，就像这碗面，热气腾腾的时候好吃，凉了这面条就坨成一团了。要么为欲，要么为爱，理是理不清楚的。拿黄师兄为例，以他现在的能力，离婚也不是不可以，反正事情都闹出来了。可最后不还是选择妥协，选择不离婚？莫飞也会想清楚的，不说别的，单说为了他的宝贝女儿，他也不会和小菲闹掰。你再不吃，这面真要坨了。"

张君文这才拿起筷子，但马上又放下："不对呀。黄师兄能有今日成就，除了自身能力出色，却也离不开齐老的保驾护航。哪怕现在黄师兄可以独当一面，要是他婚姻破裂，还是受影响。但这种影响力，齐师姐有，师妹却没有。"

听到这里，钟大海却不着急解释了，不紧不慢地把剩下的面条扒拉进嘴里，放下筷子，看着张君文，笑着说："你怎么知道师妹没有影响力？你可别忘了，当年晋原乳业第一次出事，把副市长都给拉下马了，真算起来还是师妹那篇揭露文章的功劳。具体我和你也说不清楚，你回家找你老婆给你细说。"

说完钟大海抽了张纸巾擦了擦嘴，丢进垃圾桶里，就回公司了，走之前不忘回头交代张君文："记得买单。"

张君文兴致缺缺地扒拉了几口，就回家去问了傅清瑶。

傅清瑶居然还真的知道。

吴小菲是谁？是省报的笔杆子、千里眼加顺风耳，自然不会像齐佳媛一样被蒙在鼓里那么久。在李莫飞和张君文见到沈瑜后不久，吴小菲就知道了丈夫的初恋回国这件事，知道了沈瑜是那天山上好心的旅客，还知道了沈瑜在校友会上用吸管喝白酒的事迹。

吴小菲再次见到了沈瑜，当时钟大海和傅清瑶都在场。吴小菲和沈瑜最像的地方，就在于两人都是那种一遇到问题，就不会坐着等的人。

傅清瑶拦不住吴小菲。当她追着吴小菲赶到沈瑜新公司的时候，钟大海和沈瑜正在谈生意。

吴小菲在公司楼下还是犹豫了一下，毕竟李莫飞和沈瑜什么都没有发生，自己有什么理由能站在道德高地去指责沈瑜？真要找人吵架，也应该找李莫飞。但李莫飞又有什么错？除了没有一心一意爱自己，李莫飞是个好丈夫，更是个无可挑剔的好爸爸。

可惜不是个好恋人。

人的心就像一把锁，钥匙是银的、金的，还是镶钻的，都不如一把对的。可如果这钥匙是万能钥匙，那还有什么稀罕的呢？偏偏李莫飞就是把万能钥匙。

吴小菲突然有点迷茫。

就在傅清瑶觉得还有希望，可以把好友劝回来的时候，好巧不巧，钟大海和沈瑜下楼了。两人正打算去下馆子。

沈瑜早就忘记了吴小菲。

生命很长，有些人只是过客，到站了就下车；有些人甚至就只是在站台上站着，留下匆匆一瞥。

钟大海看到吴小菲和傅清瑶，明明隔着一段距离，整个人却不自在起来了。

这两个漂亮的陌生女人，居然能让已经收心的钟大海突然尴尬。沈瑜马上意识到这事不对，对钟大海挑了挑眉毛："怎么？你有外遇呀？还是姐妹花？特地来拦你的？"

"不是，别胡说！"钟大海打了个激灵，家里的高慧可是个白切黑，"她俩是君文和莫飞的老婆，是好闺密。"最后一句是从牙缝里挤出来的。

沈瑜无所谓地笑了笑："难怪呢，我就说你家高慧我都见了好几面了，怎么张君文藏着掖着不让我去见他媳妇儿？果然是美人，难怪要金屋藏娇！"

"你倒是看得开。"钟大海皮笑肉不笑地说，"现任找上前任，你打算怎么办？"

沈瑜反问钟大海："都找上门来了，你觉得我应该怎么办？"

钟大海问："要不我打电话叫外援？"

沈瑜云淡风轻地开着玩笑："外援找来，帮我还是帮她？来了也没用。为难人的事情我不做。再说了，我跟他，光明磊落，啥事都没发生，叫过来干什么呢？把水搅浑吗？你要是不放心，直接打电话找警察吧。"说完，沈瑜就迎了上去。

钟大海眼前有点发黑，赶紧跟上去："瑜姐，您悠着点。"

"二位找我吗？"沈瑜和颜悦色地开口，好像多年未见的好友，"站在这里说话也浪费时间，要不一起去吃个饭吧？"

吴小菲和傅清瑶面面相觑。

沈瑜在前带路，领着大家去了一家附近的火锅店，搬上来的是一口四宫格的大锅。四个人吃饭，点了三个锅底。最有趣的是沈瑜和吴小菲要的锅底，刚好在对角线位置。

除了沈瑜，余下几个人都没啥胃口。

沈瑜夹了一筷子牛肉，悠悠地说道："各个人的口味真有意思，有人喜辣，有人喜淡，几位都喜欢吃什么锅？"

钟大海回答字面意思："我什么锅都能吃。"

沈瑜抿了抿嘴唇，放下筷子，用右手手指慢慢地转着左手无名指上的一枚戒指，笑了："是吗？喜欢吃一样菜，不代表不喜欢吃另外一样菜，是这个意思吗？"

钟大海忍不住翻了个白眼。

吴小菲已经找回状态了，筷子一动都没动。她目不转睛地盯着沈瑜玩弄那枚普普通通的戒指："这么混着吃，早晚要拉肚子。"

傅清瑶说："偶尔换个口味也是有的，但吃来吃去，总还是某一类菜更合口。比如年轻的时候能胡吃海喝，岁数到了就喜欢清粥小菜。"

沈瑜深深地看了傅清瑶一眼。

钟大海额头上的汗都出来了，也不知道是被热气熏的，还是被火锅辣的，赶紧给三位女士烫菜夹菜："吃菜，吃菜。"

沈瑜笑得凌厉："我喜欢中餐，但在美国的时候，天天只能吃西餐。那时候忙，哪有时间去唐人街下馆子，连想都不能想，想了就想家。其实刚开始我挺喜欢吃西餐的，也是种饱腹的替代嘛，可越克制就越喜欢中餐，越讨厌西餐。"

沈瑜就是中餐，吴小菲就是西餐。

吴小菲停顿了一下，剜了一眼盘里的菜："这菜夹生，我喜欢全熟。你们慢用吧，我回报社工作了。"

傅清瑶给沈瑜和钟大海道了歉，赶紧追上去。

钟大海有点错愕："不吃夹生的，那她打算和莫飞撕破脸吗？"

沈瑜事不关己，高高挂起："知我者，谓我心忧；不知我者，谓我何求。想那么多干吗？这菜挺好吃的，吃吧。"

张君文听完傅清瑶讲完整个见面过程，心里很不安，追问这些日子吴小菲的情况。

傅清瑶只能回答一切正常。

一切正常，本身就是很不正常。

第二十一章

张君文担心着好友的状态，但李莫飞忙着盖院楼。盖完楼李莫飞又开始在学院进行一系列改革，一整个不谈感情的状态。

李莫飞主张开门办学。

"大学教育不能局囿于象牙塔。就经管学院而言，一方面要博采众长和强调创新，重视经管理论和案例分析研究，注重实践，不断提升教育服务经济社会发展的能力和水平；另一方面要鼓励家长和孩子适时走进来，了解江大经管学院的院史，了解学院的学科设置和培养方向等，以便更多的家长了解江大经管学院，激励更多的学子投身商学。"李莫飞在开会的时候不止一次强调教育和孩子的重要性。

在此前后，每到周末、寒暑假，越来越多的游客都将江宁大学等名校列入"游览清单"，希望能带着孩子一睹名校风采。每年各大高校门口都是人潮汹涌，很多来校参观的小客人都是来自全国各地的高中生、初中生、小学生，甚至是幼儿园大班的孩童。

李莫飞非常支持学校这一举措，江宁大学应该善于利用这个机会，主动开办一些讲座和讲解互动，积极宣传自己的校史与办学理念、学科设置和人才培养规划情况等。只要来参观的小客人们树立了远大志向，将来就多一分成为栋梁之材的可能性。

孩子才是未来的希望。

此外，李莫飞还积极推行学院考核制度，动手拿掉那些"不干事"的人员。这一闹得罪了一帮人，其中有黎成昊，也有梁兴述。

这件事充分说明了两个道理。

一是没有永远的朋友，只有永恒的利益；二是在利益面前，敌人也能变朋友。

黎成昊和梁兴述找去了院长办公室。这间办公室换了三个主人，风格变了又变。

吴宁海院长在时，书架上、办公桌上，甚至连茶几上都是些专业书籍、学术期刊和报纸，国内国外都有，《参考消息》也都摞得老高，堆在墙角。

陆超院长用这间办公室的时候，书架上全改放外语书，报纸几乎是看不到了，更别说《参考消息》。本来嘛，陆院长就像是被硬塞到行政位置上的张君文。他的风格，和普普通通、勤勤恳恳上班发文章的教授真没什么两样。

现在办公室的主人是李莫飞。

李莫飞也不看报纸，但是书架上的书五花八门，除了专业书籍，历史、地理的都有一些，最惹人注目的是《新教伦理与资本主义精神》《孙子兵法》《资治通鉴》《国史大纲》和《花间集》。

李莫飞给两位老师倒茶，还没等两人开口，就开门见山："黎老师和梁老师是为了学院考核制度来的吧？我知道，这件事干系很大：以往我搞创收，把蛋糕做大，大家都高兴；这次动了大家的奶酪，自然会有反对的声音。"

李莫飞边说边给两位老师递茶："不过这事要换一个角度想，我们经管学院的工商管理一级学科早就被教育部认定为国家重点学科，成为全国首批拥有工商管理一级学科国家重点学科的五所高校之一，又获得工商管理硕士协会（AMBA）国际认证、欧洲质量改进体系（EQUIS）国际认证、国际商学院协会（AACSB）国际认证。这些成绩都是依靠吴院长时期打下来的基础做出的。中间荒废了几年，眼看就又要全国学科评估了，这么关键的节骨眼上，不刮骨疗伤，怎么可能药到病除？二位老师想想，要是学科评估能拿到好成绩，未来江宁大学经管学院的知名度会大大提高，学院创收项目也更好开展。既然大家到时候可以安心地分到更大的蛋糕，何必在乎眼前这点不干净的小奶酪？"

黎成昊和梁兴述不吱声，他们明白其中的利害关系。

当院领导的，学科评估就是一个重要的大关卡。教育部学科评估每四年搞一轮，上一次是2012年，结果在2013年1月公布，刚好是周越华出事那个点。上次搞得那么烂，这次李莫飞不得不提前筹谋。搞学科评估，除了看获奖这类指标，还有两个比较关键的点：一个是数"帽子"，另一个就是顶级文章的发表数量。后一项有张君文和管科那帮人在，李莫飞暂时还不用发愁；但前一项却需要花心思挖人才。不把经管学院里的蛀虫先除掉，怎么引进人才？

不谋全局者，不足以谋一域；不谋万世者，不足以谋一时。

李莫飞出身于中等收入家庭，身上少了吴宁海和张君文那种贫苦出身、时刻忧国忧民的情怀。但也正因为他从小生活无忧，所以他比张君文更明白既得利益者的心理，做起事情来可以没有那么多顾忌。而且李莫飞这个人，因为没能从爱情和婚姻中得到慰藉，基本上所有的心思都放在工作和女儿身上。

要想在工作中找到源源不尽的动力，就要有不断向上走的升级之路来保持住这份新鲜感。

尽管这些年李莫飞的重心从学术偏移到行政，但他十几年来积攒下的关系摆在里，每年保持一定的论文发表不成问题。一年一篇的《经济研究》或《管理世界》，虽然没有张君文等高产，但也是相当不错。有张君文慷慨相赠的第一篇国际顶刊，还有这些国内核心期刊的助力，李莫飞也想要拥有一顶"帽子"，不仅为了这个学科评估，也为了个人下一阶段的仕途晋升。

李莫飞为学院谋，也为自己谋。两者相辅相成，勉强算得上是个有野心、有远见、会运作的好领导。

如果说学校的形势是跟着整个社会的形势一起变动的，那学院的风气也随着领导层的风格而改变。在李莫飞上任后的这几年，经过一番改革，学院的风气终于回到了吴宁海和赵烨共同协作，"管关周"还没有插手的那几年的面貌。师生关系和谐，同学关系和谐，自由讨论，甚至因某些问题争得面红耳赤，也不会伤和气。

这几年，再没有发生过学生写举报信，打小报告，抹黑诬告，故意上纲上线，甚至跳楼自杀等事件。老师认真讲课，总想把自己多年来读书、研究的心得体会告诉学生。老师对学生，重在启迪，容许同学有不同意见，哪怕是不同意老师的观点。经管学院再没有发生过学生批判学院老师封、资、修的思想，或学院老师认为本院某个学生"思想有问题"的事件。

张君文不由得感慨，仿佛又回到了自己的本科时代。

同年级学生之间有比较、有竞争，但不会依靠作弊、包庇这些不入流的手段。相互切磋成了新风气，像会计学、财务管理等课程都有作业，考试也更加注重启发性思考。因为大学宿舍很挤，更多同学喜欢去图书馆，每次下课一吃完饭，就到图书馆去抢座位了。

李莫飞在盖院楼的时候，在楼群里单独辟出了一座小型的学院图书馆供本院的师生使用，也欢迎其他学院的师生过来学习。学院图书馆的书籍，一部分是学院出经费买的，另一部分是李莫飞号召新老老师们捐赠的。其中，吴宁海和赵烨捐得最多，好些都是孤本。学生可以不受限制地借阅图书，图书馆所有的书都可以随时调用。如果学院图书馆没有，相关服务人员还会帮助师生去联系学校图书馆和其他学院图书馆进行借阅。

图书借阅的方式很简单。先在图书馆系统里查好书，将信息传到图书服务中心，图书馆工作人员找到以后就通知借阅者。借阅者可以到离自己最近的任何一个图书馆去提取。看后还书也是到离借阅者最近的图书馆。除了借阅整本纸质书，许多书已经有电子版，图书馆就直接将电子版发给借阅者。如果需要复印，借阅者可以将要复印的部分告知图书馆，有专门人员为其安排。当然为了保护知识产权，借阅者只能复印其中的某个章节。

在这种环境下，不好好学习往往会使学生产生一种负罪感。

为了帮助学生成长，学院在课程开设和培养方案上也独具匠心。

所有本科生除了主修课程，还需完成学院设计的通识教育课程，其宗旨是使每个经管学院的毕业生接受广博的教育，接受特定的学术专业和集中的训练。有基本伦理和价值的教育，帮助学生坚定理想信念，克服人生挫折；有常识性和真理性的知识熏陶，帮助学生拓宽视野，可以行稳致远；有人类最基础的人文知识普及，帮助学生提高修养，拥有美学思维；有关于哲学、生命、数学、物理、伦理、世界观等的全面教育，帮助学生弥补缺陷，思想变得厚重有力量。这些基本的教育，建立了学生对人类的基本认识，而不是一种技术的、功利的认知。谁说经管人，就一定要成为冷冰冰的理性经济人？谁说经管人，就一定要追求所谓的利益最大化？

学生的成长和进步，除了得益于与教授之间的交流，更多是来自学生之间的交流。张君文在年度工作会议提提案的时候，提出"不要让一个掉队"的本科生培养方案。以专业教师为指导，学生自发组成研究小组，探讨学科的前沿问题。方案实施后，越来越多的学生们一起往图书馆走，做习题时相互帮助，更加积极地和老师交流问题，这种现象是非常难得的。

傅清瑶提倡要让师生精神释放："我希望学生在经管学院思考一件事，求解一个问题，是不预设前提的，不会被按阵营划分。只有这样一种让思想活跃、不被障碍阻断的氛围，这样一种不受禁锢的、未被人为过滤的吸收知识的环境，才会让思想自由放飞，才能让创新奔涌迸发。要约束那些特殊化行为和特权意识，鼓励学生勇于挑战权威。老师和老师之间、老师和学生之间、学生和学生之间，学术上的分歧是可以存在的。分歧应当经过探究、辩论、挑战、质疑，也应当获得尊重，这样才能更好地启发学生思考问题。大学是让各种背景、各种信仰、探寻各种问题的人，能到此自由开放地学习和探讨想法的地方。包容他人观点，以及表达自身言论的自由，是大学不可分割的价值。"

李莫飞非常重视由学院自己开设的本硕博政治课学习："一所

272

大学的职责并不是教学生思考什么，而是教学生如何思考。这就需要倾听不同声音，不带偏见地衡量各种观点，冷静思考不同意见中是否也有公正的论点。"

李莫飞亲自布置这项工作，课程着重于启迪和引导，而不在于刻板地、硬性地灌输某一种思想。启迪和引导有利于调动每一个教师的积极性和每一个学生的积极性。无论教师还是学生，都能从新旧中国的对比、中西方政治经济制度的对比中受到教育，大家都关心国家的建设，关心人民生活状况的改善。

对于这门课，李莫飞亲自上阵，一举扭转了学生们思政课逃课摸鱼的现象。只有大家都怀揣着投身于祖国建设的愿望，"经世济民"这四个字才能刻进经管人的心里，"商之大者，为国为民"这八个字才能体现在经管人的行动里。

这种精神在新中国成立初期是非常突出的。只有吴宁海这代人才能深刻地懂得这一点。可惜那时主管意识形态的上层并没有把握大学生的思想，也不了解高校教师们的心情，运动一波接着一波，导致这种热情消磨殆尽。经管学院历经两任院长换届风波，被李莫飞给扳回了正轨。

一家盖不起夫子庙，一个修不起洛阳桥。

这种乌托邦式的大学生活，在李莫飞的励精图治，张君文、傅清瑶等一干人的鼎力支持下，经过这些年的努力，终于建立了起来。江宁大学经管学院的口碑越来越好。MBA和EMBA的招生越发火爆。

在此期间，张君文又遇上了蒋小涓。

同样是在课堂上相遇，只不过这一次，不是夜大班，而是EMBA的课堂。蒋小涓已经完成了从厂里女工到夜总会陪唱，再到公司高管的成功蜕变。

黄有鹏并没有娶蒋小涓。

实际上，黄有鹏通过傅太太的帮助对傅清瑶进行了长期的死缠烂打，一直到其嫁给了张君文，这事才算结束。后来的黄有鹏结婚又离婚再娶，但对象都不是蒋小涓。不过蒋小涓太漂亮了，黄有鹏是不会放她走的，就这么像养一只金丝雀一样地养着，无非多一张吃饭的嘴。关键这张嘴声音好听，那嘴唇酷似玛丽莲·梦露，饱满又性感，黄有鹏自然舍不得。

不过答应给蒋小涓的，黄有鹏没有吝啬。蒋小涓成功进入黄有鹏安排的公司上班，并且很快就在公司里越爬越高。黄有鹏不是蒋小涓的良人，却是她的一位好老师。在黄有鹏身边几年，蒋小涓学到了很多东西。

在蒋小涓的弟弟研究生毕业找工作那一年，蒋小涓带他来江宁市拜会几家银行负责人。"货比三家"之后，蒋小涓对其中一家银行负责人交了底："我老板人好，很照顾我们这些员工，也很关心员工家属。来的时候说了，回头我弟弟在哪家银行工作，他就把公司的贷款业务给到哪家银行。"

银行最喜欢晴天借雨伞。

银行负责人心领神会："小蒋是江宁大学高才生，又是学经管的，专业对口，不用几年一定能成长为骨干。"

蒋小涓微微扬起嘴角，那双漂亮的桃花眼里却没有笑意。

出来之后，弟弟明显对这个安排有些反感，讥讽道："姐，我可不认识你老板。"

蒋小涓冷着一张脸对弟弟说："认不认识有什么打紧？这人情又不需要你还。上车。"

沉默了半天，等蒋小涓开上高速的时候，一个怯弱的声音说："姐，你把这些关系断了吧。"

得到的回应是一脚急刹车。

蒋小涓紧急停车，违反交规，被开了罚单。蒋小涓一句话都没说，直接把罚单和钱甩弟弟脸上。

后来黄有鹏要把产业城的合作思路推广到全省乃至全国，带着蒋小涓到处应酬。每到这种场合，蒋小涓总是光彩照人，面若桃花，格外妩媚。某次宴请上有位领导，对蒋小涓颇有好感。

一回生，二回熟。

黄有鹏把方予矜的成功案例，巧妙地复制到了蒋小涓的身上。美人到处都是，美得争奇斗艳，美得不可方物，美得千姿百态。旧的不去，新的不来，何必舍不得区区一个蒋小涓？

对蒋小涓而言，更大的靠山，对应着更畅通的上升空间。之后蒋小涓就不用在言语间依靠他人。一次和葡萄酒业的佘老板应酬时，蒋小涓又把自家弟弟带上了。席间蒋小涓笑容明媚："这是我弟弟，以后还请佘老板多关照。要是佘老板能把一年的流水都存进我弟弟的银行，咱这合同直接就能签。"

这位佘老板，正是上回在沈瑜面前吃瘪的那个。漂亮女人不好打交道，大概是佘老板此生最深刻的处世经验。

弟弟这次也没有多领情，依旧是劝姐姐收手。随着入职时间增长，他在银行被人私底下叫作"关系户"。而且这关系还不干净，传得有鼻子有眼的。他虽然气愤，但却知道这是实情。当他不小心把"干净"两个字说出口的时候，脸上直接挨了一巴掌。

夜总会那天后，蒋小涓依然爱笑，对任何人都带着笑，笑得花枝摇曳，笑得百媚千娇，笑得倾国倾城，但笑意从来没写进眼睛里，带着一种疏远的冷清。

弟弟怀念以前的姐姐，眼下有点被打蒙了，闷闷地说："姐，我可以养你的。"

这一刹那，蒋小涓有点恍惚，十几年前她一直在等这句话，但没有等到。

破防是霎时间的事情。蒋小涓情不自禁地滚下泪来。她忍辱负重地做黄有鹏的情妇时，被当成礼物送来送去时，她都没有哭，突然在这一刻，就忍不住了。

蒋小涓伸手把弟弟从地上拉起来，勉强露出了一个笑容："姐已经不需要了，我们回家吧。"

蒋小涓确实已经不需要了，就像她不需要那种发自内心的笑容。唯有再次见到张君文时，蒋小涓才再一次从心里透出欢喜。

江宁大学的门，她还是进了。那一座恢宏大气的"江宁白"，不再看得见摸不着。报名上学，一是为了提升自我，二是为了圆心中的梦。这个梦，多少还和张君文有点关系。遇到张君文的那段日子，是蒋小涓生命中最有奔头、最明媚的日子。

可惜时光如流水，匆匆一去不回头。

张君文再次见到蒋小涓，也是非常惊讶。

岁月果然不败美人。

这句话，张君文在蒋小涓身上再一次得到印证。十几年过去了，蒋小涓依旧绰约多逸态，轻盈不自持。

来上课的第一天，蒋小涓进教室的时候，不少老板盯着她眼神发直。

"把口水擦擦。"一个和黄有鹏交情还不错的老板认出蒋小涓，一包纸巾丢过来，把发呆的朋友砸醒，"人家现在靠着省里的大领导，不是你能染指的。"

那个发呆的老板把纸巾扔回来，说："我知道，我有这贼心，也没这贼胆。黄有鹏可真是大手笔，把她送出去。"

另一个女学员讽刺道："你醒醒吧，黄有鹏才不会做赔本生意，也不知道黄有鹏拿她换回了多少资源，就你还在这儿做梦呢！有一说一，玩腻了还能送出手换钱，可真是个宝贝。"果然，女人对女人，才是最狠的。

这些污言秽语一字不差地落到了蒋小涓的耳朵里。对于这种酸话、脏话，蒋小涓早已麻木。她目不斜视地从两人眼前走过去，没有半点不自然。这么多年，习惯成自然。当年黄有鹏的老婆打上门来要毁掉自己这张脸的时候，那张嘴巴里出来的话，才像割人心的刀。

张君文也听到了这些乌七八糟的话，便赶紧上课，把底下这些流言蜚语堵住。

下课的时候，几个人先走了。空荡荡的教室只剩下蒋小涓和张君文两个人。

蒋小涓站起来，声音清脆地打了声招呼："张老师，您好！我是蒋小涓。"

多年前，蒋小涓鼓起勇气和张君文说的第一句话，也是"张老师，您好！我是蒋小涓"。

总有些人、有些事，忘不掉，恍如昨日，却又恍如隔世。

这一句悦耳的问候唤醒了张君文对往昔一些美好的追忆。张君文笑了笑："你好，小涓。"

那些往昔的回忆对张君文是美好，对蒋小涓却是残忍的。来之前，蒋小涓已经知道张君文现在是有房有车的大教授，在好几家公司做独立董事，物质条件极其优越。曾经蒋小涓的梦想就是在江宁市有一砖一瓦，有一个避风的港湾，有一个能干的丈夫，有一个可爱的孩子。如今的张君文都满足这些想象，但女主角不是她，是另外一个女人，还是自己老情人黄有鹏的前女友。

上天真是给自己开了个大玩笑。

年过三十五的蒋小涓，打过不止一次胎了，黄有鹏不让她生，黄有鹏的妻子更不可能让她生。如今她就是再想要孩子，也生不了。蒋小涓很羡慕傅清瑶，当年人人表面夸赞，但背后都在嘲笑容城置地的千金大小姐是一朵鲜花插在张君文这牛粪上。彼时蒋小涓跟在黄有鹏身边，这样的风言风语听得更多。但只有蒋小涓始终认为，这位傅家小姐做了多么正确的一个选择，张君文是一个值得托付的男人。如果说上学这事还能圆梦，那这种家庭和睦、夫妻恩爱、子女乖巧的日子，蒋小涓做梦都梦不到。

世间不曾完美，何必苦苦追求？

看到张君文这一刻，蒋小涓算是彻底放下了。

蒋小涓莞尔一笑："和你开玩笑呢，刚刚多谢了。"蒋小涓指的是上课打断那些不干不净的话。

张君文皱起了眉头："你别往心里去。"

蒋小涓笑得更随意了："不会，我已经习惯了。"

两个人收拾完东西，一起往教室外走。多年不见，张君文认真地打量着蒋小涓。蒋小涓脸上并没有那种堕落的痕迹，依旧是表情温和，笑容甜美，就是这笑容不达眼底。刚刚问候时流露出的那种欢喜转瞬即逝。那双绝美的桃花眼依旧迷离勾人，却没有生气。

今天天气有点冷，教室外的太阳，就像冰箱里的灯泡。张君文走在阳光里，蒋小涓走在连廊的荫蔽处。两人各怀心事地走了一小段路。

张君文挑起话题："你是在哪家公司上班？"

蒋小涓报了公司名，补充道："是做代理销售的。"当初黄有鹏答应给蒋小涓资源，却没有让她进入万鹏集团的核心部门。反正黄有鹏名下的公司那么多，在房地产行业和零售行业都有涉猎，随便找家不相干的销售公司把蒋小涓塞过去当花瓶，就算打发了。

但蒋小涓有自己的主见，她肯学肯干，靠着从黄有鹏那里学来的门道、自己的聪明，以及黄有鹏时不时对自己的奖励，一步步拿到了实权。在黄有鹏把她送出去之后，蒋小涓就找到了更大的靠山，黄有鹏利用她，她也利用黄有鹏，以物易物，双方各取所需。

待到黄有鹏意识到蒋小涓已经从狗变成狼的时候，蒋小涓已经有能力靠着省里的这个领导把黄有鹏端了。当然黄有鹏有钱，会经营，端他是伤不了他的，那蒋小涓也不敢端。蒋小涓知道，自己现在是别人的心头宝，可再美的人也会长鱼尾纹，也不可能逆生长，万一哪天色衰而爱弛，蒋小涓依旧没有好下场。

张君文问道："是线下渠道吗？"

蒋小涓点点头："主要就是负责大型商场里的日常管理。"

张君文很想帮帮蒋小涓，便开口说："现在互联网发展迅速，很多销售都在逐渐转型，线下到线上的趋势最明显。在中国市场做销售业务，躲不开中国国情。中国有全球最大的人口规模，还有全方位代表全球的顾客需求层次。价格优势、产品卖点优势，包括货源的产能优势，都要掌握。线上模式对公司而言有助于更好地收集到这些信息，对用户来说有助于更好地货比三家。现在网店越开越多，这就是个大趋势，做代理销售的话，或许可以考虑换个思路，在网上找客户。"

张君文知道蒋小涓非常聪明，只是不确定这些年来究竟长进了多少，有点担心自己说得太专业，紧接着就补充道："比如说，客户的特征、客户在哪儿以及客户的购买力，还有上游产品的特征、货源在哪儿以及供货能力，这些在网上更容易获取信息。"

"我明白。"蒋小涓笑了，眼里的光更暗了一点，"做销售最核心的就是用户需求挖掘，互联网上的大数据可以帮助我更好地挖掘用户需求，你想说的是这个吧？士别三日，当刮目相看。"

张君文知道自己低估了蒋小涓，赶紧说道："嗯，是这样的。具体销售技巧，比如及时沟通和反馈，你肯定比我有经验。不过据我所知，现在线上销售形成订单，走的都是'流量—粉丝—潜在用户—目标客户—客户'这条变化渠道，层层往上演变。网上流量大，不是线下销售的客流量能比的，因此机会就更多。不仅销售是这样，其他互联网公司，都是走这个路子。怎么样把流量变成客户再变现，是非常关键的问题。"

蒋小涓笑了："谢谢你教我这些。我也不知道自己能不能运用得上，运用得好，希望能运用上吧。"

这话听得张君文心里疑惑，但就在这时，傅清瑶过来找张君文，显然是有事。

蒋小涓和傅清瑶打了个招呼，就告辞了。

张君文有点尴尬，才要解释，却被傅清瑶打断了："我相信你，她也是我的学生。我要告诉你更重要的一件事，小菲和莫飞闹掰了。"

"闹掰了"是个什么说法？

这句话信息量太大，张君文一时间没有反应过来。

傅清瑶目光深深地看了张君文一眼。

成年人的世界里，爱和不爱都非常主观而又抽象。

李莫飞总在情感世界里时不时地走神，没有对吴小菲冷淡，但绝对谈不上多热情，要么是爱过不爱了，要么就是爱在递减中。可是无论基于哪一种，李莫飞都无法隐藏自己。一段无爱的婚姻，不仅是对李莫飞的折磨，更是对吴小菲的侮辱。

吴小菲自然很不满。当这种不满情绪占领了高地，生活也会随之变得一团糟。人总能找到各种理由去指责对方。这件事的外在因素很多，李莫飞和沈瑜的旧情是一方面，李莫飞和吴小菲在金钱观上的巨大冲突是另一方面。

李莫飞的经济条件是不差的，可远远达不到吴小菲想要的水平。傅清瑶就不用多说了，是张君文夫妇两人不向傅容开口伸手，甚至往外推。但除傅清瑶外，身边的好友都过得非常阔绰。从前作为吴宁海的女儿，作为李莫飞的女友，吴小菲都有一种众星捧月的感觉；现在作为李莫飞的妻子，反而没了这种成就感。

时代不一样了。这几年中国的发展日新月异，只要有本事，哪里都有挣钱的机会。大学教授的收入是非常可观，但绝对不是中国人群收入的金字塔塔尖。人外有人，天外有天。收入这东西不能比，人比人是会气死人的。可惜吴小菲明白这个道理，却无法心平气和地接受这个现实。尤其当她再次看到一身行头尽显高级感的沈瑜时，虚荣一点点啃噬她的心。

以人的视觉感知为中心，接受的客观世界的呈现都是片面的。而人类主体的每次选择受先天的因素和后天的经历影响，总会无意识地局限于自己构建的世界，包括思想、语言、心理观点等。

在多方面因素的作用下，吴小菲选择了解决婚姻问题的下下策。

人性是有弱点的。以吴宁海的家教和吴小菲对李莫飞的一往情深，本不该有这种举动。可吴小菲本身美丽出色，热情似火，工作接触的对象又都是在各行各业有头有脸的人物，充分接触到了社会各阶层的不确定性。人一旦有了身份，工作中带来的社会层面各种不确定就会相互碰撞，裹挟着金钱、权力、地位的诱惑，无时无刻不在检验着人类的道德底线和法律意识。对黄鸿图这样的政府官员如此，对钟大海这样的企业家如此，对李莫飞、张君文这样的大教授如此，对吴小菲等人也是一样。

如果有牢不可破的感情基础，也应该不会出现这些麻烦。但吴小菲的喜欢已经消磨殆尽。生活是两个人的，所有的问题绝不是一个人造成的。李莫飞和吴小菲没有共同经营好这段婚姻，这是板上钉钉的事实。这一刻，几个人终于明白吴小菲不吃"夹生饭"的真实含义。

吴小菲给傅清瑶的解释是，爱而不得的时候，再爱就不礼貌了。

张君文反应过来，第一件事就是询问兄弟的情况："莫飞他人呢？"

纸是包不住火，况且吴小菲也没想要过度遮掩。当这件事被李莫飞知道了的时候，吴小菲一句话都没有辩驳——她吴小菲既然敢做，那就敢认，一如她当年义无反顾地喜欢上李莫飞，选择同他共度余生。

两人相顾无言。

李莫飞帅气不减当年。

盯着那双比往昔多了沉淀感的眼睛，吴小菲慢慢地开了口："你想说什么就说，想骂就骂，装了这么多年的相敬如宾，这时候就不用端着了。"

李莫飞很疲惫，唯一欣慰的是女儿已经被抱去了张君文家里，没有看到父母吵架。李莫飞起身，默默换鞋出门。

吴小菲在身后冷笑："李莫飞，你这是连架都舍不得和我吵。好，很好。你自己有没有想明白，你当初答应和我在一起，娶了我是为了什么？拿我当替身，还是拿我替你铺路？要走是吧，滚吧，滚出去。"

门哐的一声，李莫飞真走了。

冷漠是感情的萎缩。

恨从来不是爱的对立面，冷漠才是。

吴小菲发泄又没发泄痛快，说完狠话就隐隐有些后悔了，之后一个人在家喝酒，怎么打都打不通李莫飞的电话，只能给傅清瑶打。

傅清瑶自从把李雯雯抱回家之后就再也没见过李莫飞了，她自己也打不通李莫飞的电话，只能来找张君文。

青天白日的，好端端的一个人还能失踪了不成？张君文马上联系钟大海。

钟大海最近倒是喜事连连，首先高慧怀孕了，其次这一次的IPO暂停终于结束了。新三板大火，钟大海这次挂牌，势在必行。

新三板是国家开设的第三个全国性交易场所。1990年，上海证券交易所和深圳证券交易所相继开业。二十多年来，中国成功上市的企业数量寥寥，成千上万的中小微企业嗷嗷待哺，缺乏国家认可、合法正规的融资渠道。钟大海的公司也是其中一员。99.9%的企业因为千奇百怪的理由被上交所和深交所拒之门外，只能自谋出路。由此，融资形式花样百出。群众的创造力是丰富的，各种不受国家监管部门约束的民间行为自发产生，老板资金链断裂跑路现象频出。企业融资难、民间资本多的矛盾进一步激化，亟需一个正规合法受监管的平台通道向企业开放。

三板市场起源于2001年"股权代办转让系统"，最早承接两网公司和退市公司，称为"老三板"。2006年，中关村科技园区非上市股份公司进入代办转让系统进行股份报价转让，称"新三板"。2012年，经国务院批准，扩大非上市股份公司股份转让试点，新增上海张江、武汉东湖、天津滨海高新区。2013年，全国中小企业股份转让系统正式揭牌运营证监会宣布新三板扩大到全国，对所有公司开放。2014年1月24日，新三板一次性挂牌285家，并累计达到621家挂牌企业，宣告了新三板市场正式成为一个全国性的证券交易市场。而有三板就有二板、一板，二板就是中小板和创业板，一板就是主板。

"这就是发展多层次的资本市场，让资本每一缕恩泽的阳光洒向每一个需要的角落。"黄鸿图的博士论文就是研究这一块的，打了一个形象的比方，"三板是最接近创业板的，具有桥梁和纽带作用，能进入三板的大多数都是好苗子公司，它们敢进入新三板秀肌肉，是最具投资价值的原点。我国的资本市场目前还是一个倒金字塔形状，主板的股票不管是在数量和市值都在倒金字塔的上方，中小板和创业板在金字塔的中间，新三板则在倒金字塔塔尖。这种结构是非常不稳定的。而国外的资本市场却是正金字塔形，美国的纳斯达克接受全球的中小企业，不管是数量还是市值都是金字塔厚厚的塔基，这才是正确的形态。"

黄鸿图接着分析："中小企业发展的好坏，牵扯到整个国家的经济命脉。中小企业源源不断地涌现和成长，才有出现大公司的希望，才能快速推动整个行业的发展。纳斯达克推动苹果、谷歌、微软快速壮大，对互联网的发展起到非常关键的作用。对企业自身而言，任何一个行业都有自己的生命周期。如果拿不到资本，没有赶在行业生命周期结束之前快速做大做强，最终的结果只能是被淘汰出局。这一举措是互利互惠的。中国要想科技强国，培育和发展新三板的政策扶持一定少不了。未来几年，三板的空间巨大。"但黄鸿图没点明的是，新三板是场外市场，是为那些还未上市的中小微企业提供股权交易的场所，准入门槛低，企业质量参差不齐，也存在一定的风险。

不管怎样，钟大海马上又紧锣密鼓地投入准备——一是确实需要钱，二是确实想上市。新三板挂牌之于公司是一个很好的融资渠道，是展示企业竞争力、宣传企业形象的一个大舞台。如果抓住这次机会实现业绩提升，随着新三板制度的不断完善，公司未来实行做市或者竞价交易，或者转到场内市场，指日可待。钟大海不会放过这个机会。

正当整个公司都在欢欣雀跃，钟大海本人也斗志昂扬的时候，突然就接到了张君文这一通电话。

生活呀，总得闹点幺蛾子。

"君文，我刚想和你说个好消息。"钟大海这边在办公室开派对，吵闹得很，只能扯着嗓子大喊。

张君文苦笑："如果是新三板挂牌的话，那我已经猜到了。你先别告诉我消息了，你联系得上莫飞吗？"

"谁？"钟大海被员工的庆祝声吵得听不见。

张君文无奈："莫飞，李莫飞！"

"没有呀，晚上一起叫出来吃饭吧。"钟大海显然是被喜悦冲昏了头脑，两个人的对话完全不在同一个频道。

张君文费了点工夫才让钟大海听明白了"吴小菲和李莫飞闹掰了"这件事。

毕竟掰有很多种掰法。

这事又是人家夫妻间的私事，张君文抓耳挠腮地组织了半天措辞，虽然没能陈述出故事的完整性，但好歹是强调出了事件的重要性。

钟大海虽金盆洗手多时，可毕竟也是风头无两的情场老手，马上就表示："我去问问沈瑜。"挂了电话，钟大海这才发现手机里早已有十几个吴小菲的未接来电，不禁叹了口气。

冲动是魔鬼，这帮人都到四十不惑的年纪了，做起事情来怎么还像十八？

可李莫飞也不在沈瑜那里。

沈瑜最近接受了张君文和李莫飞的建议，明白重视用户体验才是企业发展的王道，尤其是在市场迅速扩张时，更要安心做好用户体验，打造护城河。

如今在线旅游的市场上战火纷飞，不少公司都拓展了业务种类，做到酒店、机票、火车票、度假全覆盖，甚至还通过并购、入股的方式直接或者间接去控制竞争者，巩固自己的地位。今年，国内的在线旅游进入了全行业亏损状态，各平台的竞争更是被推上了风口浪尖。沈瑜一边跟人火拼，一边忙着提升产品、发展客户，比打《英雄联盟》和《魔兽争霸》还积极。

现在沈瑜整个脑子里都是怎么增加用户黏性、抢占市场，哪有心思和李莫飞破镜重圆？就算有这个心思，也没这个时间——更别说沈瑜压根没有这种心思。

原本谈恋爱就是为了寻求刺激，消磨时光；搞事业也是为了寻求刺激，消磨时光。现在中国的资本市场，今天冒出个一亿赌约，明天又来一个十亿赌约，已经够刺激了，沈瑜要是再和李莫飞搞一起，多巴胺分泌就过量了。那下次再追求人生的快感，岂不是要嗑药？那就是犯罪了。

快乐这种东西，还是循序渐进的好。

当然这只是戏谑的说法。沈瑜是看中了目标绝对不会放手的人，她若是想和李莫飞旧情复燃，照着李莫飞这么长情的性子，还不是易如反掌？但沈瑜没有这么做。沈瑜出生于重男轻女的单亲家庭，从小经历父母外遇离异，这种经历，让她不屑于破坏别人的家庭。

几个人都没辙了，李莫飞能去哪里呢？吴小菲想不出来，她对这位枕边人的理解就像隔了层厚厚的窗纱。张君文、钟大海和吴小光也想不出来，平时和李莫飞见面，不是在办公室，就是在老饭馆。办公室里又没人，总不能去吃过的饭店挨个地搜吧？

钟大海沉默了半晌，突然有个大胆的想法："该不会是师妹已经剖尸泄愤，然后贼喊抓贼吧？"

当然了，特殊时期，不适合开玩笑。

可李莫飞到底去了哪里？

第二十二章

　　李莫飞搞帽子去了。

　　谁说生活一有不如意，就唯有杜康？据传当年曹阿瞒也是在赤壁大战前夕才"对酒当歌"。专心搞事业难道不好吗？吴小菲想要闹腾，李莫飞可没有心思陪着玩。时至今日，李莫飞也终于明白沈瑜当年为什么能走得那么果断。

　　对酒当歌，人生几何！譬如朝露，去日苦多。

　　当然，不爽也是真的，李莫飞被戴了绿帽子之后，就把手机关机，人飞去北京。古来泄愤有两大渠道：要么化悲愤为食欲，要么化悲愤为动力。现在这顶帽子又大又绿，还是换顶质量好一点的来戴吧。

　　张君文和钟大海知道后连连感叹，这李莫飞和沈瑜，果然是一路人。

　　院士、千人、长江、杰青、青千、青江、优青、青尖，毫无疑问是中国学界的八大铁帽子。正如努尔哈赤生前封了"四大贝勒"和"四小贝勒"，在中国的学术江湖中，前四类是人才市场的"四大天王"，算老铁帽子王；后四类是学术界的"四小金刚"，算小铁帽子王。戴上这八顶铁帽子中任意一项的人，就是国字号人才，相当于全国通用粮票，在市场认可度较高。"八大铁帽子王"江湖地位太高，言行举止间就能影响科研的进程，进而改变世界的发展，影响时代。

　　当然，中国人口众多，人才辈出，几项铁帽子肯定是不够分的，因此市场上还流行其他各种安全帽、礼帽和草帽。

安全帽是地方粮票，大多是省部级人才计划，一旦获得也是足够体面。中国山河锦绣，除了公认的长江、黄河两大母亲河，全国还有大大小小上千条江河、上千座名山。一方水土养一方人，一代门派育一代人，诸如泰山学者、华山学者、衡山学者、恒山学者、嵩山学者，横空出世，门派林立，意在剑指中原，逐鹿天下。高山峻极于天，乃古代帝王仰天功之巍巍而封禅祭祀的圣地，是受命于天、定鼎中原的象征，实力不可小觑。

百人计划也是一顶特殊的安全帽。以中国科学院独家出品为尊，是准国字号人才。当然江湖广阔，有总舵，就会有分舵。其他分号也盛产百人计划，致使"百家军"规模越来越大。但同姓不同命，打个不恰当的比方，李世民和李莫飞就不是一个重量级的选手。以"百"为姓的各种评选很多，从博士论文到教授称号，比如张君文当年拿到的"百优"，就是"百家军"里的一员大将。国家每年培养的博士毕业生有好几十万。百优博士毕业论文已经是万里挑一的水平，当属人中龙凤。对青年学者来说，何以解忧？唯有百优！当然，"百优"不是什么帽子，它是通往帽子的一条捷径。

还有地市级及高校的"礼帽"和普通学校发的"草帽"，不一而足。这些帽子为了争好坏，彼此之间的竞争也很激烈，毕竟大家都希望自己是巴黎时装周定制款，而不是义乌批发货。但评价一顶帽子是否热门，很大程度上取决于人才计划启动金，通俗地讲，有钱才是大爷，没钱谁跟你混！当然，八大铁帽子不需要考虑普通帽子这些平凡的资金问题，毕竟这个江湖，是他们说了算。不出手做灭霸，只是因为江湖需要人气，如果总是高手打架，打来打去，打成了独孤求败，那多没意思。要知道，无敌，是多么寂寞。

总的来说，这个江湖，有号称"任我行"的院士，有市场通吃的老千，有争议最小的长江，有热销紧俏的杰青等。这些满天飞的帽子，在中国大地上星罗棋布，构成了一派江湖盛景，好生热闹！

张君文在家陪着傅清瑶、李雯雯还有自己的儿子张思成吃饭时，跟傅清瑶感叹道："人做事的基本动机无外乎四个方面，价值、意义、兴趣、压力。要想发挥人才的作用和潜力，一定要着眼这四个动机出政策。帽子说穿了就是种荣誉，荣誉可以让人发挥更好的作用，以此激励更多人，尤其是青少年献身科研，有个奔头，从这个角度看，是件好事。"

傅清瑶提出反对意见："难道没有这些帽子就不做研究吗？苏格拉底、柏拉图、亚里士多德、毕达哥拉斯、阿基米德，全都不是院士，哪一个不是学科的奠基者？"

张君文笑了："你拿写了《九阴真经》的黄裳和写了《葵花宝典》的前朝太监，来与争夺《九阴真经》的东邪、西毒、南帝、北丐和盗取《葵花宝典》的东方不败比，有什么可比性？那还用得着评什么帽子？我刚刚话还没说完，你别着急反对。实事求是地讲，很多学者是有学术兴趣，但也不能排除有些学者并没有那么深厚的研究热情。搞学术于这类人而言就是一份工作，就是为了赚钱养家。帽子意味着资源，很多年轻人为了争帽子付出了过多的时间和精力，造成了极大的浪费。这也是事实。"

傅清瑶为俩孩子盛汤："副作用太大，必要性就会打折。既然帽子被异化了，导致其附加值已经远远超过原始值，那就要悬崖勒马，而不是摆出什么淡化竞争激烈程度的借口去增加数量。越来越多的青年学者前仆后继，这就不是保护了，是变相的鼓励和怂恿。"

张君文给俩孩子剥虾，边剥边摇摇头："你这话太绝对了。荣誉是荣誉，帽子是帽子，把荣誉变成帽子，本身就是种错误。理论上，这种荣誉的每一次评审应该都是独立的评审，应该围绕这次评审的要求和这个候选人的学术内涵是否符合要求展开讨论，与其以前获得的荣誉没有必然的因果关系。不能因为有帽子，就在项目申请时占有绝对优势。帽子只能说明在之前的那次评审中被那几位评委认为是相对优秀的、最符合要求的。每一次评审看重的点都有侧重，每一位评审专家也都有自己的局限性和主观性，就连诺贝尔奖也有发错的时候。如果我们每一次评审都能更独立、更客观，这种问题出现的次数就会大大降低。"

傅清瑶夹了一筷子青菜："你这太理想化了。中国和国际上相对比较好的评审体系不一样，我们现在的很多评审就是数一数在多高影响因子的期刊上发了几篇文章、得过什么奖、拿过什么荣誉，这次评审就通过。操作起来简单粗暴，就给了很多可以运作的空间。而且据我看过的文章，好像评了优青更容易评杰青，评了杰青更容易评院士，这就好比武林盟主一般只在掌门里选。层层叠加，还有圈内人认为正是国内对优秀人才的持续资助，让强者更强，真是滑稽。"

张君文感慨万千："所以未来要是能在力所能及的范围内，要求任何评审、招聘，都不得把以前的荣誉作为先决条件，特别是要禁止把帽子列为招聘条件。比如学术带头人、重点实验室负责人必须是院士或者长江，比如重点实验室的主任必须杰青以上，这些通通去掉。还有不要把荣誉物质化，比如拿了帽子，意味着工资的上涨、有分房的资格，这些都不要。这样一来，环境不就能改善了？现在大家一窝蜂起抢帽子，上上下下跟风发帽子，合成谬误就产生了。"

傅清瑶笑靥如花："帽子影响着学科评估能不能上A+、能不能设博士点，甚至是校长选拔，一环扣一环，哪有那么容易，说禁就禁？哎呀，我都被你绕进去了，原本我可是旗帜鲜明支持摘帽子的。"傅清瑶说了半天发现自己没坚持原逻辑，嗔怪张君文。

张思成冲老爸挥挥小胖拳头："老爸，不许欺负妈妈。"

张君文哈哈大笑。李雯雯看着干爹干妈一家人感情这么好，想起自己的爸爸妈妈，把头埋进碗里不说话。这几天李雯雯都住在张君文家里，毕竟这事还要瞒着吴老师他们，让李雯雯住奶奶还是外婆家都不合适。张思成都吃了大半碗饭了，李雯雯还没吃几口。

傅清瑶察觉到孩子情绪不对，和张君文使了个眼色。张君文马上过来把李雯雯抱起来，果然小女孩亮晶晶的大眼睛里泛着泪光，长长的眼睫毛上密密地挂着闪闪的水珠。李雯雯专挑父母好的颜值基因继承，就像橱窗里冰雕玉砌的公主娃娃一样漂亮。

"干爹，我爸爸妈妈是不是吵架了？"六岁的小朋友，已经很聪明了。

"不是，怎么会呢！"傅清瑶小时候，父母就是经常吵架，甚至还牵扯到大哥的生母，她懂小女孩的惧怕，"妈妈有采访，爸爸要去——"这么小的孩子也听不懂什么叫帽子，傅清瑶一时不知道怎么解释，"——要去当一个大学者，然后思成弟弟想雯雯姐姐了，所以干爹干妈就从爸爸妈妈那里把雯雯抢过来住几天，是不是，张思成？"

张思成很有眼力见，赶紧点点头，跑过来安慰姐姐。妈妈都叫全名了，不配合就惨了。

小孩子很好哄，有玩伴注意力马上分散，但还是问了一句："刚刚干爹干妈在说帽子，我爸爸是不是也要去买一顶这样的帽子？有帽子就等于当大学者吗？可我爸爸已经是大学者了呀！"在孩子的世界里，每一个父亲，都是超级英雄。

张君文夫妇二人在课堂上，不用打开教案和课件，直接就可以一顿输出，由浅入深，几句话就能把问题讲明白。但面对这个六岁稚童的问题，两大教授面面相觑。

张君文比较较真，真理要从娃娃灌输起，所以决定一点一点理清楚："雯雯，首先这个帽子，不是用买的。"

有其父母，必有其子女。李雯雯继承了亲生父母的文学修养和治学态度，读书一般是不求甚解，出口也是修辞大乱炖，未必是字面意思。但张君文明显不是这个风格。李雯雯深受外公的教诲要勤于思考、善于学习，眼下努力跟上干爹的思路，且非常善于发现问题："不用买，那爸爸怎么拿到帽子呢？"

张君文看看傅清瑶。

傅清瑶笑着摇摇头，开玩笑地说："张老师，不要邀请我回答这个问题。这道题超纲了，我也不会。"自己惹的烂摊子自己解决，她才不帮忙呢。

　　长江学者的评选条件应该是分为函评与会评两部分。函评部分会设置一些基本条件，比如文章数量、被引用次数、研究课题的承担情况等。它的定位一般都是某校某一学科的学科带头人，要求负责过重点项目或类似级别的基金。函评过了就是会评了，需要上会答辩，这一环节需要有大量高水平文章或者有重大科技转化成果支撑，即在基础研究或工业应用上有特别突出的贡献，还需要强调自己研究的独特之处和对所在学科发展的作用。这个环节就是在一群大牛面前吹牛，努力使大牛们相信自己是他们走失的同类。这方面就比较主观了，也是各方势力博弈的战场。

　　张君文循循善诱："爸爸写了很多文章呀，有发在国际期刊上的，有发在国内的，有了这些文章就可以评。"

　　李雯雯"哦"了一声："那爸爸为什么还要去北京呢？寄快递不就好了吗？"

　　这孩子真聪明，张君文给自己挖了个坑。傅清瑶对张君文调皮地眨巴眨巴眼睛，坐看张教授怎么跟孩子解释。

　　李莫飞为什么要去北京？张君文大概知道答案，却不知道怎么说，总不能说他和吴小菲吵架了要出去散心吧？想来想去，张君文只能说："爸爸还有一些工作上的事情要处理。"

　　李雯雯又"哦"了一声："很重要的事？和帽子有关？"

　　张君文点点头："很重要的事。和帽子有关。"

　　外公吴宁海教过，人非圣贤，孰能无过，要敢于挑战权威。故而李雯雯语不惊人死不休："所以干爹刚刚说错了，不是有了这些文章就可以评，还要做一些工作才可以评。"

　　张君文有点傻眼了。要是孩子下一句问出"那爸爸还要做什么工作"，难不成自己还要和李雯雯解释李莫飞需要去处理一些必要的人际关系吗？回头李莫飞要是知道兄弟在宝贝闺女面前这么坑自己，怕是没和吴小菲动手，先给张君文一顿揍。

　　傅清瑶看戏看得差不多，赶紧救场，半真半假地吐槽道："是干爹搞错了，真是个笨蛋。我们罚他给雯雯买娃娃好不好？"

李雯雯果然被转移了注意力。张君文逃过一劫。

李雯雯住在自己家里这几天，张君文深刻地反思了自己对张思成的放养，也非常虚心地接受了李雯雯的"方向教育"。

好在李莫飞不久就回来了。

这次李莫飞去北京，一是为了拿帽子，二是为了挖人才，毕竟李莫飞心里，还揣着一件学科评估的大事——把经管学院的脸面挣回来。

学院考核推行成功，人才引进也要搞起来。新建起来的院楼走廊两边摆满了一长串经济学和管理学的大牌教授的画像，如亚当·斯密、大卫·李嘉图、约翰·穆勒、马歇尔、熊彼特、凯恩斯、科斯、弗里德曼、萨缪尔森、斯蒂格利茨等，还有建院系以来最"大牛"的教授们和杰出校友们。画像下简要介绍其生平与时代背景、主要经济学思想及其影响。老师和学生每天沿楼梯走上去，就相当于每天跟这些"大牛"道早安，也激发起他们向前辈挑战的雄心。这还是傅清瑶的建议，美国哈佛大学就是这般设计的。

学而不厌，诲人不倦。高水平的教师队伍，才能完成高水平的学科建设。

那什么才是高水平的教师队伍？什么才是高水平的人才？其实李莫飞也明白，真正的人才是不能也不需要用一两顶帽子来衡量的。

李莫飞把这个问题抛给了张君文。

张君文想了想："这两个问题都太大，我只能描述出我心中理想的学者形象。"

李莫飞来了兴致："展开说说。"

张君文说："一是要会选定真问题。大量的研究看上去是问题，但不一定是真问题，也不是重大问题，是过几年就不是问题的问题。在选定研究问题时，真正做学问的人是非常谨慎的，经过反复权衡，绝不会为了金钱和权力去做。二是要能不受干扰地专注于一项研究，甚至有点'神经病'。真正的学者一旦确认了自己所研究的大问题，就心无旁骛地追踪下去。这是非常关键的学术品格。要能沉到问题的情景里，要能无法自拔，甚至没有办法从研究问题的情感中解脱出来。"

傅清瑶马上截住丈夫的话，笑着摇摇头："果然天才和疯子只有一线之隔。"

张君文笑了："天才的极致是疯子，疯子的极致就是天才。做学问就要有点'别人笑我太疯癫，我笑他人看不穿'的意思在。三是还要不轻易相信已经给出的结论。我在国外访学时，在牛津、剑桥这些世界顶级名校，这个感觉就非常明显。有许多问题，常人以为是定论，是基本事实，可这些教授却敢于怀疑。他们会穷尽所有的文献，重新审视每一种说法，掌握充分的事实，经过客观严谨的分析，给出自己的结论。"

傅清瑶顶着腮帮子，点点头："这个我倒是深有体会，我在跟斯坦福大学的教授交流时，无时无刻不在提升自己思维能力。每次聊天，我都不敢轻易说这个就是事实，那个就是定论。尤其是探讨他们关心的问题时，都必须要大量阅读文献，查找资料，教授会跟我从头往下刨，会关注我陈述的事实，但绝对不会相信我表达的结论。一旦他觉得我们的研究已经给出正确的结论，他们就觉得再研究这个问题就是浪费时间了。"

张君文接着说："四是要对所研究的问题刨根问底，要科学地'钻钻牛角尖'。不要只会给出大判断，还要注重细枝末节，善于从细节中形成独特看法。细节决定成败。顶级的学者对细节应该是痴迷的，不轻易放过每一个细小现象。要会不断地问，不断地讨论，不断地思考，有时候还会反复求证。从细节入手，往往就是很会'小题大做'。所以第五点就是要会'小题大做'。研究问题就是从小处着手，谁一上来就去想那些终极的大问题？这不是自找苦吃吗？面太宽就不好聚焦。好的研究一定是满足'四可'，即可实施、可观测、可度量、可检验。这也涉及一个关键的问题，现在老师也好，学生也好，常常是十分武断地说'我判断''我觉得''我认为'。这个可不是个好现象。这些'判断''觉得'和'认为'的东西是怎么出来的？观测过吗？研究过吗？证伪过吗？人手有两面，凡事没有实践，没有检验，是不可以轻易下结论的。"

傅清瑶莞尔一笑，继续插嘴："这还要求做个行动力极强的细节控。"

张君文继续往下说："有了这些，之后就要动笔了。吴老师的教导，是勤于思，敛于心，敏于行。行动永远是最重要的，知易行难，所以行胜于言。好作品是写出来的，不是说出来的。写和说是不一样的！落到纸上的东西，是有逻辑的，是需要严谨思考的。笔耕不辍才能防止思维僵化，才不会让自己变成主观主义者。"

傅清瑶摇摇头，戏谑道："你这一味重视实干，我怀疑你在自我洗白。难不成是因为学生对你的评价是笨口拙舌，给莫飞和我的评价都是出口成章、妙语连珠吗？你要知道，经管学院不仅要培养未来的学者，还要培养未来商界和政界的精英，当教授可以不太会说，当领导和当企业家还能支支吾吾，只会埋头苦干吗？没有话术怎么招商引资，怎么画大饼融资？"

张君文知道傅清瑶在故意抬杠，冲妻子笑着摇摇头："行胜于言又不是不言，而是言必求实，以行证言。人有嘴巴，肯定是用来多说话的。所以最后一点就是要注重交流，尤其是与年轻人的代际交流。为何要招博士？招博士的目的应该是为了学术交流，学生帮助教授开拓他的领域，教授帮助学生挖掘自己的潜能，合作共赢。每个人都有自己的局限性。学生能给老师充电。一流的学者，必定善于跟比他小的年轻人交流。要知道学有涯，而知无涯。"

李莫飞听了半天，听到最后一句，冲着傅清瑶打趣张君文："我刚刚还想反驳你，这几天不见，君文也开始带诗词带成语，不再笨口拙舌了。没想到他最后一句就露馅了。君文，你把庄子这句话完整念出来听听？"

张君文笑着说："少在这里显摆。'吾生也有涯，而知也无涯，以有涯随无涯，殆已。'"

李莫飞和傅清瑶都笑了。

傅清瑶说："都是因为雯雯在这儿住的原因，整天和思成缠着君文吟诗作赋，我们家国学氛围越来越好了。都是你和小菲教得好。"最后一句才是重点，夫妻事，从来是劝和不劝分。李莫飞一回江宁就先来家里，可见其对李雯雯的重视，傅清瑶直接打亲情牌。

两个人方才在自己面前夫唱妇随了这么久，李莫飞又怎么会看不出来？李莫飞笑了："那还是在你们家住着好，学着理性一点，打小学专注学四书五经、唐诗宋词就很容易感性，太感性就会走极端。"语气里满是嘲讽，不知是在讽刺自己，还是讽刺吴小菲。

傅清瑶知道这事没法劝："那还是让雯雯多在我们家住几天吧，现在跟你回去，她不就知道了自己父母吵架吗？"

李莫飞答应了。傅清瑶接着说："你和小菲都是成年人了，不打紧，可雯雯只有六岁，你们俩做决定前也多想想她吧。"

一走走了这么些天，回来之后，李莫飞和吴小菲就分居了。天下之大，哪里不能住人，又何必非得挤在同一个屋檐下相看两厌？

人生若只如初见，何事秋风悲画扇。

等闲变却故人心，却道故人心易变。

李莫飞去北京的那些天，吴小菲病了一场，都是傅清瑶去照顾她的。傅清瑶看着一地的空酒瓶和烧焦的烟蒂，对吴小菲又恨又怜："你这是何必呢？"吴小菲初恋就修成正果，没尝过感情破裂的滋味，傅清瑶倒是能理解。

"糊了层纸窗户难受，没想到戳破了更难受。清瑶，你说我干吗当初要喜欢上他，要嫁给他呢？"吴小菲孤坐在客厅里对着一盆君子兰，吐了一圈又一圈的烟雾，把整个人笼罩在朦胧中。

傅清瑶过来把烟掐了："你现在都成什么样子了？这家里的花花草草都被你熏坏了。你是在感伤你错付的青春吗？莫飞是有不对，但也没有十恶不赦。真要这么说，我的青春才是喂了黄有鹏那条狗。莫飞在精神上没有办法对你忠诚，和你同频共振，但其他方面对你和孩子是十分负责任的。大家可以怜悯你得不到爱人的真心，但也可以责备你糟蹋了爱人的用心。"

吴小菲冷笑地揪着翠绿的叶子："我不需要怜悯，更不需要责备。"

傅清瑶恨铁不成钢："那你在这儿惋惜有用吗？从某种角度上说，只有当你真正体会到痛苦，你才会真正知道平凡的幸福，有多么幸福，你也才会珍惜这些平凡的幸福。当初我的选择，连我妈都不接受，我现在却过得很知足。过去都过去了，接下来你们两个人，要么离婚，要么妥协。把孩子考虑好，剩下你们俩自己选，把你们各自的生活过好。你当初每做一个决定，肯定都考虑过相应的后果。赌都赌了，就这么输不起吗？"

这话刺激了吴小菲。"不会。你说的或许有道理，可我没你想得开。人总有一种自我毁灭的诱惑，人总是会去毁灭掉自己已经拥有的平静生活。不爱就不爱了，他的爱也升华不了我。咱换个活法，实在不行就开放式婚姻。"

说完，吴小菲就把酒杯里的酒倒进了花盆的土里，把空酒杯随手往桌上一丢。空酒杯在桌上没放稳，歪倒在桌上，骨碌碌往下滚，砸在地板上，碎了一地的玻璃碴，就像吴小菲青春里放过的一场烟花。

傅清瑶心疼地拖过君子兰："拿酒浇花，这花还怎么活？"

吴小菲异常地冷淡："它本就是要死的。无非是摆在室内装高雅，一生不愁吃穿，可缺少阳光和爱，怎么可能不死？"

吴小菲倒是振作了。但傅清瑶无语至极，回家后向张君文抱怨："开放式婚姻？这夫妻俩真是一个比一个油盐不进，你说这些信仰爱情至上浪漫主义的，是为了追求真爱，还是为了个人？"

"一家不知一家，和尚不知道家。每个家庭的情况都不一样。"张君文安慰了傅清瑶，"你别生气。你最近又上课又照看两个孩子，还要帮莫飞、小菲这对冤家缓和关系，够辛苦的了。要好好休息。就别再担心这件事了。"

傅清瑶撇了撇嘴："我怎么能不担心呢？你说说看，他们这样的人生，追求的是什么意义？"

张君文反问傅清瑶："你觉得人生需要什么意义呢？"

傅清瑶抿了抿嘴唇："人生本就不需要意义。能够随机而又精彩地过完一生即可。"

张君文开导道："既然你是这么认为的，那他们的选择，对于他们个人没有对错。只是这个行为在他们的社会角色中产生了连锁反应，带来了痛苦。人到底是为了自己活还是为了他人？是小我还是大我？这是道主观题。我们都没有办法去评判，去打分。"

傅清瑶摇摇头："那是站在理性角度分析的，可我们作为好友，势必牵扯感情，我不可能不担心。"

张君文亲亲傅清瑶的额头："好的，老婆。那你负责担心，我去负责解决。既然你要管到底，这事就交给我吧。"

李莫飞最近工作热情高涨到一个前所未有的水平，这样的状态确实不太对劲。

对一个人的放不下，捂住了嘴巴也会从眼睛里跑出来。大海说得对，心病还须心药医，张君文去找了沈瑜。

李莫飞和沈瑜一共在一起快七年，张君文见证了后四年的甜蜜，现在居然要劝沈瑜，真是荒唐。但出乎意料，沈瑜没有拒绝。在张君文快要告辞的时候，沈瑜说："君文，我的公司也快满三年了，我回中国创业，就是为了去美国上市，现在这个心愿要达成了。这得感谢你和莫飞，还有大海的天使轮投资，那时候他自己都快断粮了，还来拉我一把。不过我还有一个心愿没完成，应该也快了。"

这话听得张君文心里疑惑，但沈瑜不再多说。

在沈瑜公司快要赴美上市的前一个月，沈瑜找李莫飞来家里喝酒。

李莫飞看沈瑜拿了酒杯："你不用忙上市吗？怎么有空找我喝酒？"两人再次相见时的局促和不安，在这三年回归友情的状态中早已不见踪迹。

沈瑜一字一顿地纠正道："不是喝酒。"

李莫飞扬了扬眉毛。

"听君文说你最近压力大，在吃安眠药。这怎么能喝酒呢？喝果汁。"沈瑜晃了晃手里的果汁壶，笑得艳而不娇，"不过这么一想真感动，你都在吃药了，听说我心情不好，还愿意过来陪我喝酒。我今天收拾行李的时候，翻出了一样东西，就突然想起你。你最近帮了我许多，我就想着给你个礼物。"

李莫飞的喉结滚了一下，声音很低地问："是什么礼物呢？"

沈瑜掏出了一枚戒指。是一枚莫比乌斯环戒指。这是当年李莫飞还在上大学的时候，自己买来工具亲手给沈瑜打的。这个戒指非金非银，更没有镶钻，却有李莫飞那颗永远燃烧着、永远不会褪色的真心。

莫比乌斯环戒指代表永恒的爱，不论从哪里开始，都可以与你重新相遇。起点也是你，终点也是你。

沈瑜把戒指举高，放在灯下端详，这枚戒指经过多年的抚摸，都快盘包浆了，在温暖的灯光下发出金属冰冷的光泽："真漂亮！"这些年，沈瑜定期会把它送到珠宝店去进行护理，搞得首饰店的人很郁闷，这么一块不值钱的边角料何必如此大费周章？

"是很漂亮。"李莫飞附和道，光线透过戒指打在沈瑜美丽的脸庞上。李莫飞不知道是在说戒指，还是在说沈瑜。

李莫飞当年在大学时，就已经私下用这枚戒指和沈瑜求过婚了。那时候他俩已经快毕业了，李母也还没出来棒打鸳鸯。才二十出头的李莫飞单膝跪地，和沈瑜说："莫比乌斯环是数学上的拓扑变换，是哲学上的对立统一，也是爱情上的无穷无尽。都说戴上莫比乌斯戒指，是希望心爱的人走不出自己的世界，但我想反过来，我希望是我永远也走不出你的世界。沈瑜，我无限循环地爱你且无穷。"

这是李莫飞当年的誓言，也是后来这十几年印证在李莫飞身上的诅咒，心爱的人走出了自己的世界，可李莫飞却一直走不出沈瑜的世界。

往事历历在目。

李莫飞平静且认真地看着沈瑜，嘴角微微往上翘："这是我送给你的，现在你要把它当礼物送给我吗？"

沈瑜给自己戴上戒指，慢慢靠过来："当然不是，这有什么新意？你最近不是睡不好吗？我想送你一夜好梦。"

沈瑜张开双臂。

李莫飞有些错愕。

沈瑜向前迈了一步，像对待老朋友一样抱了抱曾经的爱人。

霎时仿佛时间倒流。

当年的他把沈瑜拦腰抱起来，怀里的沈瑜像个布娃娃似的瘫软而温顺，娇弱而又无依靠，一点都没有往日的酷。那样的沈瑜，只有李莫飞见过，也只有李莫飞拥有过。

那时候，那迟钝而又炙热的嘴唇抚过爱人的额头、眉眼、鼻梁、耳垂，从喉颈上往下移动，往爱的深处去。那动作不慌不忙，好像两人会永远永远在一起，所有的时间都值得浪费。

那时候，在爱的深处，有两个共振的灵魂在微微荡漾，有两颗渴望被触碰的心在跳动。

那时候的沈瑜高飞的翅膀还没有被折断，那时候的沈瑜一直都在渴望爱的降落伞。梦想的天空风云变幻，李莫飞就是保护沈瑜的降落伞。

那时候的李莫飞抱住热一阵冷一阵的沈瑜，附在她耳边轻轻地说："沈瑜，我无限循环地爱你且无穷。"他那时候慢悠悠的声音是那么温柔。

那时候，回应李莫飞的是无尽的吻。

"我也是。"

浮生若梦。

两个人平静地拥抱着，回忆着再也回不去的往昔。

所有的美好都在那时候，而非这时候。

"那就都留在那时候吧。"

自己放不下的，或许不是人。

那晚，李莫飞一夜好梦。

第二十三章

江宁大学经管学院发展得很好。

2017年，经管学院的工商管理一级学科在第四轮全国学科评估中获得排名并列第一（A+），工商管理本科专业首批通过教育部本科专业认证，工商管理一级学科还进入了"双一流"教育部推荐名单。

中国高校历经多年扩招，常被吐槽"只见大楼，不见大师"。这正是因为中国高校的发展方向主要是大而全，而非小而精，专业设置面太广，精通程度自然欠缺。可衡量一个大学真正的地位和水平，关键却在于其主流学科的魅力，包括学科的影响力、社会贡献、覆盖范围、科技含金量等。市场上评价高校学科的榜单很多，而学科评估作为教育部对具有博士硕士学位授予权的一级学科进行的整体水平评估，由国家盖章认证，市场认可度最高。故而全国学科评估一事，不仅影响到学院的发展，更关系到学校的声誉。

全国学科评估于2002年首次开展，截至2017年已经完成了四轮。教育部评估学科实力和排名主要在师资力量、科研成果、人才培养、社会名誉这四大方面进行综合考量。第一项就是师资力量，包括专职教师、及研究人员总数、具有博士学位人员占专职教师及研究人员比例，还有各种各样的帽子有多少顶。第二项是科研成果，包括四大类：第一类是国家级和省部级的实验室和基地，比如国家重点学科、国家重点实验室、国防科技重点实验室、国家工程技术研究中心、国家工程研究中心、教育部人文社科基地的数目，省部级重点学科、省部级重点实验室、省级人文社科基地的数目。第二类是获奖专利，包括获国家三大奖、教育部高校人文社科优异成果奖次数，获省级三大奖、省级哲学（人文）社科成果奖次数，以及获中华医学科技奖、中华中医药科技奖次数。如果是工农医学，发明专利数也能算。剩下两类分别是论文专著和科研项目，前者是各类核心期刊的录入论文数，后者是境内国家级及境外协作科研项目。第三项是人才培养情况，比如获国家优异教学成果奖次数，获"百优"次数，颁发博士学位数，颁发硕士学位数，目前在校攻读博士、硕士学位的留学生数。第四项就是社会名誉。

零零碎碎加起来，然后再排出个高低。整个评选过程，就是小学算数的过程，数人头，数帽子，数成果，数奖章。为了有东西可以数，各大高校学院院长既要搞生产，也要抓建设，为此费尽心机，伤透脑筋。李莫飞，就是其中之一。

李莫飞本人也在此之前成功拿到了帽子。有帽子的人才身价倍增，无形中让一些还没有拿到帽子的学者压力陡增。

张君文发现周遭的同事都陷入了年龄焦虑。

张君文对李莫飞嘲笑道："都是你干的好事。自己搞到了帽子不说，挖个人才跑来问我什么才是真正的学者，挖来挖去又搬了几顶帽子出来。把大家搞得压力这么大。这下子，整个学院都在焦虑自己的年龄。"

李莫飞抛着一枚硬币，摊开了手，是花面。李莫飞抬起头，无奈地说："我也没办法，学科评估就是要数帽子，数论文，数奖项，我就算想多招那些两袖清风、一心向学的学者，也得先把指标凑够。而且帽子错在它引起的追捧现象，又不错在获得者本身。有帽子的人未尝不是真正的学者，真正的学者也未必能拿到帽子，这两种都是客观存在的事实。"

张君文苦笑："可是现在出现了帽子链的现象，更出现了一种奇怪的逻辑：如果一名学者四十五岁前没有入选高级别的人才计划，那就意味着在学术这条路上几乎没有机会再出头，基本上就该急流勇退，靠边站了。可打开江大过去承担过'863''973'国家级课题的名单看看，绝大多数的年龄都在四五十岁。这批有学术经历、人脉和项目管理经验的学者才是承担国家重点研发计划的主力，里面也不是所有人都有帽子。如果任凭这种焦虑蔓延，打击学者的积极性，那么最后遭受损失的是学校和国家。"

李莫飞把头靠在沙发上，闭上了眼睛："国家出台各种人才计划，本意就是支持基础研究，让一批年富力强的科研工作者能够安心做学术。学者头上的帽子和职称晋升以及各种评奖挂钩，这事有好有坏，不能一棍子打死。但人的本能就是趋利避害，一旦欲望滋长，天平就会失衡。不过要说起各大名校抢帽子，相互攀比帽子的数量和等级，这种现象显然违背了各类人才计划出台时的初心。我也不认同。"

张君文给自己倒了杯水，郑重其事地说："照这样下去，国家也会坐不住的。说不定到时候就搞出一套'淡化帽子、破除功利、突出职责、强化责任'的组合拳。把对人才称号获得者的合同管理加强一下，中期履职报告、聘期考核制度、重要事项报告制度、兼职兼薪管理制度、人才称号退出机制都给健全一下。这样说不定还有点效果。只是你们这些有帽子的应该会受点影响。"

"那没什么关系。"李莫飞睁开眼睛，坐正身子，淡淡地说，他已经开始计划谋求校长助理的位置，再往上走就是副校长了。

可以说，尽管李莫飞的情感世界分崩离析，但其事业上却迎来了巅峰。

张君文有点看不懂李莫飞。现在李莫飞和吴小菲貌合神离，但还是维持着法律上的夫妻关系。

张君文等都不知道李莫飞和沈瑜上演了一出现实版的艾希礼和斯佳丽。不过李莫飞和吴小菲没有离婚，而选择了妥协，情况没有进一步恶化，在某种意义上，是不幸中的万幸。

恋爱的本质是一种情感交换，婚姻的本质是一种价值交换。

沈瑜的公司去纳斯达克敲了钟，她本人也回了美国。走之前，沈瑜和李莫飞说了三段话。

"戒指我舍不得还给你，但是我允许你走出我的世界了。"

"人们总认为世上最珍贵的东西是得不到和已失去。年轻不再，那份美好只能放在回忆里。那只是一个幻想，我们都回不去。"

"我一直都知道自己没有失去过，我可以放下了。你应该也明白了，你一直都没有失去过。我的原生家庭很不幸福。当初我不希望你和你母亲闹掰，今天我也不想再伤害你的家庭。人要向前看，所以你也放下吧。"

夫妻就像两条铁轨，载着家庭这一列沉甸甸的火车，车上坐着老人和小孩。两条铁轨是很累、很辛苦，可又能如何呢？只要有一条打算另想高招，偏离了既定的轨道，最后的结果不是翻车，就是趴窝。

这责任太大。

妥协的结果就是每个人的位置都没有调整——大家提着过去的行李箱，匆匆赶往人生的下一个阶段。

钟大海也到达了人生的下一个阶段。他的大数据营销在2014年于新三板成功挂牌，也在今年转板到创业板。

新三板扩容后，流动性就变差了。

张君文和钟大海分析道："新三板的转让交易制度只有协议转让，成交效率和交易频率双低，无法与纳斯达克的做市商制度和创业板的集合竞价制度相提并论。做市商可以进一步发现交易价格，促进交易，而集合竞价能及时形成开盘价和收盘价，有协议转让时段系统自动匹配成交的功能。新三板的市场定价功能还没有得到充分发挥，交易自然不活跃。而且新三板在建设过程中，个人投资者的准入门槛提升到500万，实在令人望而生畏。还有就是大多数新三板企业的股权集中度都太高了，很多公司都是改制后直接挂牌，《公司法》又规定改制后发起人一年之内不能转让股份，这样子搞，挂了牌又有什么意义？"

钟大海听从这一建议，时机一成熟，便去深圳实现升级转板。

成功转板后，钟大海就来学校找张君文聊这件事。盖了新院楼后，张君文的办公室也变得宽敞了，但对张君文来说还是拥挤，到处都是期刊，有拆封的，有未拆封的，堆办公桌上，堆茶几上，显得有点凌乱。

钟大海一边喝着茶，一边和张君文感叹道："互联网就是把人类底层的结构再重新实现了一遍。这些年互联网金融真是如野草般疯长，不受金融监管，不用看金融监管部门的脸色。什么互联网支付、互联网理财、互联网销售、大数据和云计算、虚拟货币，新名词一个接一个往外蹦。基本上是零门槛就可以做和银行一样的金融服务，有些项目年化收益非常可观，起投的门槛也非常低。就比如互联网进行投融资活动，低吸高贷，不仅获取收益，还提高了资金的利用效率。这种突破时空，降低准入门槛，加速利率市场化的项目，才是创业者的沃土，才能加快民营企业的发展。"

张君文越听越不对劲："国内监管不成熟，国外监管却很严，难说国家会一直这么放任自流。就拿P2P讲，国外的P2P网贷项目审核通过率很低，筹资能够顺利筹满的情况少之又少。在国外，为了符合监管政策，几乎每个P2P借贷平台都需要与银行开展合作，银行发行贷款，通过资产证券化之后通过P2P平台将债权出售给投资者。而在众筹融资方面，国外的发展也完善得多，有股权众筹，有项目众筹。这样的市场才更健康些。现在国内这些互联网金融项目就像打了生长激素一样，长此以往，就畸形了。"

钟大海反驳："中国互联网金融的规模说不定未来能发展成世界第一。现在市场上对金融服务的需求巨大。这是立足于中国人口基数大、消费市场大这一国情发展的。还有就是互联网技术的发展使得资源的有效配置可以全方位实现。扯什么打激素呢！"

张君文提醒道："我国互联网金融的规模确实有先天发展优势，可以达到遥遥领先的世界地位，所以风险防控就格外重要。这就好比在海上航行，海面那么广，总得开导航，要不然一个触礁，就成了泰坦尼克了。e租宝已经爆雷了，当年累计近七百亿的资金池，爆雷时还有两百多亿未还金额。查了才知道，上面的理财标的都是自融或者虚假标的。这不就是妥妥的庞氏骗局吗？还有那些校园贷、暴力贷，都是害人不浅，毁的是一个又一个家庭。躺着赚钱的时代已经过去，灰色地带、可操作空间越来越小。"这一番话良药苦口。

钟大海站起来，走到张君文的书柜前转了转，伸了伸懒腰，笑着反驳："我知道。我投进去的都是正规、有资格的，不会跟风赶时髦。"张君文的书真不少，什么《会计研究方法》《财务会计理论》《成本与管理会计》《审计学：一种整合方法》《拯救危困企业》，还有谈论中国经济的专业书，都是学术性非常强的书，和李莫飞的风格大相径庭。

张君文接着说："之前上海证监局印发了通知，给了多少信号？利用互联网进行的六大非法活动，与P2P相关的就有三条。一条是，期货公司资产管理产品购买方，要将期货公司资产管理产品放到P2P平台进行份额拆分销售，对P2P大拆小和投资者适当性管理监管政策的贯彻。另一条是，期货公司子公司设立P2P网贷平台，或者期货公司以自有资金参股设立P2P网贷平台，这暗示了什么？期货子公司设立或参股设立P2P网贷平台成了非法行为。说明P2P是重点整顿领域，与其费力地去梳理、去整顿，倒不如明文规定监管范围内的机构一律不准开设P2P平台省事。还有一条是，期货公司以自有资金投资P2P平台销售项目。2014年发布的《期货公司监督管理办法》明确规定期货公司可以按照规定，运用自有资金投资于股票、投资基金、债券等金融类资产，与业务相关的股权以及中国证监会规定的其他业务，但不得从事《期货交易管理条例》禁止的业务。股票都能投资，为什么P2P反而不行了？显然不是基于风险的考虑，而是基于行业整顿的考虑。"

钟大海不以为然："这是上头领导一刀切。"

张君文劝诫道："金融业的本质要求是安全性、流动性与收益性。现在无非是把传统金融业的前两个字去掉，改成了互联网。可就像你刚刚感叹的，互联网就是把人类底层的结构再重新实现了一遍。换汤不换药，安全性永远都要排在收益性前面。"可惜有人骨子里嗜赌，往往忽略这一点。

钟大海继续强调："你放心，我钟大海做生意不会莽撞冒险，也讲良心。你刚刚提到的那些违法乱纪、伤天害理的事，我是不会碰的。"

张君文的书柜里有一本《戴维斯王朝》，这本书是用历史的视角和文学的笔触写成的投资经典，放在一大堆一打开就是模型公式的专业书里显得格格不入。钟大海好奇地再看了一眼，突然瞥到了摆在柜子上的照片。

张君文的办公桌上摆的是全家福，书柜上摆的是当年博士毕业论文答辩通过，吴宁海让学生助理帮四个学生照的相片。照片从左往右依次是张君文、钟大海、黄鸿图、李莫飞。十五年前的老照片了，但张君文博士毕业搬宿舍时就用相框装好，这么多年过去了，没有发黄。照片上的四个人都自信昂扬，笑容满面。

转眼间沧海桑田，四个人都有了不同的走向。

人心生一念，天地尽皆知。

善恶若无报，乾坤必有私。

钟大海有所触动："有黄师兄的前车之鉴，我更不会去沾。我现在也是有老婆孩子的人了，我不会想进去的。"这话的态度很认真。"这张照片你一直摆着？"钟大海伸出手指轻轻地敲了敲书柜上的玻璃窗。

"嗯？"张君文被转移了注意力，也走过来看，把相框从书柜里拿出来，"是呀，毕竟很有意义。不过，黄师兄大概会面临一个怎么样的处罚？"

钟大海神色凝重，眉头打结："不好说。再过两个月就又要过年了，今年去吴老师家拜年，可能就见不到他了。他的情节不轻。"

黄鸿图回到证监局后，便开始施展拳脚。多层次资本市场的设计是他的博士论文，也是他的梦想。资金对于企业，就好比汽油对于汽车，信号对于网络。资本市场就是加油站，就是通信塔。大家都想在资本市场里加到符合型号的汽油，接收到稳定的信号。资本市场是片诱人的大海，但只有像钟大海这样融资失败过、被对赌协议坑过的人才明白，海里一个浪打来，下场就是尸骨无存。

为了减少海上安全事故，中国目前建立了多层次资本市场，由场内市场和场外市场两部分构成。前者包括主板、中小板、创业板和科创板，后者包括新三板、区域性股权交易市场和券商OTC（场外交易）市场。

一板里的主板，主要负责证券发行、上市和交易，对象主要是大型成熟企业，是股市的宏观晴雨表。中小板是深交所单独设立的一个板块，主要针对稳定发展，流通盘一亿以下的中型企业。二板里的创业板，是深交所的一个板块，对主板起重要补充作用，主要面向高成长性的中小企业和高科技企业。这些都是上市公司的战场。

而像钟大海这类人，在未上市前只能选择三、四、五板市场。新三板为创新型、创业型、成长型中小微企业提供股份转让服务，设有基础层、创新层和精选层，精选层算是新三板的优等生。新四板为特定区域内的企业提供股权、债券转让和融资服务的私募市场。新五板则囊括天使投资、风险投资、股权众筹等股权投资市场。分工明确，各司其职。企业家在五大板块里你来我往，算计谋划。

当然，交易机制只是多层次的一个体现，资本市场的多层次，还包括在金融产品、企业债券、金融产品设计、银行业资本工具、发行方式、投资者等多个方面。投融资的需求是多元化的，投资者对风险偏好、投资期限、回报率有要求，企业对自身规模、盈利能力、信息披露、外部审计有考量。多层次的设计就是为了减少信息不对称的问题，减少博弈的成本，让投融资双方都能更好地享受游戏，各取所需。

玩游戏就会有游戏规则，而维持好秩序就需要有裁判。有些人玩不过规则，只能另辟蹊径来搞定裁判。

党的十八大以来，全面从严治党，惩治腐败。不论其职务高低，一旦触犯了党纪国法的警戒线，就得受到严肃追究和严厉惩处。黄鸿图长期在晋原市和黄有鹏打交道，近墨者黑。虽然不是毫无下限，但也没有多干净。世上的事，只有零和一的区别。就像品尝美食，只要第一口感觉美味，就会想尝下一口。黄鸿图回来后更是给那些求上门来的企业家提供了诸多上市的便利。齐佳媛的那个牛皮纸信封并没有起到任何警示作用。

但黄有鹏躲过了。黄有鹏野心勃勃，除了毒品，大概没有啥浑水不蹚的，按理说是没法脱身的。可黄有鹏是天生的猎手，做起事来心狠手辣，不留余地。中央一声枪响，黄有鹏就把自己择得干干净净，逃之夭夭。

张君文小心地把相框摆回原位，问钟大海："大概要关进去多久？"

钟大海盯着照片，抬起头看了一眼张君文："当年君武被骗去搞传销，都关了三年，你说呢？"

张君文沉默了。自己的亲弟弟张君武也是坐过牢的。好在张君武苦尽甘来，坐牢出来之后就遇到了钟大海，一开始帮他开车。后来钟大海因为对赌协议把自己赔光了，连房子都抵押了，被现在的老婆好心收留，张君武一直不离不弃，比对亲哥还好地帮着钟大海。钟大海再创业成功，自然也没有亏待了这些当年誓死跟随的老战友。张君武头脑灵活，钟大海人手不够的时候，他就边学习边跑业务，一直做到公司中层，如今也在江宁市安家了。

时过境迁，一切都在向好或坏的方向改变。改变是必然的。张君文盯着办公桌面出神，过了一会儿才回过神来，目光扫过自己家的全家福，又开口道："那齐师姐呢？"

钟大海慢慢地说："齐师姐还在江宁。齐老还健在，不过眼下反腐力度这么大，黄师兄这个案子又铁板钉钉，他也无话可说。"

当初齐佳媛问黄鸿图保大还是保小，就是在提醒黄鸿图收手，不要一错再错。没想到黄鸿图最后小也没保住，大也没保住。

在暴风雨来临的前夕，黄鸿图来找齐佳媛，把离婚协议书放在办公桌面上，用手指敲了敲桌面："我们离婚吧。你和儿子要是觉得在江宁丢了面子，抬不起头来，看是要出国，还是换个城市住，都可以。"

夫妻本是同林鸟，大难临头各自飞。黄鸿图不会抱怨，他已经把再一次怀孕的方予矜送出了国，至于肚子里的孩子，是去是留，随方予矜乐意。反正他是没有机会再亲自栽培一个孩子了。

齐佳媛坐在办公桌后面玩着扑克牌，冷淡地说："我自己的儿子，我会照顾好。儿子大了，我自然会送他出国读书的；至于以后他要去哪里发展，我尊重他的选择。"

黄鸿图对这个回答显然是不满意的，他在办公桌前坐下，一言不发。

齐佳媛头都没抬一下，非常认真地洗牌："你这是打算来和我翻旧账吗？那我可以明确地告诉你，我既然和你约法三章了，就不会去纪检委举报你。我手里有的资料，别人也能搞得到，我也算提醒过你了。你的船漏了，不翻也得沉。"

这就是黄鸿图最看不惯齐佳媛的地方，老喜欢以己之心，度人之腹。黄鸿图苦笑，马上就要锒铛入狱了，自己哪还有这个闲心翻旧账。黄鸿图很认真地问："你不走吗？"

齐佳媛漫不经心地说："我爸还在世呢，我得留在身边尽孝。"一边说着，一边把扑克牌发在离婚协议书上。因为手速太快，扔牌扔得过狠，纸牌和纸张撞击在一起，一声一声的脆响，像一记一记的耳光，抽在黄鸿图和齐佳媛的脸上。

黄鸿图一字一顿地说："那把离婚协议签了吧，我不会拖累你。"

话不投机半句多，齐佳媛懒得搭腔。

齐佳媛还是那一副高高在上、目中无人的大小姐脾气，实在是太不给台阶了。这要是往常，黄鸿图早就和齐佳媛吵起来。但眼下黄鸿图自己在劫难逃，也懒得发脾气，起身就要走。

　　就在这时，齐佳媛缓缓地吐了一口气，说了句："成了。"

　　黄鸿图好奇地扭过头往桌上一看，齐佳媛的牌已经发好了，几堆牌都摊开桌上，其中一堆全是醒目的红桃，正摊在离婚协议书的正中间。

　　年轻时黄鸿图的牌技很好，既会算牌，又会玩这些小花招。这就是当年在社会上摸爬滚打、摔得鼻青脸肿的穷小子黄鸿图在班级聚会上追求齐佳媛的把戏。黄鸿图让齐佳媛和自己玩牌。齐佳媛玩了三把，手里抽到的，都是清一色的红桃。

　　就是这三把红桃，让黄鸿图最后娶到了省部级干部的女儿，人生从此起飞，坐到今天这个位置。

　　物是人非今犹在，不见当年还复来。

　　黄鸿图停住了脚步。齐佳媛弯曲食指，从那堆红桃里弹出一张牌，这张牌沿着桌面打着转飞出来，掉在黄鸿图脚边——是张红桃9。

　　齐佳媛慢吞吞地开口："这离婚协议书我不会签，我哪儿都不会去的。你应该不会是死刑和无期，我会等你出来的。"

　　黄鸿图弯腰从地上捡起那张红桃9揣口袋里，深深地看了齐佳媛一眼，拧开门把手出去了。

　　外面是个艳阳天。

第二十四章

2018年是戊戌狗年。

张君文和傅清瑶安顿好家里的两个小朋友，还是如往年一样去吴宁海老师家拜年。张君文和傅清瑶的感情很好，积极响应国家放开政策，生了二胎。

今年吴老师家明显比之前冷清了许多。黄鸿图已经进了监狱，李莫飞和吴小菲感情失和，钟大海又是迟到，只有吴小光和往日一样。

吴小光给张君文夫妇倒茶："我爸午睡还没醒呢，你们可能得再等一会儿。"

傅清瑶起身接过茶："年龄越大，睡眠越浅。能多睡一刻钟比万两黄金都值钱。"

张君文问："莫飞还没来吗？"

吴小光摇摇头："今天早上小菲来了，他肯定不会这么早到。"

吴小菲和李莫飞基本上不会同时出现在双方父母家里，一是老人年纪都大了，知道了难免伤心；二是知道了就会搬出些"一日夫妻百日恩"的大道理来进行劝解。人前扮演恩爱夫妻是件折磨的事，演不好就露馅。为了瞒过双方父母，两人也是煞费苦心。不过双方父母未必看不出来，看破不说破罢了。

儿孙自有儿孙福，强求不来。

吴小光自己是不婚一族，对妹妹妹夫的感情很是感慨。但吴小菲毕竟是自己亲妹妹，小时候，吴小菲就是个大大咧咧、吊儿郎当的假小子，短发背心大裤衩，上树掏鸟窝，房顶连串跳。每每调皮犯错，都是吴小光帮着背锅，扛下父亲的责备。包括吴小菲现在做记者，风风火火，到处出头，什么企业排污、互联网金融乱象、官商勾结等，仗着一支利笔就敢写，也不怕闯出祸来得罪人。很多时候吴小菲在前面一通乱扫射，都是李莫飞和吴小光在背后默默帮忙擦屁股，打扫战场。钟大海口中的当年晋原乳业事故，虽说是吴小菲的功劳，但这只是事实的一部分，后续还有很多人帮她收拾残局。

凡事靠自己是正确的。但没有人的成功能只靠自己，不靠他人。一个被推到聚光灯下光鲜亮丽的"大人物"，后头一定有一帮默默支持辛苦工作的"小人物"。

张君文又询问："大海怎么也还没来？"

吴小光的手顿了一下，微微惊讶地看着张君文："大海摊上事了，你还不知道吗？"

张君文和傅清瑶都很吃惊，连忙追问。

吴小光说："大海把这几年赚到的钱，全投进P2P了，开始发展很快，但最近有风声说这监管会越来越严，好像出了些问题。不过应该不是什么大问题。"

张君文一巴掌打在椅子扶手上："糊涂，都和他说了P2P不要碰，他怎么就听不进劝呢！现在监管已经在抓了，政策里给出的与互联网企业合作的不规范行为，好几个都和P2P有关。现在综合性互联网金融集团也好，市面上那些大型P2P平台也好，均把一站式理财平台作为重点布局和转型方向。证券投资顾问无疑是一站式理财平台的重要一环，这一规定无疑是对那些志在转型的P2P平台的重磅打击。谁的孩子谁抱走，面对P2P领域的风险高发，大家都忙着把自己的孩子抱走，最后剩下没有机构愿意与之合作的P2P，它们又该怎么发展、怎么转型呢？"

吴小光把茶盏递过来，恍然大悟："难怪他不和你说，要是和你讲了，你肯定一大堆话等他。现在这些志在转型的P2P平台也纷纷推出了活期理财产品，其中大多数都是货币基金产品。从我们基金公司的角度，与互联网企业合作推出活期理财产品，自然是在变相推介其货币基金产品。"

张君文接过茶："可现在规定是，合作的互联网企业或者基金管理人、基金销售机构违反规定，混同、比较货币市场基金与银行存款及其他产品的投资收益，以宣传理财账户或者服务平台名义变相从事货币市场基金的宣传推介活动，这算不规范行为。"

吴小光叹了口气："这个政策确实让人摸不着头脑。"

张君文把茶一口闷了下去，把杯子攥手里："怎么会摸不着头脑呢？夜行莫踏白！这信号已经很明显了。P2P分好几种类别。眼下最火的民营系平台数量最多，起步也最早。早期监管不到位，这些平台十分混乱，没有银行的强大背景，没有上市公司雄厚的资金支持，没有国有背景股东的隐性背书，资本实力及风控能力都很弱。这种平台一不留神就成跑路及倒闭的重灾区。到现在都多少家平台出事了？停业、跑路、提现困难、经侦介入，什么都有。除了容易招来黑客攻击、风险提升、交易失误等系列问题，平台是否存在利用交易机制设计的漏洞，人为地进行骗贷活动，这更涉及道德问题。这是中国广大中小投资者的利益。P2P是一定会被监管的，不监管，以后资本市场的公信力怎么办？大海怎么犯这个傻？难道他缺那点钱吗？"

张君文很少在除傅清瑶以外的人面前这么气急败坏。吴小光既有点不可思议，又有点不以为然："资本市场就是如此，撑死胆大的人，饿死胆小的鬼。"

傅清瑶知道自己丈夫的脾气，平时在家里，说到国家百姓，激动起来，张君文甚至会骂人。这是很难想象的，作为高层次的知识分子，知识渊博、德高望重的教授在其他人心目中的理想形象，借用广大网友说法，要么温文尔雅，要么斯文败类，张口爆粗确实与之形象不符。

傅清瑶笑着说："你别怪，他有时就是个理想主义者，在家里有时也这样。"

吴小光眨了下眼睛，打趣道："君文，你说你总能给大家出点子提建议，怎么大家不管用什么方式劝你下海，你就是打定主意要在高校里窝着呢？"

傅清瑶抢答道："这就叫作军师不上战场。就像谈恋爱这种事，我发现我现在的学生，这帮'00后'，自己谈恋爱不行，教别人谈恋爱，无敌！说得那叫一个头头是道，有理有据，都能写书了。"

张君文和吴小光哈哈大笑。

吴小光对张君文说："真正的高手是公认的恋爱大师，然而自己还是单身。清瑶这个比喻倒比你那些冠冕堂皇喜欢高校的理由更有说服力些。"

傅清瑶对吴小光说："你别嫌弃他了，他已经被我爸明里暗里责备了好几回，够苦恼的了。"

吴小光问道："那你怎么不帮傅叔叔劝劝他？"

傅清瑶笑着摇摇头。张君文则抬起手拍了拍后脑勺，一脸无奈。岳父一直想让自己出来帮忙，这几年楼市年年出台新政策，他建议倒是给了不少，就是不松口说出来这件事。岳父给的薪酬、股份都很可观，比现在的收入高出不止不知多少。张君文觉得自己的性格，正如傅清瑶所说的，做参谋可以，但不适合去打仗。好军师同样能运筹帷幄之中，决胜千里之外。张君文觉得不上战场没啥不好的，张君文本身就不是个风险偏好者。

但傅容的失望他也隐隐能感觉到。单说能力方面，两位妻兄确实没有什么大本事，和万鹏集团的黄有鹏一比，简直是云泥之别。这也难怪傅太太这么多年来一直相中黄有鹏当女婿，抛开人品，黄有鹏的见识和野心都是少有的。傅清琛资质平庸，傅清奎莽撞冲动，做事不计后果，都扛不起这么大的家业。傅容白手起家，挣下了偌大的一份产业，却后继无人。儿子不成器，女儿女婿都不热衷，傅容这几年的白头发越来越多。

傅清瑶心疼父亲，却也不想逼迫丈夫："人各有志，我自己都不想被绑在公司里，又怎么能要求他抛下喜欢的学术研究，去管理公司呢？己所不欲，勿施于人嘛！"

　　吴小光微微张大了嘴巴，好不容易闭上，夸张地咽了口茶："听听这都是什么话？用现在网上的话说，这叫啥？人和人的差距，真是比人和狗的差距还大。去管理一家资产少说上千亿的房地产公司，这还'己所不欲，勿施于人'呢？你们夫妻俩不要，那想要的人，能绕地球三圈。"

　　傅清瑶开玩笑道："你想要吗？回头我和我爸推荐你。"

　　吴小光摆摆手，调侃道："罢了罢了，这些年房价虽然一直涨，但楼市起起伏伏，我是知道的。没有金刚钻，不揽瓷器活，我还是安心搬砖，做一只打工狗，赚了钱再去买你们家的房。"

　　张君文打趣道："你还好意思说我，你是我们这几个人里头最早当上百万富翁的，还打工狗。"

　　吴小光挑起眉毛："再能赚也架不住这房价涨得快呀！也不知道以后这房价会不会降呀？"

　　张君文摇摇头："难说得很。像江宁这种一线城市，大概率是很难降下来。"

　　吴小光说："照理说，楼市调控政策不断加码，房价应该往下走。结果倒好，这房价越调越涨。"

　　傅清瑶说："楼市调控政策只是为了防止楼市过热，而非降低房价。而且，房价一旦出现下跌势头，救市政策就会随之而来。这些年货币超发，信贷宽松，市场上资金涌动，房价必然随之上扬。在2009年之后这种现象就很明显了。"

　　吴小光叹了口气："2014年的时候，中国房价下行，市场一片悲观，到处都在传楼盘降价倾销。但到了2016年，中国房价非但没有陷入谷底，反而一跃而起，以超出之前的上涨幅度，狠狠打了那些唱空者的脸。早知道我那时应该多买几套。"

　　张君文说："往大了讲，中国的城镇化依然任重道远，未来还有巨大的上升空间，尤其是一、二线城市，经济转型的优势迅速转化为人口竞争的优势，房价有远期上涨的可能。往小了说，经济对于房地产的依赖，决定了楼市短期在国民经济中依旧有着举足轻重的作用，如果地方托市、资金荒和货币宽松，一、二线城市房价就会迎来新一波上涨，这是房价在短期内暴涨的原因。"

傅清瑶说："2014年以来，楼市新政密集轰炸，2014年刚出台'930新政'，2015年又加码'330'新政，提出取消限购、放松限贷、鼓励房地产开发、放宽公积金贷款，托市的动机一目了然。与此同时，从2014年开始，连续三次降息、两次降准，让市场上资金涌动。无论是政策放松还是货币宽松，都不是真正为了把房价降下来。"

吴宁海已经醒了，听到客厅有动静，也出来了："房价暴涨有两大问题：一是社会问题，老百姓不堪重负；二是经济问题，实体经济仍旧一蹶不振，信贷宽松效果走偏。"张君文夫妇都赶忙起身。

吴宁海让两人坐下："楼市调控意在稳定楼市，而非降房价；房地产业依旧被视为支柱行业，托底经济增长的用意犹在。只是现在人口增长出现危机，计划生育政策放开，老龄化已见端倪，经济高速增长阶段终结，只有城镇化尚有上升空间，除非是有转型优势和公共资源溢价的热门城市，其他城市再想见者有份，共享房价上涨的红利，怕是不太乐观。清瑶，自从金融去杠杆在2015年底出台政策后，你爸爸可不止一次来找我抱怨他的女儿、女婿都不贴心。最近怎么样了，君文给出什么建议呢？"

张君文有点不好意思："抛售容城旗下的酒店和文旅项目，割卖一切海外资产。"房地产业确实也没有想象中的风光。2017年，央行下达"禁止国内企业并购海外资产"的禁令，加上"三道红线"同时泰山压顶，容城置地被银行抽贷。股债双杀，容城置地的资金链顿时断裂，连工资都差点发不起。傅容一夜白头。

"断臂求生？"吴宁海温和地说，"清仓甩卖可是要割肉呀，清瑶，你爸爸舍得贱卖吗？割肉卖仓，可是要威风丧尽。"

傅清瑶苦笑着摇摇头："这也是没办法。但万鹏集团落井下石，爸爸很生气。"落地的凤凰不如鸡。

抛售现场，"衡壁万"三家串通好了，即将签字之时突然压价，尤其是黄有鹏，压得最狠，气得傅容怒而摔杯。

张君文说："现在谋求去地产化，放弃重资产运营模式，走轻资产运营道路，主要输出品牌和管理，这才是解决问题的好方法。"

其实张君文的这番话，老丈人听进去了，毕竟之前容城置地谋求转型。但张君文建议产业多元化，比如进军新能源产业，傅容没听进去，错失良机。

张君文建议进军新能源产业的那番想法并非空穴来风。新能源产业项目众多，比如中国新能源汽车产业就始于21世纪初。2001年，新能源汽车研究项目被列入国家"十五"期间的"863"重大科技课题，并规划了以汽油车为起点，向氢动力车目标挺进的战略。现在市面上的车，耗油量大、高污染、高排放，不耐用也不经济，尤其是德系车，所以更多普通家庭会选择省油的日系车，这就是个趋势。只要未来新能源汽车耐且安全，那市场需求一定不小。当然让一个搞房地产的突然去做汽车，听上去有些异想天开。但新能源产业也不只有汽车项目，还有燃气项目、太阳能项目、环保家具等，容城置地做商品房占大头，底下还有子公司专门搞装潢，卖房配家装，已经是上下游一条龙全包服务。发展新能源产业也是有基础的。

当时的傅容对这些话半信半疑，没有大力发展新能源产业；眼下新能源产业也火了起来，再想进军，先发优势已经不存在了。遇到股债双杀的危机，如果熬不过就彻底退场了。傅容明白张君文这招，便是要置之死地而后生。

吴宁海料到了是张君文出的建议，说道："转型轻运营，清瑶，你爸爸这下要把战线拉长了。"张君文的建议就是可以转变思路，把房地产公司变成一家综合性企业，业务可以涵盖食品、茶饮、休闲、健康、医药等诸多领域，战线全面拉开。

"是的。"傅清瑶笑了笑。确实，爸爸最近低调了很多，像个劳模，到处推进节能减排和脱贫攻坚。相比之下，黄有鹏则还在开山采石、高排放高污染、买进大量重资产。看来这十几年来房价的一路狂涨，政府的稳定楼市政策，已经麻痹了黄有鹏。

这时候吴小光的电话响了。吴小光接了电话，表情逐渐凝重起来。匆匆挂了电话，吴小光笑得勉强："不好意思，我单位有点事要处理，你们先坐。"

说完吴小光就赶忙出门了，在门口撞到了赶来的李莫飞。

几个人正愕然，刚好李莫飞来了，转移了大家的注意力。最近李莫飞刚刚帮朋友解决了小孩保送问题。之前因为齐佳媛的关系，这条线已经搭上了；如今只是把这方面的关系加固一下，好为日后申请副校长的职位打好基础。李莫飞原本情商就很高，会用吴宁海的资源去运作，把在政界商界千丝万缕的关系网织就得又大又密。

一座庙，一个神。

领导的风格很能影响学院的运作。不过影响是有滞后效应的，经管学院目前依然处于巅峰状态。

张君文对好友很担心。在张君文眼里，李莫飞本人非常有事业心，这是好事。可若说原本李莫飞的事业心是功利和奉献各占一半，那这几年李莫飞由于感情不顺，事业心越发重，隐隐出现功利心压倒奉献心的苗头。

事业不能着急，一着急很容易马失前蹄。

不过，吴宁海对自己的这个接班人整体上还是很满意。吴宁海一直关心经管学院，关心江宁大学。大家的话题便从房地产转回学校。

吴宁海说："当下中国的商学院慢慢弥漫开一种不太好的风气。大家都在追求发顶刊而不强调发表的内容是什么，追求发文数量而忽视了文章的质量和影响力。"吴宁海虽然已经退休，但一直关注国内商学院发展动向，包括江宁大学经管学院这个伊甸园，也出现了这种趋势。

张君文表达了自己观点："搞科研，就应该鼓励开展同时具有理论和实践影响力的研究，鼓励关注情境的研究，改变研究成果考核方式。之后的发展，应该充分重视和利用商学院与业界的联系，在做研究之前先对业界实践者进行访谈。另外，从更宏观的层面上，可以去关注重要的商业和社会问题，比如可持续发展、数字化、远程工作、大数据以及影响商业的管理政策。经过这十几年与国际接轨的努力，中国商学院在实证研究的方法和数据收集的流程上有明显进步，但是在理论创新和研究设计方面却乏善可陈。今后就应该开展更多的中国本土化研究，比如研究中国文化对中国管理研究的影响；直接对工作中的现象进行跨国比较；基于中国的特殊管理情境来提炼研究问题；研究中国公司的国际化问题；研究具有一般性的本土化中国管理问题。"

吴宁海喝了口茶，点了点头："确实要鼓励学者去关注这些重要的、有趣的商业和管理现象，而不仅仅追求在顶刊上多发文章。在评价学者的成果时，应考虑他们的研究有多少实践价值。要为教职工提供更多学习发展的机会。过去一直注重为商学院学生提供学习机会，今后应当考虑为老师提供更多参加研讨班和工作坊的机会，同时要鼓励教职工将他们自己的研究成果融入教学环节。"

傅清瑶笑着说："教学要是能出现更多互动式、创新式的、分析式的形式，应该会更有利于教师将他们自己的研究成果融入教学。现如今知识非常容易获取，学生真正需要的是分析能力、创新思考能力，以及快速应用知识的能力。而且如今商科变得更加国际化，一方面是随着中国的发展，很多中国公司已经有了海外投资的能力；另一方面是随着用工成本的提高和对供应链安全的考量，很多外商直接投资逐渐撤出中国。教会学生如何与外国人互动，让他们了解国际商务的知识非常重要。商学院可以为学生创造一个跨文化互动的环境来让学生获取这些知识并锻炼技能。还有一点，就是要跟上互联网的发展。老师也好，学生也好，都要加强对变革性技术的学习，让大家学习相关的知识，比如AI、区块链、物联网、数字化和云计算等。"

张君文补充道："在教学过程中同样可以加入对中国情境的关注。比如使用中国案例，用视频等多媒体方式呈现案例，融合中国哲学，以及邀请业界管理者做演讲。同时也要加强对中国政府所扮演角色的认识。中国商学院的发展受到政府的巨大影响。每每政策出台，宏观层面、微观层面的反应都十分激烈，商学院在发展时也要关注这些事项，尽力降低不利影响，利用有益机会。"

吴宁海转向李莫飞，总结道："莫飞，简单来说，就是要回归科研教学，减少官僚主义。"

李莫飞答应了："回归科研教学的工作虽然困难，但相对好开展。但关于减少官僚化的努力，工作难度却两极分化。如果是放松对教师一些形式上的要求，比如减少形式主义会议等，大多数人都会支持，可以办到。但如果像是在师资力量的晋升方面做文章，比如有老师反映打破名额限制，考虑采用通过性考核而非选拔性考核。这种直接与职称薪水挂钩的东西，往往众口难调，下面有需求，上面有要求，阻力就很大。"

吴宁海听到"下面有需求，上面有要求"一句，想起了自己退休前几年的事，说："不担三分险，难练一身胆。学校的孔书记和孟校长先后都换届走了，新的领导班子应该会有新气象。"

李莫飞点点头："期待如此。只是这些年学校出了不少事故，连江大基因这么好的一家校办企业都没发展好，下任领导要头疼了。"

说到江大基因，几个人都顿住了。1991年，江宁医科大学三个全资校办企业江宁医科大学医学仪器实业有限公司、江宁医科大学视听科技公司、江宁医科大学服务公司合并为江宁医科大学科技开发公司。20世纪90年代初，江宁省是国内医院开展PCR（聚合酶链式反应）技术最为广泛的省份之一，占据了高份额市场，但来自民营企业的PCR产品质量问题堪忧。鉴于此，江宁医科大学科技开发公司成立了自己的研发机构——江大基因诊断中心，专门从事高质量PCR技术产品的研发。

紧接着江宁医科大学科技开发公司经历了校办改制股份制。橘生淮南为橘，生淮北为枳。没有好的土壤，再好的研发也如同缺水的禾苗。江大基因诊断中心尽管战功累累，但校办企业的体制就如同牢笼，猛虎不得出。

之后，江宁科委给江大基因开出了缺少"自由灵活机制"的处方。而后进行一系列操作，在资金和新机制的支持下，达安完成了产权改制，整体变更为江宁医科大学江大基因股份有限公司，后由于江宁医科大学与江宁大学合并，所以更名为江宁大学江大基因股份有限公司，简称江大基因。

2004年，江大基因在吴宁海等人帮助下，在深交所上市，江大基因实现了知识基因与金融资本的结合。不积跬步，无以至千里；不积小流，无以成江海。江大基因已成立接近三十年，一步一个脚印发展到今天，算是校办企业改制早且成绩较优异的企业之一。其主营业务主要分为销售商品（试剂+仪器）、提供劳务（第三方临检中心）、金融服务，但这些年因为校领导方向偏了，企业业绩渐渐差了。

张君文说："不管怎样，聚焦主业总是没错的，现在实施健康中国战略，未来临床诊断技术和产品大有前景。"

李莫飞才要开口。这时手机响了，打进来的是钟大海。"莫飞，我有点事走不开，改天再去吴老师家拜年。刚刚打小光的电话打不通，你帮我和老师师母道个歉。"

李莫飞答应了。

这个聚会聚得冷清，师母也老了，家里的饭都请保姆做，大家没坐多久就散了。

隆冬腊月，户外的风呼啸而过，扫起地上的落叶。枯黄的叶子历经风雨拷打，早已从春天精灵的神坛落下，成了落寞的傀儡，一会儿被卷到半空，一会儿被抛向远方，像有双看不见的手在耍弄着可怜的提线木偶。

周遭一片萧瑟。阴森森的月光掠过光秃秃的树丫，直直地砍在地上，像一把明晃晃的刀，把三个人的影子劈得很长。

从吴老师家出来后，傅清瑶问李莫飞："大海是摊上什么事了吗？"傅清瑶踩着三个人的影子慢慢地走，用脚尖踢了踢可怜巴巴地趴在马路上的落叶。

又一阵寒风刮过，李莫飞缩了缩脖子，摇了摇头。

张君文放心不下："咱俩找个时间赶紧去看看他。看看到底惹了什么事。"

钟大海又破产了。

钟大海一意孤行，把身家都押在了P2P平台上。果然如张君文预料的一般，监管部门开始出手了，大海投入的资金都打了水漂。

P2P会被监管的原因太多了。首先网贷平台的小额分散投资标准，利于犯罪分子在不被察觉的情况下进行洗钱，而许多平台的投资项目并非单纯点对点投资，而是走打包的理财产品路线，这样更容易被有洗钱需要的犯罪分子利用。而且P2P网贷的一个特点就是完全处于虚拟的环境中，平台很难判断注册、上传个人资料信息的人，和之后进行借款和投资操作的是同一个人，所以不利于识别投资人和借款人的真实身份。这次监管，不仅仅是银监会出手这么简单，还有反洗钱部门的参与。

网贷平台倒闭跑路的有两个原因。其一是坏账率。因为公司实力有限，最后资不抵债。P2P平台的逾期违约本身是个大问题，而许多平台为了保持投资客户的黏性而制定了自备风险保障金制度，一旦逾期就垫付本息，这于平台是个很大的负担。其二是公司经营不善。P2P网贷是互联网金融，糅合了计算机和金融两个领域的知识，这两个领域专业性都很强，在理论知识和实践经验上都必须得到长期的学习和积累。许多P2P网贷经营者无论从学历、学识、工作经验等各个方面都不能满足这样的条件。监管政策一旦公布，很快就能得到落实，对目前已经上线的平台进行审查，那些公司管理层背景和网贷注册资本不满足要求的极大可能会面临清退。

P2P被监管后，随之而来的是，大海的公司也出了问题——钟大海投了太多钱在P2P上了。而黄有鹏早就看上了钟大海的公司，趁着钟大海这波元气大伤，马上在外散播消息唱空，低价收购了钟大海的公司。

钟大海又成了穷光蛋一个。

"黄有鹏怎么不下地狱呢？"傅清瑶听到这个消息非常生气，"到处收购，他不怕撑死呀！"

再次破产，也不能再说什么"人有失足，马有失蹄"的安慰话了。这次属实是钟大海自找的，没把自己折进去就不错了。

张君文还没来得及开口，傅清瑶的手机也响了。打进来的是吴小菲，里面传出一阵吵闹声："清瑶，不好了，我哥被抓了。"

张君文和傅清瑶一下子从椅子上弹起来。傅清瑶抓着手机着急地问："怎么回事？你别急，慢慢说。"

电话里的吴小菲直跺脚："我哥被卷入了'老鼠仓'。"

张君文和傅清瑶一下子呆住了。

硕鼠硕鼠，无食我黍，三岁贯汝，莫我肯顾。

吴小光等建的"老鼠仓"已经被经侦盯了很久了。吴小光等在使用公有资金拉升某只股票之前，先用个人的资金在低价位买入该股票，等到用公有资金将股价拉升到高位后，个人的持股率先卖出获利，把机构和散户的资金套牢。一般"老鼠仓"被侦查出来，是因为被盯上的那家上市公司并没有遭遇特大实质性利空，股价走势大多处于低位徘徊或温和上涨中，盘中的瞬间暴跌没有任何预兆。瞬间暴跌结束后股价迅速恢复原有走势，暴跌没有产生丝毫负面影响，K线形态很明显。这次也不例外。

兵行险着啊！

张君文惋惜道："小光毕业后就在江宁基金担任高级分析师，三十岁就被任命为江宁基金的基金经理，后来他出手将江宁基金的业绩扭亏为盈，那时何等风光！学院的金融高管讲座都邀请他来过好几次。后来他又众望所归地成为江宁基金研究部总经理，是我们几个里头最早年薪破百万的。他怎么犯这个傻？难道他缺那点钱吗？"

是呀！吴小光无妻子，无儿女，家中老人都有退休金，典型的"一人吃饱全家不饿"。他又怎么会缺这点钱！

这个问题，张君文已经在钟大海事情中感叹过一次了。傅清瑶看着张君文，很认真地回答："不同的人对金钱，衡量多寡的标准不一样。有些人看着穷，可他觉得自己富足；有些人看着富，实际上却抠抠搜搜。多少吃穿不愁、收入可观稳定的人，还是会想方设法地搞钱，因为赚钱对他们来说，可能是份工作，是种爱好，可以体验金钱带来的贪婪、暴虐、刺激。有些人就喜欢在雷区蹦跶，感受肾上腺素狂飙的刺激，这和现在年轻人喜欢玩蹦极一个道理。这已经不是金钱能否给人带来实际好处的问题了。说白了，它就是种精神追求。"

自从黄鸿图出事之后，江宁市证监局就进行了大力整顿。新上任的局长下达命令，命江宁市证监局对辖区内的所有基金公司的基金经理的执业行为进行突击检查。吴小光一方面串通负责营业部督导的人员，通过热自助以及大户室电脑下单；另一方面又指使他人在其朋友任总经理的券商营业部下单，妄图扰乱监管视线，切断账户与自己的联系。

毫无疑问，吴小光成功了。

那次突击检查，吴小光全身而退。吴小光是个无比自信而且头脑非常灵活的人，这些年来非法操作他人姓名的股票账户，先于基金股票低价买入，又先于基金股票卖出，利用基民资金为个人股票"抬轿"，从中非法获利，已经不是头一回了。黄鸿图在证监局的时候，不是没有听到下属反映察觉到的市场异常，但一是因为吴小光太过机敏警觉，二是因为哪怕黄鸿图挖到了是在江大基因里出现问题，早期也会碍于良心和与吴小光的情分适当提醒收手。这无疑是在每次出差错前，抢先给吴小光通风报信，也使得吴小光每次都能及时反思自己的漏洞，规避调查的能力越来越强。而且后期黄鸿图自己也深陷泥潭，长成了黄有鹏和吴小光等的保护伞，劝说吴小光迷途知返的可能性更是渺茫。

操纵"老鼠仓"的行为在2009年《刑法修正案（七）》实施之后，就被定性为刑事犯罪，对应罪名为利用未公开信息交易罪，国内已有多起"老鼠仓"案审判案例。

吴小光被调查的案件，是江宁省最大"老鼠仓"案。吴小光等人掌握未公开信息，从事与该信息相关的证券交易活动，其买卖股票数量上百只、成交金额和非法获利数额都非常吓人，绝对是无法轻判的。

出了这么大的事，消息瞒不住吴宁海。而且吴小光的事情爆发，还扯出了吴小菲和李莫飞婚姻关系名存实亡的事。对吴宁海而言，这无异于是晴天霹雳，双重打击。

吴宁海让李莫飞陪自己去看了吴小光，非常有力地说了六个字："要配合，要认罪。"

隔着铁栏杆，吴小光看着父亲一夜之间变得灰白的头发，垂下了头，不易察觉地点了点头。

庭审中，吴小光表现得非常配合，从始至终都表示认罪，并对起诉书所列的犯罪过程、资金金额毫无异议，对公诉人列举的大量证据也表示完全认可，不仅在辩护律师辩护时落泪，还在最后陈述环节深表悔意。整个庭审过程两个小时，吴小光的自我辩解和其辩护律师的发言都一心只求罪轻。

吴小光在担任江宁基金的基金经理期间，利用掌握的未公开信息操作证券账户，违反了证券法关于基金管理人的董事、监事、经理和其他从业人员"不得从事损害基金财产和基金份额持有人利益的证券交易及其他活动"的规定。因此，吴小光被采取五年市场禁入措施。在禁入期间内，不得从事证券业务或者担任上市公司董事、监事、高级管理人员职务。同时，吴小光因犯利用未公开信息交易罪被判处有期徒刑三年，并处以罚金。

张君文和李莫飞陪吴宁海听完庭审。整个过程中，吴宁海的情绪一直很平静。威严庄重的法庭，让人透不过气来。吴小光的罪证一条条列过，吴宁海脸上的表情却更加严肃。审判结束之后，吴小光从被告人席上被带走，没有往听审席上再看一眼。

吴宁海从座位上起身，盯着法庭中间悬挂的国徽，站了很久。

张君文和李莫飞陪着站。半晌，张君文开口道："吴老师，我们也离开吧。"

李莫飞也劝："爸，听君文的，我们先回去吧，妈会担心的。"

吴宁海沉默地点了点头。三人从沉闷压抑的空间里走到自由的阳光下。

张君文深呼吸了一口气。

没有经过黑暗世界，人是很难感受到阳光的难能可贵。

就在张君文平复心情的时候，身边的吴宁海突然腿一软，整个人往地上栽。

"吴老师！"

"爸！"

吴宁海被紧急送往了医院。

幸好张君文和李莫飞眼疾手快，一左一右架着吴宁海，吴宁海才没有整个人摔在地上。吴宁海并没有大碍，只是近日来心神不宁，医生嘱咐放宽心就好。

张君文和李莫飞都不放心，直接预约了体检套餐。

吴宁海看两个学生忙前忙后，开口说："你们俩不用大惊小怪，我没什么大事。"

结果出来了，确实没什么大事。但老年人易患的慢性病，诸如高血压等，吴宁海也是一样不落。

吴宁海对此倒是一脸坦然："人上了年纪。各种乱七八糟的小毛病就都会找上门来的。久病成医。我心里有数，你们俩不用担心。"

张君文和李莫飞连忙宽慰。

但吴宁海的精神确实大不如前。吴小菲搬回家住。傅清瑶也来关心了好几回："小菲，你别太担心。可能是精神负担太重，过段时间舒缓开就好了。我爸爸前阵子也是因为精神压力太大，消瘦得厉害。"

"傅伯伯没事吧？"吴小菲问道。

傅清瑶很勉强地摇了摇头："没事，就是生意场上的烦心事。熬过了就好，吴老师很快也能好起来的。"其实怎么可能没事？黄有鹏人心不足蛇吞象，看现在容城置地抛售资产，就到处在市场上散播谣言，丝毫不打算给容城置地留活路。

吴宁海经过一段时间的休养，确实恢复了精神。但整个中国乃至整个世界，却都病了。

第二十五章

这一病还不是小病。

2019年末，新型冠状病毒感染引起的急性呼吸道传染病以迅雷不及掩耳之势席卷全球，愈演愈烈。

中国许多高校都不能正常开学。即使如江宁大学这般的部分高校保证了同学们正常入学，但基本上也是采用线上线下相结合的教学方式开展授课。各大直播软件一下子火了起来，网上签到，网上打卡。原本的大学生活也遭到了破坏。进出校门需要扫码报备，图书馆动不动就闭馆，连食堂也取消了堂食。

行动受约束，也引发了一些心理问题。一方面，长时间的封闭式管理带来一系列负面情绪、散漫感、空虚感，有的人对理想信念迷茫、对自我要求松懈，甚至对现实世界失去信心；另一方面，封闭的环境导致学生们的娱乐放松途径减少，使学生负面情绪无法排解，焦虑程度升级，出现烦躁易怒、逆反心理等情绪，甚至对学校产生埋怨、怀疑心理。

突如其来的灾害，让许多面临毕业的大学生暂时无法在学校里上课，无法外出实习，无法参加各类现场招聘会。许多企业艰难维持，有的实体企业甚至难以维系乃至倒闭。为了节省开支，减少用工成本，裁员、降薪、减少招聘，成了企业的自救方式。学生纷纷走上了考研考公的道路，"内卷"成了时下最流行的词语。

各行各业都在面临寒冬。

钟大海的创业之路还在摸索中。在互联网世界撞得头破血流后，钟大海转向他曾经非常瞧不上的制造业，比如芯片制造。几年前，进口芯片经过多次迭代，可靠性高，技术成熟质量好，有强大的品牌效应，国内芯片一直被打压。现在国外上下游厂商都退出市场。中国进入芯片荒，无疑有极广阔的市场，钟大海也琢磨上了。

当大家都没察觉商机的时候，进入市场才能大杀四方；要是大家都意识到风口，那就只剩自相残杀。

搞芯片属实有点异想天开。钟大海并不是专业出身，在互联网领域深耕了十余载，手下也没有专门搞芯片研发的精兵强将，只能到处招兵买马。而且有些行业壁垒很高，像芯片产业的研发需要十年磨一剑。时间、资金、科技和其他各方面的大力支持更要跟上，根本没有办法像互联网早期企业一样，光靠烧钱就能把一家公司给砸出来。

有些事是想干就干；有些事只能想想，最好还是不要干。

但凡事不能一棒子打死，说不定自己还真能干成呢。所以在听了一大堆支持的和反对的意见之后，钟大海还是选择进军芯片。这些嘴上支持的，或者打着为钟大海好的旗号表达反对的，都没有张君武实在。张君武仍跟着钟大海。患难见真情，这些年不管钟大海再落魄潦倒，张君武一直没离开。

钟大海再次破产之后，张君文也找弟弟问过打算。

张君武看了看张君文："哥，我打小就没你脑子灵光，会读书。要是没有钟总，我现在应该还在晋原当保安看大门，哪里还有机会在江宁有房有车，有老婆有小孩？更没可能去你说的猎头公司找跳槽机会。钟总对我有恩。现在他破产，我是不会撒下他的。"

张君文不说话。

张君武接着说："哥，我在里头待了三年，出来后手机都不流行小灵通了，啥都不会。你那时候在英国可能不知道。我那张驾照是出来的时候新考的，钟总不怕我把车开沟里，敢放心把车给我，让我大胆开，后来还锻炼我去跑业务。说句不怕你恼的话，我这辈子真把钟总当亲哥了。"

张君文这时候从椅子后绕过来，重重地拍了拍张君武的肩膀："人啊，常怀感恩。咱爸的教导，你学得最好。"

　　不只张君武，张君文还在钟大海新成立的财务部门里，看到了谢思扬，便问了大海："你上回也就上个市，怎么还把会计师事务所的墙脚给挖回来了？这不明摆着给人把柄吗？"

　　钟大海白了张君文一眼："我上回上市的公司是个互联网公司，还倒闭了，不算破坏什么审计的独立性。谢思扬来我这儿，是人家自愿跟着我。他那家属'内资八大'，合伙人真是个没眼光的，帮助企业财务造假上市，这也就算了。偏偏这家企业的老板还不太机灵，说出什么'财务差错与造假不是一回事'这种话，五个一字板都跌停了，现在证监局正在介入调查。眼下动静越来越大，再不走，等八大变成七大，就晚了。"

　　"那为什么来投靠你呢？"张君文环视了一下钟大海办公室的四周，"你现在，可没以前那么风光呀。"

　　钟大海贱兮兮地说："人格魅力，没办法。现在不风光有什么打紧的。人活一辈子，不能只看眼前，又不是只活这么几天。这话可是你教我的。"

　　其实是因为张君文当初塞给钟大海的那一张名片，虽然这张名片钟大海转身就忘了，但毕竟有印象，还在名片上多扫了两眼记住了名字。等第二次计划上市的时候，钟大海真的又找了内资八大中的同一家，一次会上机缘巧合，又得知了谢思扬的名字。

　　钟大海当着合伙人的面关照了一下谢思扬："年轻就是有干劲，多些机会就能出头。"

　　这话帮谢思扬清通了许多工作上前行的障碍。等谢思扬所在的会计师事务所出问题了，他下意识第一反应就是来投奔钟大海。

　　但也不是所有的互联网项目都不景气，线上直播就异常火爆。蒋小涓听从张君文的建议增设了线上直播卖货。

　　直播电商这几年异军突起，经过了蛮荒发展，已经逐渐成熟。传统电商本质上是信息匹配，以及供需匹配的模式，竞品以及同质化会比较严重，消费者决策成本高。直播电商就是融合内容化、粉丝化、场景化的更高效的零售方式，核心是人，通过直播可以更快速地建立人与人之间的信任。一个优秀的带货主播是整个直播间的灵魂，不仅决定了直播间的销售风格，也影响了直播间的销售转化。专业度、自信心、互动感、控场力缺一不可。好在能力方面蒋小涓都有，关键蒋小涓的外表形象管理非常过关。蒋小涓从打工人一跃成为资本，背后的老板仍然是黄有鹏。

可黄有鹏的日子终于不好过了起来。

央行等出台了限制开发商融资的政策，剔除预收款后的资产负债比不超过百分之七十，净负债率不超过百分之百，现金短债比不小于一，合称房地产的"三道红线"。此三项指标全部踩线，有息负债不得增加；若踩中两道，有息负债规模年增速不得超过百分之五；若踩中一道，有息负债规模年增速可放宽至百分之十；若全部符合监管要求，则有息负债规模年增速可放宽至百分之十五。简单地说，房地产企业的高负债运转模式不能再继续了。

万鹏集团和容城置地都在首批试点房地产企业中，按各自的情况分为"红、橙、黄、绿"四档。黄有鹏和傅容的人生，亮起了红绿灯。傅容因为提早进行了大甩卖，被分在黄档；黄有鹏因为产业园与后续疯狂买进容城置地的资产，被划在了红档。

房地产开发企业的资金筹措更加被动。企业扩张所急需的资金杠杆被强行"拉闸限电"。市场波动难免，土地市场迎来相对低迷期，开发商拿地趋于保守。游戏规则变了，就会有人玩不动，玩游戏的人就要跟着变。

黄有鹏四面楚歌，连带着蒋小涓因为避税被封杀。蒋小涓和黄有鹏利益捆绑得太紧。一条船上的人，船要翻，人都得沉底。蒋小涓只是枚棋子，弃了就弃了；但黄有鹏是下棋的人，还在苦苦挣扎。

世界瞬息万变。

医疗健康成了最大赢家。李莫飞成功当上校长助理后，就分管了校办企业，江大基因便在此列。在新冠疫情暴发前，江大基因的业绩增长乏力，产品销量疲软。当年李莫飞一接手，就开始进行校企改革，江宁大学将其持有的百分百股权无偿划转给江宁市政府整合市属金融产业的平台，至此江大基因拥有国企背景。可受益于这次全球公共卫生事件，新冠核酸检测、抗原试剂盒成为近两年最为畅销的刚需产品，近几年公司业绩持续超出预期。

这次是李莫飞误判了。可嫁出去的女儿泼出去的水，卖出去的股份也收不回来，面对如今比以前高出四五倍的业绩增长，李莫飞只能苦笑。

可底下的人却多有不服。李莫飞如今打算从校长助理升为副校长，学校层面的斗争和学院层面的斗争相比，牵扯的面更广，更加白热化。李莫飞没办好这一件事，到处被当靶子针对。

副校长的升迁之路不好走。

李莫飞从当副院长开始，一路明枪暗箭接过不少。这一回也不例外。

张君文一得知消息，便立马去院长办公室找李莫飞。

张君文在办公室里来回踱步："我不想说我早就提醒过你了。"张君文有点气急败坏，那年他看到李莫飞收到的学生信封，便早就劝好友多留个心眼。李莫飞这是哪儿哪儿都通，偏偏就是要在感情问题上一而再再而三地栽跟头呢！眼下这都不算情感问题了，这是个人作风问题。有心人这是故意要再造一个"管为民事件"出来，这要怎么洗！

该死的匿名举报信！

这套路数都玩了十几年了，一点新意都没有，祸害起人来还是一害一个准。

李莫飞关了电脑，把脖子枕在椅背上冥想。危机，危机，越危险，越是机遇。办法总比困难多。只是这举报之风又起，可想而知经管学院这些年建起的大厦，开始被摇动了根基。天地盈亏有数，月满则残，月缺则圆。这是事物发展的必然规律。

李莫飞缓缓地睁开眼睛，问张君文："你听到黎老师的消息了吗？"

张君文十分诧异，马上就缓过神来，跌坐进沙发里，给自己拿了瓶矿泉水，猛灌了几大口，才开口说道："这事都传开了不是？"

林子大了，什么鸟都有。

黎成昊拿到教职之后，趁着那几年政策不严，把手头的一个项目孵化成了公司。其实这事本没什么。这年头各个学科的大学老师，或为了产研结合，或为了项目孵化等名头，成立起自己公司用来管理。后来出了政策，大家二选一，也都相对平稳地过渡，主打一个安全着陆，这也没啥大问题。

黎老师也是一样。但问题出在了他带的一个博士生上。这个博士生天赋极高，动手能力也极强，早已达到学校学院的标准，可以按期毕业，更关键是已经拿到了其他院校抛过来的橄榄枝——只要顺利毕业，就能去另一所"211"学校入职了。

这本是皆大欢喜的好事，但问题出在黎老师不让他毕业。

为了顺利毕业，这个学生，天天带着一把刀在办公室晃悠——是真刀，明晃晃的不锈钢刀。第一次黎成昊见着，还以为是学生恶作剧，想玩一出"孟德献刀"的把戏，心里虽然发毛，但还定得住。等日子一长，黎成昊就有点胆怯了。

一次学生又抱着博士论文来找签字。图穷匕见，怀里那道白光往黎老师眼前一闪，黎成昊差点儿从椅子上摔下来。怎会是孟德献刀？这可是荆轲刺秦王！

之后这个学生就顺利拿到了导师的签名——签名框里的字迹歪歪扭扭的，和鬼画符差不多。看来黎老师不仅腿软，手也抖了。就是这墨质量不好，被汗水晕染得有点糊，还好依稀能辨认出来，不用签第二遍。

好事不出门，坏事传千里。虽然没闹出什么人命官司，但这种不光彩的事还是连传了好几个学院，成了经管学院的一大笑话。

张君文非常气恼："真是荒谬！"作为老师，爱护教导学生是第一责任，这些人私心太重，甚至耽误自己学生的前途，怎配得上"为人师表"四个字！多行不义必自毙，也不怕遭反噬！

李莫飞冷笑了一声："这事还有后续呢！"

这事一传十，十传百，封都封不住。每年考研申博的人那么多，总有人来打听几位博士生导师和硕士生导师的脾气。大数据时代，信息检索的功能强大。同学们一扒拉，才知道原来黎老师设置了一套贡献度考核指标，没有完成指标，一概不许毕业。

侠之大者，谓之刺客。这个打算效仿专诸、聂政，引发"彗星袭月""白虹贯日"异象的学生，其实早就达成了贡献度。只是他太过能干，使得老板依依不舍，不愿放人——侧面看，黎老师也是"识才爱才"！

张君文冷冷地用鼻子哼了一声。

李莫飞才要开口，便又有人敲门。当领导就是这样，一刻不清净。

推门进来的是周蕙。尽管周越华犯了错，但周蕙这些年在经管学院勤勤恳恳、老老实实地干，大家都有目共睹。故而周越华卷铺盖走人的时候，陈瑾跟着落荒而逃，周派支离破碎，唯独周蕙却留了下来，之后还受到提拔，成了学院党务秘书，专门接管教师党务工作。

当年周蕙喜欢张君文，奈何张君文和傅清瑶心心相印。周蕙便也作罢，她有着江大行政岗的工作，在相亲市场上同样是香饽饽——这年头，小孩子上学的事越发难了。周蕙在江大的职位，至少能保证自己子女之后在江大幼儿园、江宁大学附属小学、江宁大学附属中学一路不被卡住。小孩升学已成了大城市的一大难题，这能省多少精力！成为印钞机是种本事，能把吞金兽点化更是种本事！

见进来的是周蕙，李莫飞和张君文都很惊讶。

李莫飞的左眼马上一跳，以周蕙这种踏实有分寸的性子，不会不事先打招呼就冒冒失失地找上门来，看来是又出事了。

果然是出事了。

出事的是韩老师。韩森是财务管理学系副教授，当年和张君文一道申的教授。那一年，张君文深陷"冒名发文事件"，最后关头被撤了材料，澄清之后终于还是拿到了职称。而韩森却一直陪跑。韩森倒不似当年的梁兴述，因为受到周越华的打压而屡屡受挫。韩老师是个老实人，虽不八面玲珑，但也从不得罪人，对看不惯的事敬而远之，对剩下的人和事，他总是一团和气。这样的人，最是好相处，存在感也是最低。

和张君文一道时，韩森被张君文和管科的孙靖压一头，等这两位"大神"都申上了，又有新的牛人顶上来和自己一道竞争。哪怕最后李莫飞千方百计地从学院多拿到一个评教授的空位，韩森也只能在候补席里名列前茅。实在是他运气太不好，回回都差那么一点意思。这么些年，韩副教授也看淡了，副教授就副教授吧——"躺平"有"躺平"的快乐。

韩老师与世无争，但对教书还是尽心尽力，不敢懈怠，在学生中口碑很好。但再好，也会出事。

周蕙叹了口气，一五一十地把来龙去脉讲了："韩老师有个硕士，这个女孩的男朋友拿到了offer（录取通知）要出国，要女生一起去。这女生之前要求退学，韩老师脾气好，很通情达理，签字同意了。不想这女孩申请不顺利，半路上被晾在一边，去也去不成，就想着不耽误，回来拿学位。按常理说，这事是行不通的。"

张君文皱皱眉头："原本退学不都签字了吗？自然不成。"

周蕙摇摇头："要是真退成了也没这些事。但其实退学材料还没有完全办好。韩老师想了想，也希望真的不要耽误到学生，能帮就帮，于是也同意了。韩老师自己都同意带了，学院这边也就没再说什么了，帮着女生撤回了。"

张君文这就想不通了，都这么处理了，那又会出什么事呢？扪心自问，换成自己是韩森，他也不一定能这么爽快答应自己的学生这么操作。这世上哪有这么好的事？又要马儿跑，又要马儿不吃草。

周蕙接着说："糟就糟在女孩回来之后，就要准备毕业论文了。可能也是因为事太多精力不够，女孩就耍了个小聪明，把男朋友之前的开题报告稍微改了改，拿来作为自己的开题报告。可惜聪明反被聪明误。韩老师之前参加过她男朋友的答辩，一眼就看出这女孩的开题报告是抄袭。"

接下来的事，周蕙不说，李莫飞和张君文也能猜了个七八分。按照韩森认真的性格，是不会让女孩随随便便就把这开题报告交上去的，更别说签字了。

周蕙点了点头："韩老师不让通过。那女生确实是过分了，就跑到互联网上去发泄情绪，提及的信息真真假假，不乏谣言和中伤，甚至把同门拉上去说。偏偏现在这些社交平台上的'吃瓜群众'就喜欢这种情节。'键盘侠'一股脑拥了出来，没搞清楚来龙去脉便纷纷赤膊上阵，引发水军大混战，这局面有点控制不住了。"

李莫飞目光深邃地看了一眼愁云密布的周蕙，掏出了手机，把静音取消掉，一看消息，果然校党委宣传部打了两三个未接电话过来。

看来韩森免不了要被学校调查。

李莫飞叹了口气，起身去校行政大楼。

张君文一把抓住他："那你的事怎么办？"

李莫飞现在也是泥菩萨过江——自身难保。不知哪个浑蛋塞了封匿名举报信给校纪委，举报李院长婚内出轨自己的学生。如今李莫飞和吴小菲感情失和的事情闹得沸沸扬扬，又出了这么一档子破事，可要如何是好！

李莫飞轻轻躲开了："我的事就再说吧。总得把我能解决的，先解决好。"

君子事天，当知天地之盈亏，以决其行。

总有李莫飞无能为力的事情，只能先把能办的办好。韩森爱岗敬业，潜心教学，居然要在互联网上被诋毁攻讦；相比之下黎成昊之流，行事过分，口碑极差，却多年未受审判。实在是有失公道。若韩森因此事被打击了积极性，从此不带学生了，学生们就要失去一个好老师，那才是经管学院的大损失！

　　张君文明白这个道理，但李莫飞帮韩森伸张正义，又有谁来替李莫飞洗脱冤屈？

　　张君文看着李莫飞走远，愤愤地扭头要回自己办公室，余光扫到对面妻子的办公室也亮着灯。

　　张君文悄悄走过去，看到妻子正在伏案工作，心中不由得涌出感激。与李莫飞相比，自己是何等幸福。若是吴小菲也能这般理解李莫飞……张君文脑子里突然闪过一个办法——若是吴小菲能站出来支持李莫飞，那有关李莫飞的流言不攻自破，这困境自然也就解了。

　　如何说动吴小菲呢？

　　这下张君文顾不得打扰妻子办公，急忙推门进去。

　　不管怎样，都这时候了，总得试一试。

第二十六章

疫情防控期间，人民的生命安全至上。生命健康成了最重要的事情。江宁市没守住，开始进入封控，居委会天天发防疫宣传，鼓励大家足不出栋，足不出户。

张君文和傅清瑶一直待在家里网上办公。直到吴小菲打来电话，带着哭腔告诉两人吴宁海感染了新型冠状病毒。

张君文让在养胎的傅清瑶安心待家里，自己赶紧下楼找核酸点，之后前往医院探望。

吴宁海情况不太妙，好几天持续高烧不退。

"怎么会感染呢？"张君文问李莫飞。

李莫飞沉默了一会儿："小菲感染了。她是记者，要去医院和重点防控区做报道，其实平常也都在单位住。但最近小光释放了，她想着自己已经康复了，应该没问题，就回来看哥哥，大概是这个原因，吴老师才染上了。"

李莫飞和吴小菲算是在某种程度上和解了。至少在李莫飞申副校长被恶意中伤的时候，吴小菲站出来力挺李莫飞，助其逃过一劫。

事后吴小菲对傅清瑶澄清道："只是伸张正义罢了，我这人对事不对人。"傅清瑶偷偷笑了——人家夫妻的事，还是不要掺和了，顺其自然。

"应该没问题？那是有问题还是没问题？"张君文对吴小菲有些生气。特殊时期，师妹做事情还是全凭自己高兴，瞻前不顾后。

李莫飞说："你现在说这些也没用。医生说吴老师没有什么非常严重的基础性疾病，只要烧退了，检测结果变好了，休养一阵子应该就没有大碍了。一切往好处想。你先回去吧，清瑶不也还有身孕吗？我在这里呢，等老师情况变好了，我会给你打电话的。"

吴小光刚出狱，师母人也老了，吴小菲这些天都活在自责里，一直都是李莫飞在陪床。

张君文点点头，回去等了两天，就接到李莫飞的电话，急忙赶往了医院。

吴宁海精神状态还挺好的，就是很虚弱，坐在病床上喝粥。疫情防控期间，医疗资源紧张。李莫飞给省医院的领导打电话，在住院部找到一个单人间。同时医院规定，为了疫情防控，陪护不能超过一人。钟大海也知道了吴老师住院的事，因为自己还在隔离，不方便过来探望，就让妻子高慧一天两次来问候。

张君文没有陪护卡，只能请高慧把自己领上去。到门口的时候，李莫飞在门口站着，吴小光和吴小菲在里面，张君文就陪着李莫飞在外面等。

吴宁海正在和一对儿女讲话："小菲呀，我记得你和莫飞跟我说要在一起的那天，你把莫飞带到我和你妈妈面前，指着他对我们说：'爸，妈，就是这个人，我找到了。我此生，非他不嫁。'我记得你当时比着胜利的姿势让我和你妈妈看。当时你的那个表情，多骄傲呀。现在想想，就像在昨天。这些天我病了，他一直在这里陪床，做女婿能做到这地步，我挑不出人家的错。你们俩真过不下去了，我和你妈妈也不会给你们施加压力。但你以后做事，不管什么事，都不要冲动。"吴小菲点了点头。吴宁海摸摸她的脑袋，接着说："死生有命，富贵在天。我也不一定就是因为你感染上的，你要给社会大众做报道，我不怪你。再说了，很快就好了。小光，你接着念，死生有命，富贵在天，下一句是什么？"

"君子敬而无失，与人恭而有礼。爸，对不起。"吴小光低了头。

吴宁海轻轻地说："这句敬而无失，我早就和你讲过了，可你没往心里去。对人对国，你只要一步踏错，犯了一个错，之后再想还清，就会发现，根本无力回天。"

吴小光低声地说："知道了，爸。"

吴宁海叹了口气，摆摆手："莫飞刚刚说君文要来看我，你们俩先回家让你们妈妈安心，让他俩进来吧。"

吴小光来找两人。吴小光消瘦了很多，看了看张君文，又看了看李莫飞："我爸让你们俩进去陪他。"

张君文和李莫飞赶忙进去问吴宁海安好，吴宁海的床头，摆满了学生送的果篮和营养品。吴宁海看着张君文说："君文，谢谢你来看我。"

"吴老师，这是应该的。"张君文说。

吴老师看到张君文的伞："外面是下雨了吗？"

"淅淅沥沥地下着小雨，这时节潮湿得很。"张君文回答道。

李莫飞温和地提醒道："快到雨水了。"

"真快，一晃二十年，你们俩当年博士论文答辩，我记得也差不多这个时候。那天我忘了拿伞，还顺走了你们赵老师的伞，害他淋着雨跑过来给你们答辩。我记得那时候他爱开玩笑，提了不少刁钻问题。"吴宁海很有兴致地回忆起二十年前的事。

"是的，时间过得很快。"张君文笑答。

"是呀，真是太快了，他上个月就过世了。"吴宁海眼角泛起了泪光。赵烨之前就动过大手术，这些年一直有基础疾病，疫情一来，没扛住，上个月就过世了，学校里发了讣告。

李莫飞刚想拿话打岔，吴宁海接着往下说："我年轻时候和他关系好，跟你们俩关系差不多。上山下乡认识的，他家在大城市，父母都算中产，也是知识分子。可惜那个年代，家里是知识分子，反而要遭更多的罪，不如我一个农村苦出身的。我当了知青队队长，一直管着他。后来我来江大上学留校教书，他也跟我一起来江大上学留校教书。我当系主任，他当副主任；我当副院长，他当系主任；等我当了院长，他就当副院长，一直帮我。我和他一起管学院的前几年，经管学院的那个风气和前几年李莫飞管理出来的差不多。但世上的事就是盈虚有数，盛极必衰，后来他走了，我的第二任，慢慢就不行了。那些年我还整天愁眉苦脸的，赵烨就笑话我为什么不在家逗孙子，活得开心些，真没想到人居然走得比我早。"

张君文听着吴宁海越说越悲凉，赶紧拿话岔开："最近学院发展确实又出现了些乱子。莫飞刚升上副校长没多久，梁兴述老师退休了，马宁远老师的群众意见不好，另一个副院长韩森，又有人不服。新来的院长是空降兵，刚刚到，还不适应。但底子是在的，吴老师放心。"

"这话怎么听着像'瘦死的骆驼比马大'呢。"吴宁海笑了笑，看了看李莫飞，"我当年是觉得一辈子在学院管好一亩三分地就够了，不想再做学校层面的领导了。莫飞，既然你要往上走，你也要清楚：搞行政的人，不管分几派，坐的都是一条船，风浪一起，先落水后落水，谁都不能幸免。现代人讲的都不是有法必依，而是法无禁止皆可为。只要不出问题，就是好方法，就是游戏规则。"

李莫飞说："什么事情，走到了顶点就来到了拐点。理想实现了之后，就是理想的破灭；规则实现了之后，就是规则的倒塌。"

吴宁海转向张君文，意味深长地说："所以有句话说得好，圣人的书是拿来给别人看的，拿来办事是百无一用。世上没有完美的规则，也没有规则可以永远顺利平稳地运行下去。理想是用来不断被推翻、不断被重塑的。"

吴宁海接着转向李莫飞说："所以要记得小心驶得万年船，该下船时要下船。有时候，浪太大，哪怕游不到对岸，有些船也不能随便上。听说已经调走的孔书记在高校反腐中被查了，周越华也主动投案了。"显然，李莫飞是怎么当上副校长的，吴宁海心里很清楚。

李莫飞答应了："是。"

这时候吴小光和吴小菲已经走到医院住院部楼下。

吴小光向吴小菲感慨："好些年没见过君文了，他真是一点都没变。"

吴小菲说："因为他不需要变。毕竟他是很多人梦想的样子。除了出身不好，学习、工作、爱情、家庭，都是非常美满的状态。普通人能得其二，此生无憾，何况他一个人四项全占了。而且，这个出身不好，虽然无法助力他的发展，但也丝毫不影响他的进步。他有好多后天优势可以弥补。"

吴小光说："是呀，是个理想化的状态。"

吴小菲说："哥，我说的是梦想，不是理想。理想是理想，梦想是梦想。理想和梦想，是一种真实与虚幻的关系。理想是用来鞭策人的，梦想是用来鼓励人的。理想化的人应该是历经千辛万苦，达到心中所想；梦想化的人，可能有一个看似苦难的出身，却总能选到好的结果，得到好的成全，活成别人想要的样子。当然，我的观点可能比较偏激。"

吴小光好奇："那你这个说法就不对了。世上理想化的人都很少，何况梦想化的人？"

吴小菲说："要不怎么说人生如梦呢？说不定大家都活在梦里呢。就像一天二十四个小时，有黑夜，有白天，不可能永远都是光明的。"

吴小光愕然："人最正常的样子，确实应该是黑和白拉扯，水火不容，又相依为命。君文的表现符合了大家对所谓'好'的一种追求吧。我们每个人都有一个以自己为中心的世界，从我们每个人的世界里看他，他的设定都是完美的。"

吴小菲挽起哥哥的胳膊："也许吧，我们所知道的他的事，是管中窥豹；实际怎么样，没人知道。善恶好坏都是他人眼中的自己。古今中外那些被世俗定义的成功，有哪一个不是在正邪黑白之间呼风唤雨，搅弄风云？成功可以是一个人抓住机会创造时代，也可以是一个人解决问题得到圆满。每个人都是自己人生的英雄，每个人也都是自己人生的懦夫。管那么多做什么,我们走吧,明天再过来。"

当明天变成了今天时,医院里传来了吴宁海过世的消息,学校第一时间发了讣告。

吴宁海曾经自喻是一名导游,并全身心地参与装点中国会计学景观的旅程。吴宁海博通古今,学贯中西,熔马克思主义经济学、西方现代经济学与中国实际为一炉,将东方文化精髓引入会计学研究中,钟于斯,老于斯,终成一代大家。

追悼会正常线下举办。

相关追忆大师的文章也发在各大媒体公众号上。

其中有一篇是这样写的:"吴宁海教授是我国著名经济学家、会计学家、管理学家、教育家、社会活动家。吴宁海教授1947年1月出生于江宁省华兴市,早年在江宁省华兴中学读书。1963年夏,就读于江宁学院经济系,后以优异成绩直接转入江宁大学经管学院学习,主修会计学。1966年全国高校已停止高考,1977年恢复高考后,隔年吴宁海教授考取了江宁大学经管学院经济学硕士。在大学期间,他除了遍涉经济学的相关学科以及历史、文学外,还专心于会计学的学习与研究,并读完了当时图书馆几乎能找到的所有会计书籍。1981年夏天,他以优异成绩完成学业,此后出国深造。学成后,他立志报效祖国,旋即回国任教。

"回江宁大学后,吴宁海教授数十年如一日,坚守教学和科研岗位,撰写大量会计学专著和教材。改革开放的春天刚来临,他与几位年轻教师成立读书研究小组,交流学习体会,探讨新会计的有关问题,以此增强自己的学识。同时,他还以一些有独立见地的学术论文,受到同行的瞩目。人的一生精力有限,吴宁海教授将其精力放到最有价值的工作中去。吴教授的科研、教学填补了国内许多空白,使会计学科逐步发展,他的一生伴随着会计事业走过极其漫长而艰辛的里程……"

云山苍苍,江水泱泱,先生之风,山高水长。

还有另一篇："吴宁海教授几十年来在会计学科的师资队伍建设、教学与人才培养、研究方向的论证、催生科研精品、博士点和硕士点建设和发展、广泛的国内外学术交流、实验室建设等方面，倾注了极大的心血和努力，为会计学科的建设做出了巨大的贡献，为会计学科的发展奠定了坚实的基础。因此，他是国务院特殊津贴专家，是中国会计学会的成员，还是国务院学位委员会工商管理学科评议组成员、国家自然科学基金管理学科评审组成员、财政部企业会计准则咨询专家组成员。同时是江宁省注册会计师协会的名誉会长，并受聘为国内外多所院校的兼职或客座教授。

"吴宁海教授忠诚于党的教育事业，倾尽心血为之奋斗。他以全局利益为重，淡泊名利。从教四十一年，他带出四十多位博士，学生无数。中国还有上百万学生，只在教科书上跟他交流过，因为中国高校很多会计系的学生，都读过他的教材。硕果结华章，桃李满天下。吴宁海教授的学生活跃在国内外各个领域，担负重任，尽显才华。由于他在教学和科研方面具有突出贡献，多次被评为江宁市先进工作者，曾多次被选为江宁省人民代表大会代表……"

高山仰止，景行行止。虽不能至，然心向往之。

还有第三篇，是学生写的追忆文："路漫漫其修远兮,吾将上下而求索。吴老师一生的求学治学之路并不平坦，'文革'期间，上山下乡，学习条件艰苦，但他并没有和其他人一样消极度日，反而抓紧一切机会用功。板凳要坐十年冷，文章不写一句空，正是吴老师的写照。吴老师之所以取得如此巨大成就，与他惜时如金分不开的。少年易老学难成，一寸光阴不可轻。这也是当年我们在江宁大学经管学院就读时，吴老师常向我们强调的肺腑之言。吴老师同样还是性情中人，他对亲人、对师友充满了感情，对学生更是关爱有加。吴老师为人所敬仰，不仅因为他的学识，还因为他的品格……"

傅清瑶下滑了三四篇重复的公众号文章后，直接关掉了手机。

抬头看去，江宁省委书记敬献的花圈，摆在最瞩目的位置。

来来往往还有一群前来吊唁的人。一张张藏在口罩下的面孔里，有熟悉的，有不熟悉的，因为吴小菲一直自责，傅清瑶陪在旁边宽慰她，没话找话地问吴小菲。

傅清瑶说："感觉还有好些熟人，为什么没有来？"

吴小菲淡淡地说："疫情封控，各地政策都不一样，有些想来也不一定能来。"

傅清瑶向吴小菲点出了几个人："这几人怎么说？这些省不是最严重的吗？"

吴小菲依旧淡淡地说："各地政策都不一样，可能有些人，不能来，但想来也能来吧。"

傅清瑶有些沉默。

吴小菲关心道："你就要到产期了，不用陪我了，去坐着休息吧。"

"我最近已经没排课了，连博士毕业答辩都没参加，已经闲出毛病来了。"傅清瑶说。

吴小菲轻轻地感慨："你结了婚之后，倒是越来越像全职的家庭主妇了，一人带三个娃，就算找保姆，还是要操心三轮兴趣班、爱好班、小升初、初升高、高升大学，这要多少精力呀，和你年轻的时候截然不同。"

傅清瑶慢慢地说："人总是会变的，有成全，就会有牺牲。有些人觉得好，有些人觉得不好，有些人觉得要花很多精力，有些人觉得这是收获爱与幸福。每个人选择不一样，选择了不后悔就好。"

吴小菲不置可否地耸了耸肩膀："那你今年没有博士要毕业吗？"

傅清瑶点点头："有呀，那不是还有莫飞和君文吗？"

吴小菲问："什么时候开博士论文答辩报告会呀？看时令都到雨水了。线上开吗？"

傅清瑶回答："下周吧。疫情这种节骨眼上，难得能在线下办。不过每年都在这时候呀。春雨贵如油，多难得的日子。"

时令已到雨水，古人云："东风解冻，冰雪皆散而为水，化而为雨，故为雨水。"2022年三四月份，依旧是个稀松平常的日子。如绣花针般的细雨从天空扎向大地。南方的冬天严厉却又短促，今年却迟迟不过去。倒春寒总是厉害。真正温暖的季节还没有盼到。这个时节，不论愿不愿意，总要起来劳作了，睡了一冬的土地打着哈欠醒了，熬了一冬的人儿继续忙活了，关了一冬的心情也是时晴时阴。

在文科楼的一间会议室里，此刻却是另一番严肃景象。教室后头拉着一张红色大横幅，上面醒目地写着"江宁大学会计学博士论文答辩报告会"十几个大字。一排整齐的长桌后，坐着几个面容严肃的中年人，后一排还有几个低着头或翻弄着材料，或整理着笔记的年轻面孔，大气都不敢出一下。

其中一个中年人对自己好友抱怨道："都是你干的好事，害我淋着雨跑过来主持答辩。"

另一个人憋着笑："实在不好意思，我忘了拿伞，顺走的时候不知道是你的。现在知道是你的，我也放心了，不怕被其他人找，还得跟人道歉。"

被淋湿的中年人说："真不见外呀，对我就不用道歉了。"

"道歉道歉，快开始吧，今天早上要答辩四个呢。"

"时间到了吧？"被淋湿的中年人转头问了问答辩秘书。

秘书点点头。

"那就开始吧。"

一晃二十年。

后记一

这本书我原来的构思题目是《大学时代》，可能是因为大学这个词语太过于泛泛，在出版社的建议之下改成现在这个。

我选择花城出版社来出版本书一个很重要的理由是，他们曾经出版了路遥先生的《平凡的世界》。路遥先生这本书对我影响很大，我读了很多遍，每次读都还是被感动。至今还记得第一次读应该是在上小学时，在一个书店里，我没钱买，是利用了每天放学的时间去读完的。后面我自己出零花钱购买的第一本书也是《平凡的世界》，我还记得自己在那本书扉页写：平凡的世界，不平凡的人生……其实，我读书应该是很挑剔的，因为爱读，所以读得多，于是挑剔就自然而然。也只有这本书，我到现在都还是愿意向大家推荐；也只有路遥先生这样的作家、这样的作品，才能让我念念不忘：好的作品，是可以用生命铸就的！

而我，作为一个商学院的会计学教授，"不务正业"和我的博士生写了一本小说，这本小说可能对我来说就是唯一一本了。这本小说的很多场景，也正是这么多年我们中国商学院老师和学生的生活与工作场景，因此，对我来说，不是一本小说那么简单，也不是为了写而写。成为一名会计学教授后，我有幸亲历了中国发展最快的年代。在这个充满变革的时代，我在高校里从事科研和教学，目睹了以商学院为舞台的中国教育和经济发展的诸多变化。身边的同事、学生和他们的故事，成了我灵感的源泉。这些故事是如此真实，充满了挑战、奋斗和希望，它们让我思考，如何将这样的生活片段转化为文学作品，以此来反映我们这个时代的精神风貌。

写《沧浪岁月》，无疑是我向自己的文学梦想和理想主义的一次致敬。我相信，即使现实世界不完美，我们仍可以通过文字创造出完美的理世界。这本书里的每一个故事、每一个角色，虽然源自现实，但我赋予了其更深的意义和更高的理想。我希望通过这些故事和角色，激发读者们对生活的热爱、对未来的期待，以及在追求理想的道路上，无论遇到多少挑战，都不放弃希望。

这本书能创作出来也多少带有偶然性，尽管书中的人物和情节我都在脑海中浮现过无数次，但如何将它变成文字的语言，我自认是做不到的，哪怕我对小说的品位再高也无能为力。一直到碰到我的博士研究生悦昕，我在博士生论文讨论会中顺便畅想了我的构思，没想到她在本科阶段竟然写过小说，只是她的小说场景都建立在她的世界。我一直认为，只有对生活有充分的认识，对世界有足够的认知，才可能写出有生命力的作品。于是我构思出各个人物和故事情节。很多故事都是我身边曾经真实发生过的，而悦昕在一个寒假里埋头写作。她不停修改，其实到这稿还是有很多不满意的地方，只是我担心再继续创作下去，她会不会干脆读文学博士，而不读我们这个专业的博士了呢？也许，等她毕业以后，经历更多的事，会写得更好。

在这本书敲定出版后，我已经在很多场合跟不同的朋友眉飞色舞讲述了这本小说的构思与后面的运作想法，很多朋友都希望能尽快看到。其实，我还有一个更大的野心是，有没有可能把书本里的故事改编成电视剧？现在市场上有拍医生的、警察的、公关的、消防的、卖房中介的……却真的没有很好的拍摄大学生活这种场景的。我不喜欢以拍摄其他题材的名义实际上是拍成爱情片的作品，我喜欢《大江大河》这种有时代感的作品。如果能变成电视剧，镜头很多都是围绕大学，应该很是唯美。尽管主演还没定，但是群众演员早就报名很多了，很多朋友可以本色出演。

这也是出这本小说的一个念想吧。希望能有机会实现。

罗党论

2024年3月5日

后记二

初次听到这个故事的框架，定位是新一代《儒林外史》，这着实令人诚惶诚恐。我并非吴敬梓先生的拥趸，除了义务教育阶段必读的严监生疾终正寝、范进中举等课文中的情节，对《儒林外史》实在没有更多印象。但在后续执笔行文的时光里，我却常常对着钱钟书先生的《围城》一书自惭形秽、汗流浃背。《围城》中的妙语连珠、嬉笑怒骂、意蕴题旨、写作技巧，是我望尘莫及的；且作为同样描写知识分子群像的小说，本书还是偏保守和理想化，并非讽刺文学，实不敢妄想能称之为"新儒林外史"。

有道是"文似看山不喜平，画如交友须求淡"。袁简斋此言，我一直奉为圭臬。但我从发表小说以来，被不少读者诟病"强描摹，弱叙事"。散文贵散，但这种苦苦追求"形散而神不散"的广泛和自由，到了小说创作中反成了阻碍和挑战，使我的故事总偏于散漫和平淡。哪怕在这部小说中，依旧无法完全克服这个问题。在最初几版修订稿中，确实被频频指出故事缺乏"一波三折"。这个"一波三折"实在让我大伤脑筋。值得庆幸的是，过程虽然痛苦，却令我受益颇多。在此，非常感谢罗党论老师为本部小说框定了一个宏大的时代背景，并提供了强逻辑的叙事框架、充实的故事素材以及个性鲜明的人物原型，支撑我顺利完成这一稿，让我在行文中不断得到锻炼和提高。

从2022年12月29日开始动笔，到2023年2月7日第一稿完结，再到2023年4月17日第二稿修订，再到2023年6月26日第三稿修订，用时仓促，却能成此一文，实得益于罗党论老师对这本小说早些年所积攒的丰富素材。但不可避免的是，全文有许多意犹未尽、词不达意所在，在此，为我的行文无法更加详尽动人地表达出这些知识分子们饱满的人物形象和丰富的人生阅历感到抱歉。

写小说就像在窥探别人的人生。写小说最有意思的地方在于，小说中的每个角色都会命运般地主动走向作者未知的归宿。对于这部小说，我最大的遗憾，大概是碍于小说原本的设定，不得不给所有角色一个开放式的结局，而不是以悲剧结尾。个人认为，人生是一首英雄挽歌，只有悲剧才是有价值的、催人警醒的、值得被反思的，因为悲剧是把美好的东西毁灭给人看。而这部作品通篇都正面积极，且个别人物故事偏理想化和传奇性，更像是南柯一梦、海市蜃楼，无法得到一个"飞鸟各投林"的结尾，使得这部小说的最后亦虚亦实，不无遗憾。

文末搁笔，思绪颇杂。学术乃天下之公器。师者，所以传道受业解惑也。在整个行文中，一遍遍让我感受到教师一职的魅力和责任，更让我对所有我的老师们怀有深深的感激与敬意。

这里，也再次感谢给予我执笔机会并大力促成这部小说顺利完稿并出版的罗党论老师和何建梅老师，以及那些焚膏继晷闭关码字的时光里，给予我无限爱、理解、鼓励和包容的父母、家人还有朋友。

写书犹如作画，为的是探寻一种唤起美学感情的能力。梁启超先生曾言："六经不能教，当以小说教之；正史不能入，当以小说入之；语录不能渝，当以小说渝之；律例不能治，当以小说治之。"但小说永远只是现实的幻化，而非现实的寄托。唯愿在负重前行的岁月里，读者能于字里行间，得到一点聊胜于无的陪伴和宽慰，继续破浪前行。

黄悦昕
2024年3月5日